KB017121

The Girls I've Been

완벽한 딸들의 완벽한 범죄

테스 샤프 지음 | 고상숙 옮김

북레시피

엘리자베스 메이, 프래니 기드, 머세이디스 마크스,
나를 구해준 분들에게 이 책을 바칩니다.

차례

하나 진실은 가장 강력한 무기 007
(최초 87분의 기록)

둘 신뢰는 방패를 뚫는 창 113
(이후 72분의 이야기)

셋 자유 261
(마지막 45분)

넷 난 잃을 게 많아졌다 401
(8월 8–30일)

진실은 가장 강력한 무기

(최초 87분의 기록)

— 1 —

그냥 딱 20분이면 끝날 일이었다.

'까짓것, 20분만 참자.' 아침에 일어나 눈을 떴을 때 난 그렇게 혼잣말을 했다. 은행 건물 주차장에서 만나 은행 안으로 들어가 돈만 입금하면 되는 거니까. 정말 불편하기는 하겠지만, 진짜 불편하기는 하겠지만, 20분만 참으면 될 일이었다.

전 남친과 새 여친이랑 셋이 함께하는 자리지만 20분 정도는 그 불편함을 버틸 수 있겠지. 내가 누군데. 그런 상황을 나보다 더 잘 버틸 수 있는 사람이 세상에 또 있을까.

나는 심지어 도넛까지 준비했다. 어젯밤 일을 생각하면 도넛이 도움이 되지 않을까 해서…… 물론 도넛이 모든 문제를 해결해주지 못한다는 것은 너무나 잘 알지만, 다들 도넛은 좋아하니까. 특히 슈거 파우더가 솔솔 뿌려져 있거나 베이컨이 올라간 도넛이라면 또는 베이컨과 슈거 파우더 둘 다 올라가 있다면 다들 사족을 못 쓸 테니까. 그래서 도넛을 준비했다. 거기다 커피도. 카페인이 들어가지 않은 아이리스는 회색곰이나 진배없으니까 커피는 필수였다. 물론 커피와 도넛을 준비하느라 나는 결국 약속 시간을 맞추지 못했고, 내가 도착했을 때 두 사람은 이미 와 있었다.

웨스는 트럭에서 내려 칠이 벗겨진 후미판에 기대서 있었다. 물론 전날 밤 번 돈이 들어 있는 은행 봉투를 옆에 낀 채……아이리스는 찰랑이는 물색 원피스를 입고 철길에서 주운 라이터를 가지고 놀고 있었다. 단언컨대 아이리스는 저러다 언젠가 자기 머리에 불을 지르고 말 것이다.

"늦었네." 내가 차에서 내리자 웨스가 인사를 건네왔다.

"도넛 좀 사오느라고." 나는 이렇게 말하며 먼저 아이리스에게 커피를 보여주었다. 아이리스는 앉아 있던 차 지붕에서 뛰어내렸다.

"고마워."

"우리 그냥 이거나 빨리 해치우지?" 웨스는 도넛에 눈길도 주지 않고 말했다. 나는 위장이 뒤틀리는 느낌이었다. 이렇게 또 내 성의를 무시한다고?

"좋아." 나는 입술을 꼭 깨물고, 부글거리는 마음을 숨긴 채 도넛 상자를 차 안으로 밀어 넣었다. 그리고 트럭 뒤편에 놓여 있던 돈 봉투를 낚아채며 말했다. "가자."

이른 아침이라 은행 안에 줄을 서 있는 사람은 두 사람뿐이었다. 나는 현금 봉투를 아이리스에게 넘겨주고 줄을 섰다. 아이리스는 예금 용지를 작성하고, 웨스는 바로 내 뒤에 서 있었다. 아이리스가 현금 봉투가 든 핸드백과 예금 용지를 손에 들고 내게 다가올 무렵 우리 앞의 줄은 한 명으로 줄어들어 있었다. 아이리스는 조심스러운 눈초리로 웨스와 나를 번갈아 쳐다보았다. 나는 입술을 깨물며 속으로 '그냥 몇 분만 참으면 돼.'라고 되뇌었다.

"저기……" 아이리스는 한숨을 쉬며 웨스를 향해 조심스럽게 말문을 열었다. "그니까 그런 식으로 네가 알게 되어서 정말 유감이긴 한데……."

하지만 아이리스는 그다음 말을 잇지 못했다.

웨스가 끼어들어서?

아니, 아이리스의 말을 끊고 끼어든 건 우리 바로 앞에 줄을 서 있던 남자였다. 그 남자가 은행을 털려고 망할 놈의 총을 꺼내 들었던 것이다. 순간 내 머릿속에 맨 먼저 떠오른 생각은 '제기랄!'이었고, 두 번째로 떠오른 생각은 '빨리 몸을 숙여.' 그리고 세 번째는 '베이컨 도넛 때문에 죽게 생겼군.'이었다.

— 2 —

180센티 정도 키에 빨간색 야구 모자를 쓰고 있던 강도는 검은색 티셔츠 위로 갈색 재킷을 입고 있었다. 눈과 눈썹 색깔은 은색에 가까운 백인이었다. 우리 앞에 줄을 서 있던 바로 그 남자가 갑자기 우리 쪽으로 돌아서더니 강도로 돌변해 "바닥에 엎으려!"라고 외쳐댔다. 은행에서 강도들의 18번 대사를 듣게 되다니. 그 대사에 맞추어 은행 안에 있던 사람들 모두가 바닥으로 고꾸라지듯 쓰러져 엎드렸다. 우리는 전부 그가 조종하는 줄에 매달린 인형이었고, 그 줄을 그가 단번에 싹둑 잘라버린 듯했다.

순간 나는 숨을 쉴 수가 없었다. 내장을 타고 엄습하는 두려움이 목구멍까지 차올라 내 안의 말랑하고 촉촉한 부분들이 모두 다 순식간에 바싹 말라버린 것 같았고 기침까지 나오려 했다. 하지만 나는 기침 같은 걸로 공연히 관심 끄는 일은 삼가야 할 상황이란 걸 너무나 잘 알고 있었다. 왜냐하면 이런 일이 처음이 아니니까. 아, 그렇다고 오해는 마시길. 내 길지 않은 인생에 은행 강도와 마주한 게 벌써 두 번째란 뜻은 절대 아니니까.

다만 항상 외줄타기 하듯 아슬아슬한 삶을 살아왔을 뿐이다.

누군가 총을 겨누면, 더군다나 총부리 앞에 서 있는 사람이 나일 경우엔 결코 영화에서처럼 상황이 전개되지 않는다. 용감하게 맞서 싸우는 건 영화에나 나올 법한 일이고 진짜 현실에서 맞닥뜨리면 몸이 사시나무처럼 떨리고 오줌을 지릴 정도로 무서워 아무것도 할 수가 없다.

내 바로 옆에 엎드려 있는 아이리스의 팔이 안타까울 정도로 심하게 떨리고 있었다. 손을 뻗어 아이리스의 손이라도 잡아주려다 나는 멈칫했다. 자칫 그런 행동을 무기라도 꺼내려는 걸로 강도가 오해한다면 낭패란 생각이 들었다. 클리어 크리크에서는 총이 없는 집이 없었다. 섣부른 행동으로 명을 재촉할 수는 없다.

내 왼쪽에 있던 웨스의 팔에서 긴장감이 느껴졌다. 웨스는 몸에 힘을 주고 벌떡 일어나 강도를 덮칠 준비를 하고 있었다. 충동적이고 불의를 보면 참지 못하는 웨스는 판단력은 또 빵점이어서 이런 순간에 위험을 자초하려 했다.

어쩔 수 없이 내가 움직여야 했다. 그렇지 않으면 웨스는 곧 총알받이가 될 테니까. 나는 웨스의 허벅지를 붙잡고 반바지 끝단 바로 아래 살집에 손톱을 꾹 눌렀다. 깜짝 놀란 웨스가 고개를 돌려 나를 쳐다보았다. 나는 고개를 한번 흔들고는 눈을 부릅뜨며 말도 안 되는 짓 하지 말라는 표정을 지었다. 웨스의 얼굴에 드러난 분한 마음을 읽을 수 있었다. '하지만 노라…….' 눈썹을 잔뜩 치켜올리고 있던 웨스는 결국 상황 파악을 한 듯 차츰 몸에서 힘을 빼고 포기하는 자세로 웅크렸다.

좋아. 좋아, 웨스. 바로 그거야. 이제 진정하고 호흡에 집중해.

강도는 은행 창구에 있던 직원을 향해 소리를 지르고 있었다. 근데 왜 은행 창구 직원이 한 명밖에 없는 거지? 중년으로 보이는 금발의 창구 직원은 연한 녹청색 고리가 달랑거리는 안경을 쓰고 있었다. 나는 마음이 급해져 이런 상황에서 우리에게 도움이 될 만한 물건이 혹시 있는지 사무실을 훑어보기 시작했다.

강도는 은행 매니저를 들먹이며 뭐라 소리치고 있었다. 하지만 창구 직원이 흐느끼는 소리에 묻혀 강도가 하는 말을 정확히 알아듣기는 힘들었다. 창구 직원은 발갛게 달아오른 볼과 손을 연신 흔들고 있었는데 바로 면전에 총구를 마주한 그녀는 완전 공포에 질려 있었다. 저런 상태라면 묵음 경보가 울리기를 기대할 수 없었다.

눈앞에 총구를 겨누고 서 있는 사람과 마주해본 적이 없다면, 어느 누구도 그런 상황에서 의연하게 대처할 수 있을 거라고 절대 자만해서는 안 된다. 인생에는 정말 직접 당해봐야만 아는 것들이 있다.

우리 세 사람 중 기절한 사람은 아무도 없으니까, 아직까지는 괜찮았다. 하지만 이 상황을 어떻게 벗어날 것인가? 창구 직원은 별 도움이 안 될 것 같았다. 그리고 누군가 경보기를 누르지 않는 한 보안관은 나타나지 않을 것이었다. 나는 머리를 최대한 고정한 채로 눈동자만 움직이며 왼쪽을 돌아보았다. 그런데 뒤에서 발소리가 들려왔다. 어디 창구 직원이 또 있었나? 보안요원이 오는 걸까? 이 은행에 보안요원이 있기나 했나?

발소리가 들리자 나는 잔뜩 긴장했고 아이리스는 놀라서 숨도 제대로 못 쉬는 듯했다. 나는 아이리스와 닿은 팔에 힘을 주어 아이리스를 안심시켜주고 싶었다. 하지만 눈앞에 총구를 마주하고 있는 마당에서는 그게 좀처럼 쉬운 일이 아니었다.

그사이 발소리는 점점 가까워졌고, 살짝 고개를 들어보니 총신이 짧은 산탄총이 눈에 들어왔다. 총을 든 인물은 원을 그리듯 한 바퀴 돌더니 앞쪽으로 갔다. 아! 가슴 한쪽이 무너지는 듯했다. 강도는 한 놈이 아니었던 것이다.

강도들은 둘 다 백인으로 청바지에 부츠를 신고, 아무런 로고도 찍히지 않은 검은색 티셔츠를 입고 있었다.

짤깍 소리와 함께 나는 침을 꼴깍 삼켰고, 입은 사막처럼 바짝 말라갔다. '제기랄, 우린 이 자리에서 죽는구나.' 하는 생각에 가슴이 두방망이질 치며 미친 듯이 뛰었다.

손에서는 진땀이 흘렀다. 나는 손에 흐르는 땀을 느끼며 주먹을 꼭 쥐어보았다. 시간이 얼마나 흘렀을까? 2분? 5분? 총구 앞에 엎드려 있으면 시간이 이상하게 흐른다. 그리고 내 머릿속에서는 언니가 떠올랐다.

아 안 돼. 여기서 내가 총이라도 맞는다면 언니는 나를 가만두지 않을 거야. 아니, 언니는 목숨을 걸고 일단 나를 쏜 놈을 찾아 나설 거야. 그런 일에 목숨을 거는 언니는 무서운 사람이었다. 이미 한번 겪어보았기 때문에 나는 너무나 잘 알고 있었다. 내가 열두 살 때 사기의 여왕조차도 낌새를 채지 못할 정도로 은밀하게 장기간에 걸친 계획을 세워 엄마의 손아귀에서 나를 빼낸 사람이 바로 언니였으니까. 그리고 결국 엄마는 감옥에 갇히는 신세가 되고 말았다.

그리고 엄마가 철창신세를 지도록 도와준 사람이 나였다.

강도 앞에서 떨고 있으면 안 되는데. 냉정을 유지하고 빠져나갈 길을 찾아야 했다. 이게 나의 당면 문제니까. 문제를 해결하기 위해서는 문제를 분석해야 한다. 우리가 은행에 들어왔을 때 창구 직원 외에 누가 있었지? 나는 기억을 더듬어보았다. 줄 맨 앞에 여자 하나가 있었는데 저 빨간 모자가 소리치면서 그 여자를 옆으로 휙 밀쳐버렸다. 쓰러진 여자는 지금 내 왼쪽에 엎드려 있으며, 그녀의 핸드백은 저만치 떨어져 있다. 갑자기 우리 뒤쪽에서 회색 모자를 쓴 자가 나타났다. 대기실 구석에 앉아 있었던 게 틀림없다.

한 사람이 더 있었다는 데까지 생각이 미치자 피가 거꾸로 솟는 느낌이었다. 그래, 어린애도 있었어. 당장 고개를 들어 확인해볼 수는 없지만 분명히 열 살에서 열한 살쯤 된 여자아이가 있었는데…… 저 앞에 서 있던 아줌마의 딸일까? 한데 저 아줌마는 아이가 있는 쪽에 눈길도 주지 않던데.

어쨌든 대충 어른이라 칠 수 있는 우리를 포함해 성인이 모두 다섯 명에 어린애 하나. 강도가 두 명, 총이 두 자루. 아니 더 될지도 모르지.

"우리가 원하는 건 지하실에 있어." 붉은 모자가 창구 직원의 얼굴 앞에 총을 들이밀며 외쳤다. 그러자 직원은 더욱 사색이 되어 어찌할 줄을 몰라 했다.

"소리 좀 작작 질러."

회색 모자가 걸걸한 목소리로 붉은 모자에게 말했다. 일부러 목소리를 변조한 것으로 보이지는 않았고, 원래 목소리가 걸걸

한 듯했다. 살아온 세월이 얼마나 거칠었는지 안에서부터 모든 게 갈기갈기 찢겨 밖으로 튀어나올 듯한 그런 목소리였고, 그 서슬에 붉은 모자는 한 발자국 뒤로 물러섰다.

"카메라 처리해." 회색 모자가 명령했고, 붉은 모자는 날쌔게 은행 로비를 가로질러 달려가 창구 직원들이 일하는 스탠드 뒤쪽으로 가더니 보안카메라 코드를 모두 끊어버리고는 다시 회색 모자 옆으로 돌아왔다.

아이리스가 팔꿈치로 나를 찔렀다. 아이리스도 나만큼 그 두 사람 사이의 드라마를 열심히 지켜보고 있었고, 나도 잘 관찰하고 있다는 의미로 화답을 하였다. 붉은 모자가 먼저 들어와 포석을 깔았지만 실제 대장은 나중에 등장한 회색 모자였다.

"프레얀 어디 있어?" 회색 모자가 물었다.

"여기 안 계세요." 창구 직원이 답했다.

"어디서 거짓말이야!" 붉은 모자가 콧방귀를 뀌듯 말했다. 말은 그렇게 했지만 붉은 모자는 입맛을 다시며 이 여자가 하는 말이 정말이면 어쩌지 하는 표정을 짓고 있었다.

도대체 프레얀이 누구지?

"가서 확인해봐." 회색 모자의 명령이 떨어지자 붉은 모자가 우리 옆을 지나 로비 쪽으로 사라졌다.

붉은 모자가 시야에서 사라지는 순간 그리고 회색 모자가 창구 직원에게 눈이 팔린 순간을 틈타 나는 오른쪽으로 고개를 돌려 살펴보았다. 대기실 중앙에 있던 커피 탁자 밑에 숨어 들어가 엎드려 있는 아이가 보였고, 멀리서도 바들바들 떨고 있는 것이 느껴졌다.

"아이가 있어." 웨스가 내게 낮은 목소리로 말을 걸어왔다. 웨스 역시 아이를 쳐다보고 있었다.

"응." 나는 아이가 내 쪽을 쳐다봐주기를 바랐다. 눈이 마주치면 표정으로나마 아이를 좀 안심시켜줄 수 있을 거라고 생각했다. 하지만 아이는 더러운 카펫에 얼굴을 처박은 채 덜덜 떨고 있었다. 저벅저벅. 다시 발소리가 들리자 두려움이 엄습했다. 붉은 모자는 "행장실이 잠겨 있어."라고 말했다.

붉은 모자 목소리에는 낭패의 기색이 역력했다.

"프레얀 어딨어?" 회색 모자가 다시 물었다.

"오늘 늦게 오실 거예요." 창구 직원이 우는 소리로 답했다. "주디를 데리러 갔어요. 우리 직원이요. 차가 시동이 안 걸린다고 해서 데리러 가셨어요. 그래서 아직 출근을 못 하셨어요."

뭔가 일이 잘 안 풀리고 있었다. 어쨌거나 이들의 계획이 첫 단추부터 꼬여가고 있었다. 내 경험상 일이 꼬이면 사람들은 두 가지 중 한 가지를 선택한다. 도망치거나 두 배로 일을 더 크게 키우거나.

아주 잠깐, 이들이 이대로 도망을 간다면, 우리는 그냥 살면서 악몽 같은 순간을 경험한 걸로, 사는 동안 파티에 가서 떠들 수 있는 이야깃거리를 하나 만든 걸로 오늘 일이 종료될 수도 있지 않을까 하는 기대에 부풀었다. 하지만 바로 다음 순간 내 기대는 산산조각 부서지고 말았다.

마치 슬로모션처럼, 은행 문이 활짝 열리며, 내가 어디에 있을까 하고 궁금해하던 그 보안요원이 양손에 커피 컵들을 들고 걸어 들어왔다. 충동적이고 불안정한 데다 잔뜩 긴장해 있던 붉은 모자는 보안요원이 들어서자마자 그를 향해 총을 쏘아버렸다. 보안요원이 커피를 내려놓고 옆에 차고 있던 몽둥이에 손이 닿도록 내버려 둘 순 없었을 테니까. 총소리와 함께 커피가 먼저 바닥에 떨어졌고, 보안요원도 뒤이어 바닥에 쓰러졌다. 어깨에서는 피가 솟구쳤고, 순식간에 바닥이 피로 흥건해졌다.

이 모든 일이 마치 한순간 책장을 후다닥 넘기면 이어지는 그림처럼 벌어졌다. 이제 이 강도 사건은 진짜 현실적이 되어가고 있었다. 총을 사용하기 전까지는 오늘의 사건이 그냥 무사히 지나갈 수 있을지도 모른다는 찰나의 희망이 있었다. 이제는? 다 글렀다고 봐야 할 것이다.

보안요원이 쓰러지자 저쪽에 있던 창구 직원이 비명을 질렀다. 웨스는 나와 아이리스를 향해 몸을 던져 우리를 방어했고, 우리는 잔뜩 몸을 웅크리며 웨스의 뒤에 숨었다. 팔다리가 잔뜩 오그라들도록 무서웠고, 조금 전 마음에 품었던 웨스에 대한 서운함이 모두 사라지는 듯했다. 날 지켜주겠다고?

나는 언제 다시 올지 모르는 그 기회를 놓치지 않고 청바지에서 휴대폰을 꺼내 들었다. 회색 모자는 욕을 해대며 보안요원 쪽으로 가서 무장해제를 하기 시작했고, 붉은 모자에게 고함을 쳤다. 웨스가 우리를 얼마나 세게 붙잡고 있었던지 팔이 잘 움직이지 않았지만 나는 언니에게 '올리브'라는 메시지를 보냈다.

세 글자. 올리브. 물론 내가 가장 좋아하는 과일, 그런 거 절대 아니었다. 토마토처럼 과일로 분류되지만 과일로 볼 수 없는 음식. 올리브. 이 올리브가 우리를 구해줄지도 몰랐다. 이건 언니와 나, 우리 둘 사이에만 통하는 구조신호와 같은 거니까.

19

언니와 나는 태풍을 대비하며 살아온 자매였다. 언니는 올 것이다. 언니는 언제나 이런 상황에 나타나주는 사람이니까. 그것도 혼자 오지는 않을 것이다.

통화 내용 기록:
리 앤 오말리와 제시카 레이놀즈 보안관보

8월 8일, 9:18 a.m.

레이놀즈 보안관보: 레이놀즈입니다.

오말리: 제시. 나야, 리. 은행에 혹시 무음 경보 울린 거 있는지 좀 봐줄래? 밀러가에 있는 지점 있지? 작년에 문 닫은 그 도넛 가게 바로 옆에 있는 은행.

레이놀즈 보안관보: 지금 일하는 중이야? 무슨 일인데?

오말리: 아니, 일은 아니고. 노라가 구조신호를 보내왔어.

레이놀즈 보안관보: 니들 사이엔 구조신호가 있니?

오말리: 노라는 아직 10대잖아. 그니까 구조신호도 당연히 있지. 오늘 아침에 은행 가서 어제 모금한 돈 예금하고 일하러 갈 거라 했거든. 한데 전화기 위치 추적을 해봤더니 아직도 은행에 있네.

레이놀즈 보안관보: 내가 교대한 후로 경보 울린 거 없었어. 근데 스캐너에 누군가 은행에 대해 뭐라 했던데. 한번 볼게…… 여기 있네. 저런, 은행 지점장이 출근길에 교통사고를 당했대. 지금 병원으로 옮겼네. 노라가 지금 혹시 장난치는 거 아닐까?

오말리: 아니 그럴 리가 없어. 뭔가 있는 게 틀림없어. 지금 가

봐야겠어.

레이놀즈 보안관보: 만나서 같이 가자. 혼자 가면 안 돼. 알았지?

〔침묵〕

레이놀즈 보안관보: 알았지?

〔통화 종료〕

— 4 —

붉은 모자와 회색 모자, 둘은 한참 언쟁 중이었다. 보안요원이 피를 흘리며 카펫 위로 뻗어 있는 상황에 대해 붉은 모자는 거의 미쳐 날뛰고 있었다.

다행히 총은 팔에 맞아 한동안은 견딜 수 있을 터였다. 서둘러 지혈을 해주어야 할 텐데. 하지만 아무도 보안요원을 위해 나서지 않았다.

"내가 이건 아니라고 했잖아. 아무도 다치는 일은 없을 거라며? 그냥 프레얀을 끌고 가서 지하실에 들어가 그것만 열면 된다며⋯⋯."

"입 닥쳐." 회색 모자가 눈으로는 우리 쪽을 훑어보며 으르렁거리듯 말했다.

나는 고개를 숙이고 있었지만 그들의 대화는 하나도 놓치지 않고 낱낱이 듣고 있었다. 이들이 원하는 건 지하에 있는 안전 금고구나. 사람들은 금고 같은 곳에 다른 사람이 알지 못하게 자기들만의 무엇인가를 숨겨놓기를 좋아한다. 바로 그 금고는 지점장만이 접근할 수 있었고 그래서 이들은 지점장을 찾고 있

23

는 것이었다. 한데 그 지점장이 지금 이 은행 안에 없다면? 이들의 계획은 물건너간 것이었다.

이들이 공황상태에 빠져 총까지 쏜 게 무리가 아니란 생각이 들었다. 총소리는 밖에서도 들렸을 텐데. 하지만 한때 상점이 쭉 늘어서 있던 이 거리에서 이제 남은 거라곤 이 은행밖에 없었다. 상가는 비어 있고 거리에 아무도 없었다면? 그래도 언니에게 문자를 보냈으니까. 이제 언니는 민간 수사대원과 클리어크리크 보안부서 대원들을 이끌고 나타날 터였다. 사실 언니의 베프인 제시를 빼곤 보안부서 대원들의 실력은 딱히 별 볼 일 없었지만 그들에겐 총이 있었다. 그게 중요한 거였다. 나에겐 총이 없으니까.

사실 총이 많다고 항상 좋은 건 아니었다. 대부분의 경우 총이 많으면 상황은 더 악화되기 마련이었다. 하지만 이런 상황이라면 총기 대수가 많아지는 위험을 감수하고라도 언니에게 위험을 알리는 수밖에 없었다.

"문 잠그고, 주차장 감시해." 회색 모자가 붉은 모자에게 지시했고, 붉은 모자는 마치 할 일이 생겨 반갑다는 몸짓으로 서둘러 대장의 명령에 복종했다.

여차하면 저 붉은 모자를 노려야 해. 저 붉은 모자가 허술한 놈이니까. 내 마음은 마치 고요한 연못 위에 던져진 납작한 돌처럼 통통거리며 계획을 세우고 있었다.

"너." 회색 모자가 으르렁거리듯 내뱉자 웨스의 몸이 굳어지는 게 느껴졌다. 웨스의 가슴 언저리에 닿아 있던 내 얼굴이 웨스의 근육이 반응하는 것을 감지할 수 있었다. 회색 모자가 웨스에게 말했다. "너, 덩치 큰 놈. 저자 끌어서 창문 멀찌감치 치워."

웨스는 일어나려다 잠깐 나를 흘낏 보았는데 그 얼굴에는 '걱정 마. 안심해.'라는 메시지가 담겨 있었다. 그 표정을 보고 나는 또 한 번 현기증이 이는 듯했다. 저 표정은 뭐지? 어떻게 하려는 거야? 그냥 저놈이 하라는 대로 해야 하는데…….

회색 모자는 웨스가 보안요원을 한쪽으로 옮기는 동안 온통 웨스에게 시선이 쏠려 있었고, 그걸 보는 내 몸에서는 닭살이 돋는 느낌이었다. 나는 아이리스의 손을 꼭 쥐었고, 아이리스도 마주 잡은 내 손에 힘을 주었다. 마치 서로를 안심시키려는 듯이. 하지만 지금 우리에게는 마음을 놓을 건덕지가 아무것도 없다는 걸 우리는 너무나 잘 알고 있었다.

웨스는 보안요원이 최대한 고통받지 않게 옮길 수 있는 방법을 궁리하면서 주저하듯 허리를 굽혔고, 그걸 바라보는 내 머릿속에서는 수천 가지 생각이 떠올랐다. 키도 크고 건장한 웨스, 그 체격이 도움이 될 때도 있지만 이렇게 오늘과 같은 상황에서 이 강도들한테 웨스는 가장 큰 위협일 뿐이었다. 웨스를 보며 나는 아랫입술을 깨물었고, 웨스는 한번에 보안요원을 들어 올리고 회색 모자를 향해 이렇게 물었다.

"어느 쪽으로?"

"저쪽." 회색 모자는 총구를 흔들며 작은 로비 쪽 어린애가 탁자 밑에 숨어 있는 곳을 가리켰다. 순간 웨스는 주저했고 나는 심장이 내려앉는 듯했다. 회색 모자의 총구가 다시 웨스 쪽으로 돌아왔고, 그 순간 나는 아이리스가 헉하며 숨을 삼키는 것을 느낄 수 있었다.

"못 알아들어?" 회색 모자가 화난 목소리로 말했다. 올 게 오고 말았구나. 그 목소리를 들었을 때 나는 마치 칼날 위에 서 있는 느낌이었다.

총을 쥐고 있는 성난 곰 같은 놈을 상대할 수 있는 건 아무것도 없었다. 나는 일찌감치 그걸 터득하고 있었다.

"미안하지만 좀 아플 거예요." 웨스는 보안요원을 신중하고 조심스럽게 당겨 끌고 갔지만, 고통과 두려움이 뒤섞인 비명이 터져 나왔고 웨스의 얼굴도 일그러졌다. 움직일 때마다 총을 맞은 팔에서 피가 솟구쳐 나오는 것 또한 어쩔 수가 없었다.

회색 모자는 은행의 담보 대출 광고판을 집어서 가운데의 금속 막대 부분을 뜯어내고 현관문 핸들 사이에 빗장처럼 채워 아무도 도망가지 못하도록 막아버렸다.

상황이 시시각각 악화되고 있었다. 클리어 크리크에는 경찰서가 없었다. 우리 마을은 너무 작고, 시골이니까. 보안관과 보안관보 여섯 명이 전부였고, 그나마 예산 삭감으로 그중에서 두 명은 시간제로 일하고 있었다. 그럼 가장 가까운 SWAT 팀은? 아, 모르지. 새크라멘토쯤에나 있으려나. 거기 있다 해도 산을 가로질러 수백 킬로는 가야 하는데.

"다들 저기 대기실 쪽으로 가." 회색 모자가 보안요원과 아이가 있는 쪽을 몸짓으로 가리키며 말했다. 우리는 모두 명령에 따라 움직였고, 여전히 눈물로 범벅이 된 얼굴을 한 창구 직원도 우리를 따라왔다. 아이리스는 보안요원의 곁에 가 카디건을 벗어서 그의 어깨를 감싸 눌러주었고 이를 본 창구 직원도 그제야 정신이 든 듯 고개를 저으며 보안요원의 어깨를 감싸 안고는

"행크. 다 괜찮을 거예요."라고 위로했다. 지혈하기 위해 팔을 압박하자 보안요원은 고통에 찬 표정으로 입이 일그러졌다.

나는 아이에게 다가가 "괜찮니?" 하고 물었다. 경련을 일으키듯 머리를 떨고 있는 아이의 크고 반짝이는 눈에는 놀라움과 무서움이 가득했다.

웨스는 "이제 괜찮아." 하며 아이를 달랬다.

"모두 입 닥쳐. 전화기, 지갑, 열쇠, 가방, 가지고 있는 물건 전부 다 저기 위에 올려놔." 회색 모자가 총으로 로비의 탁자를 가리키며 말했다.

내가 먼저 전화기와 지갑을 탁자 위에 올려놓았고, 웨스가 내 뒤를 이었다. 아이리스도 대나무 손가방을 우리 물건 옆에 조심스럽게 내려놓았는데 손잡이에 달린 체리 모양의 고리들이 가늘게 떨리고 있었다. 물건을 놓고 다시 앉으면서 나를 처다보는 아이리스의 눈빛이 의미심장했다. 뭐지? 아까 주차장에서 아이리스 주머니에 있던 물건, 그때까지 아이리스가 가지고 놀던 라이터가 탁자 위에 없었다. 그럼 라이터는 아직 아이리스에게 있다는 말인데. 빈티지 옷차림 속에 숨어 있을 터였다. 한껏 부풀린 아이리스의 페티코트 치마는 얼마나 바느질을 훌륭하게 했던지 주머니가 사이에 있었지만 전혀 보이질 않았다. 그 위치를 알고 있는 나의 눈에조차 보이지 않았다.

요즘은 이런 옷 없어, 노라. 처음 만난 날 아이리스는 금박 소용돌이무늬가 박힌 빨간 치마를 입고 한 바퀴 돌며 이렇게 말했었다. 아이리스가 빙빙 돌자 마술처럼 치마가 퍼지더니 그 모양이 마치 지옥의 불꽃처럼 피어올랐다. 그 광경을 지켜보던 나는

27

숨을 쉴 수가 없었고, 그 순간 나는 그녀가 내 인생에 의미 있는 존재가 되어주길 간절히 원했다.

그리고 지금, 아이리스는 나의 현재이자, 우리의 유일한 무기를 눈속임으로 딱 맞는 그 물빛 면망사 속에 잘 숨긴 나의 미래였다. 아이리스는 이미 여기를 빠져나갈 궁리를 하고 있었던 것이다. 그건 우리에게 절대적으로 필요한 희망의 끈이었다.

나는 알았다는 의미로 고개를 살짝 까딱했고, 내 표정을 본 아이리스의 입꼬리가 살짝 올라가더니 보조개가 잠깐 나타났다가 사라졌다.

자산 1호: 라이터

─ 5 ─

아이리스

아이리스를 처음 만난 건 우연이었다. 그날 벼락 치듯 한순간에 아이리스한테 빠진 건 아니었다. 작년 어느 주말 나는 언니의 심부름으로 서류뭉치를 들고 보안관사무실로 뛰어가고 있었다. 앞을 제대로 보지 않고 뛰던 나는 누군가의 발목에 걸려 넘어졌다. 그 바람에 들고 있던 서류는 모두 사방으로 흩어졌다. 그렇게 마치 히치콕 영화를 코스프레라도 하는 양, 주근깨 투성이 갈색 머리 여자와 엉켜 넘어지고 만 것이다.

정말 완벽한 만남이었다. 남녀 사이였다면 말이다. 내가 여자를 좋아하는 여자만 아니었다면…… 나 같은 경우는 내 쪽에서 호감을 느껴도 상대 쪽은 아닐 수도 있기 때문에 신중해야 했다. 나는 여자가 남자를 만났을 때 나타나는 그 빨간 하트 신호를 찾는 게 아니라, 무지개 같은 것을 찾는 거니까.

난 그냥 우리가 좋은 친구로 끝날 줄 알았다. 처음에는 그랬다. 하지만 그건 내가 나 스스로에게 그렇게 해야 한다고 끊임없이 외우는 주문과도 같았다. 웨스와 그 모든 걸 겪고 나서 나는 스스로에게 더 이상 어느 누구와도 안 된다고, 다시는 안 된

29

다고 주문을 외고 있었다. 적어도 모든 걸 망치지 않게 잘 설명할 수 있는 방법을 알아낼 때까지는 안 된다고 다짐했다. 그리고 나는 그러한 방법을 찾는 게 불가능하다는 것도 알고 있었다. 그래서 이제 아무도 사랑하지 않는 독신으로 불행하게 숨어 사는 삶을 살아야 한다고 생각하고 있었다.

그런 내 앞에 그 50년대식 풍성한 치마를 차려입은 아이리스가 나타난 것이다. 개구리처럼 생긴 대나무 핸드백과 불에 집착하는 아이리스. 방화 전문 수사관이 되고 싶어 하는 꿈을 알지 못했다면 괴기하게 느껴질 만한 아이리스의 불에 대한 집착.

우리 관계는 수개월에 걸쳐 서서히 진행되었다. 아이리스는 내가 눈치채지 못하도록 아주 은밀하게 로맨틱한 전개로 천천히 넘어가고 있었고, 나는 그날 그런 일이 벌어질 것이라고는 짐작도 하지 못했다. 마치 다아시와 엘리자베스 베넷(『오만과 편견』의 주인공)처럼 "시작되는 줄도 몰랐는데 이미 나는 그 한가운데 있었다." 같은 상황이 벌어진 것이었다. 우리 관계에서는 내가 다아시였고, 아이리스가 엘리자베스였다. 그런데 사실 나에게는 다아시와 같은 품위나 신사인 체하는 속물근성 같은 건 없었다. 하지만 영문을 모르고 빠져든 점은 다아시와 똑같았는데, 아이리스가 작정을 한 그날 저녁 식사가 거의 반쯤 끝나가도록 나는 그게 데이트라는 걸 깨닫지 못했기 때문이다. 아니 더 솔직히 말하면 사실 그날 나는 계속 마음속으로 '이건 데이트가 아냐'를 되뇌고 있었다.

집으로 돌아가는 길, 함께 걷다가 중간쯤에서 아이리스가 갑자기 멈춰 설 때까지 나는 여전히 감을 잡지 못하고 있었다. 아이리스는 내 손목을 잡더니 내 골반에 자기 골반을 딱 밀착시켰다 — 마치 원래부터 거기가 자기 거라도 되는 양 자연스럽게 — 그러고 나서 아이리스가 내게 키스를 하기 바로 직전 내가 마지막으로 본 것은 그녀의 눈동자에 비친 초록색 신호등 불빛이었다. 아이리스는 마치 가시 많은 장미를 다루듯, 이미 나를 다 알고 있다는 듯, 내가 그럴 만한 가치가 있는 사람이라고 말하는 듯 내게 키스를 했다.

그 순간 나를 둘러싼 세상에 반짝반짝 불이 들어오기 시작했다. 난 그런 느낌이 가능할 거라고는 생각조차 하지 못했다. 반짝이는 건 말 그대로 옷에 붙이는 반짝이들이나 보석이라고만 생각했는데 갑자기 아이리스 몰튼이 내게 키스를 한 순간 나는 내 생각이 틀렸다는 것을 알게 되었다. 그 순간 내 주변의 모든 어두움들이 사라지고 세상이 온통 환하게 반짝반짝 밝아지는 것을 생생히 느꼈기 때문이다.

벼락 치듯 한순간에 아이리스한테 빠진 건 아니었다.

나는 별이었고, 아이리스는 세상 저쪽 끝에 서 있었다. 두 사람이 우주의 자기장에 끌리듯 서서히 서로에게 끌려와 결국 충돌하게 되는 지점에서 우리는 만났고 그 이후로는 모든 게 그전과 같을 수 없었다. 과거로 돌아갈 수 없었다. 이제는 서로 운명을 같이할 수밖에 없게 된 것이다.

— 6 —

라이터 하나, 그리고 계획 없음

"이건 뭐지?" 회색 모자가 아이리스의 핸드백에서 봉투를 꺼내 그 안에 들어 있는 두둑한 현금다발을 보고 물었다.

"동물 보호소를 위해 모금한 돈이에요." 내가 재빨리 대답했다. 핸드백 주인인 아이리스의 얼굴을 보던 그의 시선이 내 쪽으로 방향을 트는 것을 느끼며 나는 갈비뼈 안에서 마치 우리 집 현관에 달아놓은 그 벌 모양의 도어 노커 두드리는 소리를 듣는 듯한 안도감을 느꼈다. "기금 조성을 했어요. 가지셔도 돼요. 한 3천 달러는 될 거예요."

그는 코웃음을 쳤다. 총도 나에게는 익숙한 것이었지만, 그 웃음소리 역시 나에게는 익숙했다. 상대의 목숨 줄을 쥐고 있는 자의 거만함과 잔인함이 들어 있는 웃음. 그 웃음은 총보다 더 강력하게 나를 초라한 존재로 만들어버렸다.

하지만 이제 나는 두려움이라는 단계를 벗어났다. 그건 두려움이 사라졌다는 뜻은 아니었다. 단지 두려움이 유용하지 않다는 말이었다. 지금은 유용한 것들만 찾아서 대처하기도 벅찼다.

"거금을 넘기시겠다?"

저자의 입을 더 많이 열게 하면 할수록 더 많은 정보를 얻을 수 있는 법이었다. 그래서 나는 그의 입을 계속 열어보기로 했다. "그게 우리가 가진 전부예요."

그는 핸드백을 그대로 탁자 위에 던졌고, 그 바람에 현금이 봉투에서 미끄러져 나와 잘 닦인 탁자 위에 부채처럼 늘어서 자리를 잡았다. "내가 원하는 건 이게 아냐."

그는 우리의 휴대폰이 모두 올려져 있는 탁자 모서리를 잡더니 자기 쪽으로 끌어당겼다.

그럼 니가 원하는 게 뭔데? 그 질문을 해야 하는데. 엄마는 항상 이렇게 말씀하셨다. *상대가 원하는 걸 줘. 그럼 그 사람들을 네 손바닥에 놓고 가지고 놀 수 있게 된단다.* 계획이 틀어져 뜻하지 않은 방향으로 전개되는 상황을 맞닥뜨린 은행 강도들에게는 이 말이 더더욱 사실일 수 있었다.

이들이 원하는 것은 지점장이었다. 한데 지점장은 여기 없다. 그럼 지금 이들이 원하는 것은 지점장이 줄 수 있는 그 무엇일 텐데. 그건 안전금고를 열 수 있는 방법일 터였다. 그걸 내가 어떻게 주지? 아니 줄 필요가 있나? 아니면 그냥 저들이 내가 그걸 줄 수 있다고 믿게만 하면 되지 않을까?

이런 상황에서 어떻게 해야 할지 답을 찾기 위해 헤매는 내 머릿속은 불빛을 찾아 날아든 날벌레처럼 윙윙거렸지만 아직까지 모든 조각을 맞추기는 무리였다. 더 많은 정보가 필요했다. 더 많은 단서가 필요했다. 그리고 이 두 강도 사이의 권력관계를 이해하기 위해서는 시간이 더 필요했다.

하지만 그럴 틈새를 주지 않고 붉은 모자가 들이닥쳤다. 붉은 모자는 무언가에 놀란 듯 걱정스러운 목소리로 말했다. "누군가 오고 있어. 어떤 여자가."

나를 보고 있던 회색 모자의 시선이 문 쪽의 붉은 모자 방향으로 옮겨졌다. 덜그럭하는 문소리를 들으며 우리 일곱 명은 동시에 모두 긴장했다. 문소리는 벽을 타고 흘러 메아리치더니 곧 멈추었다. 그리고 긴장감이 감도는 몇 초의 시간이 흘렀다.

"다시 자기 차 쪽으로 가는데."

"저쪽으로 좀 비켜봐." 회색 모자가 땍땍거렸다.

모두가 숨을 죽인 순간, 주차장에서 삐빅 하는 소리가 들리더니 누군가 메가폰에 대고 말을 하는 듯 엄청나게 큰 목소리가 벽에 부딪혀 메아리처럼 흘러 들어왔다.

"지금 은행 안에 총을 가지고 있는 자에게 말한다. 내 이름은 리. 곧 은행 전화벨이 울릴 것이다. 전화하는 사람은 나. 벨이 울리면 받길 바란다. 지금 너희들이 처한 문제에 대한 해결책을 같이 찾아보자. 안 받으면? 그건 너희들의 선택이지만, 그런 선택은 안 하는 게 좋을 것이다."

확성기 소리가 멈추고 나는 숫자를 세기 시작했다.

열, 아홉, 여덟.

붉은 모자는 문 쪽에서 떨어져 창문 쪽으로 다가가 밖을 내다보았다.

일곱, 여섯, 다섯.

회색 모자는 우리를 한 바퀴 죽 둘러보았다. 총 맞은 보안요원, 겁에 질린 창구 직원, 나이 지긋한 아줌마, 서로에게 화가 나 있는 10대들 세 명 그리고 어린아이 하나.

넷, 셋, 둘.

총구가 천장 쪽으로 향했다. 그의 입이 벌어지고, 분노가 차오른 아주 위험한 모습이었다.

하나.

그리고 창구 직원 부스 뒤에 있는 전화벨이 울리기 시작했다.

이제 시작.

― 7 ―

문제의 언니

이쯤에서 우리 언니 이야기를 하지 않을 수 없겠다. 확성기를 들고 나타난 건 정말 언니다웠다. 언니는 탄환 대신 산탄이 들어 있는 샷건을 가지고 다니며, 한번 주먹을 날리면 납덩어리로 맞은 듯한 타격을 줄 수 있는 그런 여자였다. 나보다 스무 살 위였고, 내가 태어나기도 전에 엄마를 버리고 집을 나가 독립했다. 우리는 아버지는 달랐지만, 엄마로부터 사기꾼의 유전자를 풍부히 물려받은 공통점으로 묶인 자매였다.

언니가 어렸을 때 즉, 엄마가 아직 사기 행각에 몰입하기 전, 언니의 아버지(이분은 평범한 분이셨다고 한다)가 돌아가셨고 엄마는 그때까지 살던 생활 방식을 유지하기 위해 사기꾼의 길로 들어섰다. 그러나 사기꾼의 길로 들어선 엄마의 삶은 아주 빠르게 하나씩 무너져갔고, 마치 벼랑 끝에서 추락하듯 떨어진 후 다시 일어서기 위해 엄마가 했던 짓은…… 언니는 그 시절에 대해 구체적으로 말을 해준 적이 없고 나 역시 오래전부터 언니에게 아무것도 캐묻지 않았다.

자기 이야기를 털어놓으면 혹시 내가 언니를 비난할까봐 그래서 말을 안 하는 것일까 하는 생각이 들기도 했지만, 언니가 그렇게 생각한다는 건 말도 안 되는 일이었다. 내가 살아남기 위해서 어떤 짓을 해야 했는지 언니도 아는데, 그런 짓까지 한 내가 언니를 비난할 자격은 없었다. 그게 어떤 짓이든.

어쨌든 우리 자매는 깨진 조각들을 억지로 갖다 붙인 그런 여자를 엄마로 두고 자란 상처투성이의 아이들이었다. 내가 태어날 때부터 엄마는 사기꾼이었으니까, 나는 사기꾼의 딸로 태어났다. 거짓말을 입에 달고 살았고, 엄마처럼 미소로 상대를 현혹하는 자질도 타고났다. 사람들은 이걸 '매력'이라고 부르지만 나는 이것을 '유용한 것'이라 부른다. 사람들의 마음을 꿰뚫어 보고, 이에 따라 어느 상황에서건 그에 적응하여 상대의 마음이 움직이는 대로 거울처럼 행동하는 능력. 이건 자질도 저주도 아니었고 그냥 쓰기 좋은 도구였다.

나는 엄마가 누군가와 작업 중이 아닌 순간을 본 적이 없었다. 그리고 나를 사랑해주는 아빠라는 존재가 있다는 게 어떤 것인지를 짧게나마 느껴본 적도 없었다. 내 거짓말의 범주 밖에 놓인 인생을 본 적 또한 없었다.

하지만 언니를 처음 만난 날만은 생생하게 기억한다. 그때 나는 여섯 살이었고, 언니는…… 강단 있는 여자였다. 언니의 몸짓, 옷차림새 그리고 엄마가 나를 학교에 보내지 않은 이유에 대해 이런저런 핑계를 둘러댈 때 엄마를 바라보던 그 눈빛…….

나는 평생 엄마의 입을 다물게 할 수 있는 사람을 본 적이 없었다. 엄마는 모든 사람을 현혹하는 사람이었으니까. 언니는 그런 엄마에게 명령을 했다. 내가 다른 사람한테 그렇게 단숨에 혹 가까워진 느낌을 가져본 건 그때가 처음이었다. 하지만 그때부터 언니를 좋아했던 건 아니었다. 그러기에 나는 너무 많은 걸 경계하는 신중한 아이였다. 그러나 나는 그때 이미 언니에게는 그 무엇인가가 있다는 것을, 내가 바라는 그 무엇인가를 언니는 이미 가지고 있다는 것을 알아차렸다. 그때는 그게 무엇인지 정확히 표현할 수 없었는데…… 나중에 알고 보니 그건 '자유'였다.

당시 나는 언니가 엄마와 나를 찾아왔다 가면서 머릿속에 이미 계획을 세우고 있다는 사실을 알지 못했다. 내가 엄마의 손아귀에 잡혀 있다는 사실만으로도 언니가 괴로워했다는 사실도 알지 못했다. 언니는 받은 것은 반드시 갚아주는 그런 종류의 사람이었다. 그때부터 세운 언니의 계획이 완전히 실행되기까지 6년의 세월이 걸렸다. 임무가 주어지면 언니는 무서운 집중력을 발휘하는 사람이었다. 그런 언니가 나를 엄마의 품에서 벗어나게 하는 것을 임무로 삼았고 그 임무를 완수하는 데 수년의 세월을 바쳤다.

이제 언니의 새로운 임무는 나를 은행에서 빼내는 일이 될 것이었다. 하지만 이제 나는 더 이상 열두 살짜리 아이가 아니었고, 언니는 혼자가 아니었다.

언니에게는 이제 내가 있었다.

라이터 하나, 그리고 계획 없음

회색 모자의 눈동자가 흔들렸다. 총을 쥔 손은 움직이지 않았지만 눈동자는 우리 일곱 명 쪽에서 전화기로, 그러고 나서 문쪽에 서 있는 붉은 모자 쪽으로 빠르게 움직였다. 마치 어디에 화풀이를 해야 할지 몰라 짜증이 난 모습이었다. 그러고는 한순간 감을 잡은 듯 우리 바로 왼쪽 편에 있던 창구 직원을 향해 총구를 겨누며 "네가 경보를 울린 거지?"라고 물었다.

샌드위치 속 고기처럼 아이리스와 웨스 사이에 끼어 있던 내게 그 순간 웨스의 긴장된 근육과 아이리스의 초조한 숨결이 고스란히 전해졌다. 두 사람이 받는 스트레스가 온전히 내 몸속으로 흡수되는 느낌이었다. 만약 저 목소리가 언니, 리의 목소리가 맞는다면, 그건 내가 (은유적인) 경보 문자를 보냈기 때문이라는 것을 두 사람은 잘 알고 있으리라.

"아뇨. 아뇨. 절대 아무 짓도 안 했어요." 창구 직원은 고개를 저으며 적극 부인했다. 그러자 회색 모자는 로비 구석에 모여 있는 우리들 쪽으로 다가왔는데 그 기세에 놀란 우리는 뒤로 몸을 숨기고 싶었지만 숨을 공간이 없었다.

"순찰차에 타고 있어?" 벽에 바싹 붙어서 창문 한구석으로 밖을 엿보고 있던 붉은 모자에게 회색 모자가 물었다.

"은색 트럭에 타고 있어. 복장도 일반인이고." 붉은 모자가 고개를 저으며 답했다.

"총은?"

몇 자루나 가지고 있을 테지만 언니는 정말 꼭 필요한 상황이 아니면 총을 꺼내 드는 법이 없었다.

"안 보여."

회색 모자는 아무한테든 총을 쏘아대고 피를 봐야 화가 풀릴 기색이었다. 얼굴의 모든 표정과 선 하나하나가 그렇게 이야기하고 있었다. 나는 저런 표정을 알고 있었다. 바로 그런 표정을 한 인간과 맞닥뜨려본 적도 있으니까. 하지만 당시 나는 너무 어려서 어떻게 싸워야 할지, 싸우는 방법을 알지 못했다.

전화벨은 계속 울렸고 벽을 사이에 두고 언니는 저 밖에 있었다. 얼마나 떨어져 있는 것일까? 언니는 나의 안전지대와 같은 존재였다. 언제부터였는지는 모르겠지만 나는 위험할 때마다 언니가 내 옆에 있었으면 하고 바랐고, 그날 밤, 그러니까 내가 할 수 있는 일이라고는 엄마를 겨눈 총 앞에 서는 것밖에 달리 할 수 있는 게 없었던 그날 밤처럼 어린 시절의 나로 돌아가 언니를 찾고 있었다.

나는 이제 더 이상 어린애가 아니라고 마음을 다잡았다. 짧게 자른 머리에 군화 같은 신발을 신은 나는 거의 성인이 다 된 모습이었다. 어린 시절의 모든 상처는 나를 강인한 여자로 만드는 자양분이 되어주었다. 하지만 나는 고난이 사람을 더 강하게 키워준다는 말 따위는 믿지 않았다. 그건 정말 말 같지도 않은 소리니까. 때로는 차라리 죽는 게 낫겠다 싶은 상황, 살아 숨 쉬는 게 더 괴로운 상황도 있는 법이다. 목숨을 앗아가지는 않았지만 내 인생이 엉망진창 되고, 목숨을 부지하기 위해 남은 힘을 다해 싸워야 하는 상황. 목숨은 부지했지만 그런 아픈 과거는 나를 강인하게 만들기는커녕 오히려 희생양으로 만들었다.

결국 나를 강하게 만든 건 나 자신이었다. 그리고 나는 살아남았다.

나, 언니 그리고 심리 치료 선생님, 이들이 곧 내가 살아남을 수 있었던 원동력이다.

"전화를 받는 게 낫지 않을까요." 창구 직원의 목소리가 떨렸다. "경찰이 그쪽이 원하는 걸 줄 수도……"라고 말하는 그녀의 목소리가 기어들어갔다. 회색 모자가 창구 직원에게 몸을 돌려 총구를 가까이 겨누었으니까.

"이름?" 회색 모자가 물었다.

"올리비아."

"내가 오늘 본때를 보여주지. 강도가 들어왔을 때 해야 할 행동 수칙 그딴 거 다 잊어버려. 너희들의 그 규정이라는 거 내가 다 알아. 그리고 경찰의 규정집도 앞표지에서 뒤표지 끝까지 다 꿰뚫고 있다고."

"제발." 창구 직원이 흐느꼈다.

나는 회색 모자가 그녀에게 총을 쏠 것이라고 확신했고, 이를 저지하기 위해 일어서려는 찰나 전화벨 소리가 멈췄다. 갑자기 찾아온 침묵에 회색 모자는 멈칫했다.

아이리스가 나의 어깨를 살짝 쳤고, 회색 모자가 정적에 놀라 몸을 돌렸지만 붉은 모자는 이미 수화기를 든 후였다.

"이런 제기랄." 하는 소리와 함께 회색 모자는 전화기 쪽으로 달려가 파트너의 손에서 수화기를 빼앗아 들었다.

그 찰나의 순간 그는 잠시 망설였다. 그 순간은 너무 짧아서 사실 나도 잡아내지 못할 뻔했지만, 나는 계속 회색 모자에게 집중하며 관찰을 하고 있었다. 회색 모자는 수화기가 누군가의 모가지였으면 하는 모양새로 수화기를 비트는 동작에 어깨 힘이 잔뜩 들어갔다. 전화기로 카운터를 내려쳐 부숴버리기라도 할 것 같은 기세였다.

하지만 곧 회색 모자는 어깨를 펴고, 전화기를 후려치는 대신 귀에 갖다 대곤 이렇게 말했다.

"20초 준다."

— 9 —

인질범 1: 20초 준다.

오말리: 내 소개를 이미 했으니 본론으로 들어가지. 이름은?

인질범 1: 그게 무슨 상관이지? 10초.

오말리: 원하는 게 뭐지?

인질범 1: 여기 인질 일곱 명을 붙잡고 있다. 내가 원하는 건 테오도르 프레얀. 프레얀을 데려와, 안 그러면 사격을 시작해 보려 한다.

〔전화 연결 끊어짐〕

9:34 a.m. (인질로 붙잡힌 지 22분)

라이터 하나 그리고 계획 없음

"한 군데로 몰아." 회색 모자는 전화를 끊자마자 마치 드라마에 나오는 왕이 신하에게 하듯 거만한 목소리로 붉은 모자에게 명령을 내렸다. 이쪽 규율을 잘 알고 있다고 말로는 큰소리를 쳤지만 행동은 그런 사람 같지 않았다. 자기 카드를 숨기지도 않고 다 까발려 언니에게 알려주다니. 프로답지 않았다.

"거기 너희들, 저 보안직원 좀 끌어다 옮겨." 붉은 모자가 우리에게 권총을 겨누며 말했고, 이미 보안요원이 당하는 것을 지켜본 우리는 서둘러 그의 말에 따랐다. 나는 웨스에게 다가가 같이 보안요원을 옮기는 것을 도왔다. 붉은 모자는 우리를 은행 안쪽 사무실로 몰고 갔다.

"아이들은 여기 이 방에." 회색 모자가 왼쪽 방을 가리키며 명령했다. "그리고 어른은 저쪽으로." 그는 우리 맞은편의 사무실을 가리켰다.

올리비아가 놀란 눈으로 우리를 쳐다보며 "아이들은……"이라고 말을 꺼냈지만 회색 모자는 창구 직원의 말을 자르고 웨스와 나에게 이렇게 명령했다.

"입 닥치고 시키는 대로 해. 자, 이 방에 데리고 들어가."

우리는 일단 사무실 카펫 위에 보안요원을 내려놓았다. 그런 다음 웨스는 내 손을 잡아끌고 복도를 가로질러 사무실 쪽으로 향했다.

"얘들아. 괜찮을 거야." 올리비아가 말했는데 목소리가 너무나 떨려 확신을 주기보다는 우리에게 질문을 던지는 것처럼 들렸다. 회색 모자는 창구 직원 뒤를 따라 들어가 문을 닫아버렸고 우리는 아무 답도 하지 못한 채 붉은 모자를 따라 반대편 사무실로 들어갔다. 그는 방에 들어서자 책상 위의 전화기를 확 잡아채더니 겨드랑이 밑에 끼워 넣었다.

아이리스는 붉은 모자가 움직일 때마다 조금씩 어린아이의 앞쪽으로 미끄러지듯 다가갔다. "다들 조용히 해." 이 말을 남기고 붉은 모자는 방에서 나가 문을 닫아버렸다. 그리고 무엇인가를 끄는 소리가 들렸다. 사무실 문에는 잠금장치가 없었으니까 뭔가를 끌어와 막고 있는 듯했다. 밖이 잠잠해지자 나는 문에 귀를 대고 들어보았다. 그들이 아직 문밖에 있을지도 모르기 때문에 문을 열어보지 않았다. 복도 저쪽 너머로 짤깍 소리가 들리고 다른 사무실 문이 열리는 것 같은 기척이 들렸는데 확실하지는 않았다. 열어보고 싶었지만 섣불리 문을 열려고 했다가 붉은 모자가 아직 문밖에 버티고 있어서 문손잡이가 돌아가는 걸 보기라고 한다면…….

우리 쪽을 돌아보니 아이리스는 떨리는 숨을 내쉬고 있었으며, 아이는 손으로 입을 틀어막은 채 흐느끼고 있었다. 나는 웨스의 그런 눈빛, 그렇게 어두운 눈빛을 본 적이 없었다.

45

"우리 모두 정신 똑바로 차려야 해." 내 입에서 튀어나온 말이 정적을 가르고 이어졌다. "정신 줄 놓으면 끝장이야." 나는 다른 사람들에게 말을 하고 있는 것이 아니었다. 나 자신에게 말하고 있었다. 하지만 내가 하는 말은 나뿐 아니라 친구들에게도 똑같이 효력을 발휘한 듯했다. 우리 셋 모두 동시에 깊게 숨을 내쉬었으니까. 우리는 적어도 저기 저 아이보다는 나이를 더 먹었고, 그만큼 정신을 똑바로 차려야 했다. 저 아이는 지금 너무나 겁에 질려 있으니까. 내가 저 아이처럼 겁에 질렸던 그 시절 나도 저 아이만큼 어렸던가?

"맞아." 아이리스가 기운차게 말했다. 그리고 마치 지금 입고 있는 부드러운 비단과 망사로 된 얼룩무늬의 옷이 갑옷이라도 되는 듯 어깨를 활짝 폈다. 나는 방 안을 쭈욱 돌아보았다. 창문도 없고, 문도 없고, 책상만 하나 덜렁 놓여 있었다.

"내가 아이의 관심을 끌고 있을게." 웨스가 우리에게 작은 목소리로 속삭였다.

"책상이 있네." 아이리스가 답했다.

웨스가 아이 옆으로 가서 몸을 쭈그리고 앉아 낮은 목소리로 아이에게 말을 걸기 시작했을 때 나와 아이리스는 책상 쪽으로 몸을 움직였다. 전화기는 이미 붉은 모자가 끝장내버렸지만 책상 안에는 뭔가 우리에게 도움이 될 만한 게 있을지도 몰랐다.

"무기 같은 게 없나 뒤져보자." 나는 오른쪽, 아이리스는 왼쪽 서랍을 맡았다.

"카메라 선을 잘라버렸어." 아이리스가 작은 목소리로 말했다. "그리고 가장 위협이 될 만한 사람한테는 벌써 총을 쏘고."

서랍을 열던 나의 손이 잠깐 멈칫했다. 서랍 안에는 포스트잇과 마커 그리고 호치키스가 들어 있었다. 호치키스는 무기로 쓸 수 있겠다 싶었다. 하지만 한순간 내 귀에는 아이리스의 말 외에 아무것도 들리지 않았다.

"알아." 나는 아주 나직하게 답했다.

아이리스는 손을 뻗어 나의 손목을 잡고 꼭 힘을 주었다. 그건 '괜찮을 거야'라는 의미의 터치가 아니었다. 이미 아이리스는 의중의 말을 입 밖으로 뱉어내었고, 그건 괜찮지 않을 거란 의미와 같았다. 그 힘은 '나 여기 있어'라는 의미의 속삭임이었고, 나에겐 그것으로 족했다. 그럴 수밖에 없었다. 우리가 가진 건 그게 다였으니까.

아이리스는 손을 거두어 다시 책상으로 다가가 서랍을 뒤지기 시작했다.

"위스키병." 아이리스가 비행기에서 주는 싸구려 작은 위스키병들을 흔들며 말했다.

"그걸로 불을 지를 수 있겠지?"

"아마도." 아이리스가 주머니에 위스키병을 쑤셔 넣었다.

자산 2호: 보드카 세 병

나는 다음번 서랍들을 차례로 열었다. 서류 파일들만 나란히 들어 있었지만 사이사이에 손을 넣어 쓱 훑어보았다. 뭔가 숨겨져 있는 게 있을 수도 있으니까.

하지만 아무것도 나오지 않았다.

"가위다." 마지막 서랍에서 나는 가위를 발견했다. 하지만 가위의 크기가 꽤 커서 아이리스의 주머니에 들어가지 않았다. 불행히도 아이리스의 옷은 메리 포핀스의 가방이 아니었다.

"혹시 이렇게 한번……" 아이리스는 목 부분으로 가위를 밀어 넣어 대단히 복잡한 속옷 부위로 끼워 넣어보려 했다. 빈티지 란제리는 정말 복잡하게 만든 제품으로 아이리스는 특히 진품을 좋아해 정교한 제품을 입었다. 하지만 아무리 기발한 발명품 같은 옷을 입었어도 가위가 튀어나오지 않게 잘 넣을 방법은 도무지 찾을 수 없었다.

"내가 해볼게." 나는 아이리스로부터 가위를 넘겨받아 내가 입고 있는 펑퍼짐한 청바지 허리밴드에 넣고는 튀어나온 가위 손잡이 부분을 그 위의 주름으로 덮어보았다. 그러고는 앞뒤로 획획 움직이며, "가위 윤곽이 보여?"라고 물어보았고 아이리스는 머리를 저었다.

"좋아. 됐어."

자산 3호: 가위

"또 뭐 없을까?" 하고 마지막 서랍을 열어보았지만 서랍 안은 비어 있었다.

"아무것도 없네."

우리의 눈이 서로 마주쳤다. 두려움에 찬 아이리스의 갈색 눈동자와 나의 파란색 눈동자. 이 정도 가지고는 턱도 없는데. 아이리스는 입술을 핥았고, 나는 어깨를 펴고 냉정을 되찾았다.

"우리에겐 정보가 필요해."

"맞아. 그래." 그러면서 나는 문득 아이를 쳐다보았다. "근데 저 아이 보호자는 어디 있는 거지?" 갑자기 의문이 들었다.

"뭐?"

"저 애는 로비에서 우리 모두 같이 있을 때 아무에게도 가지 않았어." 나는 기억을 더듬으며 말했다. "그리고 애를 여기에 우리랑 같이 밀어 넣을 때조차 어른들 누구 하나 난리를 치지도 않았고. 부모라면 가만히 있었을까? 이런 상황에서 애랑 떨어지는데?"

아이리스는 고개를 갸우뚱했다. 이마에 주름까지 잡혔다. 그러고는 곧장 웨스와 아이가 있는 쪽으로 걸어가더니 얼굴에 사람 좋은 부드러운 미소를 짓고 아이를 향해 몸을 숙였다.

"얘, 나는 아이리스 몰튼이라고 해. 넌 이름이 뭐니?"

"케이시." 아이가 대답했다. "케이시 프레얀."

순간 가슴이 철렁했다. 지점장과 같은 성. "너, 아빠를 기다리고 있었구나. 그렇지?" 이렇게 물어보는 내 목소리는 떨고 있었다. 아이가 고개를 끄덕이기도 전에 이미 답은 너무 분명했으니까.

"여기 지점장이 아빠지?"

아이가 다시 고개를 끄덕였다.

나는 아이리스와 웨스를 올려다보았다. 내 얼굴은 아마 그들의 얼굴 표정을 비추는 거울이었을 터다. 젠장, 일이 더 꼬여버렸군.

문제 1: 지점장이 자리에 없는 관계로 은행 강도의 행각이 틀어짐.

문제 2: 은행 강도들은 현재 지점장의 부재를 초월하는 궁극의 인질을 보유하고 있음. 다만 그들이 그 사실을 모르고 있을 뿐.

나는 최대한 상냥한 미소를 지으며 아이에게 말했다. "케이시, 저기 저쪽 두 번째 서랍을 좀 체크해줄래? 거기 파일이 많이 있는데 우리가 혹시 뭐라도 놓친 게 있나 싶어서."

"네."

아이는 책상 쪽으로 갔고, 웨스는 아이가 멀어졌을 때 작은 소리로 말했다. "저놈들이 원하는 게 지점장이잖아."

"창구 직원한테서 현금을 빼앗으려 하지도 않았고. 현금 금고 이야기는 꺼내지도 않았어. 그냥 지하랑 지점장만 찾았지." 아이리스가 덧붙였다.

"뭔가 이상해. 이건 그냥 현금을 노리는 은행 강도가 아냐."

"그럼 우린 이제 어떻게 해야지?" 웨스가 물었다.

어깨 너머로 케이시를 보니 책상 옆에 무릎을 꿇고 앉아 파일 더미를 훑고 있었다.

"뭔가 더 정보를 캐내야 해. 꼭 지점장을 통해야만 그들이 원하는 걸 가질 수 있는 모양이야. 그게 아니라면 이미 창구 직원을 통해 원하는 걸 접수했겠지."

"하지만 저 강도들이 자기들의 계획을 다 알려주지는 않을 거야, 노라." 웨스가 말했다. 그 목소리에는 주차장에서부터 웨스 안에 도사리고 있던 좌절감이 그대로 묻어 나와 내 얼굴에 훅 열이 번지는 느낌이었다.

맞아. 웨스는 아직도 여전히 나에게 화가 나 있어. 정말 정말 화가 많이…….

하긴 그럴 만도 했다. 전 여친의 현 여친이 자기의 친구인 걸 알았을 때 아마 면전에서 뒤통수를 세게 얻어맞은 것 같은 심정이었을 터이다. 그리고 설상가상으로 나는 그에게 더 이상 거짓말을 하지 않겠다는 약속도 지키질 못했다. 웨스와 나는 사귈 때는 물론이고 헤어지고 난 이후에도 약속을 깨진 않았다. 단지, 서로 고통스럽게 과거의 상처를 주워담고 있는 중이었다. 프랑켄슈타인이 아니라 프랑켄프렌드라고 웨스는 농을 날리곤 했는데 그 농담을 들을 때마다 나는 웃을 수 없었다. 왜냐하면 정말 사실이었으니까. 그리고 이 유머의 어두운 반전은 바로 이런 기괴한 친구 사이가 유지될 수밖에 없는 이유였다.

하지만 지금 웨스에게서는 유머의 흔적은 눈 씻고 찾을래도 찾을 수 없었다. 내 몸속 아드레날린 시스템이 광속으로 열심히 전격 작동하지 않는 한 웨스의 저런 반응은 정말 무서웠다. 하지만 우리의 목숨이 5분 후에도 붙어 있을지 알 수 없는 이런 상황에서는 그런 생각은 잠시 접어두어야 했다. 그리고 집중.

자 그러면 저 아이를 어떻게 숨길 것인가?

이들은 조만간 우리의 이름을 물어볼 것이다. 아니면 이미 우리 신분증에서 우리 이름을 보았을지도 모른다. 아 아이의 신분증은?

"케이시, 혹시 학생증 같은 거 가지고 있니?"

아이는 책상에서 머리를 내밀고 흔들었다. "가방을 엄마 집에 두고 왔어요. 근데 엄마 회사 미팅 시간이 너무 촉박해 다시 집에 가서 가져올 시간이 없었어요. 그래서 엄마가 화가 났어요.
제 휴대폰도 가방에 들어 있어요."

"잘됐네." 내가 이렇게 말하자, 케이시가 인상을 찌푸렸다.

"자, 잘 들어. 저 두 아저씨가 네 이름을 물으면 진짜 이름을
말하면 안 돼." 내가 말했다. "아빠가 누구인지도. 그냥 언급을
하지 마. 그리고 이름은 케이시 몰튼이라고 해. 응? 아이리스의
사촌인 거야. 알았지?"

케이시의 인상이 더 찌푸려졌다. 아이는 왜 그래야 하는지 이
유를 이해하지 못했고, 우리에겐 아이가 알아듣게 설명할 시간
이 없었다. 바로 문밖에서 물건을 치우는 소리가 들리기 시작했
으니까. 두 놈 중 누군가가 돌아오고 있었다.

"케이시, 알았지?" 일단 나는 아이의 다짐을 받아야 했다. 아
이는 눈동자가 커지더니 납득이 안 된다는 표정을 지었다. 저
아이의 피에는 그리고 머리에는 사기와 협잡 같은 게 들어 있질
않으니까.

"전……."

"케이시 몰튼. 따라해봐."

손잡이가 돌아갔다.

"케이시 몰튼." 아이가 속삭이듯 말했다.

그 순간 문이 활짝 열렸다.

— 11 —

레베카: 상냥하고, 조용하며, 명랑한

어린 시절 기억 중에 지금도 분명하게 떠오르는 것은 엄마가 거울 앞에 나를 앉혀놓고 내 금발 머리를 빗겨주시며 "레베카! 네 이름은 레베카야. 말해보렴. 레베카 웨이크필드."라고 말하는 장면이다.

혹시나 해서 하는 말인데, 내 이름은 레베카가 아니다. 지금 살고 있는 클리어 크리크의 사람들은 모두 나를 노라로 알고 있지만, 사실 노라도 내 이름이 아니다.

어렸을 때 나는 이게 엄마와 하는 장난인 줄 알았다. 레베카로 부르는 장난. 그러나 엄마가 레베카 이외의 이름에 내가 반응을 보이면 내 팔을 찰싹 때릴 때쯤에야 이게 장난이나 게임이 아니라는 것을 알게 되었다. 그건 내 인생이었다.

레베카, 사만다, 헤일리, 케이티, 애슐리. 나는 이런 소녀들을 거쳐왔다. 우리 엄마가 먹잇감을 완벽하게 사기 치기 위해 분신하는 여자들의 완벽한 딸. 이 딸들은 나였지만 모두 제각각 달랐다. "최고의 사기꾼은 그럴듯해야 해. 진실의 향기가 나야 한단다." 엄마는 나에게 이렇게 말씀하셨다. 이렇게 진실의 향기를 뽑기 위해 엄마는 이야기를 지어내었는데, 너무나 그럴듯한 사연들을 지어내서, 사람들은 그 진위를 의심하지 않았다.

레베카는 긴 머리를 늘어뜨리고 머리띠를 하고 다녔다. 그때부터 엄마는 살짝 다듬는 것 외에 내가 머리 자르는 것을 허락하지 않으셨다. 언니가 나를 탈출시켜준 열두 살 때 내 머리는 거의 엉덩이에 닿을 정도로 길어서, 사람들은 때때로 엄마나 나에게 말을 걸며 머리가 너무 예쁘다고 칭찬을 하곤 했다.

레베카는 분홍색을 즐겨 입었다. 나는 분홍색은 별로라고 보라색이 좋다고 말했지만, 엄마는 "레베카는 분홍색을 좋아하는 아이"라고 말씀하셨다. 분홍색은 레베카가 가장 좋아하는 색깔이라고 반복하며 내게 똑같은 말을 반복하게 만드셨다. 그 외에도 엄마와 단둘이 있을 때 나는 많은 것들을 외우고 반복해야 했다. 엄마는 "너의 머리는 스펀지와 같아서 빨리 배워. 그리고 세상을 알아야 한단다. 너와 나는 정말 크게 될 거야."라고 하셨다. 그런데 나중에 알고 보니 그 크게 된다는 것은 사람들을 벗겨 먹는 사기꾼을 의미했다.

레베카는 저스틴의 딸이었다. 저스틴은 우리 엄마였고, 동시에 우리 엄마가 아니기도 했다. 저스틴은 갈색 렌즈를 꼈고, 몸에 딱 붙는 치마를 즐겨 입었다. 저스틴은 엄마의 진짜 목소리와 다른, 정말 경쾌하고 발랄한 톤으로 사람들과 대화할 때마다 '자기'를 연발했다. 저스틴의 직업은 보험회사 접수원이었고, 그때 엄마의 표적은 그 보험회사의 재무 담당 CFO였던 케네스 아저씨였다. 케네스 씨는 회사의 곳간을 축내고 있었을 뿐만 아니라 보험 가입을 빙자해서 많은 돈을 횡령하고 있었다. 엄마는 손가락을 튕기는 정도의 아주 빠른 속도로 케네스 아저씨에게 공갈 협박을 해서 돈을 뜯어냈다.

그때 나는 어렸다. 아직 배우는 단계였고, 아주 귀여운 모습으로 엄마가 일하는 사무실에 가는 것이 내가 할 역할의 전부였다. 나 같은 딸을 데리고 가면 엄마의 이미지가 부드러워져서 아무도 이렇게 예쁜 딸을 가진 과부 접수원이 사기를 치리라고 생각하지 않았다.

레베카 역할을 하면서 나는 거짓말하는 법을 배웠다. 그것도 사람들 눈을 똑바로 쳐다보며 진실이 아닌 말들을 술술 쏟아내는 법을 배웠다. 거짓말을 하면서도 나의 일부가 그걸 진실이라고 믿고 있었기 때문에 그다지 어렵지 않았다. 이를 통해서 나는 또 진실과 거짓이라고 하는 경계선이 얼마나 애매한지를 알게 되었고, 그리고 그 경계선상에서 놀 때 얼마나 커다란 힘을 갖게 되는지도 알게 되었다.

나는 쿠키 하나를 훔치고 눈이 동그랗게 커지는 보통의 일곱 살 난 여자아이가 아니었다. 나는 사람들을 갖고 놀았고, 내가 어떤 짓을 해야 사람들이 내가 원하는 반응을 보이는지도 하나씩 깨달아가고 있었다. 또한 어떻게 미소를 지어야 상대방도 나에게 미소로 화답하는지까지 꿰뚫고 있었다. 내가 빙글빙글 돌며 춤을 추면 사무실에 있는 아줌마들이 모두 다 손뼉을 치면서 좋아했고, 나에게 초콜릿이나 사탕을 주었다. 내가 엉엉 울기라도 하면 사람들이 모두 나에게 관심을 집중해서, 엄마는 필요한 서류를 빠르게 확보해 빼내올 수가 있었다.

이렇게 레베카의 분신으로 한 발자국씩 다가가면 다가갈수록 나는 본래의 내 모습에서는 더 멀어졌다. 나는 엄마가 한마디만 하면, 그리고 엄마와 단둘이 있을 때면, 그 즉시 나 자신으로 돌아와야만 했다. 그래서 나는 엄마와 있을 때는 나였다가, 다른 사람들과 있을 때는 엄마가 부여해준 역할의 아이가 되는 그 사이를 항상 왔다 갔다 했다. 아무것도 확실한 건 없었다. 나에게는 단단히 딛고 일어설 땅 자체가 없었다. 나는 한쪽으로 기울어진 삐딱한 땅에서 춤을 추는 법을 그때부터 배웠다.

엄마는 언제 일을 마무리해야 될지를 확실히 알았다. 케네스 아저씨가 사태를 파악하고 우리를 지목하기 바로 직전 우리는 그 지역을 떠났고, 우리의 이름도 버렸다. 그러고 나면 엄마는 새로운 먹잇감을 찾았고, 또 새로운 거처로 들어가 거울 앞에 나를 앉혀놓고 내 머리를 새로운 스타일로 꾸며주면서 이렇게 말했다. "사만다, 네 이름은 사만다야."

엄마가 공략할 대상으로 뽑은 먹잇감들은 나쁜 사람들이었다. 엄마는 어차피 나쁜 사람들이기 때문에 이들의 돈을 뜯어먹는 것은 정의로운 일이라고 정당화했다. 왜냐하면 그런 남자들에게는 돈이 전부이며, 돈이 사라지면 그 사람들은 하찮은 인간이 되고 마니까. 하지만 세월이 흐르면서 내가 해야 할 역할의 소녀 이름이 점점 더 늘어나는 가운데 나는 진실을 깨닫기 시작했고, 이렇게 차차 드러나는 진실을 부인하기 힘들었다.

엄마가 나쁜 남자들을 선택하는 이유는 엄마가 그 나쁜 남자들에게 끌리기 때문이었다. 나쁜 남자들과 그들을 따라다니는 위험에 엄마는 끌렸던 것이다. 엄마 자체가 항상 위험한 사람이었기 때문에…… 엄마는 이렇게 위험한 경주를 선택했고, 거기에 나를 같이 태웠다. 어쩌면 나도 엄마처럼 그렇게 나쁜 남자에게 끌리게 된 건지도 모른다. 모전여전이니까.

그런데 엄마와 나 사이에는 한 가지 차이점이 있었다. 엄마가 나쁜 남자에게 끌리는 이유는, 엄마의 마음 깊숙한 곳에 그들의 사랑을 원하는 마음이 있었기 때문이었다. 엄마는 그 나쁜 남자들이 엄마를 사랑해주기를 원했다.

나는 나쁜 남자들을 사랑하고 싶지 않았다. 그리고 그들이 나를 사랑하는 것도 원하지 않았다. 나는 아주 어렸을 때부터 나쁜 남자들에게서 얻을 수 있는 것이라곤 잘해야 고통이라는 것을 깨달았다. 따라서 나쁜 남자들을 만났을 때 내가 할 수 있는 최선은 그들을 파멸시키는 것이었다.

— 12 —

라이터 하나, 보드카 세 병, 가위, 그리고 계획 없음

이번에 우리가 갇혀 있는 사무실로 들어선 것은 회색 모자였고 내 눈에 맨 처음 들어온 것은 그의 손가락 관절 마디에 묻어 있는 피였다. 나는 케이시를 내 뒤에 숨겨주고 싶었다. 이번엔 누구를 손본 걸까? 보안요원을 또? 창구 직원 먼저? 아니면 로비에 있는 동안 내내 얼어서 울기만 하던 그 아줌마?

어떻게 하지. 어떻게 하면 좋을까? 내 마음은 갈피를 잡지 못하고 있었다. 하지만 지금 이 순간 무엇보다 확실한 건 케이시의 신원을 숨겨야 한다는 사실, 그게 그 아이의 안전을 위해 최선이었고, 그래서 일단 케이시를 숨기는 일에 집중하기로 했다.

그리고 내게는 가위도 생겼으니, 필요하다면 활용해볼 것이었다.

거기에 생각이 미치자 소름이 끼쳤다. 나는 과거의 나였던 소녀들이 오랜 세월 내게 가르쳐온 모든 것들로부터 도망쳐왔는데…… 언니가 나를 구해준 직후, 나는 잠을 이룰 수 없을 때마다 레베카, 사만다, 헤일리, 케이티, 애슐리 그 이름들을 불러보곤 했다. 그 이름을 부르다 보면 잠을 청할 수 있었다.

이제는 잠을 청하기 위해 더 이상 그 이름들을 부를 필요가 없었지만 다시 그들을 소환해야 할 순간이 왔다. 회색 모자가 입을 열었다.

"구석으로 가."

우리는 그의 명령대로 구석으로 갔고, 웨스는 맨 앞에서 우리를 막아섰다. 웨스를 지켜보던 회색 모자의 입이 씰룩거렸다.

"자, 해봐." 회색 모자가 명령했고, 나는 이게 무슨 뜻일까 잠시 혼란스러웠다. 그러던 차에 붉은 모자가 들어왔다. 붉은 모자는 들어오자마자 방을 훑고 지나가며 책상을 통과해 가짜 캐비닛 모양 판을 확 잡아당겼다.

"제기랄." 붉은 모자가 소리쳤다. "아무것도 없어."

그제야 나는 그들이 우리를 이렇게 사무실 안에 가둔 이유가 무기를 갖지 못하게 하려는 게 아니었음을 깨달았다. 이들은 무엇인가를 찾고 있었다.

먹잇감에 원하는 것을 던져줘라. 이것이 사기의 첫 번째 단계였다. 이를 통해 신뢰를 구축한다. 그러려면 우선 이들이 원하는 것을 찾아 그걸 주어야 했다. 붉은 모자가 화난 걸음으로 방을 나가버렸고, 회색 모자가 막 문을 닫으려는 참에 나는 목을 앞으로 쭈욱 빼어 복도 쪽을 쳐다보았지만 아무것도 보이지 않았다.

"어딘가 그 연장 상자가 있을 텐데." 문이 닫힐 무렵 붉은 모자가 중얼거렸고, 조금 뒤 우리를 가두어두기 위해 문 앞을 막았던 물건을 다시 끌어다 놓는 소리가 들려왔다.

나는 황급히 문 쪽으로 다가가 귀를 바짝 대고 소리를 들어보앉다. 두 사람의 목소리는 들리지 않았다. 대신 사이렌 소리가 들려왔다. 보안관이 왔구나. 너무 빠른데. 내게는 시간이 필요했다.

가정 1: 이들은 돈 때문에 여기 온 게 아니라, 지점장만이 접근할 수 있는 무언가를 위해 왔다. 바로 안전금고, 그들은 금고 열쇠가 필요한 것이다. 뿐만 아니라 안전금고가 있는 방에 들어가는 열쇠도 필요할지 모른다.

가정 2: 이들은 지점장 사무실로 들어가려 한다. 왜? 그 열쇠가 필요하니까.

이제 사이렌 소리는 더 이상 들리지 않았지만, 저 멀리서 은행 사무실 전화벨 울리는 소리가 들려왔다. 언니가 다시 연락을 시도하고 있었다.

시간이 없어. 노라, 제기랄, 빨리 계획을 세워봐.

"케이시." 나는 구석에 앉아 있는 케이시에게 다가가 몸을 숙이고 물었다.

"아빠에 대해 아는 걸 다 말해봐."

"우리 아빠요? ……뭘요?"

"엄마가 너를 여기 데려다주셨다고 했지? 이혼하셨니?"

"네, 3년 전에."

"넌 아빠를 좋아하니?"

아이는 무슨 그런 말도 안 되는 질문을 하느냐는 듯이 인상을 찌푸렸고, "당연히 아빠를 사랑하죠."라고 했는데 이건 많은 의미가 담겨 있는 답이었다.

"아빠가 돈 문제로 힘들어하시니? 누가 먼저 이혼하자고 한 거야? 엄마? 아빠?"

"전 잘 몰라요. 그게 왜 중요한 거죠?"

아이리스가 의미심장한 표정으로 나를 쳐다보더니 케이시에게 미소를 지으며 말했다. "지금 저기 저 아저씨들은 너희 아빠를 만나러 온 거야. 현금이 든 서랍이나 금고를 털러 온 게 아니라고. 그게 정말 이상하거든. 그니까 아는 게 있으면, 뭐라도 엿들은 게 있으면 이야기해줘. 안 그럼 아빠가 위험해지실지도 몰라. 우린 저 사람들이 원하는 게 뭔지를 알아내려는 거야. 저들이 원하는 걸 빨리 찾아내주면 우린 빨리 집에 돌아갈 수 있어."

"집에요?" 이렇게 말하며 아이는 터져 나오는 눈물을 참으려 애썼지만, 아이의 노력에 상관없이 눈물은 주르륵 흘러나왔다. 아이가 눈물을 훔치는 동안 나는 못 본 척해주었다. 아이는 젖먹던 힘까지 쓰며 용기를 내고 있을 것이다.

이런 아이들은 은행 강도 대비 훈련 같은 걸 해봤을 리가 없었다. 학교에 총기 난사범이 들어오면 어떻게 해야 하는지, 그런 훈련을 받은 게 고작일 테니까. 뛰어, 숨어, 싸워.

그런 훈련은 다들 받아봤고 모두 한 번씩은 총기 난사범이 들어오면 어떨까 상상해보았을 것이다. 하지만 진짜 그런 상황을 마주하면 모두가 상상했던 모습과는 아주 달라진다. 혹여 도망친다고 절대 부끄러워할 필요는 없다. 숨는다고 비겁한 것도 아니다. 목숨 걸고 싸우는 일은 누구에게나 두려운 법이다.

한데 여기는 도망칠 데도, 숨을 곳도 없다. 남은 방법은 하나밖에 없는데 우리는 어디에 의지해 싸워야 하나?

독사가 되어야 해. 만약에 물리면, 나도 상대를 물어뜯어줄 준비가 되어 있어야 해. 나는 이런 말을 듣고 자랐다. 하지만 듣고 자란 대로 할 수 있는지는 그 상황에 맞닥뜨려봐야 안다.

"그러엄, 우리 모두 집에 갈 수 있고말고." 아이리스가 말했다. 집으로 돌아가는 건 희망 사항이었지만 아이리스는 정말 진심 어린 목소리로 말했다. "하지만 그러려면 먼저 우리가 함께 협력을 해야 가능해. 뭐 생각나는 거 없니?"

"아빠가 도박을 해요." 케이시가 말했다. "아빠는 단도박 모임 (GA[Gamblers Anonymous]. '익명의 도박중독자들'이란 뜻-역주)에도 나갔어요. 그러다가 치료를 중단했고, 그래서 엄마가 이혼 청구를 했어요."

"그럼 아빠 집에 누가 찾아오거나 한 적은 없니?" 내가 물었다. "돈을 요구했다거나, 아빠가 요새 다친 적은 없어? 멍이 들었다거나, 팔이 부러졌다거나."

이거 혹시 고리대금업자와 얽힌 건가? 그래서 마스크도 안 쓰고 들어온 거고?

"아뇨. 그런 거 같지는 않아요."

"아빠가 밤에 외출을 하신다거나 그러진 않고?"

"전 아빠랑 일주일에 세 번 봐요." 케이시가 말했다. "예전에는 그게 화, 수, 목요일이었는데 요새는 주말에서 월요일까지로 바뀌었어요. 이건 아빠가 요구한 건데 이렇게 바꾸자고 해서 엄마가 그럼 주말을 저랑 못 보낸다고 화를 내셨거든요. 그리고 엄마가 이모한테 아빠가 새로운 포커 게임을 찾아낸 것 같다고 하는 말을 엿들었어요."

여기까지 들었을 때 내 머릿속에서는 뭔가가 스쳐 지나갔고, 웨스를 쳐다보니 그의 눈썹도 일그러지고 있었다.

"너의 아버지가 목요일에 포커 게임하지 않니?" 웨스에게 물었다.

웨스는 고개를 끄덕였다. "엄마가 오페라 이사회 회의 때문에 치코에 가고 집에 없는 날이야. 말은 그냥 친구들이랑 한판 하는 거라고 하던데. 근데 너도 알잖아. 어떤 분인지."

"아, 그럼, 알고말고." 나도 모르게 무심코 이런 답이 튀어나와버렸다. 그리고 이 말에는 모든 역겨움과 혐오감이 담겨 있었다. 필립스 시장은 나의 배짱을 맘에 들어하지 않았는데 자고로 상대에 대한 느낌이라는 것은 상호적이니까. 나도 웨스 아버지를 맘에 들어할 이유가 없었다. 애초에 당신 아들보다 유니폼이 많이 있고, 머리가 짧은 여자아이랑 당신 아들이 데이트하는 걸 못마땅해하셨다. 그리고 그게 끝이 아니었다. 그 끔찍한…… 우리가 헤어졌을 때 웨스의 아버지는 내가 시작한 그 싸움에서 당신이 이겼다고 생각했다. 하지만 그건 웨스가 얼마나 선한 아이인지를 모르고 한 착각이었다. 나는 선한 그 남자애와 연인관계를 정리했을 뿐 친구 관계까지 청산할 생각은 없었다. 우리가 친구 사이로 지내는 동안 웨스 아버지는 아들에게 아무 짓도 할 수가 없었다.

"도박판 돈이 얼마나 왔다 갔다 해?"

"몰라. 그런 거 할 때 난 집에 없으니까. 벌써 몇 년 됐잖아."

"미안." 나는 낮은 목소리로 우물거리듯 말했다. 괜한 상처를 들쑤시는 꼴이었으니까. 하지만 다음 순간 나는 다시 잽을 날렸다. "하지만 그 게임을 하러 오는 사람들은 본 적이 있을 텐데. 그치?" 웨스가 고개를 끄덕였다.

"붉은 모자나 회색 모자 같은 사람 본 적 없어?"

"전혀."

"지점장은?"

"글쎄, 아는 사람이 있어서 자리를 확보했으면 왔을 수도…… 무슨 생각하는 거야? 뭐 짚이는 거라도 있어?" 웨스가 물었다.

"아직은 몰라. 강도들은 어디선가 케이시 아빠를 만났을 텐데. 만약 도박하는 자리에서 만났다면 거기에서 뭔가를 흘렸을 수도 있고."

"카지노도 있잖아." 웨스가 답했다.

"그건 너무 사람들 눈에 띄어서 싫어할걸. 그것 때문에 이혼까지 했는데."

나는 미안한 마음에 케이시 눈치를 보았으나 케이시는 언짢은 기색 없이 나를 쳐다보고 있었다.

"아직 마을에서 존경받는 자리에 있는 사람이잖아. 모든 사람을 위해 특히 자기 가족을 위해 숨기고 싶었을 거야. 시장 집에서 모여 놀면서 게임 한판 하는 거라고 하면, 일종의 위신도 서고, 사회적으로 뭔가 덮어질 수도 있고. 많은 사람들이 모인 담배 연기 자욱한 방에서 슬롯머신 당기는 거랑은 차이가 있지."

"그럼 우리 집에서 포커 게임하다가 빚을 진 놈들이 저 강도를 여기 보낸 거라고 생각하는 거야?" 웨스가 물었다.

"아냐. 그냥…… 우리 언니한테 지점장을 데려오라고 요구했잖아. 지금 연장 박스를 찾고 있고. 사전에 연장도 준비 안 해온 거야."

"그건 필요할 거라고 생각도 못 한 거지." 아이리스가 말했다. "지점장이 있을 거라고 생각했으니까. 지점장만 있으면 원하는 걸 확보할 수 있을 거라고 생각한 거잖아."

"그니까 지점장실에 필요한 게 있는 거야." 내가 말했다. "지하 금고로 가는 열쇠 말야. 지점장은 창구 직원을 데리러 가느라 아직 출근을 안 했고, 지점장실 문은 지금 잠겨 있어. 그리고 아까 그 창구 직원한테는 지점장실 열쇠가 없고. 만약 있었으면 줬겠지. 열쇠가 없으니까 부수고 들어가야 하는데…… 부수고 들어갈 준비도 안 해온 거지."

"그런데 그게 지금 우리한테 무슨 도움이 되는 거예요?" 케이시가 물었다.

"그들이 원하는 걸 알면, 우리가 그걸 줄 수 있어." 웨스가 답했다. "그럼 신뢰가 생기는 거야. 그럼 우린 시간을 벌 수 있을지도 몰라." 웨스는 내가 했던 말을 그대로 내뱉고 있었다. 그러는 웨스의 눈빛과 목소리에는 아무런 감정이 실려 있질 않았다. 웨스는 아마 내가 자기한테 저지른 잘못을 만회할 기회를 주지 않을까? 나는 내가 오래오래 살아서 꼭 그에게 한 잘못을 만회할 기회를 달라고 기도했지만, 고개를 들고 머리를 쥐어짜다 보니 아마 그런 날이 오지 못할 거란 현타가 밀려왔다.

그때 내 눈에 환기구가 들어왔다. 낡은 벽돌 건물에 흔히 설치된 큰 환기구. 저 정도면 내가 들어갈 수 있겠다. 지점장 사무실은 여기에서부터 사무실 세 개 정도 지나가면 있는 거리. 아주 조용히 그리고 신속하게 진행해야 했다.

문 쪽에서 뭔가를 내던지는 듯한 소리가 들렸고, 계속 울리던 전화벨 소리가 멈추고 붉은 모자가 언니를 향해 온갖 욕을 해대기 시작했다. 그 순간 나도 모르게 주먹에 힘이 들어갔는데, 얼마나 세게 쥐었는지 손톱이 피부를 찌르는 바람에 저절로 움찔했다. 나는 항상 왼손 손톱을 길게 길러두고 있었다. 때로 내가 가진 유일한 무기가 내 몸밖에 없는 상황도 생기니까.

나는 다시 환기구를 쳐다보았다.

그리 탐탁한 아이디어는 아니었다.

끔찍한 계획에 끔찍한 시작.

하지만 다른 방도가 없었다.

아이리스는 케이시 옆에 앉아 학교생활에 대해 물어보기 시작했다. 밖에서 들려오는 큰 소리에 겁먹지 않도록 아이의 주의를 끌어보려는 시도였지만 별 도움은 되지 않아 보였다. 그래도 애는 써봐야지.

나는 자리를 옮겨 환기구 바로 밑으로 가서 위를 올려다보았다.

"뭐 하는 거야?" 내 뒤를 따라온 웨스가 조용히 물었다.

"나를 좀 올려줄 수 있겠어?" 환기구를 가리키며 내가 물었다.

"저리로는 못 나가."

"나가는 게 아니라, 들어가려는 거야."

웨스의 눈이 커졌다. "지점장실로?"

"저들이 지금 거길 들어가려는 거잖아. 맞지? 붉은 모자는 연장을 찾고 있어. 왜냐하면 총으로 쏴대면 경찰이 올 테니까. 근데 내가 안에서 문을 열어주면······."

"그건 너무 위험해." 웨스가 한 발자국 뒤로 물러나더니 팔짱을 끼고 말했다. 사람들은 고집을 부릴 때 보통 팔짱을 낀다. 그리고 웨스는 입술을 깨물고 생각하는 표정이 되는데 이건 웨스가 완고하게 자기 의견을 말할 때 나오는 행동이었다. 지금 웨스는 너무나도 친숙한 그 표정으로 "그건 안 돼."라고 선언하고 있었다.

"웨스, 생각해봐." 나는 낮은 목소리로 말했다. "그 남자 보면 누구 생각 안 나?"

나는 회색 모자라고 구체적으로 지칭할 필요가 없었다. 실수투성이에다 무능력하고 즉흥적인 붉은 모자는 우리 안중에 없었다. 회색 모자는 붉은 모자와 질적으로 다른 인간이었다.

회색 모자는 잔인한 놈이었다. 웨스와 나는 '잔인'이란 게 뭔지 너무나 잘 알았다. 우리 둘 다 그걸 잘 안다는 사실 자체가 너무나 싫었다. 우리 둘 중 하나만 알았으면, 그냥 나만 그걸 알고 사는 인간이면 좋았겠지만, 아니었다.

내 엉덩이에는 휘어진 말발굽처럼 보이는 흉터가 있고, 그 흉터는 웨스 어깨에 깊이 새겨진 그 마디처럼 생긴 흉터와는 달랐다. 하지만 웨스는 우리가 아직 어렸던, 10대가 채 되기도 전이었던 시절 내 흉터를 보고 한번 더듬어보더니 "누가 너한테 이런 짓을 한 거야?"라고 물었다. 웨스의 목소리에서 느껴지던 그 긴장감, 그리고 웨스가 피부 위에 그런 흉터를 남길 수 있는 게 부츠 뒷굽이라는 걸 알고 있다는 사실을 깨달은 나는 떨리는 손으로 그의 어깨에 난 흉터를 더듬으며 되물었다. "누가 널 이렇게 때린 거야?" 그때 우리는 서로의 인생이 어떠했을지 짐작했다. 웨스의 어깨에 난 이상한 사각형 모양의 흉터가 허리띠 벨트버클 때문에 생긴 거란 사실을 난 알았다.

우린 그런 공통점을 공유하고 있었다. 흉터…… 그리고 흉터에 얽힌 사연과 애초 안락은커녕 최소한도의 '안전'도 제공해주지 못하는 가정에서 태어난 사람들이란 걸. 우리 둘의 차이점이라면 웨스는 그런 나무에서 자랐지만 열매를 맺었다는 것이고, 나는 속으로부터 썩어버렸다는 것인데, 그 사실을 나는 열심히 숨기고 있었지만 썩은 건 어쩔 수 없었다.

"저 사람들은 원하는 게 있어." 웨스가 말했다. 그것이 사실이기를 바라기라도 하듯이. "원하는 걸 얻으면……."

"저 사람들 마스크도 안 썼잖아." 나는 아이리스와 이야기할 때와는 달리 이번에는 이 말이 함축하는 바를 숨기려 하지 않았다. 웨스의 가슴이 움찔했고 나는 웨스가, 내가 무슨 말을 하는지 알고 있다는 걸 알았다.

그럼에도 불구하고 나는 멈추지 않고 확인하듯 그 말을 내뱉었다. "우리를 살려두지 않을 거야." 나는 나지막이 속삭이듯 말했다. 웨스는 내 말을 회피하지 않았고 나도 머뭇거리지 않았다. "저들이 알고 있는 협상 기술은 누굴 죽이는 거야. 그것밖에 몰라. 로비에서도 봤잖아."

"창구 직원도 거의 쏠 뻔했고."

"붉은 모자는 멍청해. 하지만 회색 모자는……."

"즐기고 있지."

이 말을 듣자 내 안에서 무엇인가 덫에 갇혔던 것이 풀려난 느낌이 들었다. 웨스도 금세 알아차렸다. 웨스는 나와는 달리 나쁜 놈들을 연달아 줄줄이 대하며 살아야 할 필요는 없었을지 모르지만 나름 17년 동안 그만의 적과 싸워온 내공이 있었고, 그 와중에 살아남기 위해서 나름의 생존 기술도 익혔을 터였다.

오늘은 어느 누구도 영웅으로 남지는 못할 것이었다. 잘해야 생존자쯤으로 기록되겠지. 그 생존자가 되기 위해서는 웨스와 아이리스가 함께해주어야만 했다.

"저 사람들에게 유용한 존재가 되어야 해." 나는 계속 이어나 갔다. "쓸모가 있다고 판단되면 쏘지 않아. 적어도 맨 먼저 보내진 않을 거야. 오히려 내 이야기에 귀를 기울일 거야."

"하지만 유용한 존재가 되면 너한테 관심이 집중돼."

"맞아. 바로 그거야."

"세상에, 노라!"

웨스는 내가 마치 독을 품은 포자를 가진 곰팡이라도 되는 듯한 발 뒤로 물러섰다. 그 모습은 웨스가 모든 것을 다 알게 된 그날과 똑같았다. 아마 내 얼굴에 그게 씌어 있었을 것이다. 내 눈이 이글거리고 내가 그동안 그렇게 숨기려 애를 썼던 그 소녀 들이 모두 모습을 드러내고 있었을지도 모른다. 하지만 지금 나는 그들이 모두 필요했다. 그들의 삐딱한 지식들, 구둣발 자국 난 흉터 및 프랑켄슈타인과 같은 심장이 모두 필요했다.

그 모든 것이 있어야 우리는 오늘 이 상황에서 벗어날 수 있을 터였다.

"나를 좀 믿어줘."

"내가 모르는 다른 버전의 너? 그 사람을 믿으라고?" 웨스는 그렇게 때로 정곡을 콕 찔러 사람을 아프게 할 줄 알았다. 나도 정곡 좀 찔러본 사람이지만 아팠다.

"그래. 넌 이미 나의 다른 모습이 있다는 거 알고 있잖아. 그걸 싫어할 뿐이지. 웨스, 나를 믿어도 좋고, 아니어도 할 수 없어. 하지만 내가 누군지 아는 사람은 너밖에 없어. 너한테는 내 비밀을 하나도 숨김없이 다 까발렸고, 넌 그걸 현미경을 가지고 하나씩 속속들이 다 살펴봤잖아."

"그건 내가 먼저 알아냈으니까 네가 밝힌 거고."

"그래. 우리 다시 반복하지 말자." 나는 씩씩거리며 말했다. "내가 저기 환기구에 들어가게 도와줄 거야? 아냐?"

"해. 물론 해줄 거야. 해주고말고." 웨스도 씩씩거리며 말했다.

"해줄 거면서 왜 이렇게 삐딱하게 나오는 건데?"

"네가 또 내 앞에서 거짓말을 하니까."

"세상에……." 나는 숨을 한번 고르고, 뭔가 답을 해줄 대사를 더듬고 있었다. 웨스도 마찬가지로 숨을 고르고 있었다.

"젠장, 노라." 웨스의 눈은 애타게 나를 설득하고 있었다. "무슨 짓을 해도 저놈들은 우리를 살려두지 않을 거야."

"저들보다 한 발짝만 빠르게 움직이면 가능할 수도 있어."

"총을 쥔 놈보다 한 발짝만 빠르게? 그건 불가능해. 노라."

나는 아무 말도 하지 않았다.

왜냐하면 총을 쥔 놈보다 한 발짝 빠르게 움직여본 적이 있으니까. 딱 한 번.

그때는 지금과 상황이 달랐고, 나도 그때와는 달라졌다.
그때 나는 해냈다.
이번에도 해내야 한다.

— 13 —

프랑켄프렌드
(웨스와 노라의 파멸)

분명히 짚고 넘어가야 할 게 한 가지 있다. 웨스와 내가 헤어진 건 내가 레즈비언, 또는 양성애자인 게 밝혀져서가 아니었다. 내가 양성애자인 것은 사실이지만, 그것 때문에 헤어진 게 아니었다. 웨스와 나는 서로 사귀기 전부터 그 사실을 알고 있었다.

우리가 헤어진 것은 내 거짓말 때문이었다. 나의 성 정체성이나 내 감정 이런 거에 대한 거짓말? 아니, 그 외 나의 모든 것, 심지어 내 이름까지도 모든 것이 거짓이었다. 그 모든 거짓을 내가 먼저 자진해서 실토한 게 아니라 웨스가 알아냈다. 내가 먼저 털어놓았다면 웨스의 입장에서는 좋았겠지만…… 웨스가 먼저 알아낸 것은 이제 되돌릴 수 없는 사실이 되어버렸고, 과거로 돌아갈 수는 없는 일이었다. 그 일로 인해 우리 관계는 하루아침에 깨지고 말았다. 내 거짓말로 인해 우리 두 사람의 달콤한 세상이 한 방에 날아가고 난 후 그나마 남아 있던 너덜너덜한 우리 우정도 거의 날아갈 뻔했다.

5년 전 언니는 내가 탈출할 수 있도록 도와주었다. 그리고 자기 인생을 희생하고 나름의 사기를 처서(수완을 발휘하여) 나를 법적으로 하자 없는 상태로 유지시켜주었는데 난 그걸 망쳐버릴 뻔했다. 거기에는 대가가 따랐다. 언니가 엄마 모르게 진행하고 있던 그 복잡한 체스 게임판 위에서 나는 나만의 시합을 해야 했던 것이다.

나는 살면서 무언가를 잃고, 또 무언가를 찾았으며, 그것을 다시 잃기도 했다.

언니는 이미 수년 전 과거를 묻어버렸다. 이름도 새로 지어서 그 새로운 이름을 엄마가 찾지 못하게 새로운 신분으로 포장한 뒤 아무도 생각지 못한 마을로 들어갔다. 클리어 크리크에 정착해 언니가 리 오말리라는 이름으로 새로운 인생을 시작할 때 언니를 의심하거나 언니의 정체를 캐보려 할 사람은 아무도 없었다. 언니는 금발 머리를 짙은 갈색으로 염색하고 절대 모근 쪽 금발이 비쳐 보이지 않도록 항상 신경을 썼으며, 마을에 사무실까지 열었다. 보안관 사무소 사람들과도 친구가 되었는데, 그래도 밤이 되면 손이 닿는 곳에 항상 칼을 두고 잠자리에 들었다. 이름을 새로 바꾸고 머리를 염색할 수는 있지만 진정한 자기의 본모습을 감출 수는 없으며, 어두운 밤에 배운 교훈을 잊을 수는 없는 법이니까.

언니는 나를 클리어 크리크에 있는 집으로 데려오기 전 나의 긴 금발 머리를 짧게 자르고, 모텔에 들어가 귀여운 내 커트 머리와 눈썹을 갈색으로 염색해주면서, 마을 외곽에 구한 방 두 개짜리 집에 대해, 그리고 새로 다니게 될 학교와 새로운 나의 과거에 대해 들려주었다. 언니와 함께 그 모텔방을 나와 내가 앞으로 안락함을 느끼며 살아갈, 우리 집이라고 부르게 될 장소를 향해 가며 나는 머리를 염색하는 것처럼 과거의 나를 버렸고, 노라 오말리로 새롭게 태어났다. 그렇게 한순간 몇 마디의 말로 새로운 사람이 되어 이제는 한곳에 정착해 살기 시작했다.

나는 과거의 내가 누구였는지 그건 중요하지 않다고 스스로 되뇌며 살아왔다. 하지만 이제 그렇지 않다는 것을 뼈저리게 깨닫게 되었다.

라이터 하나, 보드카 세 병, 가위
계획: 진행중

"거기 두 사람." 아이리스가 손가락을 탁 치며 부르는 소리에 우리는 동시에 뒤를 돌아보았다. 아이리스는 손을 허리에 대고 우리를 뚫어져라 쳐다보고 있었다. 한쪽 발로는 바닥을 탁탁 치고 있었는데 그 바람에 진동으로 치마가 흔들리고 있었다.

"왜 싸워?"

"싸우는 거 아냐." 웨스가 답했다.

"너 우리한테 화난 거지." 아이리스가 말했다. "근데 그걸 꼭 여기에서 지금 이래야 해?"

"나도 안 그러려고." 웨스가 이를 갈듯 말했다.

아이리스는 몇 발자국 더 가까이 다가와 케이시에게 들리지 않도록 아주 낮은 목소리로 "왜 그러는 건데?"라고 힐책하듯 물었다. "노라랑은 완전히 끝났다며. 나는 네가 정리가 안 됐다고 했으면 시작도 안 했어. 너 아만다랑 잘해보려던 거 아니었어? 네가 첫 데이트에 입고 나갈 옷까지 생각해뒀는데. 마음이 바뀐 거야? 아니면 옛날에 다 퍼부은 게 아니었어? 세상에, 웨스⋯⋯."

웨스의 안색이 창백해졌다. "아냐. 그건 아냐. 노라랑은 정말 끝났어." 웨스가 나를 쳐다보며 재차 말했다. "정말 노라랑은 완전 끝났다고." 웨스의 말에는 아무런 악감정도 느껴지지 않았다. 그 밑에 어떤 상처가 깔려 있지도 않았다. 그냥 단순한 선언문같이 느껴졌다고나 할까. 그냥 우리 둘 다 잘 아는 사실을 툭 내뱉는 느낌이었다. 그 말을 듣는데 흐릿한 아픔이 밀려왔다. 흉터를 너무 세게 누르면 상처가 처음 생겼을 때 손상된 조직들이 그 상처를 기억하듯, 다시 아픔이 밀려왔지만 그건 아주 짧은 한순간이었다.

"살아서 여길 나갈 수만 있다면 당장 아만다한테 데이트를 청할 거야." 웨스는 마치 소원을 빌듯 이렇게 말했다. "지금 그 일 때문에 화가 난 게 아니라고."

"우리가 너한테 비밀로 해서 화가 난 거잖아. 하지만 내가 내 애정 생활에 대해 일일이 다 너한테 말해줄 의무는 없는 거 아냐?" 아이리스는 계속했다. "내가 우리 엄마한테도 다 털어놓지 못한 거 잘 알고 있잖아. 내가 비밀로 한 데는 이유가 있었다고."

"아이리스, 너한테 화난 게 아니야." 웨스가 답했다. "맞아. 너도 다 이유가 있었을 거야. 못나게 굴어서 미안해. 그때 너한테 그런 건 내가 잘못했어. 네 잘못이 아닌데." 웨스는 깊은숨을 들이쉬더니 "하지만 쟤한테는 화가 나."라고 덧붙였다. "나한테도 잘못하고, 너한테도 잘못했거든. 네가 노라를 좋아하는 것 같다고 하니까 노라가 내 면전에서 아니라고 잡아뗐어. 그래서 화가 났어. 더구나……" 웨스는 얼굴이 벌게져 나를 노려보았다. 그때 내가 발뺌한 건 사실이고 또 내가 나빴으니까 나는 할 말이 없었다. "너도 나랑 똑같이 당하고 있는 게 화가 났어." 웨스는 이 대목에서 목소리까지 갈라지더니 거의 내 머리에 구멍이라도 뚫을 기세로 나를 노려보았다.

아이리스는 얼굴을 찌푸렸다. "지금 무슨 얘길 하고 있는 거야?"

"어디까지 말한 거야?" 웨스가 나에게 물었다. "하나도 말 안 했어? 너 다시는 안 그러겠다고……."

"다음에는 내가 직접 말하겠다고 했잖아." 내가 웨스의 말을 가로채고 끼어들었다. 나는 화가 나서 그리고 죄책감 때문에 가슴이 다 타버릴 것만 같았다. "하지만 그게 새로운 사람을 만나서 3개월 만에 모든 걸 다 털어놓아야 한다는 의미인 줄은 몰랐어. 내가 너한테 그렇게 해야 할 의무까지 진 건 아니잖아, 웨스."

이 말에 깊이 상처를 받은 듯 웨스의 눈이 번쩍이더니 "대놓고 거짓말을 하지는 말았어야지. 너 나한테 그러면 안 되는 거잖아."라고 말했다.

"난……." 나는 더 이상 말을 이어갈 수가 없었다. 나는 입이 열 개라도 할 말이 없었다. 지난달 웨스는 나에게 "아이리스가 너한테 반한 거 같아."라고 웨스답지 않게 팔꿈치를 찔러대며 장난스레 놀리듯 말했다. 웨스는 중간에 다리 역할을 해주려 한 것이었지만 그 시점에 이미 아이리스와 나는 키스까지 한 사이여서 나는 할 말이 없었다. 웨스의 말에 나는 괜스레 얼굴이 확 달아올라 젖 먹던 힘까지 다 써가며 얼굴색을 관리하고 "둘 다 여자를 좋아하는 성향이라서 그냥 서로 좋아할 거라고 단정 지으면 안 돼."라고 아주 건조한 목소리로 머리를 저으며 말했었다. 그러자 웨스는 얼굴까지 발그레지며 사과했었다.

그 후 몇 주 동안 그 일만 생각하면 정말 기분이 우울해지곤 했다.

"그리고 아이리스한테 그러면 안 돼."라고 웨스는 말했다. 웨스는 당연히 아이리스 편을 들 것이다. 지금 아이리스가 있는 자리, 진실을 곧 알게 되는 그 아슬아슬한 절벽 위에 자기가 있어봤으니까.

"알았어. 그렇게 열 내며 이상하게 꼬아서 말하지 말고, 둘 중 하나가 그냥 시원하게 털어놔. 안 그러면 내가 돌아버릴 거 같아. 우린 지금 은행 강도에게 인질로 잡혀 있잖아. 근데 난 지금 생리 중이어서 너무 불안하고 초콜릿이 무지하게 당겨. 저놈들한테 복수하고 싶은 마음도 굴뚝같고." 아이리스는 더욱 빠른 속도로 발바닥으로 바닥을 치며 말했다.

웨스와 나는 마치 두 사람이 합체되어 하나가 된 듯이 아이리스를 쳐다보았다.

"좀 앉을래?" 웨스가 이렇게 말하는 순간, 동시에 나는 "약은 먹었니? 안 먹었으면 네 가방 좀 달라고 말해볼게. 약 먼저 먹자."라고 했다.

"약 먹으면 몽롱해져. 지금은 괜찮아. 자궁이 수축해서 콜라 캔이라도 짜그라트릴 수 있을 거 같고, 생리컵이 곧 넘칠 것 같지만 그래도 괜찮아. 너희끼리만 알아들을 수 있는 그런 수수께끼 같은 말 말고, 내가 알아들을 수 있게 말해주면 난 아주 괜찮을 거 같아." 그러고 나서 아이리스는 깊은숨을 들이쉬었는데,

그 순간 나는 아이리스의 안색이 아주 창백하다는 사실을 깨달았다. 정말 어디에라도 좀 앉혀야겠다. 어제도 모금하느라 바빴는데 휴식이 절실한 이때 또 오늘 이런 상황에 갇혀버렸으니.

오늘 아침, 나 혼자 할 수 있다고 그냥 집에 있으라고 해야 했는데. 하지만 아이리스는 자기의 자궁내막증 때문에 내가 신경 쓰는 걸 싫어했고, 또 통증 때문에 계획을 변경하는 걸 달가워하지 않았다. 본인이 괜찮다고 하는데 괜히 내가 나서서 시끄럽게 하고 싶지 않았다. 그래서 구토할 때 쓸 비닐봉지와 강력한 진통제 이부프로펜에다 아이리스가 좋아하는 진한 진저에일을 준비하는 데 그쳤다. 또한 우리가 같이 모금한 돈을 예금하는 마당에 한 사람이라도 빠지는 건 나도 싫었다. 페스티벌 부스는 꼭 껴안아주고 싶을 만큼 귀여운 동물들 사진으로 장식했는데 그건 아이리스와 웨스의 아이디어에서 나온 거였다. 자원해서 일을 해준 것도 두 사람이었고. 나는 그냥 그 두 사람과 같이 있는 게 좋아서 동행한 것뿐이었는데. 어쨌든 재밌기도 했고 모금된 돈이 상당히 많아 뿌듯하기도 했다.

이제 그 모든 게 아주 머나먼 추억이 되어버렸다. 공포와 공황 상태 그리고 엄청난 두려움이 모든 추억의 자리를 다 차지해버리고 만 것이다.

"너희 엄마에 대한 거?" 아이리스가 미간을 찌푸리며 말했다. "노라 엄마 이야기는 알고 있어." 아이리스가 웨스를 향해 말했고, 웨스는 나를 향해 눈썹을 치켜떴다.

나는 아이리스에게 엄마 이야기를 대충 털어놓았다. 엄마가 돌아가신 게 아니라 감옥에 있으며, 새 동네로 이사 오면서 범죄자 엄마를 둔 자식들이 되는 게 싫어 언니가 엄마는 죽은 걸로 거짓말을 하게 되었다고. 하지만 누가 엄마를 감옥에 처넣었으며, 왜, 어떻게 된 것인지에 대해서는 털어놓지 않았다.

아이리스는 우리 엄마가 어떤 사람인지, 내가 어떤 아이였는지 알지 못한다. 아이리스는 나를 노라로만 알고 있으며, 내가 노라가 아닌 다른 인물로 살아왔던 사실 역시 알지 못했다. 나는 항상 내가 아닌 다른 존재가 되어, 다른 사람을 속이고, 그들의 머리 꼭대기에 앉아 사기를 치며 살아왔는데, 아이리스는 그런 나를 알지 못했다. 나는 출구를 찾는 법, 표적물을 유도해 상황을 벗어날 수 있도록 만드는 방법 외에는 아는 게 없는 아이였다.

아이리스의 시선이 웨스에게서 나에게로 옮겨왔고, 그 순간 나는 수수께끼 푸는 걸 좋아하는 아이리스의 똑똑한 머리에 불이 켜지는 것을 느꼈다. "너네 엄마에 대해 내가 모르는 게 있는 거지?" 아이리스가 그렇게 묻자 더는 견딜 수가 없었다.

"모르는 게 있어." 나는 나직한 목소리로 조용히 대답했다.

"아니, 아무것도 모르는 거지." 웨스가 땍땍거렸다. "제기랄 노라. 정말 이건 말도 안 돼……."

"우리가 사귈 때도 넌 나한테 이래라저래라하지 않았어. 시도도 안 했지. 지금 여기서도 그랬음 좋겠어. 내가 지금 어떤 위험을 감수해야 하는지 알면서 네가 그걸 무시한다면……."

"무슨 위험?" 아이리스가 끼어들었다.

나는 긴 숨을 들이쉬며 우리의 이야기가 마치 들리지 않는 듯 딴청을 피우고 있는 케이시를 쳐다보았다. 지금 여기서 이러고 있을 시간이 없다. 지금 당장 빨리 손을 쓰지 않으면 우린 여기 은행에서 시체로 발견될 것이다.

"우리 엄마는 내가 말한 대로 감옥에 있어." 나는 아이리스의 눈을 바라보지도 못하고 말했다. 창피하기보다는 화가 났다. 이런 식으로 아이리스한테 털어놓으려 한 게 아닌데…… "한데 내가 말하지 못하고 숨긴 사실은 엄마를 감옥에 넣은 장본인이 나라는 거야. 왜냐하면 내가 의붓아버지를 감옥에 들어가게 만들었고, 그 사람은 우리 엄마가 목숨을 걸고 사랑하는 사람이라 엄마는 그 남자를 위해 못 할 게 없었어. 엄마는 플리 바겐(plea bargain. 사전형량조정제도는 검찰이 수사 편의상 관련자 혹은 피의자에 대해 유죄를 인정하거나 증언을 하는 대가로 형량을 낮추거나 조정하는 협상제도-역주)을 받아들이지 않아서 지금 철창에 갇혀 있어. 자, 내 이야기를 이렇게 사방에 다 까발렸으니까, 이제 나를 좀 들어 올려서 저 환기구로 넣어줄래? 우리들이 다 여기서 살아 나갈 수 있게."

"환기구라고?" 아이리스가 마치 꿈에서 깨어난 목소리로 말했다.

"저기 환기구를 통해 지점장 사무실까지 가서 문을 안에서 열어줘 강도들이 들어갈 수 있게 하려고 한대." 웨스가 설명했다.

이 한마디에 내 고백으로 인한 파문은 모두 증기처럼 사라져버린 듯 아이리스가 말했다. "뭐라고? 말도 안 돼. 무슨 제임스 본드 영화 찍어?"

"아이리스, 한번 생각해봐. 강도들이 필요로 하는 게 지금 지점장실에 있어. 저들은 은행 지하실과 지점장실만 들어가면 되는 거라고. 그러니까 지하실로 가기 위한 비장의 무기가 지점장실에 있다는 얘기가 되는 거지. 예금을 넣어둔 안전금고가 저 아래 있다는 건 그럼 무슨 의미일까?"

아이리스는 숨을 몰아쉬며 눈을 깜박이고 내 말에 주저하듯 뒤로 물러섰다. 아이리스에게 모든 걸 밝혀야 하는 내가 싫었다. 하지만 더 이상 물러설 수는 없었고, 이제 한 발자국만 더 가면 되는 그 언저리에 나는 서 있었다. 레베카, 사만다, 헤일리, 케이티, 애슐리. 이 소녀들에게는 모두 저마다의 사연이 있었다. 그리고 그 사연에 따라 소녀들은 각자 대가를 치러야 했다.

"그 사람들이 열고자 하는 금고의 열쇠가 지점장실에 있구나." 아이리스가 답했다.

"그래. 그 열쇠를 확보하면 주도권을 쥔 회색 모자가 붉은 모자한테 혼자 내려가서 그거 가져오라고 시킬까?"

아이리스의 얼굴에 서서히 미소가 번졌다. "저들은 서로 신뢰하지 않아. 그건 삼척동자도 느꼈을 거야."

"우리가 지점장실 문을 열어주면 저들은 자신들이 원하는 걸 찾아서 둘이 같이 지하실로 내려갈 거야. 그럼 우리만 남는 거고. 그때를 노려야 해."

아이리스는 벌써 환기구를 쳐다보고 있었다. "여기선 우리가 이 환기구 뚜껑을 비틀어 열 수 있지만 지점장실 쪽 환기구 뚜껑은 너 혼자 밀어 떨어뜨려야 하잖아. 그 소리가 다 들릴걸. 그 가위 좀 줘봐."

가위를 넘겨주자 아이리스는 치마를 들어 올려 여러 단의 페티코트를 들춰내 자르더니 길게 끈처럼 잘라 내게 넘겨주었다.

82

"뚜껑을 밀기 전에 이걸로 그 둘레를 감아봐. 그러면 펑 소리가 나면서 떨어지는 대신 끈에 매달려 있게 될 테니까."

나는 그걸 손목에 팔찌처럼 칭칭 감았다. "아이리스……."

아이리스는 머리를 저으며 내 말을 자르고 말했다. "이 계획이 아주 훌륭한 건 아냐. 하지만 네 말이 맞아. 할 수 있는 데까지는 해봐야지."

나는 더 설명을 해주고 싶었지만, 그러다간 날이 샐지도 몰랐고, 우리에겐 그럴 시간이 없었다. "너희 둘 다 돌아서."

"왜?" 웨스가 얼굴을 찡그리며 물었다.

"왜냐하면 저 안은 무지 지저분할 거고, 옷을 뒤집어 입지 않으면 누가 문을 열었는지 바로 드러날 거 아냐. 그건 좀 수수께끼로 남겨두려고."

둘은 돌아섰고, 구석에 있던 케이시도 돌아섰다. 신발을 벗고, 바지와 셔츠를 뒤집어 입는 데 1분이면 충분했다. 속옷은 아이리스에게 맡겨두고 갈 생각이었다.

"됐어."

"어쩔 생각이야?" 웨스가 물었다.

"지점장실까지 기어가는 데 아마 5분은 걸릴 거야. 시계를 잘 봐. 내가 15분이 지나도 돌아오지 않으면 일이 잘못된 거니까."

웨스가 고개를 끄덕였다.

"내가 돌아올 때까지는 저들의 주의를 끌 만한 짓을 하면 안 돼. 만약 내가 없어졌다는 걸 알면 천장에 대고 총을 쏘아댈 테니까."

"조심할게. 너도 조심해." 웨스가 말했다.

나는 아이리스 쪽으로 몸을 돌렸다. 얼굴엔 미소를 짓고 있었지만 몸은 바들바들 떨고 있었다. 안아주고 키스를 하고 싶었다. 이게 마지막이라면? 내가 저들 손에 잡히기라도 한다면?

하지만 지금 키스를 하는 건 마지막 인사라는 걸 인정하는 꼴이 될 터였다.

"곧 돌아올게." 나는 아이리스에게 이렇게 말했다. "갔다 와서 모든 걸 다 설명해줄게. 알았지?"

아이리스는 무겁게 고개를 끄덕였고, 나는 허리춤에 찼던 가위를 손에 쥐었다. 웨스는 몸을 숙이더니 손가락 깍지를 끼워 내가 올라갈 수 있는 발판을 만들어주었다. 내가 그 위에 발을 딛자 웨스가 나를 위로 치켜들어 올려주었고, 나는 가위 날의 평평한 면 쪽으로 환풍구를 열어젖히고 가위를 환풍구 안 천장에 놓은 후 안쪽으로 손을 짚었다. 그러자 웨스가 나를 더 위쪽으로 올려주었고, 나는 반동을 이용해 환풍구 안으로 들어갔다.

— 15 —

사기의 여왕 아비게일(우리 엄마)

우리 엄마 이야기는 어디서부터 시작해야 할까? 엄마의 이름은 저스틴, 그레첸, 마야, 끝이 없었다. 지금까지 엄마 이름이 모두 몇 개였는지 아는 사람은 아무도 없을 것이다. 하지만 엄마의 진짜 이름은 아비게일, 애칭 '애비'였다.

엄마가 어떤 짓을 했는지, 내가 엄마로부터 무엇을 배웠는지, 그리고 엄마 덕분에 내가 어떤 일을 겪었는지 책으로 쓴다면 몇 권 분량은 너끈히 되고도 남을 것이다. 엄마에 대한 나의 사랑 그리고 나중에 알게 된 너무나 끔찍한 사실. 그 사실은 엄마에 대해 품고 있던 나의 사랑을 다 삭제해버릴 만큼 강력했다.

모든 걸 다 쓰기에는 아마 잉크가 모자랄 것이다.

누군가에 대해 안다는 것은 단순 명료한 일처럼 들린다. 한데 엄마와 같은 삶을 사는 사람에 대해, 그 사람을 안다고 말할 수 있는 사람은 거의 없을 것이다. 나는 엄마가 어떤 사람인지를 알고 있었다. 한데 그건 결코 자랑할 만한 일이 아니었다.

엄마는 본인 같은 딸을 원했고 그런 엄마에게 언니와 내가 태어났다. 엄마가 입 밖으로 쏟아 내놓는 예쁜 말들이 행동과는 다른 것을 보고 자란 아이들. 선과 악을 가르는 위태로운 줄 사이에 양다리를 걸치고 자란 아이들. 그런 아이들이 바로 언니와 나였다. 엄마의 딸로 태어난 언니는 범죄인들의 세계와 법의 세계 사이를 왔다 갔다 했다. 그리고 나는?

나는 어디에도 속하지 못했다. 언니는 엄마가 나를 완전히 엄마의 세계로 끌어들여 장악하기 전에 나를 빼냈지만 내가 온전히 나의 진짜 삶을 살기에는 엄마와 함께한 세월이 너무 길었다. 나는 진정한 내가 누군지를 깨닫기도 전에 너무나 많은 소녀가 되어 살아왔고, 그 사이에서 어떻게 해야 할지를 몰랐다. 그 아이들이 모두 나였으니까. 그리고 그 아이들은 다들 나름 쓸모가 있었다. 그리고 다소 파괴적이었다. 그게 항상 나의 문제였다.

나는 한쪽으로 기울어진 땅에서 춤을 추는 것에 너무나 익숙해진 나머지, 안정된 땅에서는 어떻게 해야 할지를 몰랐다. 엄마와 나? 그게 바로 우리 둘의 공통점이었다. 그리고 그 외에도 우리에겐 공통점이 너무나 많았다.

— 16 —

~~라이터 하나, 보드카 세 병,~~ 가위,
페티코트 끈
계획: 진행중

환풍구 내부는 끔찍했다. 먼지투성이에다 독하고 역한 냄새가 코를 찔렀다. 환풍구에 올라가 몇 센티미터씩 겨우 기어가면서 나는 최대한 소리를 내지 않으려 했지만, 먼지 때문에 재채기를 참는 건 고역에 가까웠다.

신발을 신고 기어가면 소음이 심할 듯해 부츠를 벗어두고 올라와 뱀처럼 기어가며, 거미줄과 썩은 공기를 뚫고 널빤지 살을 하나, 둘, 셋, 몇 개를 지나왔는지 셈을 해가며 앞으로 나아갔다.

바로 밑의 어두운 방을 내려다보며 지나가는데 갑자기 쾅 하는 소리가 천장 안에까지 울려 퍼졌다. 저들은 지금 문을 부수고라도 지점장실로 들어가려 애쓰고 있었다. 아직도 저렇게 힘만 쓰는 방식으로는 안 된다는 걸 깨닫지 못한 걸까? 나 같으면 쇠지렛대를 찾아 나서거나 '잠금장치 따기'를 구글에서 검색하고 있겠네. 동영상이랑 모두 다 뜰 텐데……

나는 팔목에 감아두었던 페티코트 끈을 풀어서 환풍구 입구에 묶었다. 어디선가 웅얼거리는 목소리가 들렸지만 알아들을 수는 없었다. 그리고 쿵쿵거리던 소리가 갑자기 멈추었다. 발소리가 들렸던가? 나는 눈을 감고 20까지 세었다.

그러고는 조금 앞으로 가서 환풍구 격자 뚜껑 가운데를 누르니 쉽게 떨어져 열렸고, 뚜껑을 페티코트에 매달아 조심스럽게 바닥으로 내린 후 나도 따라 내려왔다. 내려올 때 발이 바닥에 닿는 소리에 놀라 찔끔해 책상 뒤로 숨어서 잠시 기다려보았다.

"안 되는데." 문 너머에서 숙덕이는 소리가 들려왔다. "제기랄, 움푹 파이기만 했지."

"프레얀이 사무실에 있는지 확인하기도 전에 총부터 쏜 게 너야." 회색 모자가 화난 소리로 말했다. "일을 이렇게 엉망으로 만들다니. 데려오는 게 아니었어."

"젠장할."

곧 둔탁한 소리로 문을 쾅쾅 두드리는 소리가 이어졌고, 저들이 짜증과 분노에 차서 문을 두드리는 동안 내 안에서는 두려움이 솟구쳐 올라왔다. 책상 뒤에 몸을 숨긴 채 책상에 등을 밀고 있던 나는 너무 세게 민 나머지 책상 서랍의 손잡이가 갈비뼈에 새겨질 지경이었다.

"좀 쉬자." 회색 모자가 이렇게 말했고, 곧 축복과도 같은 적막이 흘렀다.

지점장실은 어두웠다. 저만치 위쪽 천장 가까이 달린 조그마한 창으로 겨우 빛이 조금 들어오고 있었는데 창의 폭은 15센티나 될까. 어둠에 익숙해지자 책상 너머로 전화기가 눈에 들어왔고, 그 순간 심장이 두방망이질하기 시작했다. 문 쪽이 조용해졌는데 둘 다 가버린 것인지, 한 사람만 화를 식히러 자리를 뜨고 한 사람은 남아 있는 것인지 알 수 없었다. 나는 다시 전화기를 쳐다보았다. 위험을 무릅쓰고 해볼까. 관둘까. 해봐?

나는 수화기를 들고 언니의 휴대폰 번호를 눌렀다. 벨이 두 번 울리자 언니가 전화를 받았다.

"여보세요."

"나야." 나는 최대한 소리를 죽여 속삭이듯 말했다.

"노라." 언니의 목소리가 놀라서 하이톤이 되었다. "괜찮니? 은행 어디 쪽에 있는 거야? 웨스도 같이 있어? 웨스 트럭이 여기 있는데."

"우리는 뒤쪽 사무실에 있어. 웨스랑 아이리스도 다 함께. 강도는 두 명이야. 반자동과 권총으로 무장하고 있어. 적어도 총이 두 자루 있어. 세 자루일 수도 있고. 안전금고가 저들의 목표물이야. 난 지금 놈들이 둘이 같이 지하로 내려가게 하려고 작업 중이야. 지하로 내려가면 도망가려고."

"노라. 그놈들이 앞쪽에 바리케이드를 쳐놨어." 언니가 말했다. "앞쪽으로는 나오지 마. 막혀 있으니까. SWAT 팀이 발파/폭발 장비를 가져올 때까지는 못 들어가. 이놈의 건물이 완전 벽돌 요새 같아."

"그럼 어떻게 나가지?"

"지하에 출구가 있어. 하지만 외부에서는 들어가지 못하고."

물론 그렇겠지. 나는 두 눈을 감았다. 제기랄. 놈들을 지하실로 몰아넣는 계획은 창문으로 던져버려야 할 판이네.

"노라?" 언니가 말했다.

"사랑해 언니." 나는 언니에게 이 말을 꼭 해야 했다. 자주 했었어야 하는데, 그러질 못했으니까.

"노라!" 언니는 경고하듯 내 이름을 불렀다.

"내가 알아서 해볼게." 나는 이 약속을 꼭 지키겠다고 각오하며 부탁했다. "그냥 메가폰을 좀 써줘. 저놈들이 복도에서 사라져줘야 하거든."

"무슨 복도?"

"언니!"

"알았어. 메가폰, 알았어."

"끊어."

나는 언니에게 울거나 징징대는 모습을 보이고 싶지 않았다. 지점장실의 어둠 속에 웅크리고 앉아 있으려니 두려움이 스멀스멀 기어와 내 몸을 관통하고 지나가는 것 같았다. 그래도 나는 조용히 기다렸다.

멀리 주차장에서 언니의 희미한 목소리가 들려왔다. 메가폰 없이도 소리를 크게 울릴 줄 아는 언니.

"니들의 친구 프레얀에 대해 파악한 정보가 좀 있는데. 너희들이 전화를 받지 않으니 알려줄 수가 없어 아쉽다."

그리고 울리는 전화벨 소리. 나는 귀를 쫑긋 세웠고, 멀어지는 발소리가 들렸다. 분명히 들은 것 같았다. 하느님 제발. 그게 나의 소원이 만들어낸 환청이 아니라 정말 발소리였기를.

이제는 움직여야 했다. 나는 정신없이 책상을 뒤지기 시작했다. 시간이 별로 없는데. 어디 있는 거지? 열쇠, 금, 놋쇠로 만든 길고 얇고 짧은 것, 나는 그게 필요했다. 지금까지는 그 열쇠를 찾아 놈들 손에 선물처럼 쥐여주려고 했는데 이제는 절대 저놈들 손에 뺏겨서는 안 될 물건이 되어버린 열쇠. 놈들이 지하실로 가버리면 우리는 여기에서 살아 나가지 못할 것이다.

지점장의 책상 서랍에는 열쇠 같은 게 없었다. 캐비닛 안에도 없었다. 시간이 없는데, 전화벨은 여전히 울리고 있었고, 회색 모자는 전화를 받지 않았다. 제발 받아.

그러다 마침내 전화벨 소리가 끊기자 내 안에서는 안도감이 밀려왔다. 회색 모자가 언니 전화를 받았다. 그는 지금 문밖에 없는 것이다.

나는 캐비닛을 밀어보았다. 바로 거기 바닥에서 금속이 딸깍하는 소리가 들려왔다. 다시 밀어서 고개를 처박고 들여다보니 바로 거기 고리에 달린 열쇠 두 개가 서랍 밑에 테이프로 고정되어 있었다. 열쇠 하나는 테이프에서 떨어져 달랑거리고 매달려 있었다. 옛날 방식 열쇠, 언니가 자기 안전금고를 열 때 사용하던 것과 같은 종류였다.

열쇠를 떼어내 브라 안에 밀어 넣었다. 목적했던 물건을 손에 넣었으니 이제 덫을 놓을 차례였다.

우선 나는 환풍구 밑에 의자를 가져다 놓았다. 이렇게 먼저 탈출구를 마련해놓은 뒤 책상에서 볼펜과 포스트잇을 집어 들고, 그 위에 다섯 글자를 쓴 후 이를 호치키스 사이에 끼웠다. 그러고는 방을 가로질러 기어가 문을 살짝 연 다음 이 호치키스를 문 사이에 끼워두었다.

여기서 핵심은 이 방에 누가 왔다 간 흔적을 남기지 않기 위해 환풍구로 올라가면서 의자를 발로 차 원래 있던 책상 뒤로 가게 하는 것이었다. 열린 문 사이 끼어 있는 메모 이외에는 아무런 흔적을 남겨서는 안 되었다.

완전 한 방 엿 먹이는 거지.

새로 짠 계획 1단계.

물리칠 수 없으면, 한패가 돼라.

아니면 저들을 속여라.

17

통화 내용 기록:
리 앤 오말리, 인질범 1과 통화

8월 8일, 10:20 a.m.

인질범 1: 프레얀 데려왔어? 같이 있냐고?

오말리: 저기, 혹시 그쪽을 뭐라고 부르면 될지, 그거라도 알아야 대화하기가······.

인질범 1: 15초 남았어. 보안관보.

오말리: 난 보안관보가 아니고 당신과 같은 민간인이오. 당신이 민간인 신분이 아니라면 모르겠지만······.

인질범 1: 지금 지껄이는 말은 프레얀하고는 하나도 상관없는 말인데.

오말리: 지금 내 옆에는 보안관보도 같이 있소. 사이렌 소리가 났으니 알고 있겠지. 경찰 말이 프레얀 씨는 오늘 아침 교통사고로 지금 병원에 있다고······.

인질범 1: 거짓말 마.

오말리: 이건 진짜요.

인질범 1: 그럼 이 은행 안에 있는 사람들은 정말 운이 없군.

오말리: 꼭 그런 건 아니지. 당신이 프레얀 씨로부터 원하는 게 무엇이든 알려주기만 하면, 내가 그걸 가져다주지.

인질범 1: 더 이상 할 말 없어.

오말리: 원하는 게 뭔지 얘기나…….

〔전화 연결 끊어짐〕

18

10:30 a.m. (인질로 붙잡힌 지 78분)

라이터 하나, 보드카 세 병, 가위,
안전금고 열쇠 두 개
~~계획 1: 폐기~~
계획 2: 진행중

"얼른얼른. 서둘러." 아이리스는 내가 환풍구에서 빠져나와 내려오는 동안 계속 이렇게 속삭였다. "한 놈이 계속 소리를 치고 있어. 머리 꼭대기까지 화가 난 거 같아."

나는 바닥에 내려오자마자 곧장 "우리 계획을 수정해야겠어."라고 말했다. 웨스는 의자를 환풍구 밑으로 가져간 후 의자 위에 올라갔다. 옷을 다시 뒤집어 입어야 하는데 체면을 차릴 시간이 없었다. 케이시는 알아서 돌아앉아주었고 두 사람은 이미 내 속옷 차림을 본 사이였으므로 나는 셔츠를 벗어서는 최대한 먼지를 탈탈 털고 다시 뒤집어 입었다.

"무슨 일이 있었어?" 아이리스가 웨스에게 환풍구 커버를 건네며 물었다.

"지점장 방에서 언니한테 전화를 걸었어. 놈들이 은행 정문 앞쪽에 바리케이드를 쳐놓았대." 나는 바지를 벗어 털면서 답했다. 그리고 바지를 뒤집어 입고 부츠를 신으며 덧붙였다. "앞쪽으로는 갈 수 없어. 이제 남은 문은 지하실을 통하는 것뿐이야."

"보안관은……."

"SWAT 팀이 올 때까지는 움직일 수 없대."

"그럼 몇 시간은 걸릴 텐데." 웨스가 환풍구 커버를 다시 제자리에 꽂고 의자에서 뛰어내리며 말했다. 나는 웨스에게 가위를 건넸다.

"내 머리에 먼지 묻었어?" 나는 아이리스가 볼 수 있도록 고개를 숙였다. 아이리스는 손가락으로 내 머리를 훑어서 먼지를 털어내주었다.

"이제 어떻게 해야 하지?" 아이리스가 물었다.

"저 두 사람을 떼어놓아야 해. 둘 사이에 불신을 심어서."

"어떻게?" 웨스가 물었다.

웨스의 질문에 미처 답을 하기도 전에 밖에서 욕을 하는 소리가 들렸다. 그리고 "당장 방에 가서 확인해봐."라고 하는 목소리가 이어졌다.

지점장 방의 문이 열린 것을 발견한 모양이었다.

"구석으로 가." 웨스는 이렇게 말하며 청바지에 가위를 쑤셔넣고 셔츠로 덮었다. 그러고는 케이시를 들어 올려 그들의 시야에 닿지 않도록 뒤쪽으로 숨겼다. 문 앞에 막아두었던 탁자를 옮기는 듯 찌직 소리가 방 안을 가득 채울 때 우리는 구석에 한데 모여 있었다. 참을 수 없는 잠깐의 정적이 이어진 뒤 회색 모자가 문을 열고 성큼 걸어 들어왔고, 바로 뒤에 눈이 휘둥그레진 붉은 모자가 목을 쭉 빼고 따라왔다.

모자의 챙에 드리운 그림자 안에서 그의 이마에 정맥이 뛰는 것이 보였다. 웨스는 마치 우리를 보호하기 위해 더 큰 공간을 차지하려는 듯 깊이 숨을 들이켰고, 나는 내 등 바로 뒤에서 케이시가 오들오들 떨고 있는 것을 느낄 수 있었다.

회색 모자가 포스트잇 종이를 우리 앞에 내던졌다. 별 모양을 그려 넣은 메모가 적힌 포스트잇. '환영합니다.'

"이거 누구 짓이야?" 회색 모자가 물었다.

둘 중 어느 누구도 나를 쳐다보지 않았다. 웨스와 아이리스는 어찌해야 할지 몰랐고, 케이시는 공포에 질려 있었다.

나는 고개를 쳐들고 손을 들었다. 그리고 미소를 지었다.

— 19 —

사만다: 가냘프고, 우아하며, 얌전한

사만다로 살았던 시기는 엄마가 내가 태어난 이후 가장 오랜 장기 사기극을 벌이고 있을 때였다. 이제 나도 충분히 자랐고, 배울 만큼 배웠다고 엄마는 말했다.

나는 엄마가 나를 믿어주어서 뿌듯했다. 나는 그 사기극의 끝에 무엇이 기다리고 있는지 그런 건 알지 못했다. 내게 있어 그때 시작한 사기극이 이전과 달랐던 점이라면, 몇 주 또는 몇 달만 내가 아닌 다른 누군가가 되는 것에서 몇 년으로 기간이 길어진 것밖에 없었다.

사만다는 여덟 살, 머리는 두 갈래로 땋고 다녔는데 그 이유는 새로 이사를 간 그 부유한 교외 지역에서는 매일 아침 딸의 머리를 땋아줄 수 있을 정도로 엄마들의 시간이 남아돌았기 때문이었다. 놀이방에는 차를 따라 마시는 소꿉장난이 있었고, 엄청난 장난감 인형이 쌓여 있었다. 가끔씩 나는 봉제 인형 중 하나를 내 방으로 가져와 아주 부끄러운 짓이라도 되는 것처럼 비밀스럽게 그 인형을 껴안고 자곤 했다. 이유를 알 수 없었지만 나는 불안했고, 이미 나와 '내가 아닌 나'인 그들 사이에 선을 굿고 있었다. 한밤중 불이 꺼지고 나면 남는 것은 어둠과 사만다로부터 빠져나온 나밖에 없는데, 어떻게 사만다의 곰 인형이 나를 달래줄 수 있는 것일까?

사만다는 도망칠 수 없으니까. 밤이건 낮이건 사만다에게 의지할 수도 없으니까. 그래서 나는 대신 곰 인형에 매달렸다.

사만다는 일종의 시험대였다. 작은 발표회라고나 할까. 엄마는 일단 내가 완벽한 딸 역할을 할 수 있는지 확인해야 했다. 그래야 완벽한 딸을 원하는 남자의 삶 속으로 들어갈 수 있으니까. 그래서 이번에는 남자를 목표로 하지 않았다. 발표회의 목표물은 우리 옆집에 사는 다이애나라는 아줌마였고, 그 아줌마에게는 나와 동갑내기 딸이 있었다. 남편과는 사별했는데 그 남편이 유산으로 남긴 돈이 엄마의 목표였다.

엄마는 이번에는 다이애나처럼 남편과 사별한 미망인으로 변신했다. 엄마가 미망인인 것은 사실이었지만 또 사실이 아니기도 했다. 그렇게 많은 것들이 사실이기도 또 아니기도 했다.

엄마는, 아내를 너무 사랑했지만 너무 일찍 세상을 떠나는 바람에 귀여운 딸조차 보지 못한 남편을 둔 그런 비극적인 사연의 주인공이 되었다. 그렇게 사람들의 심금을 울리는 사연을 안고 엄마와 나는 비슷하게 생긴 집들이 늘어서 있는 이 베이지색 마을로 들어가 친구를 사귀고, 발레 수업을 듣고, 금요일만 되면 쿠키를 구웠다.

당시 나는 처음으로 학교란 곳을 다니게 되었는데 학교생활은 생각보다 쉬웠고, 상상했던 것보다 지겨웠다. 초기에는 책상 밑에 다른 책을 숨겨두고 읽다가 들켜서 선생님에게 방과 후 호출을 받기도 했다. 한 번은 그냥 넘어가도 계속 문제를 일으켜 문제아로 찍히면 안 된다는 것을 잘 알고 있었기에 수업 시간 중 딴짓하는 것을 그만두었다. 사만다는 말썽을 일으켜서는 안 되었다. 사만다는 완벽해야 했다. 가냘프고, 우아하며, 얌전한 아이, 그게 사만다였다.

엄마는 내가 해야 할 역할마다 항상 세 가지 단어를 붙여주곤 했다. 상냥하고 조용하며 명랑한 레베카. 사만다의 뒤를 이은 헤일리는 겸손하고, 독실하며, 얌전한 아이였다.

조용히 지내면 지낼수록 사람들은 내가 옆에 있다는 사실을 잊곤 했다. 그리고 사람들은, 특히 남자들은 내가 중요하지 않은 존재라고 생각하며 그 자리에서 비밀스러운 짓을 더 티나게 하거나 떠들어대기 마련이었다. 상냥하게 맥주와 레몬 조각을 가져다주며 절대 방해하지 않는 아이. 나는 엄마가 나에게 씌워 준 그 어느 누구도 아니었지만 그렇게 진짜가 아닐 때 엄청나게 많은 정보를 확보할 수 있었다.

하지만 아직 남자들이 중요한 목표물이 아니었고, 사만다의 목표는 아줌마와 그 딸이었으며 내가 해야 할 역할은 그 어느 때보다 중차대했다.

다이애나 아줌마는 하나밖에 없는 본인의 딸에 대해 어쩔 줄 몰라 했다. 그리고 어찌 보면 진정 어린 관심도 없었다. 처음으로 그 집에 놀러갔을 때 나는 엄마가 왜 두 갈래로 딴 내 머리끝에 리본을 이쁘게 달고, 거기 어울리는 반짝이는 구두와 레이스가 달린 양말을 신게 했는지를 이해할 수 있었다. 다이애나 아줌마는 그런 딸을 원했던 것이다. 프릴과 레이스가 달린 드레스에 분홍색으로 꾸민 딸. 그런데 아줌마의 딸은 이와 거리가 멀었다. 우리는 트램펄린 위에서 통통 뛰며 놀았고, 그 애는 하지 말라는 더블 바운스만 하곤 했다. 빅토리아는 겁이 없고, 영혼이 자유로운 아이였다. 그런 빅토리아와 내가 같이 있으면 우리가 서로 얼마나 다른지 눈에 띄지 않을 수 없었다. 허식의 아동기를 보내며 자란 사만다와 어린 시절을 그냥 어린 시절로 자기 인생을 사는 빅토리아는 당연히 다를 수밖에 없었다.

엄마가 나를 데리러 왔을 때 다이애나 아줌마는 내 옷이 너무나 예쁘다며, 빅토리아도 청바지 대신 나처럼 예쁜 드레스를 입었으면 좋겠다고 말했다. 옆에서 듣고 있던 빅토리아는 눈알을 굴렸다. 나는 빅토리아에게 나도 사실은 내가 입고 있는 이 드레스가 싫다는 뜻으로 미소를 날려주고 싶었지만 그럴 수 없었다. 사만다는 그 드레스를 좋아하니까. 사만다는 완벽하니까. 사만다는 항상 엄마 말에 복종하고 미소 짓는 완벽한 딸이니까. 사만다는 금빛으로 반짝이는 금발 머리를 천사처럼 등에 고이 늘어뜨리고 항상 조용히 자기 놀이방에서 인형과 장난감 그리고 소꿉놀이와 함께하는 아이니까. *사만다는 어쩌면 저래요? 비법이 뭐예요, 그레첸?*

사만다는 원하는 게 없었다. 사만다는 필요한 게 없었다. 사만다는 다른 사람의 목적을 위해 존재하는 아이였다. 우리가 우리만의 안전 지역인 집에 단둘이 있을 때 엄마는 값비싼 커튼을 치고, 땋았던 내 머리 사이에 손가락을 넣어 풀어주며 "너무 잘했어, 우리 딸."이라 하셨고, 그 말을 들을 때 나는 너무나 뿌듯했다. 엄마의 그 말 한마디에 그날 눈알을 굴리는 빅토리아에게 느꼈던 죄책감은 모두 사라졌다.

나는 다이애나 아줌마가 원하는 우아한 작은 인형과도 같은 딸인 사만다의 역할에 쉽게 빠져들어갔다. 다이애나 아줌마는 나를 너무 좋아하셨고, 내가 빅토리아와 같이 놀 때면 오랫동안 문간을 기웃거리며 우리가 노는 모습을 지켜보곤 했다. "넌 정말 좋은 기운을 뿌리고 다니는구나, 사만다."라고 하실 때 나는 그 의미를 정확히 알지 못했다. 그리고 아줌마가 진짜 걱정하고 있는 게 뭔지도 나는 잘 몰랐다. 아이러니라 할 수 있는 것은 그 예쁜 프릴 드레스를 입고 다니던 그 애가 이제는 양성애자의 거리로 달려가고 있다는 사실이었다.

하지만 누가 알랴. 빅토리아도 자기 엄마가 가장 두려워하던 걸 실현하며 살고 있을지. 아니기를 바란다. 그 시절을 되돌아보면 아줌마는 '우리 딸은 절대로 용납할 수 없어' 유형의 분이었기 때문이다. 그 당시 나는 그런 걱정을 이해하지 못했지만 우리 엄마는 달랐다. 엄마는 그 점을 노렸으니까.

엄마는 다이애나 아줌마의 삶에 아주 쉽게 녹아들어갔다. 거의 매일 아침 함께 커피를 마셨고, 같이 요가 수업을 하러 가는 길에 우리를 학교 앞에 내려주었으며 필요하면 심부름도 해주었다. 그러다가 어느 날 엄마는 지나가는 말처럼 뜨개질 가게를 열면 어떨까 하는 아이디어를 말했고, 다이애나 아줌마는 이 말에 완전히 혹하고 걸려들고 말았다.

엄마는 능수능란했다. 목록까지 만들어서 이곳저곳 가게를 탐색해보고 공급처 이야기도 하였으며, 엄마가 필요할 때 쓸 수 있는 지원 시스템까지 들먹였는데, 모든 게 너무나 설득력이 있었다. 게다가 그 딸인 내가 너무 사랑스러운 아이였다. 나는 다이애나 아줌마가 원하던 그런 딸, 상상 속의 딸이었다. 사랑스럽게도 인형 옷을 직접 뜨개질해 입히고, 트램펄린 위에서 더블바운스를 하지도 않으며, 청바지가 온통 흙투성이가 될 때까지 집 뒤의 들판을 뛰어다니지도 않았다. 오히려 나는 빅토리아의 옷에 달라붙은 나뭇가지나 흙을 털어주곤 했다. 사만다는 지저분한 걸 싫어하니까.

"다이애나 아줌마는 왜 그러지?" 나는 어느 날 엄마에게 이렇게 물었다. "빅토리아는 좋은 애야. 말썽도 안 부리고. 근데 왜 아줌마는 빅토리아가 달라지기를 바라는 거야?"

"사람은 자기가 가진 걸로 만족할 줄 모르는 동물이거든." 엄마는 마음에 품고 있는 만고의 진리로 답을 하셨다.

나는 가슴이 덜컥했다. "엄마는 나한테 만족해?"

대부분의 엄마들은 이런 질문을 받으면 잠깐이라도 머뭇거리거나 숙고해볼 틈도 없이 단박에 물론이라고, 너는 완벽하다고 아이를 안심시킬 텐데.

"넌 빨리 배워. 네 언니보다 빨라. 나보다도 빠르고."라고 엄마는 답하셨다. 그리고 뒤에서 내 머리를 만져주시며 "넌 정말 자연스러워. 우린 진짜 한탕 크게 해낼 수 있을 거야."라고 했다.

엄마는 내 질문에 대한 답을 하지 않으셨고, 그 어린 나이의 내가 알아챌 수 있게 그런 방식으로 나를 길들였다. 하지만 나는 엄마가 밀어 넣은 그 게임을 하기에는 너무 어렸다. 그리고 그 사실은 그리 오래지 않아 드러나고 말았다.

— 20 —

~~라이터 하나, 보드카 세 병, 가위,~~
안전금고 열쇠 두 개
~~계획 1: 폐기~~
계획 2: 진행중

그는 내 셔츠 뒷목을 잡고 나를 끌고 갔다. 아이리스는 내 이름을 부르며 비명을 질렀고, 그 소리는 카펫에 스치고 지나는 내 무릎보다 더 아프게 나를 후벼팠다.

"넌 여기서 쟤들 지키고 있어." 지시를 내리는 회색 모자의 목소리에 분노가 이글거려 붉은 모자는 그 말을 따르지 않을 도리가 없었다.

나는 다리를 절듯이 끌려갔다. 아무런 저항도 하지 않았다. 회색 모자가 나를 끌고 사무실을 지나 로비로 나올 때까지 나는 순순히 그가 하는 대로 내버려 두었다. 그리고 로비로 나오자마자 내 얼굴은 차가운 타일 바닥에 짓눌렸다. 나는 걷어차이지 않도록 몸을 굴려 잽싸게 일어났다. 저런 종자는 항상 그러니까. 마치 주체가 안 되는 듯. 굴러서 일어나는 과정에는 고통이 따랐지만 갈비뼈를 차이는 것보다는 덜 아플 터였다.

나는 회색 모자가 이렇게까지 화를 낼 거라고는 예상하지 못했다. 언니가 도대체 뭐라고 한 걸까? 이런 놈을 지금 적으로 만들어서 좋을 게 없다는 건 언니도 잘 알 텐데. 따라서 언니는 언니가 한 말이 지뢰가 될 줄은 모르고 했을 것이다.

만약 상황이 나빠졌고, 내가 그 지뢰 위에 올라선 거면 어떻게 하지?

나와 회색 모자의 거리는 약 1미터. 여기에서는 정문이 보였다. 큰 캐비닛을 여러 개 옮겨다 현관을 완전히 막아버린 게 눈에 들어왔다. 장기간의 대치전을 대비라도 하듯 막아둔 모양새를 보니 그 안전금고에 든 것이 뭔지는 모르지만 정말 중요한 게 틀림없었다.

"넌 지금 니가 똑똑하다 생각하지?" 회색 모자가 물었다.

"난 이곳에서 살아 나가고 싶을 뿐이에요. 그리고 그쪽이 원하는 게 그 지점장실에 있는 듯해서."

그는 이상하게 숨을 내쉬었는데 아마 저쪽 세상에서는 그걸 웃음이라고 생각하는 모양이었다. 그리고 그에게는 산탄총이 없었다. 허리춤에 총을 차고 있었지만 산탄총은 퇴장하고 없었다. 어디 간 거지? 붉은 모자한테 있나?

"쪼끄만 게 제법이야. 배짱 있네. 센스는 없지만 배짱은 있어."

"그냥 좀 도와드리려는 것뿐이었어요."

"마음씨 크게도 쓰셨네. 내가 너랑 니 친구들을 몽땅 쏴 죽이려고 하는 판에 말야."

이건 예상치도 못한 한 방이었다. 내가 가장 두려워하고 있는 걸 저렇게 아무렇지도 않게 내뱉다니. 저들이 마스크를 쓰고 있지 않다는 사실을 인식한 순간 내 마음 깊은 곳에서 도사리기 시작한 그 두려움.

"가능하다면 그걸 좀 피해보려고요." 세상에, 나는 이 대사를 떨지도 않고 읊었다.

회색 모자가 다시 헛웃음을 웃었다. 적어도 저놈의 관심을 끈 것이다. 나는 흔들림 없는 눈빛으로 그를 바라보았다. 이런 상황에서 눈을 너무 깜박이면 저들은 긴장한다. 내가 두려워하는 기색을 보이면 더욱 기세가 등등해 날뛸 것이다. 회색 모자는 그런 방식을 좋아했다. 하지만 그는 자기를 두려워하지 않는 데 대한 관심도 있었다. 어떻게 하면 상대가 두려움에 떨지 그걸 알고 싶어지니까.

"넌 누구지?" 회색 모자가 물었고, 나는 그 물음이 단지 내 이름을 물어보는 건 아니라는 걸 알았다. 이 질문에는 그 이상이 들어 있었다.

이 질문은 '넌 왜 네 목숨을 거니?', '넌 왜 안 울어?', '넌 왜 떨지 않아?'였고, 이러한 모든 질문이 담고 있는 말뜻은 결국 '네가 두려워하는 것은 뭐냐, 노라?'였다. 허세에 찌든 너 같은 놈은 죽었다 깨어나도 모를 것이다. 내 인생에서 너 같은 놈을 만난 이 순간이 내 최악의 경험이 아니라는 걸. 그건 물론 슬픈 일이지만 사실이기도 했다. 바로 그 점은 지금 내가 저놈 앞에서 이렇게 버틸 수 있는 이유이기도 했다.

나는 더 최악도 겪어보았고, 살아남았으니까. 하지만 그런 경험 덕분에 이번에도 살아남을 수 있다고 자신할 만큼 철부지도 아니었다. 그래도 그냥 포기할 수는 없었다.

나는 아직도 여전히 우리 지갑과 핸드백, 전화기가 그대로 놓여 있는 탁자 쪽을 슬쩍 쳐다보았다.

"그 답을 하려면 제 전화기가 필요한데요."

회색 모자는 눈을 가늘게 뜨고 나를 노려본 뒤 아무 말 없이 탁자 쪽으로 걸어갔다.

"거기 파란색 케이스 씌운 거요."

그는 내 휴대폰을 집어 가지고 왔다.

내가 손을 뻗었지만 그는 자기가 화면을 켜서 터치를 하기 시작했고, 나는 그의 손에서 내 휴대폰을 뺏으려 하지 않았다. 회색 모자가 주도권을 가지고 찾도록 내버려 두었다.

"거기 두 번째 메뉴 페이지에 '잡동사니'라는 파일이 있어요. 암호는 TR 달러 기호 65."

숨을 한번 들이쉬고서 나는 심장이 너무 빨리 요동치며 펌프질하지 않게 해달라고 기도했다. 내 얼굴이 빨개지면 회색 모자가 눈치챌 테니까.

나는 그 폴더가 열리는 순간을 정확히 감지할 수 있었다. 회색 모자의 눈썹이 갑자기 치켜 올라가고 눈이 커지며 눈동자가 바쁘게 움직였으니까. 사진 속의 금발이 지금 자기 눈앞에 있는 갈색 머리의 나이 든 버전이 맞는지 확인하고 있었으니까.

"맞아요. 그게 저예요." 내가 말했다.

"근데 이건……."

"맞아요. 그 사람." 그리고 나는 회색 모자가 던질 질문을 기다렸다. 사진 속의 남자는 세상 사람들이 다 아는 사람이었고, 사진 속의 여자애 얼굴은 아는 사람이 아무도 없었다. 언니는 먼 곳에 나를 데려와 정말 완전히 다른 사람으로 만들어주었다. 그것도 타블로이드 신문 기자들이 FBI의 낌새를 눈치채고 실재 존재하는지조차 확실하지 않은 그 여자아이에 대한 소문을 퍼트리기도 전에 그 모든 것을 해냈다.

"왜 레이먼드 킨과 네 사진이 여기 잔뜩 있는 거지?"

나는 너무 깊지 않지만 드러나게 숨을 내쉬었다. 그리고 마음 속에 거울을 하나 그려보았다. *애슐리, 내 이름은 애슐리야.*

"왜냐하면 내가 애슐리 킨이니까요. 그리고 그 사람이 내 양 아버지이고."

— 21 —

도살자

레이먼드 킨에 대한 이야기는 어디서부터 시작해야 할까?

타블로이드 신문에서 포구의 도살자란 이름으로 그에 대해 집요하게 보도할 때 그 기사들을 읽으며 그에 대해 알 만큼 알았다고 생각하면 그건 오산이다. 그건 서막에 불과하니까.

그는 함부로 건드릴 수 없는 거물이었다. 마약 및 기밀을 취급하는 사업가이자 은행가 그리고 딜러였다. 그는 번듯한 자선 단체에 기부를 했고, 흠잡을 데 없는 정치인들에게 기름칠을 했으며, 그런 흠잡을 데 없는 사람들의 약점을 알고 있었다. 개천 출신 굴레를 벗어던지고 일어나 졸부들의 상징인 성채 같은 맥맨션을 차지할 정도로 출세한 인물이었다.

엄마가 레이먼드를 처음 만났을 때 나는 열 살이었다. 당시 엄마는 여전히 쟁쟁했지만 서서히 나이가 들어가는 걸 느끼기 시작했다. 그리고 그해는 유난히 힘든 한 해였다. 자동차 딜러점 주인에게 사기를 치려다 중간에 포기하고 도주했으며, 다시 일어서기 위해서는 돈이 필요했다. 나는 죄책감을 느끼고 있었다. 그 마지막 사기 행각을 중간에 포기한 이유가 나 때문이었으니까. 도망을 치는 것, 그게 엄마가 할 수 있는 최선의 모성이었다. 그리고 그 모성 덕분에 나는 신중해지기보다는 나약한 아이가 되어가고 있었다.

더 신중하고 경계했어야 했는데라고 나는 자책했다. 그리고 그때 나에게는 엄마가 필요했다. 하지만 레이먼드 킨과 사는 2년 동안 그런 나의 죄책감은 깨끗하게 사라지고 말았다.

레이먼드와 엄마의 관계는 심지어 사기조차 아니었다. 만약 엄마가 레이먼드에게 사기를 치고 있는 거였다면 나도 견딜 수 있었을 텐데. 그리고 엄마도 내 안위를 조금은 신경 써주었을 텐데. 왜냐하면 그전에는 그랬으니까.

하지만 아니었다. 레이먼드는 엄마의 먹잇감이 아니었다. 레이먼드는 엄마의 사랑이었다. 진정한 사랑. 발바닥이 간지러운 그런 사랑. '내 생애 이런 사람을 만날 줄은 정말 몰랐어.' 같은 부류의 사랑.

나에게는 선택권이 없었다. 나는 그냥 딸이었다. 엄마는 이미 딸 하나를 두 번도 돌아보지 않고 포기한 사람이었다.

레이먼드와 엄마는 만난 지 6개월도 채 안 돼 결혼에 골인했다. 당시 나는 하루아침에 모든 게 꼬인 거라 생각했지만 지금 되돌아보니 그 징후는 이미 그 전에도 있었다.

맨 처음 그가 나를 공격한 건 내 생일날이었다. 정말 예상치 못한 일이었다. 내 생일을 앞두고 그는 몇 개월 동안 생일 선물을 준비하고 있었다. 두 가지 정반대의 일이 어떻게 동시에 진실일 수 있을까? 나는 아직도 이해가 되지 않는다. 내가 아는 것이라곤 그때 나는 숨을 쉴 수 없었다는 사실뿐이다. 내 목을 조르고 있는 사람이 그라는 사실도 자각할 수 없었다.

내 목을 조른 이유는 그가 준비한 내 생일 선물에 대해 내가 충분히 고마움을 표현하지 않아서인 듯했다. 그는 쇼를 좋아하는 사람이었고, 강한 아버지, 엄격한 아버지 상에 집착했다. 그리고 무엇보다 그림처럼 완벽한 전시용 가족을 원했다. 아름다운 아내, 예쁜 금발 머리 양녀, 이 두 가지를 한꺼번에 포장해 리본을 달았다. 하지만 포장 속 내용물이 그가 머릿속에 그려온 대로 반응을 보이지 않으면 리본이 피로 물들었다.

그는 뺨을 때리거나 몽둥이질을 하지는 않았다. 막무가내로 밀어젖히는 게 먼저였다. 소파에서 나를 확 잡아당겨 내 무릎을 꿇게 한 적도 있었다. 그 바람에 다친 손목은 그다음 날까지도 욱신거렸다. 커피 탁자에 머리가 부딪치는 바람에 내 피부 위에 따뜻하게 흐르는 끈끈한 것이 무언지를 깨닫는 데 한참이 걸린 적도 있었다.

엄마가 비명을 지르자, 엄마에게 주먹이 날아갔다. 그 후 나도 주먹맛을 알게 되었다. 주먹 한 방에 머리뿐 아니라 이까지 흔들릴 수 있다는 것을 그가 가르쳐주었다. 입안이 너무나 얼얼한데 그 느낌은 뱉어내도 씻어내도 가시지를 않았다.

이렇게 폭력을 당하면 당장 짐을 싸 훌쩍 떠나선 어딘가에서 새롭게 시작하며 새로운 목표물을 찾던 엄마였다. 하지만 이번에는 달랐다. 그냥 그 자리에서 쭈그러들었다. 주도면밀하고 발레리나처럼 우아함을 잃지 않던 엄마가 두려움에 떠는 것을 처음 보았다. 그런 엄마를 보는 것은 내 입안에 피가 고이는 것보다 더 무서운 일이었다. 그리고 그 뒤에 또 그의 주먹이 날아왔다.

나는 용감하지도 힘이 세지도 못했다. 겨우 열한 살이었고, 무서웠으며 그래서 내 방으로 도망을 쳤다. 엄마를 버려두고 방에 숨어 들어가 덜덜 떨었다. 얼마나 지났을까. 몇 시간처럼 느껴지는 시간이 지난 후 방문을 노크하는 소리가 들렸고, 부드럽게 나를 달래는 엄마의 목소리가 들려왔다. "우리 아기, 이제 나와도 돼. 괜찮아. 아빠가 미안하대. 그러려고 한 게 아니래. 미안해서 보상을 해주시겠대."

판에 박힌 말. 당시 나는 엄마가 데려오는 남자들이 대체적으로 위험한 인간들이어서 어떤 면에서는 그런 사태가 당연한 거라는 사실을 깨닫지 못했다. 그런 삶이 나와 같은 인생을 사는 아이에겐 일종의 정상적인 삶이라는 것도 몰랐다.

하지만 레이먼드와 살면서 레이먼드의 폭력을 겪은 그날 이후에도 엄마가 떠나지 않은 건 뜻밖이었다. 내 삶에 새로운 규칙이 생긴 것이다. 왜?

레이먼드는 엄마의 사랑이었으니까.

사랑은 모든 걸 정복하는 거란다, 애야.

정말이었다. 사랑은 엄마를 정복해버렸으니까.

하지만 나는 그가 나를 정복하도록 내버려 두지 않았다.

둘
—

신뢰는 방패를 뚫는 창

(이후 72분의 이야기)

─ 22 ─

오리지널

애슐리를 이해하기 위해서는 케이티를 먼저 알아야 한다. 그리고 케이티를 이해하기 위해서는 헤일리를 만나봐야 한다. 헤일리가 존재하기 위해서는 사만다가 필요했다. 본격적인 시합에 들어가기 전 연습용이라고나 할까. 그리고 사만다 이전에는 레베카가 있었으며 레베카가 존재하기 전에는……

한 여자아이가 있었다.

그 여자아이에게도 이름이 있었다. 하지만 나는 내 이름을 무슨 보물이나 되는 듯 숨겨야 하는 것으로 배우며 자랐다. 이 여자아이는 누군가의 딸로 태어나 나이가 들자 누군가의 시선을 끄는 데 유용한 존재가 되었으며, 좀 더 자라서는 도구가 되었고, 좀 더 커서는 미끼가 되었다.

그리고 더 나이가 들어 생일 케이크에 초를 열여덟 개 꽂을 때는 무엇이 되었을까?

사기는 진화한다. 영원히 완벽한 딸만 필요한 것이 아니었다. 딸도 자라니까.

결국 나는 자라서 완벽한 먹잇감이 되었다.

내 운명이 사냥꾼에게 쫓기다 결국 잡혀서 쓰다 버려질 것임을 알았을 때 선택은 딱 두 가지였다. 그냥 어쩔 수 없지 하고 포기하거나, 탁자를 뒤집어엎는 것. 나는 도살꾼으로 키워졌지만, 대신 사냥꾼이 되었다. 목표물이 그 무엇이든 항상 목표물을 명중시키는 사냥꾼.

레베카와 사만다는 모두 연습용이었다.

헤일리, 케이티는 실전이었다. 그럼 애슐리는?

애슐리는 위험했다.

10:45 a.m. (인질로 붙잡힌 지 93분)

~~라이터 하나, 보드카 세 병, 가위,~~
안전금고 열쇠 두 개
~~계획 1: 폐기~~
계획 2: 진행중

"애슐리 킨." 회색 모자는 나에게 걸려들었고, 나는 펄떡거리는 두려움을 숨긴 채 그를 쳐다보았다. "젠장. 난 그게 다 지어낸 헛소문인 줄 알았는데."

"그럴 리가."

그는 어깨를 으쓱했다. "다들 그렇게 말했거든."

그는 지금 나를 시험하고 있었다. 내가 넘어갈 줄 알고?

나는 일부러 그의 셔츠 소맷단 밖으로 삐져나온 반창고를 뚫어지게 쳐다보았다. "감옥에서 새긴 문신을 가린 거죠?"

그는 저도 모르게 이두박근 쪽으로 가려던 손을 가까스로 멈췄다.

"하지만 최근에 갔다 온 거 같지는 않고. 최소한 몇 년은 되셨나 봐요."

그는 나를 바라보았다. '조심해야 해.' 언니와 통화하면서 무슨 이야기를 듣고 화가 난 건지도 모르는 판국이었다.

"몇 년 전에 거기 있었다면, 거기서 알 만한 사람은 다 소문을 들었을 텐데. 분명 나에 대해서도 들어보셨겠죠." 나는 계속했

117

다. "그리고 심지어 감방을 나온 이후에도."

그의 입이 씰룩거렸다. 그럼 그렇지. 나에 대해 듣지 못했을 리가.

"네 목에 돈이 걸렸어." 결국 그의 입에서 이 말이 튀어나왔다.

"내 모가지를 따오라고 했다고 말해도 돼요." 나는 어깨를 으쓱이며, "일부러 고어체로 애둘러 표현할 거 없어요."라고 덧붙였다.

"빈정거리는 게 혹시 신경성 안면 경련 증세라도?"

"중세기에나 쓰는 이상한 용어를 쓰는 건 그쪽인데요." 나는 계속 이어갔다. "내가 감을 잘못 잡은 건지도 모르겠네요. 아마 그쪽이 빵 안에 처박혀 있던 시간이 내가 생각했던 것보다 길었던 걸지도."

그는 눈알을 굴리며 말했다. "내가 마지막으로 들은 바에 따르면, 널 산 채로 잡아오라고 했다던데."

나는 미소 지었다. *표적이 내가 틀린 점을 정정하게 하라. 그럼 자기가 똑똑하다고 느낄 테니까.*

이런 사람들은 자기가 상대보다 잘난 것처럼 느끼고 싶어 한다. 그리고 상대가 10대 소녀라면 더더욱. 사실 세상의 대부분 사람들이 자기가 10대 여자아이보다는 똑똑하다고 생각할 것이다. 이렇게 엄청나게 잘못된 가정은 잘만 하면 나에게 유리하도록 활용할 수 있다.

"그쪽 말이 맞을지도 모르죠. 정확하게 목을 따오라고는 안 했겠죠. 하지만 뭐라고 했건 분명한 건 잘만 배달한다면 엄청난

118

돈이 굴러들어올 거라는 거죠. 그런 의미에서 그 총 좀 그만 겨누시는 게 좋을 거라는 점을 말하고 싶어요." 나는 총을 쳐다보았다. "나를 죽여버리면, 그분이 엄청 열받을 테니까. 나를 죽여버리면, 오늘 이중으로 돈 벌 기회를 놓치는 거니까. 안전금고를 털고 나까지 데려가면 더 많은 돈이 기다릴 텐데." 나는 붉은 모자는 언급조차 안 했다. 회색 모자가 붉은 모자를 언급하는지 보고 싶었으니까. (물론 그는 붉은 모자에 대해 언급하지 않을 것이다. 난 미끼를 던졌고, 회색 모자는 이미 붉은 모자를 내칠 계획을 세우고 있을 것이었다.)

회색 모자의 손가락이 총 위로 움직였고, 눈동자가 아래로 향했다가 다시 나를 똑바로 쳐다보았다. "그럼 넌 순순히 따라올 거고?"

"지금 당장 여기서 죽을래 아니면 나중에 죽을래, 둘 중 하나를 선택해야 한다면 후자를 선택해야겠죠. 더군다나 지금 여기 은행 강도 때문에 내 여름 방학 계획이 송두리째 다 날아가버렸으니."

"어, 그래?"

"아까 우리가 예금하러 온 돈이 정말 동물 피난처에 쓰일까요?" 나는 목소리에 비웃음기를 담아 말했다. "내가 정말 여름 방학을 동물 보호단체를 위해 돈을 모으는 데 바칠 그런 아이처럼 보이나요?"

그의 눈썹 한쪽이 올라갔다.

"저기 안에 있는 저 남자애, 같이 있던 애 있죠? 그 애 아버지가 부자거든요." 나는 이렇게 말했다. "집에 가보니 금고 문도 제대로 안 잠가놓더라고요. 내 여름방학 계획을 아저씨가 다 망쳐놨어요. 일 좀 몇 개 더 하다가 빵 터뜨려서 여길 뜰 예정이었는데. 레이먼드랑 그렇게 되고 나서 여기 꼼짝없이 들러붙어 있는 이모라는 양반한테서 도망도 치고…… 동물 피난처 모금이 바로 그 거사의 일환이었는데. 아저씨 파트너가 일을 저지른 덕에, 아저씨가 총에 맞거나 체포되면 그 돈도 증거물로 압수될 판이네." 나는 눈을 굴리며 이런 대사를 읊었다. 10대 소녀와 사기꾼이라고 하는 두 개의 얼굴이 모두 다 내 머릿속을 휘젓고 다니는 듯했다. 나는 지금 애슐리가 아니었다. 애슐리는 너무 겁에 질려 있었다. 그리고 살짝 제정신이 아니었다. 그리고 애슐리는 지금 위험해지고 있었다.

그러나 여기에 있는 이 소녀가 누군지 나는 알지 못했다. (이게 나인가? 나는 이 생각이 떠오르자마자 애써 지워버렸다.)

"허, 그래. 내가 네 계획을 다 망쳤다고?" 이렇게 말하는 회색 모자의 목소리에는 우월감이 묻어 있었고, 나는 내 책략이 들어맞았음을 알았다.

이 인간도 레이먼드 같았다. 가부장적인 유형. 허풍떨기를 좋아하고 똑똑한 척하며 아는 척하고 싶어 했다. 다른 사람들의 입을 처막고, 다른 사람들이 피를 흘리며 쓰러지는 모습을 보는 걸 즐기는 인간들. 나도 결국 피를 보게 될지는 모르겠지만 적어도 이들에게 굴복하지는 않을 것이다.

그는 이제 내게 하나의 표적일 뿐이었다. 나는 수많은 표적을 겪으며 살아남았고 이 표적도 극복하고 살아남을 것이다. 나는 속으로 이 맹세를 수없이 반복했다. 하지만 질질 끌어서는 안 될 일이었다. 그와 같이 보내는 시간이 길어지면 길어질수록 상황은 더욱 위험해질 테니까.

"그래요. 아저씨가 내 계획을 다 망쳤어요." 나는 말했다. "그럼 적어도 미안하다고 사과 정도는 해야 하지 않을까요." 그러자 그는 코웃음을 쳤다.

"총 쏘는 놈은 절대 미안하다고 하지 않는 법이지." 그는 총을 앞으로 내밀며 흔들었고 나는 이를 꽉 깨물었다. '그래 지금 누가 갑인지 잊지 말자.'

지금은 그가 갑인지 모르겠지만 그 자리는 곧 내가 차지하게 될 것이다. 그게 내가 살아남을 수 있는 유일한 길이니까.

"근데 안전금고에는 뭐가 들어 있어요?"라고 나는 물었다. "그 안에 얼마나 좋은 게 들어 있길래 가히 천재적이라 부를 만한 저 붉은 모자랑 같이 짝을 지어서는……" 그의 입이 다시 씰룩거렸다. "……아님 너무나 급해서 최악의 공범과 같이하기로 하셨는지. 그리고 여기서 이건 절대 좋은 의미에서 쓴 말은 아니고요."

"이제 입을 닥치는 게 좋을 듯한데."

나는 밀어붙였다. "난 지하실에 가본 적이 있거든요." 의심의 씨가 자랄 수 있도록 심어두어야 했다. "나라면 최고의 인질과 용접기구를 교환해서 지하실의 그 쇠기둥을 녹여버릴 텐데. 그럼 명쾌하게 일이 해결되지 않을까요."

"그리고 교환해야 할 최고의 인질은 너겠지."라고 그가 비웃었다.

"그건 절대 아니죠." 나는 정말 진실을 말했다. "난 몸값이 있어요. 그러니까 날 쏘지 말고 잘 보존하셔야죠. 교환해야 할 최고의 인질은 어린아이예요." 또 다른 진실. 하지만 그가 생각하는 그것과는 다른 진실. "저 애는 지금 완전 두려움에 질려 있어요. 일단 어린애 인질과 용접기구를 교환하자고 하면 보안관은 그쪽이 협조적이라고 생각하겠죠. 그리고 아마 원하는 걸 줄 거예요. 여기에서 나가려면 그쪽의 협조 없이는 불가능해요. 지금은 밖에 기껏해야 여섯 명밖에 없는데 SWAT 팀이 도착할 때까지 시간도 벌 수 있고. 예산 삭감으로 보안관 부서가 속 빈 강정이 되어버려서."

"현지 법 집행관 사정까지 뚫고 계시다, 그거지?"

"그쪽은 뭐 아닌가요?" 또 의심하는 건방진 표정. 그는 나를 다시 을의 위치로 몰아넣으려 할 것이다. 내친김에 한 걸음만 더해 몰아붙이려는 찰나, 그의 눈동자가 내 어깨 너머로 향하더니 흔들렸다. 발소리가 들렸고 나는 긴장했다. 붉은 모자였다.

"저 드레스 입은 애가 지금 사정이 어떻게 돌아가고 있는지 알려주지 않으면 나한테 토할 거라고 난리를 쳐서." 붉은 모자가 불평을 했다. "계속 신음 소리를 내는 게 정말 토할 거 같아."

아이리스 몰튼은 정말 신이 내린 축복이었다. 아이리스는 충분히 그럴 수 있었다.

"가서 다시 감시해." 회색 모자는 이렇게 땍땍거리더니 짜증섞인 한숨을 내뱉고서 총을 옆으로 하고 내 팔을 잡았다. 나는 이번에는 끌려가는 형국을 면하기 위해 내 발로 종종거리며 따라갔다. 그는 나보다 15센티는 더 컸고, 근육질에다 또 성질머리까지 더러운 놈이니까. 회색 모자는 나를 홱 잡아당기며 붉은 모자에게 뭐라고 으르렁거렸는데, 그 소리는 '저리 비키라니까' 처럼 들렸다. 나는 그 엉성한 지휘 능력까지 포함해 그를 집중 관찰했다.

회색 모자는 외로운 늑대였을 것이다. 혼자 다니다가 덫에 걸 리면 자기 다리 하나를 다 물어뜯어버리고 도망갈 위험한 족속. 나는 회색 모자에게서 그걸 보았다. '지랄하지 마. 난 어떻게 해 서든 해낼 거야.' 식의 광기. 정말 최후의 순간에도 반갑지 않은 오기.

저놈의 광기 때문에 나와 내 친구들이 죽을 판이 되었다. 이 제 내가 심은 씨가 아주 매력적인 꽃으로 변장을 하고 날카로운 가시로 자라나지 않는 한 우리에겐 희망이 없었다. 꽃을 한 송 이 꺾으면, 그 가시가 찌를 것이다.

회색 모자는 문을 막고 있던 탁자를 한쪽으로 치우는 동안에 도 여전히 나를 붙들고 있었다. 그러고는 문을 열지 않고 내 쪽 으로 돌아서서 말했다.

"더 이상의 도움은 필요 없어." 이어 이렇게 덧붙였다. "그리 고 널 쏘지 않을지도 모르지."

"좋아요."

그러고는 그 일이 벌어졌다. 나를 위아래로 훑어보며 관찰하 는 일. 나는 눈도 꿈쩍하지 않고 머뭇거리지도 않았다. 비록 오 장육부가 쪼그라들고 심장은 터질 것처럼 '도망가'를 외쳤지만 나는 회색 모자가 하는 대로 내버려 두었다. 그러다 마침내 회 색 모자는 내가 뿌린 씨가 뿌리를 내리고 있다는 것을 증명하는 질문을 던졌다.

"너 정말 사람들이 네가 했다는 그 짓을 네가 한 거 맞아?"

나는 한 박자 기다렸다. 숨 한번 고르고. 때를 기다려야 한다. 내 얼굴에 천천히 미소가 번진다. 처음에는 상냥했다가, 마지막엔 소름 끼치게 만드는 미소. 나의 미소는 예쁜 여자아이의 얼굴에는 전혀 어울리지 않게 칼날처럼 날카로워지니까. 그는 자기가 선 자리에서 옴짝달싹을 하지 못했다. 그리고 무의식적으로 나의 팔을 쥔 손에 힘이 들어갔다. 이제 몇 초 후면, 온몸에 소름이 돋을 것이다.

나는 그 방면에 그토록 뛰어났다. 아니 그토록 위험했다.

"아뇨." 나는 답했다. "그 짓만 했을 리가."

— 24 —

신화 대 소녀

애슐리 킨에 대해 사람들이 알고 있는 것은 그녀가 유령이라는 것 정도였다. FBI 문서 및 법률 서류에서 지워진 이름. 재판을 하는 동안 한 번도 답변이 나온 적이 없는 물음표였다. 딸이 진짜 있기는 했나? 그냥 소문이었나? 우리 엄마의 수많은 거짓말에 보탤 또 하나의 거짓말인가? 애슐리가 정말 존재했었나? 사람들이 말하는 그 짓을 정말 애슐리 킨이 한 게 사실일까?

애슐리 킨에 관련된 미스터리를 다룬 웹사이트까지 생길 정도였다. 실재 애슐리 킨을 봤다는 사람들도 있었고, 갑론을박이 이어졌다. 아마 이렇게 생겼을 것이라는 몽타주 그림에 지금 나이로는 또 이렇게 변했을 거라는 그림도 나왔다. 너무나 많은 얘기들이 쏟아져 나왔지만, 그중 사실에 가까운 것은 하나도 없었다.

엄마는 나에 대해 함구했고, 언니가 FBI와 한 거래 덕분에 우리는 자유롭게 풀려나 은밀히 숨어다닐 수 있었다. 레이먼드는? 레이먼드는 내가 한 일을 FBI가 알게 되는 것을 원치 않았다. 그는 사람들이 나를 찾는 것도 원치 않았다. 레이먼드는 반드시 본인이 보낸 사람들이 나를 찾아야 한다고 생각했다. 철창에 갇힌 레이먼드에게는 이제 새롭게 할 일이 생겼다. 감방에서 나와 애슐리 킨을 찾아, 죽이는 것.

애슐리 킨에 대해 범죄세계에서는 밀고자로 알려져 있었다. 예쁜 여자아이에서 치명적인 팜므 파탈로 커버린 아이, 금발에 반짝이는 분홍색 입술, 레이먼드 킨의 사업을 손가락 한번 까딱해서 거덜 내버린 아이. 그들은 애슐리 킨을 성적 대상화했고, 모든 남자들은 애슐리 킨에 대해 이야기하며 애슐리 킨을 찾아 다녔다. 그런가 하면 자기들은 감히 엄두도 못 낼 그런 짓을 한 애슐리 킨을 무서워하는 부류도 있었다.

애슐리 킨의 목에는 현상금이 걸려 있었다. 경애하는 의붓아버지가 애슐리 킨의 머리만 가져다준다면 어떤 대가든 치르겠다고 했으니까. 이제는 그 현상금을 머리가 아닌 내 몸뚱어리에 건다면 어떨까 하는 생각도 들었다. 아마 그쪽을 더 선호할 텐데. 하지만 레이먼드가 예상했던 것보다 훨씬 더 오랫동안 나는 애슐리 킨을 찾아다니는 사람들을 따돌리며 살아왔다. 그 결과 나는 사람들의 집착의 대상이 되었다. 레이먼드는 자기보다 한 수 위였던 그 소녀보다 한 수 더 배워야 할 것이었다.

내가 아는 애슐리 킨은 열두 살이었고, 궁지에 몰린 상황에서 무서움에 떨며 살아남기 위해 할 수 있는 일을 했을 뿐이었다.

그러나 모든 일에는 결과가 따르기 마련이었고, 이제 그 때문에 목숨을 잃게 될지도 몰랐다.

10:58 a.m. (인질로 붙잡힌 지 106분)

라이터 하나, 보드카 세 병, 가위,
안전금고 열쇠 두 개
~~계획 1: 폐기~~
계획 2: 진행중

"아무 일 없었어? 괜찮아?" 내가 사무실 안으로 다시 들어오
고 문이 닫히자 아이리스가 물었다. 나는 '잠깐만'이라는 수신
호를 보냈고, 우리는 잠시 기다렸다. 탁자를 끄는 소리가 들렸
다 멈추었다. 우리는 다시 사무실에 갇힌 것이다.

"너 괜찮아?" 아이리스가 물었고 동시에 웨스는 "어떻게 된
거야?"라고 물었다. 두 가지 질문이 두 명의 입에서 두 명의 소
녀에게 쏟아졌다. 웨스는 소녀의 정체를 알고 있었고, 아이리스
는 이제 곧 알게 될 터였다. 거기에 생각이 미치자 웨스가 그 사
실을 알게 되었을 때 보였던 반응과 그 기억이 떠오르며 심장이
뛰기 시작했다.

"케이시, 괜찮니?" 나는 내 운명을 피하고 싶은 마음 반, 걱정
반이 섞인 질문을 케이시에게 던졌다. 케이시는 무릎을 세운 자
세로 구석에 쭈그리고 앉아 있었다. 그리고 내 질문에 고개를
끄덕였다.

"조금만 참아. 곧 끝날 거야."

웨스가 숨을 한번 몰아쉬더니 긴장한 목소리로 인상을 찌푸

리며 다시 물었다. "무슨 짓을 한 거야?" 웨스는 이 방식을 싫어하겠지만 다른 방도가 없었다.

"이 은행에서 지금 가장 값나가는 존재가 나라는 걸 알려주었어."

웨스의 몸이 굳어졌다. "말도 안 돼." 웨스가 내게서 뒷걸음질치며 말했다.

"어쩔 수 없었어."

"그래서 말했다고?"

"거기 있다 온 사람이야. 실재 인물이라는 걸 알고 있어. 얼마나 몸값이 나가는지도. 그래서 그 증거를 보여주었을 뿐이야."

아이리스는 테니스 경기라도 관람하듯 나와 웨스를 번갈아 쳐다보았지만 웨스의 시선은 나에게만 고정되어 있었다.

"그 방법 외에 내가 할 수 있는 게 뭐가 있겠어?" 나는 웨스에게 물었다. 나에게 남은 무기는 그 진실 하나밖에 없었으니까. 나는 더 이상 신중한 금발 소녀가 아니었다. 나는 과거에 내가 연기했던 수줍고 상냥한 아이가 아니었다. 어리고 나긋나긋한 아이로 시작했던 애슐리 킨은 더 이상 없었다. 또 다른 형태의 완벽한 전형적인 딸로 출발했던 애슐리 킨은 이제 빌어먹을 전설이 되어버렸다. 그리고 어떤 놈들에게는 악몽이 되었다. 나는 애슐리 킨이 아니라면 아무 가치도 없었다. 더욱이 이런 상황에서는 강력한 한 방이 필요했다.

"나도 어떻게 해야 할지 뾰족한 수가 없긴 마찬가지야." 웨스가 말했다. "하지만 너의 정체를 밝혔다는 건 좋은 생각이 아니야."

"저자는 언제든 아무나 쏴버릴 수 있는 그런 종류의 인간이야." 나는 케이시가 알아듣지 못하도록 이를 갈듯 작게 속삭였다. "뭔가 미끼가 필요했어. 근데 던질 게 그것밖에 없었을 뿐이야."

"너희 둘, 그 암호 같은 대화 그만 좀 하고, 지금 뭔 일이 벌어지고 있는지 설명 좀 해볼래?" 아이리스가 말했다.

"제기랄." 내 마음을 대변한 이 대사는 내 입이 아니라, 웨스의 입에서 튀어나왔다. 웨스는 세상 가장 깊이 숨겨왔던 어두운 비밀을 털어놓을 사람이 자기라도 되는 것처럼 괴로운 표정으로 이마를 비볐다.

"너 증인 보호 이런 거 받고 있는 거야? 지금 그런 얘길 하는 거 맞아?"

아이리스는 목소리를 낮추어, 그래서 케이시가 마치 안 들리는 것처럼 가장을 할 수 있도록 도와주었다. 불쌍한 아이. 이런 일을 저렇게 어린 아이가 감당할 이유가 없는데. 빨리 저 아이를 여기에서 빼내야겠다. 내가 그걸 해낼 수 있기를…….

웨스는 마치 헛웃음을 웃듯이 숨을 내쉬었고, 나는 그런 웨스를 노려보았다. 나는 왜 웨스가 저런 헛헛한 웃음을 웃는지 그 이유를 알고 있었으니까. 그때 웨스도 나에게 똑같은 질문을 했으니까.

"그런 웃음 절대 도움 안 돼." 내가 웨스에게 말했다.

"알아. 맞아. 미안해. 이건 네 이야기니까 네가 털어놔."

맞는 말이다. 이건 나의 이야기다. 하지만 이제 그의 이야기이기도 했다. 나는 웨스를 사랑했으니까. 그리고 예전과는 다른 방식으로 여전히 웨스를 사랑하니까. 언니와 나 그리고 웨스는 우리만의 방식으로 서로 가족이 되었으니까. 나는 웨스에게 진실을 말했을 뿐 아니라 그 진실 안에 그를 가두었으니까.

나는 아이리스를 쳐다보았다. 내 앞에 아이리스가 있었고, 그 앞에 내가 있었다. 웨스가 그 사실을 알게 되었을 때는 붉은 태양이 떠 있었고, 산불에서 퍼지는 연기가 마치 슬픈 경고처럼 우리를 발갛게 비추며 에워싸고 있던 어지러운 상황이었다. 우리는 그날 서로 소리를 질러댔고, 같이 울었다. 그리고 우리는 수많은 조각으로 산산조각 부서져갔다. 우리가 서로 다시 프랑켄프렌드로 같이하게 될 때까지 몇 개월의 시간이 걸렸다.

나는 웨스가 겪었던 것과는 반대로 하고 싶었다. 어떻게 설명을 할지 미리 생각해두고 연습도 하고 싶었다. 더 이상 눈물을 뿌리며 하고 싶지는 않았다. 과거의 나였던 그 아이들에게 어떤 일이 일어났는지 그 문제로 우는 거에는 진력이 나니까. 엄마가 나를 어디로 몰고 들어갔는지…… 그리고 내가 어떻게 기어 나왔는지.

하지만 이번에도 결코 쉽게 갈 수는 없는 모양이었다. 지금 나는 은행 강도 현장 한복판에 있었고, 여기 이 자리가 우리의 그 순간이 될 터였다. 자 노라, 준비해. 안전벨트 단단히 매고.

"우리 엄마는 사기꾼이었어." 내가 말했다. 아주 짧게 사실에 기반한 문장으로 사실만 전달한다. 그때까진 아직 내 목소리가 떨리지 않았으리라. "엄마는 연애 사기를 쳤어. 우선 경찰에 신고를 하지 못할 남자들을 목표물로 삼았어. 떳떳하지 못한 사람들이지. 그런 사람들을 대상으로 사기를 쳤어."

"그리고 엄마를 감옥에 넣은 게 너고?"

"맞아."

"알았어. 그런데 너희들이 말하는 그 밝히지 말아야 할 정체란 게 도대체 뭐야?" 아이리스는 이 질문을 웨스에게 던졌다. 하지만 두 사람은 모두 나를 쳐다보았다. 아이리스 이마의 골이 깊어졌다. "엄마가 사기꾼이었으면 너도……." 아이리스는 입술을 깨물었다. 아이리스 입술의 립글로스는 베리 맛이었는데, 특정 종류의 베리가 아니라 그냥 베리. 그 맛이 떠오르면서 이제 다시는 그 베리 맛을 볼 수 없을 거라는 생각이 들었다.

"그럼 네가 말한 너는 네가 아니라는 거네." 아이리스는 거의 신음하듯 이 말을 뱉었고, 그걸 보는 내 안에서는 날카로운 아이스크림 스쿠퍼가 위장을 후벼 파고 있었다.

나는 아이리스 어깨 너머로 케이시를 쳐다보았다. 모든 이야기를 다 해줄 수는 없었다. 적어도 저 아이와 한방에 있는 한.

"난……." 여기까지 입을 열었을 때 복도에서 고함치며 다투는 소리가 들려 더 이상 말을 이어갈 수가 없었다.

"둘이서 싸우고 있어." 웨스가 숨죽여 말했다.

"잘됐네." 아이리스는 순식간에 문 쪽으로 뛰어가 문에다 귀를 대고 대화 내용을 엿들었다. 욕지거리가 몇 마디 들리더니 다시 조용해졌다.

나는 내가 뿌린 씨앗이 지금 뿌리를 내리고 있는 것인지 궁금했다. 우선 빨리 케이시를 준비시켜야 했다.

언니에게 내 메시지를 전달할 수 있도록.

— 26 —

헤일리: 겸손하고, 독실하며, 얌전한

(총 3막)

1막: 손가락 접기

"그 사람 이름은 엘리야야." 엄마는 거울 앞에서 내 머리를 빗겨주며 말했다. 그리고 노트북에 열어둔 웹사이트, '행복한 인생, 행복한 아내'라고 하는 블로그를 쳐다보았다. 블로그에는 커플룩을 입은 모녀들의 사진이 가득했다. 사진 속 여자아이들은 긴 머리를 늘어뜨리고 자기와 같은 모습을 한 아줌마들과 함께 활짝 웃고 있었다.

"그리고 그 사람 아들 이름은 제이미슨." 하고 말하며 엄마는 내 머리를 블로그 사진의 소녀들처럼 반은 위로, 반은 아래로 늘어뜨린 스타일로 꾸며주었다. 나와 나이가 비슷해 보이는 아이들의 미소는 언니들의 미소를 따라갈 수가 없었다. 나는 엄마의 말보다 아이들의 사진에 집중하고 있었다.

"헤일리? 헤일리!" 엄마는 내 머리끝을 세게 잡아당겼다.

"아야!"

"엄마가 하는 말에 집중해야지." 엄마가 명령하셨다. "일요일에 저 교회에 갈 거야."

"네." 나는 거울에 비친 내 모습을 다시 보며 중얼거리듯 답했다.

"자! 뭐라고 했지?" 엄마가 다시 부드러운 목소리로 말했다.

"엘리야 고다드." 나는 엄마가 암기하라고 내게 보여준 파일 내용에 대해 기억을 더듬어가며 답했다. "나이는 42세. 콜로라도의 작은 마을에서 청년 주임사제로 시작해 이제는 수백만 달러에 달하는 기업으로 키움."

"번영복음은 정말 남는 장사라니까. 대단한 사기야." 엄마는 머리를 저었다. "내가 남자였다면 교회로 갔을 거야. 야, 정말 얼마나 많은 돈을 긁어모았을까."

"엄마 나름의 설교를 풀었을 텐데." 내가 이렇게 말하자 엄마는 호탕하게 웃었고, 그 웃음소리를 듣는 내 안에서는 따뜻한 빛이 흘러나왔다. 엄마가 저렇게 밝고 진솔한 웃음을 웃는 적이 거의 없었으니까. 내게 익숙한 엄마의 웃음소리는 아주 가볍고 허스키했으며, 연습으로 다듬어진 것이었다. 그건 즐거움이 아닌 유혹의 웃음소리였다.

"계속 읊어봐."

"제이미슨 고다드. 나이는 11세. 엘리야 고다드의 하나밖에 없는 아들. 엄마는 다섯 살 때 자동차 사고로 사망. 엘리야 고다드는 그 후 재혼하지 않음."

"그렇지, 지금까지는 말야." 엄마는 미소를 지었다. "너는 제이미슨 고다드를 맡아." 엄마는 나의 역할을 다시 한번 상기시켜주었다. "이번 건은 아주 단순해. 우리가 했던 사기극 중에서 가장 단순한 거지. 넌 엘리야 고다드에게 정중하고 상냥하게 대

133

해. 사람들의 주의를 끌 만한 짓은 하지 말고. 엄마가 신호를 보낼 때까진 말야. 그리고 제이미슨 고다드의 시선을 끌어."

"어떻게?" 엄마는 내게 미소를 보냈다. 엄마는 내가 질문을 하면 좋아했고, 엄마가 알고 있는 걸 나에게 전수해주고 싶어 했다.

"처음 만나는 자리에서 그 애한테 관심을 보여줘. 개가 너한테 미소를 지으면, 너한테 푹 빠질 때까지 가지고 놀아. 만약 그게 아니라 못되게 굴면 나름 그걸 또 활용해야 해."

나는 눈썹을 찌푸리며 물었다. "그게 무슨 말이야?"

"악동들은 괴롭힐 상대가 항상 필요한 법이거든." 엄마는 이렇게 답했다. "그런데 넌 터프한 애잖아. 그치? 그 애가 무슨 짓을 하든 받아줄 수 있지?"

나는 갑자기 목이 타 입술을 핥았다. 그리고 대답을 하기 전에 손가락으로 엄지를 문지르기 시작했다. 앞으로 뒤로 그리고 또 앞으로 뒤로.

"그럼요."

2막: 주먹을 쥘 때는 엄지를 안에 넣지 말 것

제이미슨 고다드는 마운틴 피크 사제관의 소공자였다. 목사에겐 눈에 넣어도 아프지 않을 아들이었다. 그리고 소년들 모임의 대장이었다.

하지만 사람들에게 제이미슨 고다드는 그냥 골목대장이나 말썽꾸러기 정도가 아니라 공포 그 자체였다. 그 아이는 살면서 '안 돼'라는 말을 들어본 적이 없었다. 안 되는 걸 되게 노력하지 않아도 되는 그런 삶을 살아온 아이였다. 나는 제이미슨의 시선을 바로 사로잡지 못했다. 헤일리는 금발 머리에 우아한 드레스를 입고 하얀 십자가 목걸이를 한 상냥하고 유약한 아이였다. 그쪽 기독교 집단(사실 솔직히 전 세계 어디에서나 마찬가지겠지만) 여자는 조용하건 떠드는 쪽이건 항상 열등한 종족으로 취급을 받으니까, 그 아이도 헤일리를 눈여겨보지 않았다.

나는 엄마가 시키는 대로 했다. 그러니까 그 아이의 반응에 따라 행동했다.

맨 처음 수요일 그리고 그다음 일요일, 의자 가장자리 쪽에 앉아 사람들이 말을 걸어오면 미소를 지으며 나긋나긋한 목소리로 상냥하게 답을 했다. 그리고 그다음 수요일에 행동을 개시했다. 그날 나는 그 누구보다 일찍 마이클만 있는 교회로 갔다. 마이클은 나름 멋지게 보일 거라는 착각 속에 염소수염을 기르고 있는 청년부 주임사제였다. 난 그 수염을 확 밀어버리고 싶은 마음이 굴뚝같았지만 아무 말도 하지 않고, 마이클이 의자 정리하는 것을 도와주었다. 그리고 정리가 끝나자 제이미슨이 자기 자리로 점찍어두고 항상 앉는 자리에 가서 앉았다.

제이미슨이 친구의 접시에서 피자 조각을 훔쳐 먹는 게 눈에 띄었다. 사람들은 빤히 보고도 못 본 척했다. 제이미슨은 세상 모든 게 자기 거라고 생각하는 듯했다. 지난번 설교 때는 두 번 웃었는데 한 번은 누군가 방귀에 관한 농담을 했을 때 — 엄마는 아직 어린애니까 그런 행동이 충분히 이해할 만하다고 하셨다 — 그리고 마이클이 의자에 걸려 넘어졌을 때였다. 그것으로 그 아이가 못된 놈이라는 건 충분히 알 수 있었다. 그래서 나는 그 아이가 자기 거라고 점찍어둔 의자에 앉아 마치 탄광의 카나리아처럼 독이 퍼지기를 기다렸다.

제이미슨은 들어오자마자 내가 자기 자리를 차지하고 있는 걸 보고 눈이 번뜩였다. 난 머리카락이 모두 곤두섰다. 내 안에서는 '도망쳐'라는 고함 소리가 들렸다.

나는 생전 처음으로 그 소리를 무시했다.

"너 내 자리에 앉았네." 제이미슨이 말했다.

나는 안 그래도 큰 눈을 인형처럼 더 크게 뜨고 이렇게 말했다. "어머나, 미안해." 그러고는 즉시 자리에서 일어나 몇 발자국 옮겨 가서는 그곳에 못 박힌 듯이 서서 망설이다가 그 아이에게 물었다. "여기는 괜찮아?" 허락을 구한 것이다.

제이미슨은 고개를 끄덕이며 친구 쪽으로 몸을 돌렸는데 순간 그 애의 입가에 썩소가 번지는 것을 나는 놓치지 않았다.

엄마 말씀이 옳았다. 악동들은 항상 괴롭힐 상대가 필요한 법이다. 그래서 나는 헤일리를 그가 겨냥할 완벽한 목표물로 만들었고, 곧 작업이 시작되리라 직감했다.

이번에는 시간이 많이 걸렸다. 엘리야 고다드는 다른 어떤 표적들보다 사람들 시선에 신경을 쓰는 사람이었다. 그는 엄마와의 관계를 공개하길 꺼려했다. 아들조차도 두 사람의 관계를 눈치채지 못했다. 헤일리도 모르고 있어야 하지만, 물론 나는 엄마를 통해 두 사람이 만날 때마다 무슨 일이 있었는지, 엄마가 어떤 짓을 해서 그 사람의 인생에 얼마만큼 침투했는지 속속들이 꿰고 있었다.

내 손목에 멍이 든 것을 본 날 엄마는 눈썹이 초승달 모양이 되면서 "개자식."이라고 중얼거렸다.

"너 괜찮겠니?"

"괜찮아." 나는 카디건 소매를 당겨 멍 자국을 숨겼다.

하지만 사실은 괜찮지 않았다. 제이미슨은 헤일리보다 키가 10센티는 더 컸고, 세 살이나 위였다. 그렇지 않다 해도 그 애를 상대로 싸울 수는 없었다. 헤일리는 주먹 쓰는 법을 모르는 아이니까. 헤일리 같은 아이는 주먹을 쓴다 해도 엄지를 주먹 안에 접고 넣고 펀치를 날릴 터였다. 연약한 헤일리는 천천히 다가가 그 나쁜 놈의 목표물이 되었다.

"걔가 무지 화낼 텐데." 엄마가 엘리야 고다드에게 받은 반지를 보여주었을 때 내 반응이었다. 엄마는 미소를 지으며 "그럼 우린 그 분노를 잘 활용하면 되지. 그렇지?"라고 했다.

"아빠, 쟤 엄마랑 데이트하는 거예요?" 제이미슨이 따졌다.

"제이미슨, 매너를 지켜야지." 브런치 테이블 저쪽에서 엘리야가 훈계를 했다.

"괜찮아요." 엄마가 말했다. "너희 둘 다 모두 놀랐을 거야." 엄마는 내 손을 잡아 감싸더니 탁자 위에 얹었다.

"암스트롱 부인이 넘어져서 다리가 부러졌을 때 마야가 일정 짜는 일을 자원해서 해주셨고 그때부터 같이 보내는 시간이 많아졌단다."

엘리야 고다드가 설명했다. "그리고 우리는 정말 열심히 기도했단다. 그렇죠, 우리 천사?"

엄마는 고개를 끄덕이며 엘리야 고다드에게 아주 부드럽고 존경하는 눈빛을 던졌다. "맞아요."

"주님이 우리 모두 같이 모여 하나가 되라는 말씀을 전하셨단다." 엘리야 고다드가 이렇게 선언했다.

"한 가족이 되라는 말씀이시지." 엄마는 남은 한쪽 손을 엘리야 고다드에게 가져가 그의 손을 잡았다.

"그게 무슨 말이죠?" 제이미슨이 눈을 가늘게 뜨고 아버지를 노려보며 따지듯 물었다.

"아빠가 마야에게 청혼을 했단다." 엘리야 고다드는 계속 말을 이었다. "그리고 마야는 청혼을 받아들여주었고."

"어떻게 생각하니? 우리 딸." 엄마가 내게 물었다.

우리는 이미 전날 밤 모든 연습을 마친 상태였고, 오늘의 문제아는 제이미슨이 되는 것으로 시나리오는 정해져 있었다. 그리고 엄마의 표현에 따르면 집안의 보배와 같은 아이가 되는 것이 내 역할이었다.

"엄마가 행복해지시기를 바라요, 엄마." 나는 이렇게 답하고서 "엘리야 목사님도요."라고 덧붙였다. 그런 다음 약간 전율에 떨며 어깨를 숙이고 "목사님은 많은 사람들을 도와주신 훌륭한 분이잖아요. 당연히 그럴 자격이 있으세요."라고 말했다.

마지막 문장은 정말 맞는 말이었다. 그는 앞으로 다가올 일을 겪을 자격이 충분히 있었다. 그도 우리와 마찬가지로 사기꾼이었으니까. 그는 돈만을 숭배하는 인간이고 진실이라고는 입에 담아본 적이 없으며 순진한 사람들의 주머니를 털기에 좋을 그럴듯한 말만을 계획적으로 늘어놓는 인간이니까. 사랑 헌금. 방

귀 뀌는 소리. 엘리야 아저씨의 개인 전용기의 연료값에 들어갈 돈에 사랑 헌금이란 이름이 붙여졌다.

"젠장, 이건 말도 안 돼." 제이미슨은 이렇게 외쳤고, 엘리야 고다드의 눈빛은 가수들이 쓰는 마이크를 목에 두르고 연단에 서서 악마에 대한 설교를 할 때처럼 차가워졌다.

"그런 말 하는 거 아니랬지?"

하지만 제이미슨은 이미 식당 문을 박차고 뛰쳐나가고 있었다. 엘리야 고다드는 한숨을 내쉬었고, 엄마는 의미심장한 눈초리로 나를 쳐다보았다.

나는 내가 해야 할 일이 무엇인지 잘 알고 있었다.

그리고 내가 제이미슨의 뒤를 쫓아갔을 때 어떤 일이 기다리고 있을지도 알았다. 하지만 나에게는 선택권이 없었다.

나는 나에게 주어진 역할을 해야 했다.

제이미슨이 자동차로 도망쳐 입술이 부루퉁해져 앉아 있을 무렵 내 입술에서는 피가 흐르고 있었다. 피가 나는 곳에 혀를 대보았더니 구리 맛이 느껴졌다.

"자 여기." 내 코 밑으로 손수건이 들어왔다. 고개를 들어보니 엘리야 고다드가 서 있었고, 나는 손수건을 받아 입을 닦았다.

"전 괜찮아요. 그냥 입술을 좀 깨물었어요." 나는 엘리야 고다드를 시험했다.

그는 제이미슨이 도망간 쪽을 훑어보고 나서 다시 내게 시선을 돌렸다. 엘리야 고다드는 내 입술에 피가 흐르고 있는 이유를 정확히 알고 있었다.

"지난 몇 달간 너를 쭉 지켜보고 있었단다." 그가 말했다.

"제가 뭐 잘못한 게 있나요?"

"아니. 넌 정말 좋은 딸이더구나. 언제나 착하게 행동하고." 미소 지으며 나를 인정해주는 이런 말을 하는 목사를 향해 나도 미소를 지었다. 왜냐하면 정말 딱 걸려들었으니까. 그는 나에게 메시지를 전달하고 있었다. 내가 바로 당신 아들의 밥이라고. 어떤 상황에서든 피를 흘리는 먹잇감이 되어야 한다고. 그는 자기가 전하는 메시지가 내 안에 스며들어 나를 더 작은 존재로 만들 거라 생각하고 있었다.

하지만 이 분야에서 잔뼈가 좀 굵은 나였기에 나는 더 단단해졌다.

"전 좋은 애가 되고 싶어요." 이건 일면 맞는 말이었다. 나는 위대한 사람이 되고 싶었다. 우리 엄마처럼 완벽한 사람이 되고 싶었다.

"넌 착한 동생이 될 거야." 이건 칭찬이라기보다는 명령에 가까웠다.

"저도 그렇게 되었으면 좋겠어요." 정말이었다. 내가 세상에서 가장 원하는 것은 엄마의 완벽한 딸, 그리고 언니의 사랑스러운 동생이 되는 것이었으니까.

"자, 어서 일어나, 엄마한테 가자. 이제 해야 할 일이 산더미 같다." 그는 당연히 내가 자기 손을 잡을 거라고 믿는 듯이 손을 내밀었다.

그래서 나는 우리의 계획대로 그의 손을 잡았다.

3막: 급소를 찔러라

엘리야 고다드 목사는 매년 교회 창립 기념일에 거대한 행사를 열었다. 그날은 부활절과 크리스마스를 빼고 보면 사랑의 헌금을 걷는 가장 큰 월급날이었다.

엄마는 그 행사에 대한 모든 것을 사전에 파악해 철저히 준비했다. 예배는 두 시에 시작했고, 예배가 끝나자 일부 여자들은 교회 부엌에 가서 요리를 했으며 나머지는 흩어져 아이들을 돌보았다. 엘리야 고다드는 인산인해를 뚫고 다니며 인사를 했고, 바로 옆에는 엄마가 있었다. 나와 눈이 마주친 엄마가 고개를 끄덕였다.

나는 행동에 들어갔다.

헤일리는 그림자 같은 아이였다. 헤일리가 예배당을 빠져나와 실제 도면을 보고 연습했던 미로 같은 복도를 누비며 지나갈 때 아무도 눈여겨보지 않았다.

나는 여분의 의자를 쌓아놓은 곳 뒤에 숨겨두었던 가방을 움켜쥐고, 화장실로 뛰어갔다. 사무실에서 가장 가까운 화장실은 텅 비어 있었는데 변기를 막아서 그 물이 바닥에 흐르게 하는 작업을 하는 데 족히 10분은 걸렸다. 일을 마치고는 발자국이 남지 않도록 까치발로 화장실을 나와 콧노래를 부르며 복도를 지나 돌아왔다. 이제 내 가방 안에 남겨진 것은 성경책 하나. 나는 성경책을 빼내고 가방은 지나가면서 쓰레기통에 던져버렸다. 성경책은 내 겨드랑이 아래 딱 들어맞았다. 어깨 너머 뒤돌아보니 벌써 카펫이 물에 젖어 색깔이 진해지고 있었다.

완벽해. 정확히 시간을 맞췄어.

지금쯤 엄마는 예배당에 엘리야 고다드 목사를 두고 부엌에 있는 아줌마들을 한번 살펴봐야겠다며 나올 것이다. 그리고 그는 영원히 엄마를 다시는 못 볼 것이었다.

복도 마지막 끝에 있는 사무실 문을 두드린 후 나는 안에서 들어오라는 답이 떨어지기도 전에 문을 열고 팔에는 성경책을 낀 채 고개를 들이밀었다.

엘리야 고다드의 행정 비서인 아드리안은 예배를 마치고 나면 으레 항상 그렇듯 자기 책상에 앉아 있었다. 엘리야 고다드 목사는 수지맞는 교회 장사를 잘 운영하고 있었지만 그 방식이 딱 강도의 밥이 되기 좋았다. 또한 직원들에게 급료를 충분히 주지 않았지만, 그래도 직원들은 일자리를 잃게 될까봐 이런 사실을 떠들고 다니지 않았다.

아드리안은 23세 청년으로 성경 학교에서 온 인턴이며 무급으로 일하고 있었다. 사실 아드리안은 그렇게 앉아 있을 게 아닌데, 목사는 아무도 믿지 않는 사람이라 남에게 돈 관리를 맡기지 않았다. 돈을 세는 것도 본인 스스로 했다. 그래서 헌금은 바로 여기로 배달되어 있었다. 얼마인지 세보지도 않은 돈다발이 아무도 관리하지 않은 상태에서 다음 날 아침 목사가 와 직접 세어볼 때까지 이곳에 있을 것이었다. 정말 엄청난 실수라 할 수 있지만, 동시에 손쉬운 방법이기도 했다. 오늘처럼 큰 행사가 있는 날은 금고가 다 찰 테니까. 지금 이 순간 금고와 나 사이에 놓인 장애물은 아드리안밖에 없었고, 곱게 자란 이 순진한 총각은 자라면서 한 번도 속임수 같은 걸 해본 적이 없을 그런 부류의 사람이었다.

"저, 화장실에 문제가 생긴 거 같아요." 내가 말했다. "성경책 갖다 두려고 가다 보니까 저쪽 복도에서 물이 흘러나오고 있었어요."

"뭐라고?" 아드리안은 자리에서 벌떡 일어나 뛰쳐나갔고, 나는 그가 지나갈 수 있도록 문고리를 잡고 서 있었다. 그는 복도 저쪽으로 뛰어나가더니 "오, 세상에!"라고 외쳤다. 내가 저질러 놓은 짓을 보고 지르는 외침이 메아리처럼 울려 퍼졌다.

시간이 얼마 없었다. 내 가슴은 사정없이 쿵쾅거렸고, 나는 창문으로 뛰어가 창문 고리를 잡고 활짝 열어젖혔다. 이미 도착해 있던 엄마는 재빨리 창문으로 미끄러지듯 들어왔다.

"망 좀 봐."

나는 온몸의 전율을 느끼며 문 쪽으로 뛰어갔다. 그리고 밖의 상황을 지켜보다가 또 엄마가 하는 작업이 얼마나 진행되고 있는지 몇 초 간격으로 번갈아 살펴보았다.

"그 사람이 내 앞에서 새로운 비밀번호를 설정하도록 설득하는 데 몇 주가 걸렸는지 몰라." 엄마는 금고 앞에 무릎을 꿇고 앉아 부잣집 마나님들이 가지고 다니는 값비싼 토트백을 열며 이렇게 중얼댔다. "아무래도 내가 감이 떨어진 모양이야." 엄마가 비밀번호를 누르자 이윽고 금고의 문이 열렸다.

엄마의 기쁨에 찬 환호성이 들렸고, 엄마의 손은 내가 생각했던 것보다 훨씬 더 잽싸게 움직이며 눈 깜짝할 사이에 돈을 다 쓸어 담았다. 그러고는 아주 가볍게 딸깍 소리를 내며 금고 문을 닫았다. "자 이제 그다음 어떻게 한다고? 읊어봐." 엄마의 명이 떨어졌다.

"난 일단 아드리안한테 가서 도와준다. 그러고 나서는 빠져나와 저쪽 그린벨트를 가로질러 간다. 그럼 엄마는 거기 차 안에서 기다리고 있는다."

엄마는 흡족한 미소를 지으며 둘째와 셋째 손가락에 키스를 하고 그 손을 내 볼에 대어주었다.

"그렇지, 우리 딸. 잘해보자."

나는 의자 위에 있던 담요를 들고 뛰어나갔고 엄마는 헌금으로 두둑한 토트백을 들고 창문으로 나갔다. 나는 과장되게 숨을 헐떡거리며 복도로 뛰어나가 화장실 문을 열고 들어가서는 아드리안에게 담요를 건네주었다. "저, 이걸로 물을 막으면 되지 않을까요!"

아드리안은 넘치는 화장실 물 가운데 멍하니 서 있었는데 항상 깨끗하게 차려입는 옷에는 얼룩이 다 져 있었고, 눈은 휘둥그레 커져 있었다.

"아 그래, 좋은 생각이야." 하지만 주변을 둘러보는 그의 눈은 당황한 빛이 역력했는데 담요 한 장으로 감당하기에는 어림도 없었기 때문이었다. "이게 어떻게 된 일이지?"

나는 바닥을 쳐다보며 아랫입술을 움찔거렸다.

"헤일리." 아드리안이 말했다. 아마 아드리안 같은 사람이 보기에도 내가 뭔가 할 말이 있어 보이는 그런 제스처를 취했을 테니까.

"너 뭐 아는 거 있지?"

"아뇨, 전……." 나는 말을 멈추고 아랫입술을 깨물었다.

"괜찮아. 말해봐."

"그냥 제이미슨이 화장실에서 나오는 걸 봤어요. 그게 다예요. 하지만 분명 뭔가 이유가 있을 거예요."

"당연히 있겠지." 아드리안은 헛기침을 했다. "가서 경비원 좀 불러올래? 그리고 목사님한테 가서 여기 상황을 좀 알려드리고. 건물 전체 물을 잠가야 하는데 목사님한테 건물 열쇠가 있거든."

"알았어요. 지금 당장 갈게요."

"고맙다. 헤일리."

"뭘요."

짜릿하고 미칠 듯한 흥분감을 느끼며 나는 다시 복도로 내질러 달려 나갔다. 하지만 이번에는 예배당이 아니라, 밖을 향해 직진.

드디어 이 지긋지긋한 곳과 제이미슨 고다드로부터 탈출이라니. 꼬집히고, 따귀 맞고, 멍이 들게 얻어맞던 지난날들이여 안녕. 하지만 내가 마지막으로 복도 코너를 돌아 내달리려는 차, 그 악동으로부터 드디어 멀어지는구나 하는 생각이 그 앨 불러오기라도 한 듯, 휴게실 앞의 자동판매기 앞에 녀석이 서 있는 게 보였다.

제기랄. 뒤돌아서기에는 너무 늦은 시점. 그냥 계속 앞으로 갈 수밖에 도리가 없었다. 지금은 자동판매기에서 어떤 걸 고를까 고민하고 있지만 나를 발견하는 순간 언제든 나를 향해 돌진해 올 놈이었다. 그 찰나의 순간 나는 망설였다. 어떻게 할까?

"저기." 그 목소리는 헤일리의 부드럽고 수줍은 목소리가 아니었다. 그건 저음에 허스키한 목소리였다.

제이미슨이 돌아서는 찰나 내 주먹이 그 애의 얼굴에 한 방을 날렸고, 제이미슨은 뒤뚱거리다가 자동판매기 앞에서 엉덩방아를 찧었다. 내 주먹이 매워서였다기보다는 놀라서 넘어진 것에 더 가까웠지만 어느 쪽이든 나는 흡족했다.

제이미슨은 믿을 수 없다는 듯 내 이름을 더듬거리며 불렀고, 나는 미소를 지었다. 이번에는 진짜 내 미소, 그놈이 태어나서 처음으로 보았을 그런 종류의 미소를 지어 보였다. 그러자 그 애의 얼굴은 마치 세상에서 가장 징그러운 것을 보고 있는 듯한 표정이 되었다.

"너 여자애들 많이도 때렸지? 결국 그걸 갚아줄 사람을 만나게 될 거야."

"난…… 난."

나에게는 그의 말을 들어줄 시간이 없었다. 이놈이 비명을 지르거나 무슨 짓을 하기 전에 그 자리를 떠야 했다. "명심해." 나는 도망치는 것처럼 보이기 싫어 깡충거리며 뛰듯이 그 애를 지나쳐 문을 열고 밖으로 나와서는 그때부터 무섭게 뛰기 시작했다. 행여 내 뒤를 쫓아와 붙잡기라도 한다면 큰일이니까. 하지만 제이미슨은 따라오지 않았다. 하긴 저런 놈은 진짜 무서운 게 나타나면 자기가 나서서 싸우기보다는 아빠한테 쪼르르 쫓아가기 마련이니까.

교회는 아직 개발이 안 된 광활한 대지 위에 자리잡고 있었고, 나는 나이 많은 밤나무 아래 무릎까지 자란 잔디 사이를 벗어나 한참을 뛰었다. 하지만 차는 보이지 않았다. 내 안에서는 나를 바늘처럼 찌르는 날카로운 소리가 들렸다. 그 짜증나는 목소리는 '엄마는 너를 버리고 혼자 가버린 거야.'라고 외쳐댔고, 나는 그 소리들을 애써 무시했다.

하지만 곧 나무들 사이로 파란색이 보였다. 나는 바닥 밑창에 미끄럼 방지 고무가 붙어 있지 않은 구두를 신고도 전속력으로 달렸다. 내가 차에 타자마자 엄마는 시동을 걸었다. 흙길을 한참 지나 큰길이 나왔고, 왼쪽으로 돌아 교회에서 멀어져갔다.

"임무 완수?" 엄마는 백미러를 살펴보며 내게 물었다.

"완수."

"무슨 일 있었어?" 엄마가 내 손을 바라보며 물었다.

"제이미슨과 마주쳤어." 차는 고속도로로 접어들고 있었다.

"임무 완수라며?"

"맞아."

엄마는 가운데 차선을 타고 천천히 차량의 흐름에 섞여 들어갔다. 과속운전 같은 걸로 경찰 단속에 걸리는 건 아마추어나 하는 짓이니까. 우리는 주간 경계선을 넘어서 서쪽 해안으로 갈 것이고 그때쯤에서야 교회 사람들은 우리가 사라진 사실을 눈치챌 것이었다.

"너 개를 때렸니?"

"개가 길을 막고 있잖아. 때려눕혀야 쉽게 지나가겠더라고."

엄마는 웃었다.

"그리고 그렇게 하면 시간도 벌 수 있고." 나는 계속했다. "지 아빠한테 가서 이렇고 저렇고 이를 테고 그럼 엘리야가 엄마한테 문자를 치겠지. 엄마가 답을 안 하면 나를 달래느라 그러는가 보다고 생각할 거야. 아마 정신이 없어서 금고는 내일 아침

늦게나 가서 체크할걸. 그리고 아드리안을 의심하겠지. 우리가 사라진 걸 알게 되기 전까지는 말야."

엄마는 더 이상 웃지 않았다. 갑자기 너무 조용해졌다. 내가 뭘 잘못했나? 나는 내가 차 있는 곳까지 뛰어오면서 이런 생각을 한 것에 대해 엄마가 대견하게 생각해주길 바랐는데.

"그런 생각을 했다고?"

"엄마라면 어떻게 했을까 그런 생각을 했어."

"오, 세상에." 엄마가 말했다. "우리 딸 너무 대단해."

엄마의 말을 듣고 나는 웃었다.

그때를 생각하면 지금도 웃음이 난다. 하지만 그때와 지금은 웃는 이유가 달랐다.

— 27 —

오말리: 전화 받아줘서 고맙습니다. 아직 통성명을 안 했네요?

인질범 1: 선생님이라 불러.

[5초 동안의 침묵]

인질범 1: [웃음] 내키지 않아할 줄 알았어.

오말리: 기분이 좋은 거 같네요. 좋은 일입니다. 안의 인질들은
모두 괜찮나요?

인질범 1: 괜찮지. 아직까지는.

오말리: 어떻게 하면 이 사태를 평화롭게 종식할 수 있을까요?

인질범 1: 내가 원하는 건 프레얀과 대화하는 거야.

오말리: 프레얀 씨는 현재 수술중이라 안타깝게도 지금은 불가
능합니다.

인질범 1: 너 지금 계속 자동차 사고라고 농간을 부릴 거야?

오말리: 농간이 아닙니다. 빨간불을 무시하고 내달리던 F-150
차에 치여서 차 옆구리가 다 나갔어요. 지금 그쪽이 원하는
게 그 사람인데 내 입장에서 자동차 사고로 안 된다고 거짓
말하면 무슨 이득이 있을까요. 지금 당장 데려올 수 있으면

149

여기 데려오죠. 하지만 지금은 골반에 박힌 아스팔트 조각을 제거하느라 좀 바빠서 못 옵니다. 그러니 프레야과의 대화 말고 다른 걸 요구해보는 건 어떨지 생각해보시죠.

인질범 1: 너 진짜 경찰 아닌 거 맞아? 경찰이지?

오말리: 전 그냥 도와주러 온 사람입니다. 어떻게 도와드릴까요?

인질범 1: 보안관한테 10미터 뒤로 물러나라고 해. 그리고 용접기구 가져와.

오말리: 하지만 보안관한테 동의를 얻으려면 나도 좋은 소식을 전해줘야 하는데. 인질범을 풀어준다든가······.

인질범 1: 딱 한 명만 풀어준다. 더는 안 돼.

오말리: 좋아요. 용접기구를 확보하는 데 시간이 좀 걸릴 텐데. 전화 끊지 말고 잠시 기다려줄래요?

인질범 1: 구해와. 보안관 설득해. 그러면 여자애 넘겨준다.

〔통화 종료〕

라이터 하나, 보드카 세 병, 가위,
안전금고 열쇠 두 개
~~계획 1: 폐기~~
계획 2: 진행중

"케이시, 이쪽으로 좀 와볼래?" 내가 말했다.

케이시는 자리에서 일어나 의아한 표정으로 나를 향해 걸어왔다.

"왜요?"

"조금만 있으면 그놈들이 올 거야. 아마 너의 손을 묶을 거야. 그럼 그냥 묶게 놔둬. 너랑 거래를 할 거니까."

"거래라고요?" 케이시의 목소리가 흔들렸다.

"넌 여기서 나가게 될 거야. 지하실의 쇠막대기로 된 문을 통과하려면 용접기가 필요하거든. 용접기를 받고 너를 넘겨주기로 했어. 그런데 정문으로 안 가고 지하실 출구로 갈 거야. 아마 너를 방패처럼 앞세우고 갈 테니까 좀 무서울 테지만 겁낼 거없어. 그냥 발만 응시하고 앞으로 가. 대신 천천히 가야 해. 갑자기 몸을 움직이거나 하지 말고. 그 사람들이 가라는 속도에 맞추어 걸어. 갑자기 몸을 틀거나 하면 절대 안 돼. 뛰지도 말고. 저쪽 보안관보들이 보여도 그쪽으로 뛰어가선 안 돼. 그냥 계속 천천히 걸어. 저쪽에서 너를 잡아줄 때까지 천천히."

"왜 나만 가요?" 케이시가 물었다.

나는 케이시에게 사기의 미묘한 법칙이라든가 협상의 규칙 뭐 이런 걸 다 설명해줄 시간이 없었다. 다행히 웨스가 답을 찾아주었다.

"네가 제일 어리니까, 가장 어린 애가 먼저 가는 거야." 웨스가 힘을 주어 말했다.

"그래 맞아." 아이리스가 맞장구를 쳐주었다. 아이리스의 눈은 나를 주시하고 있었고, 나는 그 똑똑한 아이리스의 두뇌가 풀가동하고 있다는 걸 느낄 수 있었다. 아이리스는 수수께끼를 좋아했다. 나는 방금 '나'라는 수수께끼를 아이리스에게 던졌다. 지금 아이리스의 머릿속에 몇 방향으로 이야기가 전개되고 있을지 나는 상상할 수가 없었다. 내가 아이리스에게 말한 사실들과 웨스가 말한 내용을 조합하여 퍼즐이 맞추어지고 있을 터였다. 그리고 작년에 내 입에서 무심코 나왔을 말들, 내가 노라였을 때 별거 아닌 것처럼 했을 행동들, 이 모든 것이 아이리스 머릿속에서 미치도록 분주하게 제 자리를 찾아 돌아다니며 나에 대한 퍼즐 조각을 맞추기 위해 어지러울 터였다.

"행크 아저씨는요?"

우리는 모두 무슨 소리인가 싶어 케이시를 쳐다보았다.

"저 보안 경비 아저씨요. 아저씨 먼저 가야 하지 않아요?"

우리는 아무 말도 못 했다. 모두 똑같은 생각을 하고 있었다. 아직 살아 있나? 회색 모자 손에 묻었던 그 피. 설마…….

"어린애가 먼저야." 내가 단호히 말했다. 그 말에 케이시의 얼굴이 하얘졌다. 그리고 나는 이를 악물었다. "어른들도 여기 모였다면 모두 동의했을 거야."

"저 두 사람이랑 나만 같이 있는 거 싫어요. 만약 저를……."
케이시는 말을 잇지 못했다. 입술이 떨고 있었다.

아이리스가 목구멍 뒤쪽에서 뭔가 넘어가는 듯 신음 소리를
내고 있었다.

"절대 너를 해치지 않을 거야." 나는 단호하게 말했다. "저들
한테는 용접기가 필요해. 그게 있어야 금고 보관소 안으로 들어
갈 수 있거든. 보안관이 너를 무사히 인계받기 전까지는 저들한
테 그 용접기를 주지 않을 거고."

"어떻게 알아요?"

내가 그렇게 만들었거든. 하지만 이렇게 말을 하면 아이는 더
헷갈릴 터였다. "아까 저 회색 모자가 나를 밖으로 데리고 나갔
을 때 나한테 그랬거든. 시간이 별로 없어. 우린 지금 빨리 움직
여야 해. 종이와 펜이 필요한데."

웨스와 아이리스가 순식간에 포스트잇과 볼펜을 가지고 뛰
어왔다. 나는 한쪽에 복도를 대충 그려 넣고, 우리가 있는 곳을
표시한 후, 다른 면에는 메시지를 적어 넣었다.

"우리 언니 이름이 리야. 저기 밖에 메가폰을 들고 서 있는 사
람." 메모지를 넘기며 나는 케이시에게 이렇게 말했다. "이걸 신
발 밑에 깔고 신발 신어. 저쪽에 도착하면 우리 언니한테 이걸
전해줘. 그리고 이 말도 전해줘. 언니가 통화를 한 주범은 레이
먼드 같은 사람이라고."

"그게 무슨……."

"그렇게만 말하면 우리 언니는 알아들을 거야. 할 수 있지?"

케이시의 눈은 두려움과 아드레날린으로 동공이 한없이 커져 있었다. 케이시는 숨을 크게 들이쉬더니, 오들오들 떨며 고개를 끄덕였다.

"좋아." 나는 케이시의 어깨를 꼭 잡아주었고, 케이시는 눈을 들어 나를 쳐다보았다. 눈물로 글썽이는 그 눈을 보며, 이런 위기 상황에서 내가 쉽게 상대를 안아줄 수 있는 그런 종류의 사람이었으면 얼마나 좋을까라는 생각을 했다. 하지만 나는 그런 사람이 아니었다. 아이리스나 웨스와 같은 따뜻한 사람이 아니었다. 나는 차갑고 날이 서 있었다. 내 인생에 아이리스나 웨스 같은 사람, 진정 따뜻한 마음으로 다른 사람을 안아줄 수 있는 사람은 다섯 손가락 안에 꼽을 만큼 드물었다.

"괜찮아. 잘할 수 있어. 내가 약속할게. 이런 일 겪고 온 너한테, 엄마가 가방은 어디 두고 왔냐고 야단치거나 화내시지 않을 거야."

이 말에 케이시의 얼굴에 웃음기가 살짝 도는 듯했지만 내가 다음 말을 이어가자 그 웃음기는 싹 가셔버렸다.

"명심할 거는 절대 뛰어서는 안 된다는 거야. 저 사람들이 하라는 대로 해."

"그리고 언니한테 메시지 전달할게요."

나는 케이시의 어깨를 꼭 끌어안았다. "그냥 몇 분만 걸어가면 돼. 그럼 안전한 곳으로 가는 거야."

"알았어요." 케이시는 침을 꿀꺽 삼켰다. 나는 케이시 안에서 나를 보았다. 두려움 안에 깃든 강인함. 모든 소녀들이 여자로 성장하면서 걷는 가시밭길에서 체득하게 되는 강인함. 케이시가 이런 상황에서 그 강인함을 배우게 된 게 너무 싫었다.

나는 케이시의 어깨 너머로 아이리스와 웨스를 쳐다보았다. 이제 이 두 사람이 항의하는 표정을 짓도록 해야 했다. "저 두 놈이 케이시를 데려갈 때 이게 무슨 짓이냐, 왜 아이를 데려가려 하는 건지 이해 못 하겠다는 반응을 보여야 해."

그때, 이제는 익숙해진 그 탁자 치우는 소리가 또다시 벽을 타고 들려오기 시작했다. 우리는 모두 구석으로 자리를 옮겨 벽에 등을 기대고 섰다.

붉은 모자가 먼저 들어오고, 뒤에 회색 모자가 따라왔다.

"데려와." 회색 모자가 명령하자 붉은 모자는 케이시에게 다가와 거칠게 팔을 잡아 낚아챘고, 그걸 보던 아이리스가 비명을 지르며 항의 표시를 했다.

웨스가 입을 굳게 다물고 튀어 나가려 할 때 내가 매서운 어조로 소리쳤다. "저기!"

"애한테 손대지 마." 웨스가 말했다.

"왜 아이를 데려가려는 건데?" 아이리스가 물었지만 그들은 대답 없이 아이를 끌고 나갔다. 나는 당장이라도 뛰어가 케이시를 다시 데려오고 싶은 충동을 억제하기 힘들었다. 이게 최선이야, 나는 스스로 다독거렸다. 절대 케이시를 어떻게 하진 않을 거야. 지금은 그 애가 필요하니까. 지금은 케이시가 누군지 모르니까, 자기들한테 얼마나 값나가는 인질인지 모르니까 저렇게 순순히 내놓는 것이고, 이렇게 하는 게 최선이야.

문이 닫히고 나자 아이리스는 바닥에 주저앉았다. 우리는 또다시 방에 갇힌 신세가 되었다. 아이리스의 손이 떨리고 있었다. 립글로스는 다 번져버리고, 안색이 창백했다. 내 안에도 걱정이 밀려와 두려움에 찬 내 눈이 아이리스의 눈과 마주쳤고, 내가 반했던 70년 된 그 빈티지 드레스에 싸인 아이리스는 지금 지옥 안에 있는 듯했다. 아이리스는 팔짱을 끼고 눈썹을 치켜세우며 말했다.

"네가 꾸민 일이지." 이건 질문이 아니었다.

"주차장에서 경적 소리가 들려오면 정말 케이시가 잘 풀려난 거야." 나는 이 상황을 어떻게 모면해야 할지 몰라 이렇게 말했다. 내 심리 치료사는 이런 나를 병리적인 뭐라고 부를 텐데 나는 이걸 그냥 생존본능 같은 거라고 부르겠다.

"너 사기꾼이 맞는구나." 아이리스가 말했다.

"이젠 아니야." 웨스가 말했다.

"갑자기 날 옹호해주려고?"

"난 그냥 네가 여기 이 동네 할머니들의 연금이나 등쳐먹고 다니는 사람이 아니라는 걸 말하는 거야." 웨스는 그런 말이 도움이라도 되는 듯 얘기했다.

"넌 마치 내가 할머니들의 연금이라도 등쳐먹는 사람인 것처럼 말한다? 난 그런 적 없거든." 이건 정말 맞는 말이었다. 하지만 이미 내가 일련의 범죄를 저지른 경력을 달고 있다는 것 또한 사실이었다. 그 경력은 계속 쌓여갔고, 시간이 지날수록 나의 죄질은 더욱 나빠졌으며, 내가 나이 들어갈수록 엄마는 더욱 깊숙이 그 세계로 나를 끌어들여 나는 다른 소녀가 되어야 했다. 그리고 그런 삶을 사는 아이에게 일어날 수밖에 없는 온갖 끔찍한 일들이 일어났다. 그런 일들이 쌓이고 쌓여 결국 그날

밤 해변에서 레이먼드 킨은 나에게 "가서 가져와, 지금!"이라고
했고, 그 순간 모든 것이 폭발하고 말았을 때 모래는 피로 물들
었다. 그리고 나는 자유를 찾았다. 하지만 그 자유는 완전하지
는 못한, 절대 깨끗하지는 못한 자유였다.

그렇다고 클리어 크리크로 와서 내가 완전히 손을 씻었다는
얘기는 아니었다. 정말 꼭 필요할 때 나는 최소한도의 작업을
했다.

"그럼 어떻게 한 건데." 아이리스가 물었다. "지금 상황을 보
면 아까 그놈한테 무슨 짓인가를 해서 그놈이 지금 자기가 가지
고 있는 최고의 인질을 용접기하고 바꾸겠다고 나선 거잖아. 물
론 저들이 인질의 가치를 모르는 걸 이용했고."

"맞아. 바로 그렇게 한 거야." 웨스가 말했다.

"그럼," 아이리스의 입이 굳게 닫히고 립글로스는 더 번져갔
다. "네 이름도 진짜는 노라 오말리가 아닌 거야? 그래?"

나는 시인하는 몸짓을 보였다.

"그리고 네 머리 색깔도 원래 그 색이 아니고?"

나는 혀로 입술을 한번 적시고 나서야 죽어가는 목소리로,
"염색한 거야."라고 답을 할 수 있었다. 그리고 손가락으로 내
머리와 눈썹을 가리켰는데 동시에 볼이 발갛게 뜨거워지는 것
을 느낄 수 있었다. 이건 웨스랑 겪었던 것보다 더 최악이었다.
모든 답을 알고 있는 사람, 지금 아이리스가 처한 바로 그 입장
에 섰던 사람 앞에서 또 이러고 있다니.

하지만 이게 아이리스한텐 나을 수도 있겠다 싶은 생각이 들
었다. 적어도 동지가 있는 셈이니까. 난 아이리스를 사랑했다.

그 말은 그 순간 세상 그 무엇보다 아이리스가 소중했다는 말이기도 하다. 나는 거짓말도 진실처럼 말하는 데 익숙해서 거짓과 진실의 경계가 내게는 불분명했다. 그리고 그런 사람을 사랑하는 게 어떤 건지 나는 너무나 잘 알고 있었다. 그건 너무나 힘겨운 일이었다. 그런 사람을 의지할 수는 없으니까. 그런 사람들에겐 의지할 만한 구석이 많지 않으니까.

"네 눈 색깔은 파란색 맞니?" 아이리스의 목소리가 갈라졌고, 나는 심장이 멎는 듯했다. 내가 본능적으로 앞으로 다가가 눈 색깔을 보여주려 하자 아이리스는 다가오지 말라는 강력한 의사표시를 하며 머리를 저었다. 나는 그 자리에서 얼어버렸다.

"눈은 파란색 맞아. 렌즈는 너무 가려워서 못 껴."

아이리스는 눈을 깜박이며 내 말의 의미를 되새기듯 "그러니까 이런 걸 많이 해본 거지. 이름을 바꾸고, 외모를 바꾸고……." 하다가 말끝이 흐려졌다.

나는 그 끔찍하면서도 진이 빠지는 침묵을 참지 못하고 말했다. "이제 더 이상은 아냐. 우리 엄마는 나를 그렇게 키웠지만 열두 살 때 난 도망쳤어." 나는 이렇게 내가 한 짓을 가장 약하게 표현했다. "언니가 도와줬지. 그리고 그때 엄마는 감옥에 갇힌 거야. 그리고 나는……." 나는 말끝을 흐렸다. 기진맥진해서가 아니라, 어떻게 표현해야 할지 나 자신도 몰랐기 때문에.

"노라는 그 후로 숨어다녔어." 웨스가 말했다.

그게 맞나, 정말? 나는 숨어다닌 건가? 공격을 기다리며 반격할 준비를 하며 살고 있었던 건 아닌가?

"누구한테서?"

"의붓아버지."

"하지만 그 사람도 감옥에 있다며."

"맞아. 하지만 감옥에 있다고 힘을 잃은 건 아니거든. 감옥에서도 여전히 건재하지."

"노라의 목을 원해." 웨스가 말했다.

"웨스!" 나는 웨스를 노려보았다. 웨스는 무서운 표현을 쓰고 있었다. 하지만 그게 맞을지 몰랐다. 웨스는 정말 무서워했고, 아이리스도 이 상황이 무서울 것이다. 난 이게 무서운지는 더 이상 잘 모르겠다. 그냥 내 삶의 일부가 되어버렸는데 나는 그 일부가 내 인생을 망치게 내버려 둘 수는 없었다.

"노라는 그놈한테 자기가 누군지를 밝힌 거야. 노라를 플로리다로 데려가면 엄청난 돈을 벌 수 있거든."

아이리스의 얼굴이 더 창백해졌다. "뭐라고? 왜 그런 짓을 했어?"

"자기 목숨 줄 내놓는 게 취미거든."

"입 닥쳐. 그런 거 아니야. 그런 취미 없어."

웨스는 내가 익히 알고 있는 그 표정을 지어 보였고, 웨스의 빈정대는 말투와 함께 꼬여버린 우리의 애증 관계는 그 순간 온전히 증오로 타올랐다.

아이리스는 우리 두 사람에게 눈알을 부라렸고, 그러고 나서는 곧 나에게 시선을 고정했다. "네 목숨값이 얼만데?"

"산 채로 플로리다에 데려가면 7백만 달러." 내가 답했다. "그리고 해가 지날수록 더 올라. 생일 선물처럼."

내 말을 듣는 아이리스의 눈에서 뭔가 섬광이 지나갔다. "그럼 그 의붓아버지란 사람, 작은 물에서 노는 사람이 아니구나."

나는 입술을 깨물었다. 아이리스에게 이 얘길 털어놓으면 많은 것이 변할 터였다. 아이리스는 샅샅이 캐고 들어갈 테니까. 원래 범죄학, 방화범 이런 거 공부하는 게 취미인 아인데…… 아마 그에 대해서도 익히 알고 있을 터였다.

그리고 나, 애슐리에 대해서도 들어봤을 것이다.

나는 웨스를 쳐다보았다. 웨스는 내게 용기를 주려는 듯 고개를 끄덕였다. *괜찮아. 할 수 있어.*

이래서 더 짜증이 나는 거였다. 나는 어느새 내 옆에 항상 웨스가 있었으면 하고 바라고 있었다. 웨스는 언제 무엇을 하고, 무슨 말을 해야 할지 잘 알았다. 그게 내가 듣기 싫은 말일지라도.

"우리 엄마가 결혼한 사람은 레이먼드 킨이었어." 내가 말했다. "그 사람을 내가 감옥에 보낸 거지."

그 이름이 입력되는 데는 아주 잠깐 시간이 걸렸다. 뭐라고? 그러고는 헐 하는 표정과 함께 아이리스의 눈이 커졌다. 아이리스의 목소리가 갈라지면서 속사포같이 말이 쏟아져 나왔다.

"적의 손가락을 잘라서 악어 밥으로 주었다는 이야기가 도는 그 인간?"

"이야기가 아니라 사실이야. 술 마실 때마다 그걸 자랑하는 사람이야."

그리고 가장 즐겨하는 위협용 무용담이기도 했다. 그는 도살장을 하던 시절부터 푸줏간에서 쓰는 식칼과 손도끼를 세트로 가지고 있었다. 그의 별명이 거저 생긴 것이 아니었다. 사람의 몸도 소고기처럼 포를 뜰 수 있는 인간이었다.

"세, 세상에." 아이리스의 입에서 "나는……"이라는 말이 채 끝나기도 전에 주차장에서 경적 소리가 들렸다. 세 번은 길게, 두 번은 짧게.

나는 갑자기 다리에 힘이 쭉 빠지는 것처럼 느껴졌다. 웨스는 그런 자리에 어울리지 않는 함박웃음을 지었다.

"세상에." 아이리스가 말했다. "네가 해냈어. 케이시를 구했어."

그러더니 아이리스는 갑자기 몸을 돌려 책상 옆 휴지통에 대고 토하기 시작했다.

— 29 —

오말리: 용접기 가지고 왔음. 인질은?

인질범 1: 여기. 난 합리적 인간이야. 가장 어린 여자애 넘겨준다.

오말리: 감사히 생각함. 애들이 있을 장소는 아니니까. 혹시 애가 있나?

인질범 1: 넌?

오말리: 가족 얘기하면 또 복잡해지지. 자 그럼 어떻게 진행할지나 얘기해볼까?

인질범 1: 내가 정하지. 용접기를 뒷문 앞에 갖다놔. 그리고 주차장 끝에 딱 붙어 있어.

오말리: 그렇게 준비하지.

인질범 1: 준비되면 연락해.

〔통화 종료〕

오말리: 뒷문 쪽으로 움직여야 해. 아이 한 명을 넘겨준대.

레이놀즈: 노라일까?

오말리: 〔말소리 알아들을 수 없음〕

아담스 보안관: 자, 기기 제자리에!

오말리: 신중하게 해야 해요. 그놈 잘못 건드렸다간 저 안에 있
   는 인질들 다 죽어요.

아담스 보안관: 알아. 너희들 저 뒤쪽에 있어, 알았지?

레이놀즈: 서장님, 지금까지 협상을 주도한 사람이 빠지면 저쪽
   에서 어떻게 나올지……

아담스 보안관: 이건 명령이야 레이놀즈, 너도 저 뒤쪽에 있어.

〔웅성거리는 소리〕

레이놀즈: 세상에, 이제 와서 자기가 나서겠다고?

오말리: 이거 망치면, 저 애는 죽어.

레이놀즈: 이제 움직일까?

오말리: 움직이자.

〔웅성거리는 소리〕

〔고함 소리〕

오말리: 멍청한 짓 하면 안 되는데.

레이놀즈: 토마스는 어디 있지?

오말리: 뭐?

레이놀즈: 토마스가 같이 있었는데 사라졌어. 어 제기랄.

오말리: 제스? 제스! 어디 가?

〔웅성거리는 소리〕

오말리: 어떻게 된 거죠?

아담스 보안관: 알아듣게 얘기해.

오말리: 토마스 어디 갔어요?

아담스 보안관: 내가 가란 곳에 가 있지.

〔웅성거리는 소리〕

오말리: 자격도 안 되는 경찰을 도넛 가게 지붕에 저격수로 올려놓은 거예요, 지금?

아담스 보안관: 우리 쪽을 보호해야 하잖아. 토마스는 그중 그래도 제일 낫다고.

오말리: 내려오라고 해요. 지금 10점짜리 내기가 걸린 문제가 아네요. 아이의 목숨이 달려 있다고요.

아담스 보안관: 난⋯⋯.

오말리: 지금 당장!

아담스 보안관(무전기에 대고)**:** 토마스, 철수해. 반복한다. 철수.

오말리: 그딴 짓 그만합시다. 제발.

아담스 보안관: 난 그냥. 리, 지금 너무 예민해져 있는 것 같은데.

오말리: 마음에 안 들겠지만 협상을 하고 있는 건 나예요. 이거 다 끝나고, 모두 무사히 풀려나면 그 모든 공과 영광은 보안관에게 갈 거예요. 한데 지금처럼 계속 날 방해하다가 인질에게 무슨 일이라도 생기면 그럼 모든 과오가 당신에게 갑니다. 그니까 세 발자국 뒤로 물러서서 내가 해결하게 놔둬줘요. 접수됐어요?

〔침묵〕

아담스 보안관: 오케이.

오말리: 그럼 이제 전화합니다.

아담스 보안관: 이거 망치면⋯⋯.

오말리: 그런 일 없어요.

〔침묵. 오말리 은행에 전화. 벨 세 번 울림.〕

인질범 1: 준비됐나?

오말리: 용접기 준비 완료.

인질범 1: 경찰은 모두 정문에 배치. 뒷문에 너 말고 다른 사람이 하나라도 있으면 쏜다.

아담스 보안관 (뒷배경 소리): 젠장.

오말리: 나 혼자 갑니다.

아담스 보안관 (뒷배경 소리): 제기랄.

인질범 1: 5분.

오말리: 거기서 봅시다.

〔통화 종료〕

아담스 보안관: 누구 오말리한테 방탄조끼 가져다줘. 너 뭐 준비해둔 거 있어?

오말리: 오 마이…… 내 윈체스터는 트럭에 있네.

아담스 보안관: 나라면 등 뒤에 소총을 메고 가겠다.

오말리: 우리가 이렇게 의견이 맞을 때도 있네. 이걸 행운의 징조로 받아들이도록 하죠.

아담스 보안관: 방탄조끼나 입어. 그리고 총 맞지 말고. 네 말이 맞는다는 걸 증명해야 해.

오말리: 귀신이 되어서라도 증명하죠.

아담스 보안관: 그래 잘났다 잘났어. 오늘 아무도 죽는 사람 없다. 알았지?

오말리: 오케이.

〔웅성거리는 소음, 목소리. 판독 불가. 3분 18초 경과. 공식 보고서에서 차용: 경찰은 은행 정문으로 후퇴하고 오말리만 뒷문에 남음.〕

오말리: 밀워키, 아크론, 오스틴, 샌프란시스코, 시애틀, 로체스터, 밀워키, 아크론, 오스틴, 샌프란시스코, 시애틀, 로체스터, 밀워키, 아크론, 오스틴, 샌……

〔쾅하는 소리〕

오말리: 손은 내가 볼 수 있게 하지.

인질범 1: 우리 다 문명인인 줄 알았는데.

오말리: 어린 학생한테 총을 겨누면서 할 소린 아닌 듯한데.

인질범 1: 어쩔 수 없는 때도 있는 법이지.

오말리: 아이를 내 쪽으로 보내. 그러면 용접기를 그쪽으로 밀어주지. 간단명료하지? 오케이?

인질범 1: 그러지.

오말리: 셋 할 때. 하나, 둘, 셋.

인질범 1: 가.

〔공식 보고서에서 차용: 인질 1(케이시 프레얀, 11세) 뒷문을 통해 경찰에 인수됨. 오말리는 용접기를 인질범 1 쪽으로 밀어주었으며, 인질범 1은 용접기 가지고 은행 안쪽으로 후퇴.〕

오말리: 애. 괜찮니? 어디 다친 데는 없고? 이름이 뭐야? 여기, 응급처치병 빨리.

케이시 프레얀: 언니가 리? 저 안에 있는 언니의 언니 맞죠?

오말리: 그래. 내 동생은 괜찮니?

케이시 프레얀: 언니가 그랬어요, 그는 레이먼드 같은 사람이라고. 무슨 말인지 이해해요? 사람들을 다 죽일 거예요. 모두. 언니는 내가 모를 거라고 생각하지만, 저도 알아요. 저도 다 느꼈어요. 그리고 언니가, 아 여기, 이거, 전해주라고……

166

보안관보 중 한 사람: 앰뷸런스 2분 내 도착.

오말리: 여기서 빨리 아이를 데려가. 그리고 아이 엄마한테 연락하고.

레이놀즈: 그건 뭐야?

오말리: 아무것도 아냐.

레이놀즈: 방금 주머니에 뭔가 집어넣었잖아.

오말리: 아니. 그런 적 없어.

레이놀즈: 리. 내가…….

오말리: 아니라니깐. 자 이제 SWAT 팀이 언제 도착할지 알아보기나 하자. 빨리 안 오면 저 안에 있는 사람들 목숨이 위험해.

― 30 ―

수영장

아이리스와 사귀기 시작한 초반, 우리는 그 사실을 아무에게도 알리지 않았다. 아이리스가 아직 엄마에게 우리 관계를 털어놓을 준비가 안 되었다고 했을 때 나는 안도감을 느꼈고, 그 안도감을 느끼는 나 스스로에 대해 죄책감을 갖기도 했다. 무엇인가를 숨기는 것이 얼마나 힘든 일인지 잘 알고 있었지만, 우리 사이를 비밀로 하는 것만큼은 어렵지 않았다. 마치 커다란 비눗방울이 우리 둘을 감싸고 있는 것처럼 느껴졌고, 나는 현실이라는 바늘로 이 방울을 터뜨리고 싶지 않았다. 현실 세계에서 나는 사랑하는 사람에게 진실을 터놓지 못하는 그런 상황에 또다시 봉착해 있었던 것이다.

나는 웨스와 언니를 통해 진실의 세계에 발을 들여놓게 되었고, 그리고 그 진실의 세계에서 몇 년 동안을 살아왔다. 이렇게 처음 맛본 진실의 세계로 통하는 문을 다시 닫아야 했을 때 나는 마음이 아팠다. 웨스에게는 아이리스에 대해 털어놓지 못하고 차일피일 미루고 있었고, 언니에게도 다 털어놓지 못하는 부분이 있었으며, 아이리스에게는…….

나는 웨스에게 그랬듯이 아이리스에게 텅 빈 백지 상태로 다가갔다. 그리고 그 백지를 거짓말로 채워갔으며, 그것이 영원히 변하지 않는 잉크로 쓴 것이라 생각했는데 현실은 연필로 쓴 것이었다. 사랑과 안전한 보호망이 나를 자유롭게 풀어주었고, 연필로 쓴 내 거짓말들은 지워져갔다. 웨스는 이를 꿰뚫어 본 것이다.

아이리스도 오늘이 아니면 내일, 내일이 아니어도 언젠가는 꿰뚫어 볼 것이다. 따라서 아이리스가 알아채기 전에 내가 먼저 말해야 한다고 생각했다.

질끈 묶은 아이리스의 머리카락이 실크처럼 내 팔을 간지럽혔다. 아이리스의 머리는 내 배 위에 있었다. 아이리스의 머리카락을 만지는 느낌은 정말 형용하기 어렵다. 나는 그게 내 등에 찰랑이는 나의 금발 머리가 닿는 것과 같은 느낌, 한여름 열기를 받을 때의 느낌, 그리고 내가 연기해야 했던 소녀의 머리 스타일로 엄마가 내 머리를 다듬어줄 때 느낌과 비슷할 것이라 생각했지만, 달랐다. 내 머리카락이 아닐 때의 느낌은 아주 다른 것이었다. 아이리스의 머리에서는 우리 집 우편함 앞에 피어 있는, 밤에만 꽃을 피우는 재스민 향기가 났다. 그리고 그 냄새를 맡으면 내게는 그토록 찾기 힘든 장소였던 편안한 집이 연상되었다.

"전화 왔어." 아이리스가 침대 바로 옆 내 책상에서 전화기를 집어 들어 건네주며 말했다. 화면을 보니 테리였다.

테리 즉, 테란스 에머슨 3세는 웨스와 유치원 때부터 절친으로 아몬드 공화국의 상속자였다. 약칭으로 테리라 부르는 이 친구는 착하고 남의 말을 잘 믿고 잘 속는 유형이었다. 마약을 달고 살아 항상 문제를 일으켰지만, 그 문제 때문에 고생한 적은 없었다. 아몬드 공화국 상속자니까. 정말 세상에서 가장 벗겨 먹기 쉬운 먹잇감이었다. 새근새근 잠자고 있는 아가로부터 사탕을 뺏는 것만큼 쉬운 일이었겠지만, 웨스가 그 친구를 너무 좋아했고, 또 같이 있으면 재미있고 좋은 사람이었기에 내 생각을 행동에 옮긴 적은 없었다.

"테리? 무슨 일이야?"

"노라. 연결이 돼서 너무 다행이다. 여기 좀 와줘."

"무슨 일인데?" 나의 질문에 옆에서 듣고 있던 아이리스가 일어나 앉았다.

"웨스가 약을 했어. 이래 가지고는 집에 못 가."

"뭐라고?" 이번에는 내가 정색을 하며 벌떡 일어나 앉았고, 아이리스는 입 모양으로 '무슨 일인데?'라고 물었다. 나는 손가락을 입에 대고 조용히 하라는 신호를 보냈다.

"너 무슨 짓을 한 건데?" 내가 따져 물었다.

"내가 약을 먹인 게 아냐. 그런 뜻으로 물어본 거라면······." 테리는 상처받은 듯 이렇게 답했다.

"테리······." 나는 이를 깨물었다.

"아냐. 내 잘못이 맞네. 쿠키에다 표시를 안 해놓았거든."

"마약이 든 쿠키를 먹었다고?" 오, 세상에. 나는 셔츠 단추를 채우기 시작했다. "몇 개나?"

"아래층 내려갔다가 다시 올라왔는데 그사이 거의 반이나 먹었더라고."

"테리!!"

"그래. 내가 잘못했어. 미안해. 하지만……." 전화기 뒤쪽에서 음정이 맞지도 않는 노랫소리가 들렸다. 웨스는 약을 하면 흥에 겨워 노래를 부르곤 했다.

"지난번에 어땠는지 너도 알잖아." 나는 따끔하게 한마디 하려고 했지만, 그때의 기억이 물밀듯 밀려와 말을 마칠 수가 없었다.

"그래서 전화한 거야. 근데 저 상태로 우리 집에 계속 있다가 우리 엄마 아빠가 돌아와서 보시면, 당장 시장님한테 연락이 갈 거야."

"나 지금 가. 내가 갈 때까지 네 방에 꼭 가둬놔."

나는 전화를 끊은 다음 나를 쳐다보고 있는 아이리스에게 말했다.

"너무 미안한데, 나 지금 가야겠어."

"웨스는 괜찮대?"

"웨스인 줄은 어떻게 알았어?"

"웨스 아니면 누구겠어. 넌 웨스 이외에 별로 같이 다니는 사람도 없잖아. 나쁜 뜻으로 하는 이야기는 아니야."

"나 너랑도 같이 다니잖아." 내가 말했다.

"내가 무슨 말 하는 건지 너도 알잖아."

"난 원래 친구가 많았던 적이 한 번도 없어." 나는 가볍게 받아넘기려고 한 말인데 아이리스는 곤혹스러우면서도 예리한 눈빛으로 나를 보며 말했다.

"웨스는 괜찮대?"

"응. 근데 우리 집에 데려다 놔야겠어. 약이 깰 때까지는. 안 그러면 일이 커질 거야." 나는 침착하게 말을 하고 있었지만 심장은 두방망이질하고 있었다. 마치 열다섯 살 그때로 되돌아가, 웨스네 집 목욕탕 문을 열었던 그날로 되돌아간 듯했다. 빨리 가야 해. 빨리.

"나도 같이 가도 돼?" 아이리스가 조심스럽게 물으며 쳐다보는데 그 눈빛을 보곤 안 된다고 할 수가 없었다.

그리고 빨리 가야 한다는 생각에 사로잡혀, 다른 건 신중하게 생각해볼 여유가 없었다.

"그래. 내가 운전할게."

테리는 도리토스 과자를 한 아름 안고 나와 문을 열어주면서 연신 변명과 사과를 늘어놓았다. "잠깐 방을 비운 사이 그랬어. 정말 몇 분 사이에." 계단을 두 칸씩 훌쩍 올라가는 동안 노랫소리는 점점 더 커졌다. 웨스의 노래 실력은 정말 끔찍했다. 음정하나 제대로 못 맞추는 음치인지라 자기 주제를 잘 알아서 평상시에는 노래를 안 부르는데 이렇게 뭐가 들어간 날이면 오페라 가수라도 된 양 노래를 불러 젖혔다.

"괜찮을 거야." 아이리스가 테리를 위로했지만, 테리가 어두운 표정으로 고개를 흔들자, 사태가 생각보다 심각함을 간파한 아이리스의 표정이 살짝 어두워졌다. 테리는 원래 심각한 걸 좋아하지 않는 사람이라 그의 표정이 이렇게 진지하다는 건 불안했다. 테리는 웨스 아버지가 이 사실을 알게 되면 무슨 일이 벌어질지 잘 알고 있었다.

웨스는 객실에 갇혀 있었는데 우리의 얼굴을 보자 표정이 활짝 밝아졌다. 웨스를 본 나는 미소를 짓지 않을 수 없었다. 웨스가 이렇게 불안을 다 떨쳐버리고 기분이 좋아 보이는 게 얼마만인지.

"너희들 왔네!"

"너 위험한 쿠키를 먹었다며."

"난 그런 건 줄 몰랐지."

"테리 방에 있는 거는 아무거나 집어먹으면 안 된다는 거 정도는 알 때가 안 됐니?" 나는 콕 집어 말했다.

"하지만 그 안에 토피(설탕, 당밀을 끓여 만든 캔디)가 박혀 있는데 어떻게 안 먹어." 웨스는 이렇게 말하며 심지어 입을 삐죽거리기까지 했다.

"그랬구나. 그럼 안 먹을 수 없었겠지." 나는 정말 진지하게 고개를 끄덕였다. 빈정거리려는 마음이 아니었다. "일어나. 우리 집에 가서 자자. 너 정신 다시 돌아올 때까지."

"야, 너희 언니도 이 쿠키 먹고 싶어 할 텐데. 내가 다 먹어버렸네." 웨스는 킬킬 웃었고, 나는 그의 팔을 당겨 일으켜 세워서 아래층까지 데려와 내 차에 태웠다. 차를 탄 웨스는 안전벨트를 세 번이나 잘못 끼우다가 네 번째에서야 겨우 성공했고 차를 몰기 시작하자 곧 곯아떨어졌다. 웨스는 술이나 약에 저렇게 젬병이었다.

나는 손님방 문을 열면서 그게 옛날에는 게스트 방이었다는 사실을 거의 잊고 지냈다. 웨스의 방으로 묵인된 지 이미 오래라. 옷장에는 웨스의 옷이 있었고, 마루에는 웨스의 신발, 그리고 책상에는 웨스의 노트북이 놓여 있었다. 스크린 세이버 영상에는 웨스가 보호소의 개들과 갖가지 복장을 하고 같이 찍은 사진이 올라 있었다. 웨스는 한숨을 쉬며 침대에 쓰러지듯 누웠고, 아주 익숙한 듯 엉클어져 있는 담요까지 잡아당겨 덮었다.

그제야 나는 아이리스를 돌아보았고, 아이리스가 이 방을 처음 본다는 사실을 깨달았다. 언니와 나 사이의 불문율. 웨스는 밤이든 낮이든 언제든 우리 집에 들어올 수 있는 사람이었다. 이 사실을 나는 아이리스에게 말한 적이 없었다.

나는 그 문제를 회피하고 있었다. 그리고 아이리스에게 굳이 말할 필요가 없다고 정당화하고 있었는데 이제 나의 비밀과 웨스의 비밀 그리고 아이리스의 비밀 일부가 모두 발가벗겨진 상태를 아이리스가 직접 목격하고 있었고, 나에 대한 신뢰마저 깨지는 소리가 들리는 듯했다. 아, 파편이 되어 산산조각이 나면 안 되는데…….

"푹 쉬어!" 웨스는 담요를 뒤집어쓴 상태에서 고개를 끄덕였고, 나는 "우린 수영장에 나가 있을게."라고 했다.

나는 문을 반쯤 열어두고, 뒷문 쪽으로 고갯짓을 하며 아이리스에게, "같이 갈래?"라고 물었다. "그래."라고 답하는 아이리스의 목소리는 건조하게 갈라져 있었다. 바싹 마른 그 목소리는 마치 고요한 연못에 던져진 돌처럼 내 마음을 긁고 지나갔다. 화가 많이 났구나. 당연하지. 구남친과 좋은 친구로 지내는 것과 집에서 재워주는 건, 아니 툭 까놓고 이렇게 같이 사는 건 다른 일이니까. 웨스는 집밖에서 보내는 시간이 훨씬 많았고, 다른 집보다 우리 집에서 밤을 보내는 날이 많았다.

우리는 밖으로 나왔다. 나는 아이리스가 언니가 만든 나무 의자 위에 내가 자선 바자 때 사서 얹어놓은 쿠션에 앉을 때까지 기다렸다.

"자, 그럼 '내가 다 설명해줄게'라고 시작할 거지?" 아이리스가 먼저 입을 열었다.

나는 아이리스 바로 옆자리 의자 모서리에 앉아 쿠션에 달린 태그를 뒤집었다 폈다를 반복했다.

내가 아무 말이 없자, 아이리스가 다시 입을 떼었다. "난 너희 둘이 친구로 지내는 건 좋아. 정말이야. 하지만…… 웨스, 아예 여기에서 사는 거야?"

"공식적으로 그런 건 아냐."

"내가 여기 올 때마다 웨스는 여기 있더라. 테리랑 있거나, 동물 보호소가 아니면 말야." 아이리스가 천천히, 마치 지금에서야 모든 게 새롭게 보이는 듯 말했다. "지난주에 언니가 대학교 입학시험 논술 쓰는 거 도와주는 거 봤고, 그리고 웨스가 좋아하는 양파 과자가 부엌에 있더라고. 네가 그렇게 싫어하는 그거 말야. 거기다 웨스의 방까지 있어. 네 방 바로 앞에."

"그런 식으로 말하지 마."

"그런 식 뭐?"

"더럽고 역겹다 뭐 그런 식. 그런 거 아니거든."

"아니 그럼 이게 뭔데? 난 이해가 안 돼." 아이리스가 갑자기 폭발해 큰 소리를 질렀고, 난 마음이 너무나 아팠다. "학교에서 너희 둘이 깨진 이유를 아무도 모르더라. 내가 너희들과 친구가 되기 시작했을 무렵, 아이들에게 물어봤었어. 모두 같은 이야기만 하더라고. 어느 날부터 너희 둘이 사귀기 시작했지, 그리고 어느 날 갑자기 깨졌어. 근데 두 사람 다 왜 깨졌는지 아무도 이유를 말 안 한대. 그러더니 아무 일도 없었다는 듯 또 친구가 되어 같이 다녀."

"그런 게 아냐."

"그럼 뭔데?" 아이리스가 계속했다. "어떻게 된 건데? 지금 보니까 너희들 사랑싸움이 좀 길어졌는데 내가 눈치 없이 끼어든 꼴이 된 거 같거든. 그런 거면 난 사양할래. 너희 둘의 사랑싸움에 들러리로 한 신 등장하는 양성애자 코너 인물이라면 나는 거절이야."

"그런 거 아냐. 넌 들러리 같은 거 아냐." 나는 아이리스의 마음을 어떻게 풀어줄지 난감해 덩달아 화를 내며 말했다. "절대 그런 거 아니야. 아이리스……" 나는 한숨을 쉬었다. "그러지 마. 무서우니까." 이건 정말 진심이었다.

한데 그런 말은 하는 게 아니었던 것 같다. 아이리스의 표정이 더 험악해졌다.

"넌 네 여자친구에게 그런 말을 듣고 싶니?"

"지금 당장 여기에서 모든 걸 말하고 싶어." 내가 답했다. "내가 한 모든 실수. 나의 모든 비밀. 내가 가지고 있는 모든 상처와 흉터 뭐든 다. 너랑 있으면…… 이럴 줄은 몰랐어. 우리 관계가 무너질까봐 너무 두려워. 내가 나에 대해, 내가 한 실수에 대해 모든 걸 털어놓으면 네가 떠날까봐, 우리 관계가 끝장날까봐 그게 무서워. 내가 웨스에 대해 뭐가 남아 있다거나, 웨스가 나에 대해 미련이 있다거나 그런 건 절대 아냐. 지난주에 아만다가 발표할 때 아만다를 보는 웨스의 표정 봤어? 누군가를 좋아하면 웨스는 그렇게 쳐다봐."

"그냥 데이트하자고 청하면 될 텐데." 아이리스가 조금 누그러진 목소리로 말했다.

"맞아. 아만다는 정말 멋진 애니까."

"그럼 아만다가 너희들이 이렇게 사는 걸 보면 어떻게 나올까?"

아이리스는 새로 산 면도날처럼 날카로웠다. 조립할 때 조심하지 않으면 손을 베일 것 같은 날 선 면도날.

"웨스는 그냥 베프야." 내가 답했다.

"너희 둘 다 나한테 그렇게 말했어."

"웨스 아버지한테 문제가 있어."

"아버지와 사이가 안 좋다는 말은 들었어." 아이리스가 퉁명스럽게 답했다. "그치만……."

"아니 그게 아니라, 아이리스." 나는 천천히 아이리스를 노려보며, 어떤 표현을 쓰면 좋을지, 웨스를 배신하지 않는 선에서 아이리스에게 진실을 전달할 방법을 찾아 머릿속을 헤매며 말했다. "웨스 아버지한테 문제가 있다고. 알아들어?"

아이리스의 머리가 한쪽으로 기울더니 그 결에 하나로 묶은 머리 꽁지가 한쪽으로 몰려 흔들렸다.

아이리스가 입을 열려는 찰나 뒷문이 벌컥 열리더니 그 소리에 놀라 뒤를 돌아본 나와 아이리스를 지나 웨스가 대포처럼 달려 물속으로 첨벙 뛰어들었다.

아이리스는 깜짝 놀라 비명을 지르며 일어섰고, 나도 덩달아

자리에서 일어났다. "웨스! 이 벨트에는 80년 된 젤라틴 시퀸 장식이 달려 있다고! 물기가 묻으면 찐득해져 난리가 나." 아이리스는 머리를 흔들며 스커트를 활짝 펴서 벨트에 튀긴 물을 털어내느라 법석을 떨었다. "너 정말……." 아이리스의 목소리가 갑자기 잦아들더니 조용해졌다. 그것을 본 것이다.

웨스는 웃통을 벗은 상태였다. 사람들 앞에서 저런 적이 없는데. 여기서 나랑 언니와 있을 때가 아니면 절대 수영을 하지도 않는데. 오랫동안 그렇게 조심하며 살아왔는데. 하지만 오늘은 아니었다. 아이리스는 "아." 하는 작은 탄성과 함께 의자에 털썩 주저앉았다.

다행히 웨스는 반바지는 입고 있었다. 반바지를 입은 골든 리트리버 강아지가 물속에서 첨벙거리고 노는 모습. 아무것도 들리지도, 보이지도 않는 듯했다. 나는 아이리스가 놀라서 웨스의 어깨를 쳐다보는 것을 지켜보았고, 아이리스가 충격에서 벗어날 때까지 아무 말도 할 수가 없었다.

웨스의 흉터를 처음 보았을 때 나도 그런 눈으로 보는 척하고 싶었지만, 나는 웨스와 웨스의 흉터에 대해 너무나 잘 알고 있었다. 나의 마음속에는 웨스의 일부가 들어 있어 나는 그 상처에 조심스레 반창고를 붙이고 감싸 안았다. 나의 피부는 그의 기억을 영원히 가지고 살아갈 것이었다. 타인의 손길을 두려움과 고통으로만 기억하는 내게 처음으로 사랑의 손길을 준 사람이 그였기에.

나는 아이리스의 이름을 부르며, 아이리스가 빨리 충격에서 벗어나길 바랐다. 얼마나 지났을까. 아이리스가 다시 내 쪽으로 시선을 돌렸을 때 그 눈빛에는 분노의 기운은 온데간데없고, 걱정만이 가득했다.

"괜찮아? 물 좀 갖다줄까?" 내가 물었다.

아이리스는 고개를 저으며 수수께끼 문제를 풀듯 땅을 쳐다보았다. 너무나 골똘하게 생각에 잠긴 나머지 눈썹이 한데 쏠리고 주름살이 깊어져 혹시 저 주름살이 영원히 저기 새겨지는 게 아닌가 걱정이 될 지경이었다.

"미리 말 좀 해주지 그랬어?" 아이리스의 입에서 질문이 떨어졌다.

"웨스는 내 절친이야." 나는 고장난 레코드처럼 아까와 같은 말을 반복했다.

이 말에 아이리스는 고개를 끄덕였다. "그러니까 웨스는 집이 무서워 여기서 너랑 언니랑 지내는 거구나."

"그런 면도 있는 거지." 아이리스 생각이 맞긴 했지만, 그렇다고 웨스가 우리의 동정을 받는 존재로 비치는 것은 내가 원하는 바가 아니었다. 아이리스가 혹시 내가 자기 손을 놓아버리고 웨스의 손을 다시 잡지는 않을까 걱정하는 마음으로 돌아가는 것역시 원치 않았다. 아이리스가 그런 생각을 한다는 것만으로도나는 참을 수가 없었다. 이미 그건 물건너간 일이니까. 나도 원하지 않고, 웨스도 원하지 않는 거니까. 게다가 웨스는 지난 학기 내내 아만다를 쳐다보고 있었다. 마치 아만다의 보조개가 세상 모든 문제의 답이라도 되는 양 여기는 걸 봐온 터였다. 우리도 사실 아만다의 보조개가 너무 귀엽다는 걸 다 인정했다. 거기에 진짜 우주의 답이 들어 있을지도 몰랐다.

"그 외의 다른 면들은 뭔데?"

나는 아이리스의 옆에 앉아서 내 몸을 아이리스 쪽으로 돌렸다. 손을 뻗어 아이리스의 손을 잡고 싶었다. 하지만 아이리스는 지금 이 순간 내가 손을 잡는 것을 원하지 않을 것 같았다. 아무것도 알 수가 없었다.

"웨스와 내가 깨진 건 나 때문이야." 내가 말했다. "내가 다 망쳐버린 거지. 언젠가 모두 이야기해줄게. 하지만 이건 사귄 지 한 달 만에 할 그런 얘기가 아니야. 미안해. 하지만 아직은 아냐……."

나는 죄 없는 수영장만 노려보았다. 웨스는 언젠가 가져온 유니콘 모양의 튜브 위에 올라가 눈은 반쯤 게슴츠레 감은 채 대자로 누워 있었다.

"웨스는 가족이나 마찬가지야. 근데 '우리 오빠 같은 사람이야.' 그렇게는 이야기 안 할게. 징그러우니까. 하지만 웨스를 만나기 전 나는 세상에 믿을 사람이 단 한 사람밖에 없었어. 웨스는 내가 세상에서 믿을 수 있는 두 번째 사람이 된 거지. 사랑을 했던 건 우리 관계에서 그냥 작은 부분이었고, 사랑이 끝났을 때, 사랑은 끝났어도 그 나머지 부분은 끝나지 않았어."

"그래서 프랑켄프렌드가 된 거지." 아이리스의 대꾸였다.

"너한테 그 이야기도 했어?"

"많은 이야기를 했어. 아니, 했다고 생각한 건가?" 아이리스는 웨스가 유니콘 튜브의 머리를 껴안고 놀며 콧노래를 부르는 모습을 보고 살짝 미소까지 지었는데, 미소는 잠깐이었고 표정이 다시 심각해졌다. 웨스와 내가 감추어왔던 진실이 파도처럼 밀

려올 것이었다. 아이리스는 아직 그 절반도 알지 못했다. 아이
리스가 모든 걸 다 알게 될지 그건 나도 모를 일이다.

"세상의 모든 아빠들은 다 악마일까?" 아이리스가 혼잣말을
하듯 물었다.

"무슨 말이야?" 나는 내가 뭔가 흘린 거라도 있나 싶어 뜨끔
해서 아이리스와 나눈 대화들을 모두 되짚어보았다.

"아냐." 아이리스는 이렇게 말하며 머리를 흔들었고 또 한 번
"아무것도 아냐."라고 되뇌었다. 아이리스는 무언가 말을 하려
다 말았고, 난 그것을 놓치지 않았다. 나는 뭔가 흘린 적이 없었
다. 그렇다면 아이리스에게 무엇인가 있을지도 몰랐다.

"넌 한 번도 아빠 이야기를 꺼낸 적이 없는 것 같은데." 난 대
수롭지 않은 듯 말을 꺼냈다. 내 안에는 아이리스에 대한 지식
이 마치 서재의 책처럼 차곡차곡 쌓여가고 있었다. 아이리스에
게 결코 대수롭지 않은 소재의 이야기들이……

"별로 얘기할 게 없어서."라고 아이리스는 말했지만 나는 그
게 할 말이 너무나 많지만 하지 않겠다는 뜻으로 들렸다. "두 분
이 이혼 수속을 밟고 있는 중이야. 얼굴도 안 봐."

아이리스는 수영장 쪽을 보고 물었다. "웨스는 얼마나 오래된
거야?"

"그건 내가 말하기 좀 그래. 웨스 쟤, 약에서 깨어나 네가 흉
터 본 걸 깨달으면 정말 당황할 거야."

"그래. 그치만 저런 상처, 아직도 진행중이야?"

아이리스는 어쩔 수 없이 자꾸 웨스가 마음에 걸리는 모양이
었다.

"집에 안 들어가면 괜찮아." 나는 차분히 말했다. "좀 됐지…… 이삼 년쯤."

"그럼 이젠 더 이상 안 그래?" 아이리스가 물었다.

"그런 사람들은 버릇을 못 고쳐."라고 내가 말했고, 아이리스는 나를 지긋이 내려다보았다. 아이리스가 입 밖으로 꺼내어 물어보지 않는 수많은 질문이 들리는 듯했고, 침묵의 답변이 돌아갔다.

"맞아. 그런 사람들은 못 고쳐." 아이리스가 조용히 동의했다.

'세상의 모든 아빠들은 다 악마일까?'라던 아이리스의 말이 머릿속에 맴돌았다. 악마란 말은 사실 시장한테 갖다 붙이기에도 아깝다. 한데 아이리스의 아버지는 대체 어떤 사람이길래 아이리스의 입에서 그런 말까지 나왔을까. 웨스의 아버지에게 그랬던 것처럼 아이리스의 아버지에게도 뭔가 해야 하나 싶은 생각이 들었다. 웨스의 어깨 상처와 흉터를 보고 나서 내 마음에 요동치던 그 충동. 결국 그날 나는 숲속에서 위험한 거래를 했고, 그 때문에 우리 관계는 영원히 망가졌다.

"너랑 언니랑 테리는 알고 있었구나." 아이리스가 말했다.

"이제 너도."

"그래 나도."

"최대한 웨스를 안전하게 지켜주려 하고 있을 뿐이야." 아이리스는 지금 내가 하는 말이 무슨 말인지를 알까? 이해할까?

"알아." 아이리스는 수영장 안에서 어린아이처럼 발을 차며 놀고 있는 웨스를 쳐다보며 대답했다.

"그래?"

아이리스는 여전히 웨스에게서 시선을 거두지 않은 채로 고개를 끄덕였다. "너랑 나…… 우린 네가 생각하는 것보다 훨씬 더 많이 비슷해." 아이리스는 더 이상 말을 잇지 못하고, 대신 새끼손가락으로 내 새끼손가락을 잡아 걸었다. 어떤 약속이 아니라 단순한 맹세보다 깊게 우리 서로를 이어주는 고리처럼. 그리고 그 새끼손가락 고리는 내 안에 자리를 잡아 꽃을 피우려 하고 있었다.

난 그게 사랑이라는 걸 알았다. 하지만 그 조심스러운 새끼손가락 걸기를 하는 그 순간 나는 짐짓 모르는 척하려 했다. 하지만 나는 자신을 속이는 데 소질이 없었고, 정말 그러고 싶은 순간에도 그런 쪽으론 정말 젬병이었다.

라이터 하나, 보드카 세 병, 가위,
안전금고 열쇠 두 개
계획 1: ~~폐기~~
계획 2: 진행중

아이리스가 토하기 시작하자, 나는 아이리스의 머리를 뒤쪽으로 붙잡아 구토의 사격권 안에서 머리카락이 무사히 벗어나 있을 수 있도록 도와주었고, 또 아이리스의 얼굴에 눈물이 또르르 떨어지는 것을 보며 아랫배를 지그시 눌러주었다. 한참 만에 아이리스가 겨우 허리를 바로 폈을 때 아이리스의 아랫입술은 가늘게 떨리고 있었지만 그 와중에도 메이크업은 번지지 않고 원래 상태를 유지하고 있었다. 아이리스는 손등으로 눈물을 훔쳤다.

"난 괜찮아. 그냥 몸이 좀 쑤실 뿐이야."라고 했지만 곧 아이리스는 책상에 등을 기대더니 온몸을 동그랗게 말아버렸다. 그리고 기어들어가는 목소리로 이렇게 덧붙였다. "물 좀 마셨으면." 그러더니 갑자기 마치 한순간 전까지는 깨진 유리 조각 같던 아이리스의 몸이 다시 강철로 돌아온 듯 허리를 쭉 폈다. 그러고는 "이런 순간에 보드카로 입을 헹구는 건 절대 좋은 생각이 아닐 거야."라고 했다.

"그치, 술 마시고 신나게 떠들 준비가 되어 있지 않은 바에

야." 웨스가 동의했고, 아이리스는 웨스에게 흔들리는 미소를
지어 보냈다.

아이리스는 구석에 쓰레기통을 세우더니 방 저편에 있는 웨
스 쪽으로 가서 자리를 잡고 앉았다. 나는 아이리스가 내켜하지
않을까봐 그냥 책상 옆을 지켰다. 아직 끝난 게 아니니까. 아이
리스는 아직 물어볼 게 많았고, 나는 그 질문에 대해 답을 해야
했으니까.

한데 우리 앞에는 그보다 더 급한 불이 있었다. 강도들이 안
전금고에 들어가기 위해 용접기를 가지고 씨름을 하는 동안은
그나마 시간을 벌 수 있었다. 그사이 SWAT 기동대가 와서 뭔가
해주기를 바랄 수 있었다.

문제는 확실하게 SWAT 기동대가 나타나줄 것인가였다. 새크
라멘토에 있는 연방 요원들이 애국심을 발휘하여 제때 등장해
우리 일을 해결해주기를 바라는 것은 너무 큰 도박이었다. 클리
어 크리크와 같은 듣도 보도 못한 시골에서 발생한 사건에 우선
순위를 둘 리가 없었다.

어차피 연방경찰을 믿는 것은 내가 지금까지 배워온 모든 것
을 거스르는 짓이었다. 그러면 남은 것은, 믿을 건 나밖에 없었
다. 나는 권위를 가진 사람이나 조직을 한 번도 존경해본 적이
없었으니, 내가 FBI를 믿기를 바라는 것보다 하느님 앞에 가는
게 더 빠를 것이었다. 물론 모든 것을 고려할 때 나는 하느님 앞
에도 가지 못할 게 분명하지만 말이다. 그리고 나는 신격화된
당국이나 부모 또는 정부 기관, 이런 것들 앞에서 절대 굴복하
지 않을 것이었다.

"그것 때문에 너희들이 헤어진 거야?" 아이리스가 불현듯 물었다.

나는 이 대목에서 내가 완전히 섬뜩한 표정을 지었다는 걸 알았는데 바로 웨스의 얼굴 표정이 그랬기 때문이다.

"네가 모든 걸 망쳤다고 했잖아." 아이리스가 계속했다. "나는 네가 웨스를 배신하고 다른 남자를 만났거나 뭐 그런 건 줄 알았어."

"그냥 그런 식으로 오해하는 게 나을 거라 생각했어. 진실을 들키는 것보다는 그편이……." 내가 솔직하게 말했다. 지금은 정직이 최선의 방법이니까.

"그니까 내가 진실을 아는 것보다 그냥 널 바람둥이로 여기도록 하는 게 낫다고 생각했다고?"

"내 정체를 들키면 안 되니까 그런 거지. 아무도 알아서는 안 되니까."

"하지만 웨스는 알았잖아."

"내가 알아낸 거야. 얘가 직접 말해준 게 아니라고." 웨스가 끼어들었다.

"그럼 나는 그걸 스스로 알아내지도 못한 멍청이란 말이네." 아이리스가 웨스의 말을 받아쳤다.

"아냐. 넌 나보다 훨씬 일찍 알아낸 거야. 난 3년 걸렸거든. 산불이 나고 나서 미친 공갈 협박을 한 덕분에 알게 되었지." 웨스가 말했다.

"그건 미친 짓이 아니었어. 만약 그 얘기를 계속하겠다면, 그거까지 얘기한다." 내가 웨스에게 경고했다.

그러자 놀랍게도 웨스는 어깨를 으쓱할 뿐이었다. "상관없어. 지금 이 마당에 더 숨길 것도 없지. 그날 밤 일 내 기억에 없는 줄 알지? 나 그날 그렇게 약 기운이 세진 않았어. 아이리스가 내 어깨 본 거 다 알아."

"웨스……." 아이리스가 웨스의 이름을 안타깝게 불렀으나 웨스는 또다시 어깨를 으쓱하기만 했다. 볼이 살짝 발그스레해졌지만, 그래도 아무렇지 않은 척을 하고서.

"꼭 그렇게까지 할 필요는……." 나는 웨스를 지키고 싶어 이렇게 말했다. 물론 아이리스도 지키고 싶었다. 내가 그 두 가지를 다 할 수 있을지는 몰랐다. 분명한 것은 내가 나 스스로를 지킬 수 없다는 것. 내가 두 사람을 나로부터 지킬 수는 있나? 그렇게 하려면 어떻게 해야 할까? 어떻게 하는 게 이 둘을 지키는 길일까?

내가 떠나야지. 이 둘로부터 멀리.

"이거 아니면 우리가 할 수 있는 게 뭔데?" 웨스가 말했다. "너도 다 쏟아놓았고, 나도 그럴 거야. 아이리스는 어때? 우린 지금 언제라도 죽은 목숨이야. 진실게임 할까?"

아이리스는 치마를 펴더니 "그래. 진실게임. 좋아."라고 답했다.

그리고 둘 다 모두 기대에 찬 눈으로 나를 쳐다보았다.

나는 할 수 없이 "좋아."라고 답했다.

— 32 —

진실게임

아이리스는 동물이나 사람을 해치는 일이 아닌 한 무슨 일이든 과감하게 덤벼드는 타입이었다. 이때 보호해야 할 동물이나 사람에 아이리스 본인은 포함되지 않았다. 아이리스는 과감하고 명랑한 성격에 불꽃을 향해 달려드는 불나방 같은 아이였다.

진실게임을 할 때 벌칙을 선택할 수 있도록 하는 경우 아이리스는 진실 대신 벌칙을 선택하곤 했다. 그래서 테리의 집 창문틀까지 올라가 현관 지붕에서 뛰어내리는 바람에 손목을 삐었던 일도 있었다. 그래서 오늘 웨스는 벌칙을 선택할 수 없고 진실만을 이야기해야 하는 진실게임을 제안하게 된 것이다.

즉, 누군가에게 내가 진실을 이야기하면, 상대도 진실을 말해야 하는 게 이 게임의 규칙이었다. 보통 이런 게임을 할 때는 술이 따르기 마련인데, 아이리스의 주머니에 보드카가 있긴 했어도 술은 생략하기로 했다. 우린 강도에게 잡혀 있으니까.

오직 진실만을 말하는 것이 우리의 규칙이었다.

— 33 —

시장

3년 전쯤

3년 동안 나는 언니가 하라는 대로 살았다. 나는 정상인처럼, 마치 아이처럼 행동했다. 하지만 여전히 어느 곳엘 가건 비상구 위치를 먼저 파악했고, 사람들의 말과 행동 속에서 성향을 읽었으며, 네 번 중 세 번쯤은 실제 존재하지도 않는 사람들과 싸우다가 깨기도 했다. 하지만 항상 심리 치료를 받으러 갔고, 학교도 결석하지 않았다. 웨스와 나는 처음에는 그냥 단순히 친구 사이였다. 그런 세월이 쌓여 몇 년이 지나 우리는 열네 살이 되었고, 친구 이상이 되었으며…… 그리고 열다섯 살이 되었을 때 웨스와 나는 서로에게 '우리'가 되었다.

나는 '우리'가 되는 것이 무엇인지를 알지 못했다. 내 안에 그러한 사랑이 자라고 꽃필 수 있다는 것을 알지 못했다. 꽃보다는 엉겅퀴에 가까운 가시 많은 식물, 보호받고 있으나 상처가 많은, 그리고 위협을 받으면 독을 뿜을 수 있는 그런 내가 '우리'가 된 것이다.

웨스와 우리 사이로 지내는 동안, 시장이 집에 있을 때 웨스의 집을 교묘하게 피해 다니는 것이 우리의 정해진 일과였다.

사실 그곳은 웨스의 집이라 할 수 없었다. 적어도 나는 웨스의 집이라 생각하지 않았다. 그곳은 웨스의 집이 아니라 시장의 집이었고, 시장의 영지였다. 커다란 부지 위에 세워진 통나무집 양식의 허세 가득한 대저택에서 시장은 영주처럼 권세를 누렸다. 우리는 시장이 집으로 돌아올 때쯤이면 웨스가 집을 비워 아버지와 마주치지 않게 했다. 그래도 정밀과학처럼 정교하게 할 수는 없었고, 완벽하지는 않았다. 아무리 애를 써도 웨스가 온전히 두들겨 맞지 않게 건사할 수는 없었지만 그래도 집에 있는 시간을 줄여서 그 인간과 마주치지 않도록 하는 방법으로 그 가능성을 줄였다.

우리가 사용한 핑계는 꽤 그럴듯한 것도 있고, 그럴듯하지 않은 것도 있었다. 공부한다는 핑계로 아니면 그냥 눈치 보며 조용히 안 들어가거나 때로는 방과 후 동아리 같은 걸 만들어서 같이 시간을 보냈다.

언니는 그냥 지켜보았다. 손님방을 차지한 남자아이에 대해 언니는 아무 말도 하지 않았다. 그리고 내가 선을 넘지만 않는다면, 앞으로도 그럴 것이다. 내가 우리의 안전을 위협하는 짓만 하지 않는다면 되었다. 그런데 내가 그 선을 넘어버렸다.

어느 날 웨스가 나타나야 할 시간에 나타나질 않았다. 나는 웨스의 집을 찾아가, 노크도 하지 않고 뒷문으로 살짝 들어갔다. 그 순간 나는 본능적으로 뭔가 큰일이 벌어졌다는 것을 감지할 수 있었다. 3년이라는 세월 동안 웨스의 사랑을 받았음에도 12년 동안 여섯 명의 소녀를 거치며 내가 쌓아왔던 그 본능적 느낌은 그대로였던 것이다.

웃통이 벗겨진 웨스는 2층 목욕탕 바닥에 피를 흘리며 있었고, 목욕 타월은 피에 흥건히 젖어 있었다. 심장이 내려앉는 느낌이었다. 쓰러질 것 같아 목욕탕 손잡이를 잡고 서 있다 웨스에게 다가갔다. 타일·바닥 감촉은 차가웠고, 웨스의 눈은 통통 부어 있었다. 내 눈길을 피하는 웨스의 눈에서 눈물이 흘러내렸다.

나는 웨스의 옆에서 타월이 쌓여 있는 타일 바닥에 무릎을 꿇고 앉아 어찌할 바를 모른 채 손은 그냥 허공을 헤매고 있었다. 어디서부터 뭘 어떻게 해야 할지 몰랐다. 웨스의 어깨에서는…….

나는 얼어붙고 말았다. 어떤 상황에서든 어떻게 해야 할지 항상 방법을 알았던 그 소녀는 온데간데없었다. 어떻게 된 일이냐고 묻고 싶었지만 나는 그를 비난하는 것처럼 들리지 않게 질문하는 방법을 알지 못했다. 시장은 영악한 사람이니까. 나는 그런 생각을 하는 것 자체가 싫었다. 하지만 그게 진실이었다. 시장은 흔적을 잘 남기지 않았다.

하지만 이번 흔적은 사라지지 않을 것이었다.

"필요한 거 없니?" 갑자기 이 말이 툭 튀어나왔다. 심리 치료를 받으러 가면 치료사가 항상 이렇게 물어왔다. 뭐가 필요하냐고. 필요한 것은 원하는 것보다 세다. 웨스에게 필요한 게 있다면, 나는 그 필요한 것을 다 해줄 수 있을 것 같았다. 그를 도와줄 수 있을 것 같았다.

아니 도와주어야 했다. 이건 반드시 끝을 내야 했다.

(시장이 더 이상 이런 짓을 못 하게 해야 해. 넌 할 수 있어. 내 안에서 무엇인가가 이렇게 속삭였다. 그건 엄마나 과거의 그 소녀가 아니라 바로 나의 목소리였다.)

"너 빨리 집으로 돌아가." 웨스가 말했다. 아직도 두려운 듯 낮게 속삭이는 목소리였다. 난 웨스가 무서워하는 모습을 한 번도 본 적이 없었다. 웨스는 강인하고 조용한 아이였다. 정말 필요할 때는 자기주장을 할 줄 아는 아이였고, 세상의 고통을 두려워하기보다는 다 수용하는 듯한 태도를 보이곤 했다. 한데 지금은 달랐다. "금방 다시 올 거야. 근데 네가 있는 걸 보면……."

"난 안 가." 내가 말했다. "넌 지금 병원에 가야 해. 가서 꿰매야 해."

웨스는 고개를 흔들었다. "안 돼."

물론 못 가지. 난 어쩌자고 그런 말을 한 거지? 제정신이야? 나는 노라처럼 생각하고 있었다. 정상적인 아이. 지금은 노라에서 벗어나야 할 때인데.

"구급상자 어디 있어?"

"아래층. 부엌에."

"금방 가져올게. 이거로 꼭 누르고 있어." 나는 웨스의 어깨에 수건을 대어주며 말했고 웨스의 손이 내 손을 스치며 다가와 수건을 쥐었다. "사랑해." 나는 겨우 그것밖에 할 수 없어 아무것도 아닌 그 말을 했는데 붉게 충혈된 그의 눈은 그게 세상 전부인 것처럼 받아들이고 있었다.

구급상자는 쉽게 찾을 수가 없었다. 선반을 여기저기 훑고 있는 사이 자동차 바퀴 소리가 들려왔다. 누군가 오고 있었다.

나는 선반의 문을 닫고 어깨 너머 뒷문을 쳐다보았다. 자동차 소리가 가까워지자 팔에서 소름이 돋았다. 지금 도망치면 되는데, 하지만 그러다 웨스에게 다시 손을 대면…….

내 머릿속은 벌써 녹이 슬어서 제대로 생각할 수가 없었다. 순간적으로 재깍 판단하고 행동해야 할 그 부분이 퇴화되어버린 느낌이었다. 다시 감을 잡아보려고 발버둥치는…… 하지만 몸이 머리보다 빨랐다. 계획을 그려보기도 전에 이미 레인지 위의 팬을 보고, 냉장고로 달려가 야채실에서 채소를 꺼내고, 종이에 싸인 재료도 꺼냈다. *서두르지 마*. 나는 스스로를 다독였다. 마음이 급해지면 얼굴이 빨개질 것이고, 그럼 시장은 나를 이상하게 볼 것이다.

나는 가장 큰 부엌칼을 손에 쥐었다. 웨스의 어머니는 요리를 좋아하셨고, 훌륭한 부엌칼을 구비하고 있었다. 일본에서 수작업으로 제작한 칼, 전문가가 아름답게 날을 세워준 칼. 정말 이런 칼이라면 식은 죽 먹기로…….

할 수 있을 텐데…….

그런데, 그럴 수 없었다.

주차를 하고 차문이 닫히는 소리가 들렸다. 곧 들어올 것이다. 나는 팬에다 올리브오일을 두르고 도마 쪽으로 몸을 돌렸다. 현관에서 발소리가 들려올 무렵 나는 이미 달구어진 팬에 양파를 넣어 볶고 있었다. 지글지글. 나는 웨스가 제발 1층으로 내려오지 않기를 빌었다. 웨스만 없다면 나는 할 수 있었다.

"웨스, 너 무슨 요리…….." 부엌에서 나를 본 시장은 문장을 맺지 못했다.

나는 당근을 썰던 도마에서 눈을 들어 그를 바라보며 살짝 미소 지었다. 그 짓은 내가 살면서 한 일 중에 가장 힘든 일이었다. 마음속에선 그에게 소리를 지르고 있었으니까. 칼로 그를 찔러버리고 싶었으니까. 나는 시장에게 하고 싶은 게 많았다. 대부분 폭력적인 그리고 끔찍하게 충동적인 짓. 하지만 나는 더 이상 그런 행동을 해서는 안 되는 노라였다.

하지만 그 순간만큼 나는 노라에서 벗어나 옛날의 나로 돌아가, 옛날의 나를 깨워 계획을 세우기 시작했다.

"노라, 여기서 뭐 하는 거니?"

"죄송해요. 놀라셨죠? 웨스가 컨디션이 안 좋은 모양이에요. 요새 독감이 유행이라. 혹시 하고 들렀는데 이미 자고 있네요. 그래서 수프라도 끓여놓으면 깨어서 먹지 않을까 하고. 아줌마한테는 전화드렸어요. 부엌에 있는 재료로 요리해도 된다고 허락도 받았어요."

나는 다시 도마에 눈을 돌려 당근을 썰며 한쪽 눈으로는 그의 동태를 살폈다. 그는 잠시 사태를 파악하기 위해 머리를 굴리는 듯한 모습이었다. 저 애는 지금 웨스가 정말 독감이라고 생각하고 있는 것일까.

나는 당근을 다 썰어서 양파가 지글거리고 있는 팬에 쓸어 넣었다. 그리고 셀러리를 썰기 시작했다. "파스타도 해보려고요." 나는 넓은 부엌 안을 채운 그 무겁고 어색한 공기를 밀어내듯 말했다. 시장은 그냥 그 자리에 서서 내가 알면서 모르는 척하는 건지 아니면 진짜 모르는 것인지를 판단하느라 나를 노려보고 있었다. 물론 양쪽의 경우 각각 어떻게 해야 할지 시나리오까지 계산하고 있겠지.

"요리도 할 줄 아는 줄은 몰랐다, 노라." 마침내 시장이 입을 떼었다. 그러면서 부엌 안 내 쪽으로 가까이 다가왔다. 칼자루를 잡고 있는 내 손에 힘이 들어갔다. 뒷문까지 거리가 얼마나 될까? 열 발자국? 열다섯? 아, 아까 세놓았어야 했는데.

"뜨개질도 할 줄 알아요. 엄마가 돌아가시기 전에 가르쳐주셨어요."

"요리는 좋은 기술이지."

"특히 같이 사는 사람이 일에 빠져 사는 경우에는요. 언니는 범인들 잡고, 우리를 안전하게 지켜주기 위해서 늘 바쁘거든요. 전 그냥 일주일에 몇 번 저녁을 준비하는 정도예요."

언니를 언급하자 내 쪽으로 걸어오던 속도가 갑자기 느려졌다. 집에 나를 기다리는 가족이 있다는 사실을 상기한 것이다. 나에게 손끝이라도 대는 사람은 누구든 언니가 지구 끝까지 쫓아갈 것이었다.

나는 팬에다 샐러리를 넣고 같이 섞어주었다. 시장은 도마질을 하고 있는 긴 탁자와 연결된 맞은편 등받이 없는 의자에 걸터앉았고 나는 이를 악물었다. 참아야지. 적어도 그가 여기 있는 동안은 2층으로 올라가 웨스에게 손을 대지는 못할 테니까.

난 종이 포장을 풀고 닭을 꺼내 도마 위에 올려놓았다. 시장이 너무나 뚫어지게 쳐다보고 있어서 숨도 제대로 못 쉴 지경이었다. 내키는 대로 차갑고 깊게 숨을 쉬었다가는 눈치챌 것 같았다. 그래서 나는 레이먼드에게서 배운 대로 칼을 들고 닭을 분해하기 시작했다. 나는 칼을 좀 쓸 줄 알았고, 날고기 때문에 비위가 상해본 적도 없었다. 처음 1년 동안 레이먼드는 내게 칼질을 비롯해 기본적인 것들을 가르쳐주었는데 그때만 해도 아직 나와 엄마에게 구애를 하는 단계라 할 수 있었을 것이다.

195

나는 닭을 분해하기 시작했다. 외과의사와 같은 노련한 칼솜씨로 살점과 뼈를 발라내고, 껍질까지 벗겼다. 내가 고개를 들었을 때 시장은 놀란 눈빛으로 내 손놀림을 바라보고 있었다.

"웨스가 너, 사냥은 안 한다던데."

"안 해요." 나는 다리와 날개를 한쪽으로 치우고 가슴살을 두 조각 내면서 답했다. 그러고는 이번에는 작은 칼을 집어 들고 지방을 제거했다.

"칼 다루는 솜씨가 제법이구나."

"요리를 좀 할 뿐이에요." 이렇게 대답하면서 대답과는 모순되게 여봐란듯이 작은 칼을 빙빙 돌렸다. 속이 빤히 보이는 짓이었고, 못된 짓이었지만 나는 그러면 안 되는 줄 알면서도 그렇게 했다. 그를 향해 칼을 던져버리고 싶었으니까. 그리고 나는 이미 마음속에서 이 남자의 껍질을 벗겨버리겠다고 다짐했으니까.

시장은 의자에서 일어나더니 "웨스한테 가봐야겠다."라고 말했다.

그의 말이 채 끝나기도 전에 나는 먼저 가장 큰 도살용 칼을 오른손으로 집어 들었다. 그는 그런 내 손을 쳐다보고, 나는 그를 쳐다보았다. 나는 닭을 썰던 모든 동작을 멈추고 정지 상태 그대로 — 닭을 썰기 위한 것인 듯 가장하지도 않고 — 내 칼솜씨를 이미 알아본 그를 바라보며 말했다.

"괜찮아요." 나는 아주 가볍고 순진한 미소를 지으며 말했다. "바쁘시잖아요. 그냥 방에 들어가서 쉬세요. 제가 알아서 할게요."

하지만 그는 쉽게 물러서지 않았다. 저런 놈들은 원래 그러니까. 선을 정해도 그 선을 넘어오니까. *너 같은 사람들을 내가 좀 알지.* 내 안의 진정한 나로 느껴지는 목소리가 내게 말했다. *내가 너를 끝장내줄게.*

"하지만 웨스가 아픈데……."

"제가 알아서 해요, 시장님."

그 순간 갑자기 시간이 정지했다가 거꾸로 흘러 다시 열두 살로 돌아간 느낌이었다. 하지만 나는 칼에서 손을 떼지 않고 손잡이에 힘을 주었고, 도망치지도 않았다.

"서류 작업이 많이 있기는 해."

"저녁 준비가 끝나면 알려드릴게요." 저 사람을 방에 감금하고, 웨스를 이 집에서 꺼낸 후 불살라버리고 싶은 충동을 느끼며 내가 말했다.

"그래라." 하고 말한 뒤 시장은 돌아서서 부엌에서 사라졌다. 나는 숨이 막히는 듯했다. 그리고 혹시 그가 위층으로 올라가는 것은 아닌지, 그런 식으로 자기가 이 집 주인이라는 것을 과시하려 하진 않을지 무섭기까지 했다. 하지만 그의 발소리는 돌로 된 타일로 이어진 서재 쪽으로 향했다. 2층으로 가는 목재 계단에는 따로 계단용 카펫이 깔려 있지 않았고, 그것은 소리 없이 2층으로 올라갈 수 없다는 걸 의미했다.

긴장이 풀린 나는 잠시 부엌 테이블에 기댔고, 옆에서는 채소가 거의 타들어갈 지경이었다. 그리고 내 손에는 여전히 칼이 쥐여 있었다.

웨스가 회복하는 데는 거의 두 달이 걸렸다. 반창고와 피부 봉합용 테이프를 가지고 찢긴 부위를 붙여놓았지만 계속 터졌고, 병원에 가서 꿰매고 치료를 받아야 할 상처는 너무 더디게 나아갔다. 이제 웨스의 어깨에는 새로운 지형이 더해졌다. 우리가 같은 아픔을 공유한 아이들이란 걸 깨닫게 해주었던 그 오래된 흉터가 둘로 갈라지고, 새로 생긴 그 자주색 흉터 조직은 더욱 선명하게 웨스의 피부에 새겨졌다.

웨스는 대수롭지 않은 것처럼 그냥 넘기려 했다. 그날 일에 대해서는 말하고 싶지 않다고 했다. 그리고 자기는 괜찮다며, 손님방도 아닌 집 안 구석에 혼자 처박혀서는 언니가 주는 책을 닥치는 대로 읽었다.

웨스가 새롭게 책 읽는 데 취미를 붙이자 내게는 시간이 생겼다. 그 남는 시간 동안 나는 정상적인 생활에서 빠져나왔다. 그 정상적인 생활에 내가 정착할 수 있을 거라고 생각했던 것 자체가 아주 우습게 생각될 정도로 너무나 쉽게 미끄러져 나왔다. 언니와 몇 년 살았다고 모든 게 정상으로 복귀되리라 생각한 건 오산이었다. 나는 옛날의 나를 그냥 내 안에 가두어두고 있었던 것이고, 이제 그들은 밖으로 자유롭게 풀려나왔다.

두 가지 계획을 세웠다. 사전 계획도 세웠다. 그리고 그냥 앉아서 기다리지 않고, 시장을 직접 찾아 나섰다.

시장은 일요일이면 예배를 본 후 사냥을 가곤 했다. 그것도 혼자 가는 것을 즐겼다. 사냥 총 들고, 동물들이 알아보지 못하게 만든 은닉처에 숨어 있다가 사슴이 다가오면 사냥을 한 후 본인의 잔인한 스타일을 유감없이 발휘할 터였다.

나는 클리어 크리크로 오기 전까지는 산림이 우거진 지역에 살아본 적이 없었다. 엄마는 항상 도시를 좋아했으니까. 이곳에 정착한 후, 웨스와 트레킹을 하며 학교를 다니던 그 시절 나는 자연의 아름다움과 그 가치를 배우게 되었다. 산에는 비밀스러운, 그러면서도 조용히 드러나는 예전 광산 시절에 사용했던 잊힌 길들이 숨어 있었고, 나는 그런 길들을 따라 달리다가 숨는 것을 좋아했다. 그리고 이제 이 점을 유용하게 써먹을 순간이 다가왔다.

일단은 사냥용 은닉처에서 떨어진 언덕 밑의 나무 뒤에 숨어 기다렸다. 시장은 총 다루는 솜씨가 형편없었다. 나는 다시 사슴이 나타나 내게 기회의 창을 열어주길 기다렸다. 드디어 제멋대로의 총성이 멈췄고 은닉처의 사다리가 삐걱거리는 소리가 들렸다. 그가 움직이기 시작한 것이다.

나는 그가 움직이면 움직였고, 그가 사냥터에서 멀리 떨어진 곳으로 가 볼일을 보는 동안은 기다렸다. 그리고 그가 다시 은닉처로 돌아갈 그 길을 되짚어가며 재빠르게 나무에 사진을 붙이기 시작했다. 그러고는 은닉처로 올라가 사다리를 당겨 안으로 집어넣어버렸다.

그늘 속에 숨어 앉아 조용히 그가 돌아오기만을 기다렸다. 가슴이 두방망이질했다. 은닉처 안에는 그의 사냥총이 있었고, 나는 사냥총에서 멀리 떨어져 앉았다. 나는 지금 사냥총이 무서운 게 아니었다. 사냥총으로 뭔가를 시도해보려는 것도 아니었다.

만약 내가 총에 손을 댄다면 앞으로 전개될 일이 머릿속에 훤히 그려졌다. 그래서 그건 하지 않기로 했다.

수풀 쪽에서 바스락거리며 발소리가 들려왔다. 그 발소리가 얼마나 크던지 사냥감이 있었더라면 줄행랑을 치고도 남을 것 같았다. 나도 모르게 주먹에 힘이 들어갔다. 아마 그 사진을 봤을 것이다. 그래서 그가 겁을 집어먹었기를 바랐다.

"야, 거기." 아래에서 그가 소리를 질렀다.

나의 반쪽은 무서웠다. 하지만 또 나머지 반쪽은 마치 생일 케이크를 마주한 어린아이마냥 들떠 있었다. 이건 내 전문 분야이기 때문에 나는 승리를 예감했다. 하지만 실수 없이 차분히 해야 했다. 여기서 망쳐버리기엔 너무 많은 게 걸려 있었으니까. 나는 숨을 한번 크게 들이쉬었다.

"거기 있는 거 알아."

나는 상대를 깜짝 놀래주려는 개구쟁이마냥 은닉처의 입구 쪽에 얼굴을 내밀고서 "안녕하세요. 시장님!" 하고 인사까지 건넸다.

시장의 입이 떡 벌어지는 게 보였다. 턱이 너무 세게 떨어져 아마 아직도 아플 것 같다. 시장은 제대로 충격을 먹은 듯 마치 귀신 부르듯 내 이름을 불렀다. 손에는 내가 나무에 붙여둔 고화질 인쇄 사진 한 장이 들려 있었다. 나는 효과를 극대화하고자 사진 인쇄를 하는 데 돈을 좀 들여 진짜 비싸고 좋은 종이를 사용했다. 종이를 구길 때 나는 바스락 소리가 선명하게 들렸다.

"시장님과 대화를 하는 동안 전 여기에 좀 있을까 해요." 나는 문간에 다리를 걸치고 조심스럽게 자리를 잡았다.

시장은 당장 화를 내지는 않았지만 내 말에 화답할 때까지 족히 10초는 걸린 듯했다. 10초는 꽤 길었다. 숲속에서 오직 단둘이 대적하고 있는 상황, 나무에 협박용 사진들이 걸려 있는 지금 바로 이때, 내가 원하는 것을 얻으려면 뭔가 약간의 드라마가 필요했다.

"여기서 뭐 하는 거지, 노라?" 부엌에서 내가 칼을 쥐고 요리를 하던 그날처럼 시장은 물었다.

오늘은 절대 도망가지 않을 것이다. 오늘은 이러려고 왔으니까. 처음 웨스의 어깨에서 허리띠 버클 모양의 흉터를 본 날부터 나는 이 순간을 고대해왔다. 시장은 애초부터 내가 마음에 들지 않는 듯했다. 나는 항상 시장을 당황하게 만들기는 했지만 그가 나를 마음에 들어하지 않는 이유가, 내가 충분히 여자답지 않아서인지 아니면 나에 대해 무언가 낌새를 챘기 때문인지 알수 없었다.

목사들 외에도 사회적으로 묵인되는 사기꾼 집단에 바로 정치인들을 포함할 수 있지 않을까. 나는 처음부터 이 시장이란 인물이 뭔가 석연치 않았다. 이제 그 의심스러운 행위의 증거가 바로 그의 손에 쥐어져 있었고, 그가 사냥총을 거머쥐기 위해 뛰어오는 동안 놓친 나머지 몇 장은 아직 나무에 매달려 있을 터였다.

"네 언니가 찍은 거냐? 언니 어디 있어?" 시장이 물으며 자기 어깨 뒤를 두리번거렸다. 저렇게 긴장하는 모습은 처음이었다.

"그건 제가 찍었어요. 언니는 시장님의 사생활에 대해서는 몰라요. 저만 알죠."

그의 얼굴이 돌변했다. 나는 이 순간을 기다려왔음에도 불구하고 시장이 한 발자국씩 다가올 때마다 아드레날린이 갈비뼈를 치고 마구 솟구쳐 올라오는 느낌이었다. 나를 엿 먹였으니 이제 내가 너를 엿 먹여주마 하는 표정으로 그는 나를 향해 걸어오기 시작했다.

"어-어." 나는 주머니에서 전기 충격기를 꺼내 엄지손가락으로 꾹 눌렀다. 내가 입고 있는 재킷이 웨스의 옷인 걸 눈치챘을까? 아닐 거야. 나는 웨스의 기를 받기 위해 웨스의 재킷을 입고 있었다.

전기가 찌릿하고 흐르며 타닥타닥 전기 타는 소리가 시장과 나 사이에 들리는 듯했다. 뒷발을 정렬하며 정지하는 개처럼 시장은 다가오던 걸음을 멈추었다.

그의 눈이 가슴츠레해졌다. 시장은 지금 생각 중이었다. 부엌에서 내가 웨스에게 가려는 걸 막을 때부터, 그 이후의 모든 순간을 하나씩 퍼즐 조각 맞추듯 이어나가고 있었다. 앤 도대체 뭐지? 어떻게 상대의 모든 움직임을 예측할 수 있는 거지? 어떤 애길래 이런 짓을 할 수 있는 것일까? 그는 거기에 생각이 미치고 있었다.

"그 사진 백업도 있어요. 그 외에도 수두룩하던데요. 제가 시장님 이메일을 해킹 좀 했거든요. 보안 질문에 대한 답이 그게 뭐예요. 너무 쉽잖아요. 이제 제가 매일매일 암호 입력을 해야 해요. 하루라도 빼먹으면 그 사진들은 모두 신문사와 보안관에게 전송되도록 설정해두었거든요. 그러니까 지금 이 자리에서 저를 죽여 이 숲에 묻어두려 한다거나 그런 멍청한 짓 하시면 큰일나요."

"너 말도 안 되는 소릴 하는구나, 노라. 텔레비전을 너무 많이 본 것 아니니?" 궁지에 몰린 정치인의 목소리는 얼음처럼 차가웠다. 그는 뱀처럼 미끌미끌 간사하게 빠져나가려 할 테지만, 내가 그렇게 놔두지 않을 것이다.

나에겐 몇 가지 선택안이 있었다. 난 그중에서 그에게 가장 타격이 크고, 상처가 될 방법을 골랐다. 돈은 권력이고 힘이었다. 프렌티스 부인은 작년 친정아버지가 돌아가신 후 많은 재산을 물려받았다. 외도와 학대를 하는 남편을 떠나는 최고의 시점은 돈이 들어왔을 때가 아닐까? 아마 그런 생각이 그의 머리를 스쳐 갔을 것이다. 그래서 나는 그의 외도를 파고들었다. 그런데 그의 외도 스토리는 지어내도 그보다 나을 수는 없었다.

"이건 TV 속 이야기가 아니에요. 진짜 현실이지." 내가 말했다.

"말도 안 돼." 그가 마치 그 말밖에 모르는 듯 내뱉었다.

"당신에 대해 내가 참을 수 없는 게 뭔지 알아요?" 이렇게 물어놓고 나는 답을 기다리지 않았다. "자식한테 그런 짓을 해놓고 그걸 교육이니 규율 차원에서 한 짓이라고 정당화하는 거예요."

그의 멍한 얼굴이 시뻘게지고 관자놀이의 정맥이 툭 튀어나오는 게 마치 내 말이 맞는다고 시인하는 듯했다. 너무나 끔찍했다. 내가 오랫동안 의심해오던 것을 확인하는 서늘한 느낌. 나는 시장이 그 자리에서 심장 마비로 그냥 가버려서 더 이상 내가 손쓸 일 없이 자연스레 마무리되기를 바랐다. 그런 생각을 하는 것 자체를 부끄러워해야 할 일이지만, 나는 부끄럽지 않았다. 왜냐하면 이런 사람은 바뀌지 않으니까. 자기만의 특권을

203

누리고, 더러운 분노와 감정 쓰레기를 분출하며 수십 년간 나쁜 짓을 하고도 아무 처벌도 받지 않고 뻔뻔하게 살아온 인간. 이런 인간은 변하지 않는다.

하지만 이제 나같이 생겨 먹은 아이가 나타났으니, 그도 한번 당해볼 차례였다.

"아마 그러고 사시면서 스스로 잘난 인간이라고 생각했겠죠." 나는 나의 말이 무기, 독약 또는 단어 이상의 그 무엇이 되기를 바랐다. "하지만 그거 아세요? 그건 그냥 학대라는 걸. 아들을 습관적으로 학대하고 살아온 학대범이라는 걸. 그걸 다른 인간들보다 좀 잘 숨겼을 뿐이지. 하지만 내 눈은 못 속여요."

"내 아들 교육에 대해 나보고 이래라저래라할 자격이 너한텐 없지. 너도 애잖아." 그가 일갈했다.

"전 저기서 자전거 타고 놀았어요." 나는 아주 용감하고 굉장히 무례하게 말했다. 너무 떨려 내 안에서는 온전히 그 전율을 다 느끼고 있었지만 적어도 겉으로는 냉정했다. 나는 다른 사람을 속이는 것처럼 내 몸을 속이는 데도 능숙해져 있었다. "하지만 이제 시장님에게 경고를 하러 왔어요. 그러려고 수고스럽게 그 공갈 협박용 자료도 다 모은 거고요."

"원하는 게 뭐야? 뭘 하려고 이러는 건데?" 그가 물었다.

나는 큰 소리로 맘껏 웃었다. 나뭇가지에 부딪혀 울리는 영혼 없는 내 웃음소리에 새들이 푸드덕 날아가 흩어졌다. 시장이 당황하는 모습을 지켜보면서 나는 조금도 즐겁지 않았다. 오히려 더 화가 났다. 그를 죽이고 싶었다. 시장이 없다면 이 세상 살기가 훨씬 더 수월할 텐데. 지난번에도 그런 충동을 느꼈고 아마 앞으로도 그럴 것이었다. 하지만 내 충동을 실천에 옮길 수는 없었다. 그를 처치하면 또 다른 내가 태어날 테니까.

나는 지금까지 진짜 존재하지 않는 가공의 딸로, 너무나 많은 소녀로 살아왔다. 사람들은 눈이 동그래져 나 같은 딸을 원했다. 눈앞에 알짱대는 매혹적인 유혹에 사람들은 내가 미끼라는 것을 알고도 저항하지 않았다.

나는 이제 더 이상 미끼가 아니었다. 대신 나는 스스로 대포가 되기로 했다.

"제가 원하는 건 한 가지예요. 그리고 아주 간단해요. 준비되셨어요?" 나는 말했다.

그의 손이 갑자기 실룩 움직이는 게 보였다. 마치 내 목을 조르고 싶은 듯한 움직임. 사냥 은신처의 높이가 꽤 높은 것에 나는 감사했다. 만약 내가 그와 같은 선상의 땅 위에 있었다면, 내가 죽으면 어떤 일이 벌어질 것인지에 대한 경고로도 그를 막지 못했을 거란 사실을 알았다.

"내가 원하는 건 당신이 당신 아들 몸에 더 이상 손을 대지 않는 거예요."

"난 그런……."

"웨스의 등을 찍은 사진도 있어요." 이건 거짓말이었다. 그런 짓은 절대 안 할 거니까. 하지만 나는 시장의 비밀에 대해 정확히 알고 있었고, 그 덕에 웨스의 사진도 있는 것으로 밀어붙일 수 있었다. "프렌티스 부인이 당신을 상대로 이혼 소송을 내면, 아마 그 사진들이 유용하게 쓰일 거예요."

"절대 안 그럴걸."

"사람들한테 창피를 당하고 망신살 뻗치는 게 여자들한테는 얼마나 심각한 일인지 아마 잘 모르시나 봐요. 그리고 톰킨스 씨 부부랑 다들 검사 좀 받아보셔야겠어요. 그 외도 상대 정부가 작년에 두 번이나 임질로 치료를 받으셨더라고요. 시장님도 안전한 외도를 즐기시길 바라요. 왜냐하면 부인과 정부 두 분다 2차, 3차 감염되면 곤란하시지 않겠어요?"

그의 이마 위로 정맥이 다시 바르르 뛰는 게 보였다. "어떻게……."

"다 방법이 있어요. 그래서 톰킨스 목사가 대형 교회를 지으려고 구매한 강 옆의 그 토지를 갈아엎는 데 도움을 주신 것도 알아요. 십일조의 20퍼센트. 정말 감동적이에요. 만약 톰킨스 목사가 자기 아내가 누구랑 놀아나는지 알게 되면 그걸 반으로 줄이지 않을까요?"

그는 아무 말이 없었고 얼굴은 돌처럼 굳어 있었다. 더 이상의 가식적인 미소도, 정치적인 수사도 사라지고 남은 것은 온몸을 휘감은 분노뿐이었다. 바로 눈앞의, 자기 인생을 망칠 수도 있는 그 존재를 당장 해치워버려려야 한다는 본능적 분노밖에 남은 게 없는 사람처럼 보였다.

"웨스에게 손만 안 대시면 돼요. 그럼 나머지는 모두 없던 일이 될 거예요."

"그다음 돈을 원하겠지." 시장이 말했다.

"난 시장님 돈 같은 거 필요 없어요. 토지 허가법에도 관심 없고, 하느님을 빙자한 사기꾼에게 돈을 바치는 사람들한테도 관심 없어요. 저한텐 몇 가지 소중한 게 있는데 그중에 웨스가 가장 중요해요. 그니까 제가 지켜보고 있다는 거 잊지 마세요. 그리고 저는 아주 창의적인 데가 있다는 것도."

나는 아래쪽을 내려다보았다. 로프 사다리를 타고 내려갔다가는 내 등을 시장에게 보여주는 꼴이 되는 위험이 따랐다. 그렇다고 이렇게 높은 곳에 설치한 사냥 은신처에서 무작정 뛰어내리는 것도 위험했다. 잘못 내려갔다간 발목이나 다리 어느 한쪽이든, 아님 둘 다 부러질 판이었다. 배워둔 착지법대로 잘 되어야 할 텐데. 시장은 웨스처럼 덩치도 크고 키도 크고 힘도 셌다. 웨스는 그런 장점을 남용하지 않았지만, 시장은 근육과 힘으로 상대를 제압하며 살아온 사람이었다.

나는 사다리가 필요 없다는 듯 은신처의 문을 한쪽으로 차고, 머리를 휘날리며 땅으로 낙하해서 내려왔다. 무릎과 발목으로 충격이 느껴졌지만 손으로 땅을 짚어 균형을 잡고 무사히 일어섰다. 내가 일어났을 때 시장은 내 앞에서 1미터도 떨어지지 않은 곳에 서 있었다. 그의 손이 불끈하는 것이 느껴졌다. 살기가 도는 몸짓. 웨스를 때릴 때도 저랬을까?

"간단해요. 웨스에게 손대지 마세요. 그러면 저도 시장님께 손끝 하나 안 댑니다." 그리고 나는 덧붙였다. "너무 늦기 전에 집에 가야겠어요. 언니가 해지고 나서 어두울 때는 자전거 타지 말라고 했거든요."

"후회할 거야." 그는 마지막 단어를 가장 위협적으로 들리게 하기 위해 힘주어 강조했다.

"아뇨. 후회 안 해요. 제가 살면서 가장 잘한 일을 왜 후회하겠어요."

그때 그 말은 진심이었다.

지금도 그렇고, 아마 영원히 그 진심은 변하지 않을 것이다. 나는 누군가를 사랑할 때 완전히 사랑하고, 앞뒤 가리지 않고 겁 없이 사랑했다.

그런 내 앞을 가로막을 것은 아무것도 없었다.

라이터 하나, 보드카 세 병, 가위,
안전금고 열쇠 두 개
~~계획 1: 폐기~~
계획 2: 진행중

우리는 서로의 무릎을 맞대고 삼각형으로 둘러앉았다. 웨스
는 가위가 등을 찌른다고 나에게 다시 가위를 넘겨주었고, 아이
리스는 캐비닛에 등을 기대고 앉아 체중의 부하를 캐비닛과 나
누려는 듯했다. 그마저 큰 도움이 안 되는 듯 조금이라도 통증
이 덜한 자세를 찾으려고 자세를 바꿀 때마다 아이리스를 괴롭
히는 통증이 내게도 전해지는 듯했다.

"괜찮아?" 웨스의 질문에 아이리스는 전혀 괜찮아 보이지 않
는 모습으로 겨우 고개를 까닥였다.

"누가 먼저 시작할까?" 아이리스가 눈썹을 아치 모양으로 찡
그리고 말했는데, 라이터를 딸깍거리며 켤 때보다 눈빛은 훨씬
대담했다.

"난 이미 충분히 진실했는데."

"그렇지, 생전 처음으로." 아이리스는 내 말을 이렇게 받아쳤
다. 그러고는 숨을 내쉬더니 잠깐 두 눈을 감았는데 피부색보다
훨씬 진한 속눈썹이 마치 거미줄처럼 쭉 뻗어 있었다. "내가 너
무 심했지?" 아이리스가 속삭이듯 말했다.

"아냐. 그럴 만해. 화내는 게 당연해." 내가 말했다.

"너 얼마나 잘 속아 넘어갔어?" 아이리스가 웨스에게 물었다.

"엄청 잘 속아 넘어갔지." 시작한 지 5초밖에 안 되었는데 벌써 내게는 악몽이 되어가고 있었다.

사실 두 사람은 처음 만난 순간부터 마치 잃어버린 형제자매처럼 쿵짝이 잘 맞았다. 다른 사람들은 잘 알아듣지도 못할 농담 따먹기를 하다가 둘만 알아듣고 서로 너무 웃느라 왜 웃는지를 제대로 설명하지 못한 적이 부지기수였다. 이제는 거기에 끈끈한 동지 의식까지 더해져, '노라가 나한테 거짓말을 했대요'라는 모임이라도 만들 판이었다.

그리고 이런 상황에서 내가 할 수 있는 것은 아무것도 없었다. 내가 거짓말을 한 것은 사실이니까.

사실 진짜 사기를 칠 때는 — 사기를 제대로만 치면 — 사기극이 끝나고 나서의 현장에 나는 없는 게 정석이다. 실망감, 배신감, 상처, 그러한 여파로 인해 고통을 겪지 않아도 되는 것이다. 모든 거짓말들을 헤쳐 나가야 하는 수고나 모든 질문에서 벗어나 있어야 사기가 완벽하게 끝나는 것이다.

하지만 웨스가 내 정체를 알아챘을 때 나는 도망칠 수가 없었다. 실망감, 배신감, 상처, 그리고 내가 한 모든 거짓말이 폭로되는 순간부터 시작해 모든 질문에 대한 답을 해야 하는 과정을 고스란히 겪었다. 그 과정에서 나 스스로 실망감, 죄책감을 느꼈고 다시는 그러한 고통을 겪고 싶지 않았다.

하지만 이제 다시 같은 자리에 서게 되었다. 나는 아이리스 같은 사람을 만나게 될 줄 꿈에도 몰랐다.

나는 나의 정체를 결국 알아낼 만큼, 그만큼 똑똑한 사람에게만 끌렸는데 여기엔 나름의 의미가 있는지도 모른다. 즉, 나는 위험을 감수하지 않고 사는 법을 모르는 사람인지도 모르겠다. 내 정체가 탄로 날 것 같은 아슬아슬한 상황이 될 때면 어디선가 엄마의 샤넬 5 향수 냄새가 나고, 엄마의 사각거리는 실크 옷감 소리가 들렸다. 그러한 향수 냄새와 실크 옷감 소리는 나를 자극하기보다는 뒷걸음치게 만들었고, 나는 다시 어린 시절로 돌아가 혼자서는 아무것도 할 수 없는 무력감이 들며 모든 게 다시 황량해지곤 했다.

"리는 진짜 언니야?" 불현듯 아이리스가 질문을 던지더니 혼잣말을 하듯 자문자답했다. "맞아. 친자매일 거야. 너무 닮았거든. 아님 혹시 서로 비슷해 보이도록 얼굴 성형이라도……?"

"친언니 맞아. 엄마가 같아. 아빠는 다르지만."

"그럼 아빠는 어디 계신데?"

"너희 아빠는? 아이리스?" 이건 진실게임이었다. 나만 진실을 말하라는 법은 없으니까.

"노라, 제발." 웨스의 말을 들으며 내 얼굴은 갑자기 화끈거렸고, 결국 웨스를 노려보았는데 그건 죄책감 때문이 아니라 그는 알고 있다는 본능적 깨달음 때문이었다. 아이리스는 내게도 하지 않은 아빠에 대한 이야기를 웨스에게 털어놓은 것이었다.

위선적인 얘기지만 그 순간 나의 가슴은 찢어질 듯 아팠다. 아이리스만이 그런 식으로 나의 가슴을 찢어놓을 수 있을 것이며, 나의 목구멍은 눈물로 타는 듯했다. 그러나 나는 감히 그런 눈물을 보일 수는 없었다.

"아빠는 오레곤에 계셔." 아이리스는 정말로 숨겨진 진실이라도 털어놓듯 답했다. 우리는 이미 이게 사실이 아니라는 것을 알고 있는데…… 아이리스는 나를 가지고 놀고 있는 것이었다. 내가 이 게임을 회피한다면, 나는 어떻게 될까? 아이리스는 옷을 수선하고 고양이들을 위한 피난처를 만들 기금을 모으는 데, 그리고 산불이 났을 때 바람의 패턴을 분석하는 데 발휘한 기술을 여기 이 자리에서 발휘하고 있는 것이다.

"난 아빠가 누구인지 어디 사는지도 몰라." 내가 말했다.

"우리 아빠는 아들 구타 좀 그만하라고 노라가 협박을 해야 했던 그런 분이야." 웨스가 말했다. 이 말을 듣고 아이리스의 눈썹이 더 치켜 올라가서는 "이 방에 모여 있는 사람들 모두 정말 망나니를 아빠로 두었네."라고 했다. 그게 진실이었다.

"그럼 너는 마을을 휩쓸고 돌아다니며 범죄를 저지르고 사람들한테 사기 치는 거야?" 아이리스가 물었다.

"미안하지만 난 마을을 휩쓸고 돌아다닌 적 없어. 시장을 공갈 협박한 건…… 그건 그냥 잠깐 은퇴에서 벗어났던 셈 치자."

"지금 진행중인 일에서 어떻게 은퇴를 해?"

"지금 벌이고 있는 일은 하나도 없어." 나는 내 오른쪽에 있는 웨스를 의식하며 말했다. 웨스는 자기 무릎을 보고 있었고, 그 무릎은 아이리스의 무릎에 닿아 있었으며, 아이리스의 무릎은 또 내 무릎에 닿아 있었다. 나는 웨스가 망설이는 것을 느꼈다. 내가 지금 규칙을 어기고 있었으므로.

"너는 네가 말한 그런 사람이 아냐. 엄마는 돌아가시지도 않았고, 현재 너를 찾아 미국 전역, 아니 세계를 헤매고 다니는 청부업자들이 있어. 거기다 넌 은행 강도를 유인해서 마치 마술처럼 그 아이를 언니에게 넘겼어. 그래도 지금 벌이고 있는 일이 없다고? 넌 노라 오말리가 아니잖아!" 마지막에 아이리스의 언성이 너무 높아져 내 이름을 듣는 순간 온몸이 움츠러드는 것 같았다.

"네 진짜 이름은 뭐야? 애슐리 킨이 아니란 것 정도는 알아."

나는 입이 바싹 말랐다. 마치 누군가가 나의 손목에 짱짱한 고무줄을 끼워 조여오는 것처럼 느껴졌다. 넌 레베카야, 탁. 넌 사만다야, 탁. 넌 헤일리야, 탁. 넌 케이티야, 탁.

난 그 어느 누구도 아니었다. 이들은 아무도 건들지 못하게 내 안 어디엔가 안전하게 숨어 있어야 했다.

나는 언니와 플로리다의 그 호텔방을 뜬 이후로 딱 한 번 큰 소리로 내 이름을 불러보았다. 그리고 웨스의 귀에 대고 속삭이듯 말해주었는데 그때는 웨스가 그 이름을 무기로 사용하지 않을까, 결국 그것으로 우리 관계가 산산조각 나는 것은 아닐까 너무 무서웠다. 하지만 웨스는 그렇게 일그러지고 너덜너덜한 나를 프랑켄프렌드로 만들어주었고, 또 항상 내가 흉내 낼 수 없는 연민을 보여주었다.

아이리스도 그런 연민을 가진 아이인데 오늘 내가 그걸 산산조각 내버린 듯했다.

"지금 나는 애슐리일 수밖에 없어."

아이리스의 눈이 잠깐 게슴츠레해졌고, 나는 그걸 분노로 받아들였다. 하지만 아이리스의 눈과 마주쳤을 때 그 눈빛에는 맹렬한 불꽃이 일었고, 그걸 보는 나의 심장은 다 녹아내리는 듯했다. "너, 내 말 잘 들어." 아이리스가 말했다. "네가 누구든지 간에 저놈들이 너를 은행 강도 패자부활전 상품이나 인간 방패로 삼기 전에 다 불태워버릴 거야."

"아이리스……."

"아니! 넌 내 이름을 한숨 지으며 부르거나, 머리를 쥐어짜며 희생양이 된 듯한 눈을 해서는 안 돼. 왈츠를 추듯 내 인생에 들어와 내가 너로 인해 어지러워 정신을 못 차릴 때까지 내 주변을 맴돌다가 그런 가장 끔찍한 방법으로 나를 떠나서도 안 돼. 입에다 사과를 문 잘 구운 돼지머리처럼 쟁반에 얹어져서 저 은행 강도들에게 널 바쳐서도 절대 안 돼."

아이리스가 한 문장을 끝낼 때마다 나는 입술을 깨물었고 내 몸이 술병 코르크 마개보다 더 단단히 굳어지는 것을 느꼈다. 아이리스가 나의 계획을 저리도 쉽게 열거하며 하나하나 각인을 시키자 나도 모르게 "왜 안 되는 건데?"라고 쏘아붙였다.

"왜냐하면 내가 널 사랑하니까." 아이리스의 목소리는 너무도 강렬하고 또렷해서 내 안에 영원한 화인을 찍어버렸다.

가슴을 죄고 있던 답답함이 한순간 모두 사라져버렸다. "너……." 난 더 이상 말을 할 수 없었다. 숨을 쉴 수조차 없었다. 웨스가 바로 옆에서 자기는 이미 알고 있었다는 듯 킥킥거리는 것도 의식하지 못했다. 아이리스는 마치 엄연한 진실을 만천하에 공개한 듯 나를 쳐다보고 있었다. 나는 그 진심을 믿었고, 또 그런 면 때문에 내가 아이리스를 사랑했음을 깨달았다. 아이리스의 바로 이런 면 때문에 아이리스를 사랑하는 위험을 감수할 수 있었던 것이다.

"맞아." 아이리스가 이어갔다. "난 널 사랑해. 네가 그 누구이건 말야. 그러니까 더 이상의 거짓말은 말자. 더 이상의 비밀도 안 돼. 그리고 우리 둘을 포함하지 않는 한 사기도 안 돼." 아이리스가 웨스에게 손짓을 했고, 웨스는 100퍼센트 동감을 표하듯 얼굴을 반짝이고 있었다. "알았지?"

신뢰하는 사람이라면 당연히 거절할 수 없는 제안이었다. 누군가를 신뢰한다는 건 가르치고 배울 수 있는 게 아니었다. 서로 신뢰할 수 있는 사람들 사이에서 자라야 가능한 것이었다. 그건 엄마가 나를 올려놓고 키운 땅에서는 불가능한 일이었다.

그렇지만 나는 언니를 믿을 수밖에 없었고, 웨스를 믿기로 선택했다. 그리고 모든 위험을 감수하고 아이리스를 사랑하기로 했다.

그래서 나는 아이리스의 제안을 받아들였다. 아이리스는 당연히 그럴 만한 자격이 있으니까. 하지만 내가 입을 열어 답을 하기도 전에 복도 저편에서 복부를 찢을 때나 지를 법한 날카로운 비명 소리가 들려왔다. 아이리스는 캐비닛 쪽으로 몸을 웅크렸고, 웨스는 그런 아이리스를 감싸며 동시에 나를 붙잡았다. 이번에는 심장 박동이 빨라지지 않았다. 오히려 느려지기 시작했다. 그리고 그 박동 사이사이 두려움이 밀려왔다.

아, 내가 친 덫에 누가 다친 것일까?

— 35 —

케이티(10세): 사랑스럽고, 생기 넘치며, 똑똑한

(중 3막, 역순 진행)

3막: 사랑스러운

(4시간 후)

세탁소에서 돌아왔을 때 비가 내리고 있었다. 창문은 어두웠고, 모든 불은 다 꺼진 상태였으며, 그의 차는 차고에 없었다.

나는 뒷문을 통해 집에 들어가 어둠 속에서 조심스럽게 한 발자국씩 움직였다. 셔츠에서는 분홍색 빗방울이 뚝뚝 떨어지고 있었다. 1층 화장실까지만 갈 수 있다면, 거기 숨겨놓은 돈을 가지고 도망칠 수도 있을 텐데…….

그러려면 거실을 지나야 했다. 나는 준비됐다고 혼잣말을 했다. 혼자 해낼 수 있다고.

이 담요 하나로 우리 두 사람이 충분히 덮을 수 있단다.

그 담요는 이제 없었다. 온통 피로 물들었던 소파의 쿠션도, 그 사람도 모두 사라지고 없었다. 그 순간을 시간 속에서 칼로 베어내 간 것처럼…… 나는 어둠 속을 노려보고 서 있었다.

이리 좀 더 가까이 올래, 아가야?

그가 다 치운 것일까? 그럴지도. 하지만…….

피를 너무 많이 흘렸는데. 나는 도망치며 비명을 질렀다.

난 깨물지는 않았어.

하지만 차까지 몰고 가버린 걸 보면, 별일 없는 게 틀림없어. 그렇겠지?

"여기 있었구나."

나는 깜짝 놀라 비명을 지를 뻔했다. 나는 손으로 입을 틀어막고 장승처럼 굳어버렸다.

엄마는 현관 입구에 서서 나를 바라보고 있었다. 고무장갑을 낀 손에 표백제를 들고 있는 엄마의 눈길이 너무 서늘해 나는 덜덜 떨었다. 본능적으로 빌어야 한다는 생각이 들었다. 무릎에는 멍 자국이 생겼고 나는 몇 분 사이에 아주 다른 사람이 되어 있었지만 내 입에서는 "죄송해요."라는 말이 튀어나왔다.

내 안에서는 형용할 수 없는 느낌, 기이하고 견디기 힘든, 미칠 것같이 속이 뒤집어지는 느낌이 밀려왔다. 내가 스스로 도망쳐야 할 위험한 사람에게 나의 안전을 맡겨야 하는 기묘한 상황이 가져다준 참을 수 없는 느낌.

"거의 다 했다." 엄마가 말했다. "그리고 우린 여길 뜨는 거야."

나는 엄마가 무슨 말을 하는지 해독이 되지 않아 그냥 멍하니 서 있었다. 그는 어디 있는 거지?

"너한테는 아무 일도 없을 거야." 그건 질문도, 맹세도 아니었다. 축복도, 소원도 아니었다.

그건 명령과도 같은 것이었다. 마치 '케이티, 네 이름은 이제 케이티야.'라고 하면 내가 한 톨 의심의 여지 없이 케이티가 되어야 하는 것과 똑같은 명령이었다.

엄마는 그 사람한테 무슨 짓을 한 거지? 내가 한 짓보다 더한 짓을 했나?

"정신 차려." 엄마가 손을 내밀었는데, 노란색 고무장갑에 붉은빛이 돌고 있었다.

그는 어디 간 거지?

고무장갑에 도는 붉은빛이 너무나 선명했다.

그 사람은 사라진 모양이었다. 완전히.

엄마가 와서 내가 저질러놓은 현장을 보았다는 깨달음이 밀려왔다. 하느님 맙소사. 나는 엄마와 똑같은 사람이구나.

엄마가 나의 이름을 불렀다. 케이티가 아니고 정말 나의 이름을. 그 소리에 나는 정신을 차렸다.

"정신 차려. 네가 저질러놓은 이 난장판을 치워야지."

엄마는 여전히 손을 내밀고 있었다.

나는 엄마의 손을 잡았다.

나에게는 선택권이 없었다.

~~라이터 하나, 보드카 세 병,~~ 가위,
안전금고 열쇠 두 개
~~계획 1: 폐기~~
계획 2: 엿됨

비명 소리와 함께 죽음과 같은 적막이 찾아왔다. 이번에는 아이리스가 가운데 그 양옆에 웨스와 내가 자리를 잡고 있었다. 우리는 떨지 않았다. 단지 세 사람 모두 잔뜩 긴장한 채 숨을 죽였다. *어떻게 하지. 어쩌지…… 우리한텐 도망칠 곳도 없는데.*

"누가……." 아이리스가 건조한 목소리로 입을 뗐을 때 밖에서 그 익숙한 바닥 긁히는 소리가 들리고 그가 들어왔다.

그는 아까와 사뭇 달라진 모습이었다. 곧 폭풍을 몰고 올 듯한 표정에 더 이상의 호기심은 찾아볼 수 없는, 물기 하나 없이 빠삭하게 건조한 얼굴. 그리고 그의 손에는 엄청난 피가 묻어 있었다. 거기다 제기랄, 손에는 칼이 쥐어져 있었다. 무기를 다 파악했다고 생각했는데 나의 오산이었다. 그는 엄청난 피를 묻히고 나타났다.

나는 벌떡 일어났다. 그가 방을 가로질러 오기도 전에 이미 나를 붙잡으러 왔다는 의사를 온몸으로 표현하고 있었기 때문이다. 나는 내가 일어나면 적어도 아이리스와 웨스는 무사할 거라 생각했다.

그가 나에게 주먹을 날렸는데 얼마나 순식간에 벌어진 일이었던지 다리에 힘을 줄 틈도 없이 난 그냥 바닥으로 나가떨어지고 말았다.

볼에 닿는 차가운 바닥의 감촉과 이가 덜거덕거리는 게 동시에 느껴졌다. 웨스의 입에서 울부짖는 고함 소리가 터져 나왔고, 내 머릿속에는 웨스의 비명과 눈앞이 하얘지는 통증밖에 없었다. 귀가 웅웅거리고, 입에는 피가 고였다. 마룻바닥에 피를 뱉었더니 어금니 조각이 따라 나왔다. 제기랄.

"움직이지 마." 회색 모자는 내게 말을 하는 것이 아니었다. 총구는 내 쪽이 아니라 웨스 쪽으로 향해 있었고, 그게 웨스를 향해 한 말이라는 걸 깨닫기까지 오래 걸리지 않았다. 우람한 덩치의 웨스는 자리에서 벌떡 일어나 상대를 위협하는 자세로, 총이 있건 없건 상관없이 바로 달려들 태세였다.

주변의 모든 것들이 어지럽게 빙빙 도는 것 같았다. 나는 피를 내뱉고 기침을 하며 신음하듯 말했다. "안 돼." 불쾌하고 더러운 데다 피로 물들기까지 한 카펫을 팔꿈치로 딛고 일어서보려 안간힘을 쓰며, "웨스. 나 괜찮아."라고 말하는데 입안에 피가 고여 제대로 발음할 수가 없었다.

그러자 회색 모자의 총구가 다시 나에게로 향했다. 회색 모자의 눈과 마주쳤을 때 그의 얼굴은 분노와 굴욕감으로 이글거리고 있었다.

무슨 일이지? 뭘 알아낸 걸까? 누구를 해친 거지?

"너 지금 무슨 짓 하고 있는 거야?" 회색 모자가 나에게 물었다.

붉은 모자는 보이지 않았다. 용접기가 생겼으니 지하에 가 있는 것일까? 그럼 이 자리에서는 회색 모자만 해결하면 된다는 건데?

"대답해!"

나는 선택을 해야 했다. 일단 항복하고, 너의 주먹 한 방으로 내가 주제파악을 했다는 걸 울며불며 보여줄까? 아니면 배짱으로 밀어붙여볼까? 어차피 내가 무슨 말을 해도 이제 회색 모자는 더 이상 믿지 않을 텐데.

나는 입에서 피를 흘리며 답했다. "피를 흘리고 있지."

그는 내 멱살을 잡고 나를 들어 올렸는데 그 기세가 너무 등등해 어깨 관절이 삐걱거리는 게 다 느껴졌다. 탈골이라도 되면 낭패인데.

"내가 피를 더 보게 해주지."

'반갑지 않은 대사가 튀어나왔네.' 나는 회색 모자에게 이렇게 말할 뻔했다. 하지만 이런 놈은 살짝만 더 건드려도 상대를 죽여버릴 놈이었다. 입을 닫고 있는 게 나았다.

회색 모자는 나를 사무실 밖으로 던져버렸고, 웨스가 "그만해."라고 소리쳤다. 나는 벽에 맞아 튕겨 나갔고 그 바람에 머리 위의 액자가 흔들리는 것이 보였다. 내가 정신을 차리고 가까스로 바닥에 앉을 무렵 그는 웨스와 아이리스가 나오지 못하도록 사무실 문을 다시 탁자로 막아버리고 내 앞으로 다가왔다. 그러곤 내 옆구리를 들쳐 올리더니 복도 저쪽 구석으로 끌고 갔다.

다시 로비로. 붉은 모자는 어디에도 보이지 않았다. 지하에 가 있는 모양이었다. 그게 무슨 상관이지? 몇 초 후 난 숨통이 끊어져 있을지도 모르는데. 회색 모자는 이제 나를 바닥에 던지는 대신, 멱살을 쥐었다. 이게 더 무서웠다. 놈은 칼을 가지고 있을 테니까. 셔츠에 저렇게 피가 많이 묻은 것을 보니 저쪽에 있는 인질 중 누군가에게 칼질을 한 것이 틀림없었다. 지금은 총보다도 칼이 더 무서웠다.

뭘 어쩌려는 걸까? 어떻게 해야 이 상황에서 벗어날 수 있을까?

"겁대가리 없는 년." 회색 모자가 얼굴을 가까이 디밀고 내 뺨에 침을 튀겨가며 거칠게 내뱉었다.

"애한테 손댔어?" 내가 물었다. 언니가 차 경적을 울렸다는 건 케이시가 안전하게 저쪽으로 넘어갔다는 의미였지만 그래도 정말 은행을 벗어난 것인지 내 눈으로 직접 확인한 거는 아니니까. 하지만 케이시가 무사하다 해도 이것으로 끝난 게 아니다. 이제 웨스와 아이리스를 구해내야 한다. 그냥 이대로 있을 수는 없다. 나는 계속 머리를 굴렸다. 놈이 보안요원의 고통을 끝내준 것일까? 아니면 창구 직원? 그 나이 든 아주머니?

"아니, 네가 말한 대로 애를 넘겨주고 받을 거 받았어." 이렇게 답을 하는 그의 숨결에는 분노와 굴욕감이 이글거렸다.

"원하는 걸 얻었는데 왜 사람을 해치는 거지?" 내 질문 자체가 너무 멍청하게 들려 스스로 견딜 수가 없을 정도였다. 분명 원하는 것을 얻었을 텐데. 케이시가 넘어가지 않았다면 언니는 경적을 울리지 않았을 테고.

"프레얀의 애란 걸 알았다면 그 애를 내가 그렇게 넘길 거라 생각했어?" 그가 말했다. 이런 젠장.

저쪽 어른들 편에서 말실수를 했구나. 엉겁결에 말이 나왔을 것이다. 창구 직원이 아이는 어떻게 되었냐고 물었나? 당연히 궁금했겠지. 하지만 해서는 안 되는 말을 하는 줄 몰랐을까?

나는 다시 마음을 가라앉히고 창구 직원을 탓하지 말자고 스스로를 달랬다. 만약 창구 직원이 그 정보를 흘렸다면 지금 다친 사람이 바로 그녀일 테니까. 설마 죽이지는 않았겠지. 너무 희망적인 생각일까? 그래도 난 희망에 매달리기로 했다.

"그래. 내가 알아냈지." 회색 모자가 말했다.

나는 모르는 일이었다고 하면 더 화를 낼 텐데. 그건 안 되지. 어떤 식으로든 이 회색 모자의 자존심을 다시 살려줘야 하는데. 지금 이 회색 모자는 자존심이 상한 정도가 아니라 박살이 난 지경이고, 그 분노를 나에게 풀려 하고 있다.

"내가 대답을 제대로 못 하거나, 너무 늦게 답을 하면 또 나를 때릴 건가요?" 나는 살짝 목소리를 떨며 답했고, 그가 입술을 실룩거리는 것을 지켜보았다.

"감히 나한테 사기를 쳐?"

"난 내 정체를 아주 분명하게 까발렸는데."

그의 손이 다시 올라갔고, 나는 순간 움찔했다. 연기를 한 것도, 연습한 대로 내 몸이 반응한 것도 아니다. 정말 100퍼센트 놀라서 움찔했다. 그리고 또 주먹이 날아올 거라는 생각에 입술이 지끈지끈 뛰었다. 볼이 부어올랐지만, 다행히 하악 쪽을 얻어맞아 눈은 멀쩡했다. 아직은.

"누굴 찌른 거죠?" 내가 다시 물었다.

"그게 너랑 무슨 상관인데?"

나는 비명이 나오는 것을 참으려고 퉁퉁 부어오른 뺨의 안쪽

살을 깨물었다. 엄청난 통증. 그리고 단순히 화를 참지 못해 사람을 찔러대는 놈한테 걸려들었다니 정말 재수대가리 없다는 깨달음. 만약 회색 모자가 총기를 난사하기 시작한다면, 보안관보들이 어떻게 해서든 안으로 진입할 것이다. 언니는 맨손으로라도 은행 벽돌을 뚫고 들어오려 할 테고.

"그게 너랑 무슨 상관이냐고?" 회색 모자가 다시 물었다.

"중요한 사람이 나타나기 전에 나는 여기를 나가야 하거든."

"오호, 그래서?" 그는 정말 내가 재수대가리 하나 없는 상황에 빠졌다는 것을 확인시켜주는 어조로 답했다. "너 꽤나 제법이던데. 너를 경찰에 넘기라고 할 수도 있었을 텐데 그러지도 않고 게다가 애를 구해줬어."

"애니까."

"너 같은 나쁜 년이 그런 게 무슨 상관인데. 플로리다를 그렇게 쑥대밭으로 만들어놓고 도망쳤잖아. 여기서도 한번 도망쳐 보시지 그래?"

그는 진실에 너무 가깝게 다가가고 있었다. 나는 그의 손아귀에서 벗어나고 싶었다. 회색 모자의 팔 힘이 너무 세서 아팠다. 그리고 너무 가까운 거리에 있었다. 그는 내 눈을 들여다보고 싶었던 것이다. 내 눈에서 무엇인가 단서를 찾아낼 수 있다고 생각하겠지.

"난 이런 싸움에 끼어들고 싶지 않은데. 그게 이상한가? 신호 위반 단속이나 마리화나 검거하다가 어쩌다 은행 강도 검거 훈련도 하는 저기 바깥의 보안관보들하고는 다르지. 게다가 당신 동료는 걸핏하면 총을 쏘려 하고."

"난 쏜 적 없어." '아직은'이란 말이 그 뒤에 소리 없이 딸려 나왔음을 나는 분명히 느낄 수 있었다. 나는 이 상황을 어떻게 뒤집어야 할지 난감했다. 그에게 분명 '나'라고 하는 큰 먹이를 넘겨주었는데…… 지금 용접기를 확보한 마당에 은행 지점장한테 써먹을 인질이 왜 필요한 것일까?

지점장실에서 발견한 금고 열쇠는 아직 내 브라 안에 꽂혀 있었다. 회색 모자는 지점장이 열쇠를 가지고 다닐 것으로 생각했고, 은행 안에 있으리라고는 생각하지 않은 듯한데 케이시를 풀어준 것에 대해 이토록 화를 내는 이유는 무엇일까?

나는 입술을 깨물며 한 발 뒤로 물러섰다. 회색 모자는 나를 놓아주지도 않았지만 그렇다고 내 쪽으로 더 다가오지도 않았다. 결국 그의 팔이 펴지면서 둘 사이에 공간이 조금 생겼다.

그래, 좋아.

"누굴 해친 거예요," 나는 부드러운 목소리로 물었다. "창구 직원?"

"그년은 애초에 그 애가 누구 애인지를 나한테 말했어야 했어." 회색 모자는 "그리고 너……"라고 하며 나를 잡고 있는 손에 힘을 주었고 나는 이를 악물었다. 그는 내가 고통스러워하는 모습을 보고 싶을 테지만 그건 어림도 없는 일이었다.

"난 당신에게 호의를 베푼 거야." 난 단호하게 말했다. "어린 아이가 인질로 잡혀 있다고 하면 새크라멘토에서 진압대가 훨씬 더 빨리 몰려올걸? SWAT 팀이 도착하기 전에 여길 빠져나가는 게 이로울 거야."

"그니까 나를 위해 그랬다고?"

"엄밀하게 말하면 아니지. 나는 나를 위해 사니까. 한데 불행히도 지금은 나의 안위를 위해 당신을 생각할 수밖에 없는 상황이 돼버렸네. 뭐라 하지 그걸? 총을 쥔 자는 사과하지 않는다, 뭐 그런 거. 지금 나를 이렇게 살려두는 이유는 아마 모르긴 몰라도 저 지하에 있는 것보다 내 목숨값이 더 나가기 때문이 아닐까? 나를 플로리다에 산 채로 데려오면 주겠다고 약속한 7백만 달러 말야."

"그치. 매력적인 제안이잖아. 하지만 넌 지금 농간을 부려서 시간을 벌려 하고 있어. 하지만 그렇게는 안 될 거야. 우린 여기서 곧 나갈 거거든."

나는 그가 말하는 '우리'가 그와 붉은 모자를 지칭하는 게 아니란 걸 알았다. 회색 모자도 나도 둘 다 여기에서 '우리'가 그 자신과 나를 지칭한다는 걸 알았다.

나는 나를 미끼로 내놨다. 난 원래 미끼로 쓰이려고 태어났으니까. 그리고 이제 나는 그 대가를 치러야 한다. 하지만 적어도 웨스와 아이리스는 안전할 터였다.

"한판 붙어볼까?" 회색 모자가 물었다.

"날 또 때릴 건가요?"

"그건 네가 하기 달렸지."

"이하동문."

그는 잠시 가만히 있더니 나를 고쳐 잡았다. 내 팔을 다시 붙잡고 힘을 주었을 때는 느낌이 사뭇 달라져 있었다. 이전은 처벌이었다면 이번에는 폭력이었다. 뭔가 바닥을 드러내고 싶어 하는 그 폭력적인 느낌으로 내 몸의 모든 세포가 덜덜 떨리고,

어디론가 숨고 싶은, 아님 달려들어 싸우고 싶은 동시에 그 자리에 얼어붙어버리게 되는 그런 느낌이었다. 난 이 느낌을 너무나 잘 알고 있었다. 전에도 그런 자리에 서본 적이 있으니까.

"고분고분 내 말을 듣게 만드는 데 때리는 방법만 있는 게 아니야." 회색 모자가 뱉어내는 한마디 한마디에는, 그리고 그 말 사이에는 진정한 위협이 도사리고 있었다.

도망칠까. 숨을까. 저질러.

아냐. 진정해. 호흡하자. 회색 모자가 원하는 게 바로 그런 두려움이야. 총으로 나를 겁주진 못해. 때려도 소용이 없었지. 그러니 이제 다른 카드를 내놓으려 하는군. 진정하고 숨을 쉬어.

도망칠까. 숨을까. 싸울까.

아냐. 지금 입에 고인 침을 삼켜. 그리고 말을 해.

"자, 그럼 이제 성폭행 위협 부분으로 넘어가는 건가요. 아주 창의적인데요. 강도 협박 가이드북이라도 있나 봐요?"

목소리는 너무 높고, 말은 빨라지고 있었다. 젠장.

도망쳐.

회색 모자는 어깨를 으쓱했는데 그 모습이 너무 무심해서 더욱 무서웠다. "너한테는 아무 짓도 안 해도 돼. 그냥 저 이상한 옷을 입은 여자애한테 하면 되지. 너랑 저 남자애 둘 다 그 애가 어찌 될까봐 안절부절이던데?"

나는 내 반응을 계산할 시간이 없었다. 온몸에서 피가 다 빠져나가고 그 피를 모두 회색 모자가 희죽거리며 빨아먹고 있는 느낌이었다. 아 이렇게 멍청할 수가. 그걸 미처 생각하지 못하다니.

그가 내 쪽으로 한 걸음 다가왔다.

숨어.

너무 가까워. 너무.

내게는 도망칠 곳도 없었다. 숨을 공간도 없었다. 예전에도 이런 적이 있었지. 하지만 아이리스에게 만약……

나는 청바지 허리춤에 숨겨두고 있던 가위 손잡이를 틀어쥐었다.

싸워. 죽여버려.

케이티(10세): 사랑스럽고, 생기 넘치며, 똑똑한

(총 3막, 역순 진행)

2막: 생기 넘치는

(40분 후)

내 바지는 피로 얼룩져 있었다. 나는 얼룩을 감추려고 겉옷을 잡아당겨 다리를 감싸며 발걸음을 재촉했다. 운동화가 웅덩이에 빠져 질척거렸고 거리의 냉기는 한밤의 소음처럼 윙윙거리며 내 옆을 맴돌았다. 시애틀의 겨울은 지랄맞고 내 옷은 얇디얇았다. 미처 겨울 코트를 챙겨 나올 정신이 없었다.

아무것도 챙겨 나올 수가 없었다. 전화기도 그냥 두고, 혈흔이 묻지 않은 깨끗한 옷들 모두 다 집에 있었다. 공중전화를 찾아야 하는데, 아무 데도 보이질 않았다. 나는 쉬지 않고 계속 걸었다. 서 있으면 그 일이 생각나니까, 생각하지 않으려고 그냥 걸었다.

쉬면 안 돼. 그냥 걸어. 계속.

나는 6개월 동안 케이티로 살았다. 케이티는 마야의 딸이고, 이제 막 열 살이 되었다. 케이티는 운동을 좋아하고, 오른쪽 팔목에는 로즈 골드로 만든 팔찌를 차고 있었는데 팔찌에는 작은 테니스 라켓, 하트, 그리고 에펠탑 모형이 대롱대롱 달려 있었다. 케이티는 컨트리클럽의 스타였다. 옷은 랄프 로렌의 소아복 카탈로그에서 튀어나온 듯했고, 숱이 많은 금발 머리는 항상 하나로 묶여 나풀거렸다. 케이티는 조용한 아이가 아니었다. 말이 없고, 사람들 눈에 띄지 않는 그런 존재가 아니었다. 케이티는 생기발랄하며 성미가 급한 아이로 엄마는 처음으로 내게 이러한 성격을 부여해주었고, 나는 몇 년 만에 진짜 나와 비슷한 아이로 살게 되었다.

만약 나와 닮지 않았다면 그런 일이 일어나지 않았을까?

생각하지 마. 그냥 계속 걸어.

얼마나 걸었는지 모르겠다. 24시간 영업하는 세탁소 앞에 섰을 때 나는 홀딱 젖어 있었다. 세탁소 안에는 여대생으로 보이는 사람이 하나 있었는데 헤드폰에 정신이 팔려 내가 물을 뚝뚝 흘리며 들어가도 쳐다보지 않았다. 뒤쪽에 공중전화가 눈에 띄었지만 나는 전화기로 가지 않았다.

대신 화장실로 향했다. 대부분의 공중화장실이 그렇듯 쓰레기가 가득하고 더러웠지만 나는 화장실 세면대에 기댔다. 그러고서 한 시간 전까지만 해도 새하얗던 셔츠를 쳐다보았다. 윗단추가 잘못 채워져 있었다. 도망치면서 급하게 단추를 채우는 바람에 잘못 채운 모양이었다. 손가락이 자꾸 미끄러졌다. 거울 속의 내 모습을 보는데 손이 떨리고 있었다. 나는 잘못 끼워진 단추를 다시 채우려 미친 듯이 서둘렀다. 세상에 단추 채우는 것만큼 중요한 일이 없는 것처럼. 단추는 잘 채워져야만 했다. 그러자 두려움과 히스테리가 동시에 밀려와 나를 압도했다.

난 어찌할 바를 몰랐다.

드디어 단추를 다시 채웠지만 그렇다고 기분이 나아지지도 않았다.

돌아가면 돼. 벌써 그 생각이 나를 잡아당기고 있었다. 나는 엄마의 팔에 안겨 울고 싶었다. 곧 엄마가 올 것이다. 그리고 엄마는 현장을 발견할 것이며…… 걱정을 하겠지. 경찰이 왔을 수도. 엄만 경찰 싫어하는데.

엄마한테 다 말해야지. 엄마는 내 편이 되어줄 테니까.

하지만 내 편은 없다는 생각이 들었다. 엄마는 엄마 입장에서 오직 엄마 편을 들 것이다. 헤일리였을 때 난 그걸 알게 되었다. 그리고 그걸 증명할 흉터도 있었다.

이건 그런 게 아닌데. 엄마가 내 말을 믿어줄지 알 수 없었다.

그와 별개로 엄마는 나에게 그냥 견디라고 할 것이었다. *세상은 그런 거란다, 얘야.*

그런 말을 몇 번이나 들었던가? 세상은 그런 거란다. 남자란 다 그런 거야. 세상은 다 그런 거니까 네가 알아서 처신해.

이번에도 엄마는 세상은 다 그런 거니까 나보고 알아서 하라고 할까?

내가 헤일리였을 때 엄마는 '이거 해낼 수 있지?'라고 했고, 나는 '그렇다'고 했으며, 그 결과 피를 보았다.

난 지금까지 항상 너무 '예'라고만 했던 건 아닌가?

모든 걸 포기하고?

그래서 결국 이렇게 여기까지 온 거지?

우리 엄마는 괴물일까?

몰라. 모르겠어.

언니가 말한 조난 신호는 이럴 때 필요한 거였다. 언니가 나를 지키려 했다는 걸 나는 몇 년 전에야 깨달았다. 그런데 오늘과 같은 이런 날로부터 나를 지키려 한 것인 줄은…….

겉옷에는 비상금이 들어 있었고, 나는 그 비상금을 5달러 동전교환기에 집어넣었다. 나는 언니의 전화번호를 수년 동안 잊지 않고 기억하고 있었다. 언니가 카드에 적어준 번호. 난 그 카드가 혹시나 엄마 눈에 뜨일까봐 버리고, 대신 전화번호를 머릿속에 기억해두고 있었다. 전화기에 동전을 넣으며, 나는 지금까지 자라면서 듣고 배운 것을 배신하는 그런 기분 때문에 흔들리지 않으려 안간힘을 썼다. 내가 자라며 배운 것이 잘못된 것일 수도 있다고 나를 달랬다.

전화벨이 울렸다. 언니는 전화를 받지 않았다. 벨 소리가 울릴 때마다 내 마음은 두방망이질했다. 그리고 드디어, "여보세요?"라는 소리가 수화기 너머로 들려왔다.

태어나서 정말 처음으로 구원이라는 걸 받을 것이라고, 그리고 지금 내게 그 구원이 필요하다는 걸 처음으로 인정하면서 그 갈망이 너무나 컸는데, 전화기에서 목소리가 흘러나오는 순간 모든 것이 무너지고 말았다. 언니가 아니었다. 언니가 아닌 다른 여자의 음성이 들려오는 순간 현실에 대한 자각으로 나는 현기증이 날 지경이었다.

"여보세요?" 언니가 아닌 여자의 음성이 다시 들려왔다. 낮고, 허스키한 목소리는 마치 방금 잠에서 깨어난 듯했다. "누구세요?"

"지금 누구랑 통화하는 거야?" 스피커폰으로 전화를 하는 듯, 옆에서 언니의 목소리가 들려왔다. "잠깐— 그거 어디서 난 거야?"

"전화기가 왜 두 개야?" 그 여자가 물었다.

"이리 줘." 언니가 말했다.

"내 질문에 먼저 대답이나 해."

"전화기 이리 달라니까!" 언니가 소리를 쳤고, 소란스러운 소리가 들리는 동안 나는 전화기에 모든 것이 걸린 양 매달려 있었다.

그리고 헐떡거리는 언니의 목소리가 들렸다. "나야. 나야. 너지? 괜찮니?"

언니에게도 언니의 인생이 있는데. 나에게는 말을 안 하겠지. 하지만 언니에게도 언니의 인생이 있을 것이고, 누군가와 같이 살고 있을지도 모른다는 생각을 왜 단 한 번도 하지 못했을까. 언니를 마지막으로 본 게 1년 전. 엄마는 작업을 하는 동안에는 언니를 만나지 않았고, 헤일리는 우리가 했던 작업 중 가장 긴 거였다.

언니의 마음이 바뀌었을 수도 있어. 내가 지켜줄 만한 가치가 없는 애라고 생각하고 있을 수도 있어. 언니의 인생을 내가 헤집어놓게 될지도 몰라.

나는 모든 걸 망쳐놓는 애니까.

언니는 전화기에 대고 애타게 나의 이름을 불렀다. 내 이름 한 자 한 자에 애절함을 실어서.

"그냥 말해." 언니가 속삭였다.

아 너무나 쉬운 말인데. '올리브'. 그러면 언니는 올 것이었다. 언니는 내 손을 잡아줄 것이었다. 언니는 내가 울어도 아무 말 하지 않을 것이었다.

하지만 언니의 삶이 바뀔 것이다. 나 때문에.

그러면 나에게 화가 날 것이고, 나는 언니에게 빚을 지게 되는 거고.

언니는 나 때문에 아무것도 못 하게 될지도 모른다. 나는 세상에서 가장 자유로운 사람에게 덫이 될 수도 있다. 나는 전화기에 손을 모으고 낮은 목소리로 "죄송합니다. 잘못 걸었네요." 라고 했다.

언니가 뭐라 하기 전에 나는 전화를 끊었다. 그리고 바로 공중전화의 벨이 울렸지만 나는 무거운 발걸음으로 세탁소에서 걸어 나왔다.

~~라이터 하나, 보드카 세 병,~~ 가위(현재 강도를 찌른 상태),
안전금고 열쇠 두 개
~~계획 1: 폐가~~
~~계획 2: 엿됨~~
계획 3: 찌르기

내가 그놈을 찌르지 않았다고 생각한다면 오산이다. 왜? 찔렀으니까.

가위가 뭔가를 찌르는 용도로는 그리 훌륭한 도구는 아니지만, 내가 쓸 수 있는 게 가위밖에 없다면 그거라도 써야 하지 않을까.

"너…… 이 계집……" 회색 모자는 옆으로 고꾸라지며 한 손을 뻗쳐 나를 잡으려 했고 또 다른 손으로는 찔린 부위에서 가위를 빼내려 했다. 나는 내 온몸의 힘을 실어 가위를 깊이 박아넣었다. 손목을 비틀어 최대한 안으로 깊숙이 집어넣자 따뜻한 액체가 품어져 나왔고 회색 모자는 헐떡거리기 시작했다.

회색 모자는 한 발자국 뒤로 물러서 고통과 싸우며 비틀거렸다. 내가 회색 모자의 눈에 번뜩이는 분노를 본 순간, 그는 내쪽으로 달려들어 나의 목을 죄었다.

한순간 몸이 얼어붙었던 나는 내 목을 죄어오는 회색 모자의 팔에 매달려 버둥거렸다. 이러한 반응은 본능적으로 그냥 튀어나오는 것이다. 버둥거리며 손톱으로 긁고 할퀴어대야 한 번이

235

라도 더 숨을 쉴 수 있고 그래야 그나마 버틸 수 있었다.

그 와중에 나는 가위를 포기할 수 없어 확 잡아 빼냈다. 회색 모자가 비명을 질렀고 그 기세에 내 목을 잡은 손을 놓을 줄 알았는데 내 희망과는 반대로 손목에는 더욱 힘이 들어갔다. 시야 외곽으로 흐릿한 핏방울이 튀는 것이 보였지만 나는 가위를 놓지 않았다. 회색 모자의 온 얼굴에 맥박이 뛰고, 통증과 피가 섞여서 롤러코스터처럼 그의 몸을 휘젓고 다니는 듯했다. 가위에서는 피가 뚝뚝 흐르고 있었고, 흠뻑 젖은 내 손은 형광등 불빛에 빛나고 있었다. 회색 모자는 이제 선택을 해야 했다.

회색 모자가 잡고 있던 내 목을 휙 내팽개치는 바람에 나는 오래된 낡은 인형처럼 바닥으로 나가떨어졌고 타일과 부딪친 충격으로 이까지 흔들리는 듯했다. 그 순간 붉은 모자가 로비 안으로 뛰어 들어왔다. 로비 현장 모습에 눈이 휘둥그레져 고함을 치던 붉은 모자는 내 쪽을 향해 총구를 겨누었다.

그 순간 회색 모자가 나에게 "가위 내려놔."라고 명령했고, 나는 가위를 내려놓았다. 할 일은 했으니까.

"괜찮은 거야?" 붉은 모자가 물었다.

"저년이 날 찔렀어." 회색 모자가 옆구리를 꽉 쥐었다가 손을 떼자마자 다시 온통 붉은 것이 쏟아졌다.

"젠장. 두에인!" 붉은 모자가 회색 모자 곁으로 가며 소리쳤다. 아 드디어 저놈의 이름을 알았다. 붉은 모자의 총구가 다시 내 쪽으로 향했다.

"안 돼." 회색 모자가 ─ 두에인이 ─ 총구를 한 손으로 잡으며 말했다.

"저년이 찔렀다며!" 붉은 모자가 반발했다.

"안 돼." 두에인이 다시 말했다.

그는 나를, 아니 자산을 지키려 했다. 숨을 몰아쉬며 부족한 공기를 채우고 있던 내 가슴에 회심의 미소가 흘렀다. 저놈은 나한테 걸려들었다.

"제정신이 아니군." 붉은 모자가 내 쪽을 향해 몸을 다시 돌리며 지시했다. "손은 내가 볼 수 있게 들고 있어."

두에인은 은행 용지를 넣어두는 카운터에 기대어 씨근거리기 시작했다. 나를 죽일 듯 노려보며 숨을 쉴 때마다 헉헉거리더니 차츰 그 소리가 조금씩 잦아들었다. 정말 아플 텐데. 내가 가위로 옆구리를 싹뚝싹뚝 자르며 들어갔을 때 뭔가 중요한 부위를 건드렸기를…….

"총 나한테 줘." 두에인이 붉은 모자에게 말했다.

붉은 모자는 총을 건네주었다. 저런 신뢰라니. 저렇게 멍청한 자식이 또 있을까?

"아래 일은 어떻게 되고 있어?" 두에인이 물었다.

"거의 다. 20분 정도만 더 하면 되겠어."

"좋아." 두에인은 옆구리에 힘을 주며 얼굴을 찌푸렸다. 그리고 몸이 바닥으로 더욱 꺼져 들어가는 듯하더니 식은땀까지 흘리기 시작했다. 나는 가슴이 뛰었다. 뭔가 중요한 부위를 건드린 게 틀림없었다.

붉은 모자는 욕지거리를 내뱉으며 주변을 돌아보았다. "수건 같은 거라도 있어야겠는데." 그리고 나를 향해 말했다. "너, 지혈할 수 있는 거 가져와."

"겉옷을 써." 내가 답했다.

붉은 모자가 머리를 저으며 말했다. "네 셔츠. 그거 가져와."

제기랄, 내가 가장 좋아하는 남방을 저런 놈에게 줘야 하다니.

"저년을 방에 다시 가둘까?" 붉은 모자가 두에인에게 낮은 목소리로 물었다.

두에인이 머리를 저으며 답했다. "내 눈앞에 둬야 해. 내가 보이는 곳에."

붉은 모자가 의미심장한 눈으로 나를 쳐다보며 "들었지?" 하고는 두에인이 설 수 있도록 옆에서 거들었다. 대장은 부축하는 사람에게 거의 자기 몸을 다 의존했지만 아직까지는 건재했다. 그리고 모든 무기는 다 그의 손에 있었다. 그에게 고분고분하지 않은 건 오직 나 하나였다.

붉은 모자는 순순히 두에인이 하라는 대로 했다. 만약 나를 살려두는 이유를 붉은 모자가 알면 어떻게 나올지 궁금해졌다. 그리고 두에인이 이곳을 벗어나기 위해 붉은 모자에게 무슨 짓을 할지도 궁금했다.

곧 알게 되겠지. 이제는 불신을 심어야 할 때가 왔다.

그리고 이들은 내가 씨를 잘 심을 수 있도록 맨 앞좌석을 내주었다.

— 39 —

케이티(10세): 사랑스럽고, 생기 넘치며, 똑똑한

(총 3막, 역순 진행)

1막: 똑똑한

전(후)

처음에 나는 조셉의 미소가 엘리야와 같은 종류인 줄 알았다. 사람들에게 보여주기 위한 허식에 찬 미소. 조셉은 카 딜러로 매장을 다수 거느리고 있었다. 세일즈맨답게 언변이 좋고 약은 사람이었다.

조셉의 얼굴을 볼 때마다 나는 그의 눈을 보면서 그가 어떤 때 웃고, 어떤 때 찡그리는지를 관찰했다. 그리고 어떻게 하면 그가 나를 볼 때마다 웃도록 만들지, 절대 찡그리지 않고 미소를 짓게 할지 그 방법을 찾아내려 애썼다.

'뭘 좋아하지?' 나는 그가 좋아하는 것을 꼭 집어 찾을 수가 없었다.

(나는 후에 내가 얼마나 바보 같았는지 혼자 되뇌고는 했다. 그리고 오랜 기간의 상담 치료를 마치고 나서야, 나는 내가 멍청했던 게 아니라는 것을 알게 되었다.)

엄마는 엘리야를 손쉽게 등쳐먹고 난 후 자신감에 차 연속 홈

런을 날리기 위해 작업을 진행하고 있었다. 하지만 그 당시 나는 목표물을 정하는 데 있어 엄마를 신뢰해서는 안 된다는 사실을 알지 못했다.

(나는 계속 자문했다. 엄마는 알고 있었나? 어떻게 알았지? 아니, 어떻게 모를 수 있지?)

조셉은 사람들을 주물러서 먹고사는 인간치고 너무나 쉽게 넘어왔다. 엄마와 데이트를 한 지 두 달 만에 우리를 자기 집으로 들였고, 엄마의 자신감은 하늘로 치솟는 듯했다. 나는 제이미슨에게 괴롭힘을 당하지 않아도 되는 현실이 너무 좋았다. 헤일리는 벗어 던져버렸고, 꼭 쥐었던 나의 주먹도 이제는 편하게 펴져 있었다.

나는 그 주먹을 펴서는 안 된다는 것을 너무 늦게 깨달았다.

(나는 그 일에 대해 몇 년 동안이나 상담 치료를 받아야 했다. 조셉의 집에서 살았던 넉 달 그리고 모든 것을 바꾸어버린 그날에 대해.)

— 내가 알게 된 것:

그는 소아성애자들이 하는 방식대로 즉, 지들이 생각하기에 부드럽고 자연스럽게, 토할 것 같은 방식으로 나를 길들이려 들었다. 그런 자들은 자기 방식에 맞도록 그리고 상대가 두려움에 질려서 아무 대항도 할 수 없도록 조종하며, 상대의 눈을 가려 아무것도 보지 못하게 한다. 자기 쪽으로 모든 걸 유리하게 조종해버리는 것이다.

— 내가 알게 된 것:

나는 길들일 수 있는 아이가 아니었다. 내가 똑똑하거나 잘 나서가 아니라 그 반대이기 때문에 길들일 수 없었다. 이미 나는 다른 목적을 달성하기 위해 살도록 길들여져온 아이였기 때문에…… 엄마는 나를 엄마 같은 사람이 되도록 길들여왔고, 그런 엄마와 나 사이를 비집고 들어올 수 있는 사람은 없었다. 나는 엄마를 중심추 삼아 나의 세계를 만들어 그 세상 안에서 살고 있었으니까.

— 내가 알게 된 것:

소아성애자들은 상대가 말을 잘 듣도록 나긋나긋하게 길들이며, 동시에 상대가 자신을 무서워하지 않으면 그냥 상대가 두려움에 질리도록 만들어버린다.

— 내가 알게 된 것:

나는 두려움에 질리는 게 무엇인지 그 의미를 이해하지 못했다. 나는 그 상황에서 내가 어떤 식으로 대처할지도 몰랐다. 우린 모두 자신이 어떤 상황에서 어떤 식으로 대응할지 실제 상황에 처해봐야 그때 가서야 알게 되는 건지도 모르겠다.

40

11:44 a.m. (인질로 붙잡힌 지 152분)

~~라이터 하나, 보드카 세 병, 가위~~
안전금고 열쇠 두 개
~~계획 1: 폐기~~
계획 2: 엿됨. 아직 완전히 엿된 건 아닐 수도
계획 3: 찌르기 V

붉은 모자는 나를 앞세운 채 걸었고, 맨 뒤에 두에인이 발을 끌며 따라왔다. 아이리스와 웨스가 갇혀 있는 방을 지날 때 나는 "지금 어디로 가는 거예요?"라고 일부러 큰 소리로 물었다. 아이리스와 웨스에게 적어도 내가 지금 그 앞을 지나가고 있다는 것을 알리고 싶었으니까. 놈의 억센 손에 눌려 자주색으로 멍든 목이 아파왔고, 목구멍까지 고통이 느껴졌다. 그리고 몇 시간 동안 억지로 나쁜 만화영화를 보게 한 다음 누군가 사포로 문지른 듯 눈도 따가웠다.

"조용히 해." 두에인이 말했다. 그러고는 복도를 따라 쭉 걸어가더니 내 왼쪽에 있는 사무실을 향해 고개를 홱 돌렸다. "여기로 들어가."

사무실로 들어서자 거기 있던 두 개의 사무용 의자 중 곧 부서질 것 같은 의자에 앉으라고 했다. 나는 털썩 주저앉으며 주변을 탐색했다. 우리가 갇혀 있던 방과 같은 구조였지만 책상이 더 컸고, 보아하니 이 사무실에서 일하는 직원은 식물을 무척 좋아하는 사람인 듯했다. 저 화분 중 하나를 던지고 도망쳐

볼 수도 있지 않을까. 저들은 모형 식물에 맞아 죽는 거지.

난 잠시 그런 헛된 생각을 하다 내려놓았다.

두에인은 의자에 앉으려다 금방 포기하고 바닥에 주저앉아 버렸다. 붉은 모자는 두에인이 벽에 기대어 앉을 수 있도록 도와주었다. 두에인이 정신을 잃고 쓰러진다면 난 저 멍청이를 어떻게든 구워삶아 여길 나갈 텐데. 하지만 인생이 그리 쉽게 풀릴 리 없다. 그리고 두에인 같은 사람은 쉽게 무너질 인간이 아니다. 저런 인간들은 끈질기게 살아남을 것이 분명했다. 지혈에 동원된 내 남방은 더러워지긴 했지만 온전히 다 피로 물들지는 않았다. 두에인은 안색이 더 창백해졌지만 출혈은 서서히 잡히는 듯했다.

목을 찔렀어야 했는데.

"아래로 내려가 하던 일 마쳐." 두에인이 붉은 모자에게 명령했다.

"하지만……."

"난 괜찮아." 두에인은 이렇게 말하며 지시를 내렸다. "쟤 손만 좀 묶어두고 일하러 가."

나는 붉은 모자가 내 손을 등 뒤가 아니라 배 앞에다 묶을 때 내심 쾌재를 불렀지만 겉으로는 반항했다. 앞으로 손을 묶어 테이프를 붙이면 할 수 있는 게 많았다. 특히 손가락을 다 쥐었다 폈다 할 수 있다면…… 테이프를 하나하나 뜯는 게 손이 많이 가는 일이기는 했지만 방법을 찾을 것이고, 적어도 발을 묶지는 않았으니까 안심이었다.

나를 묶고 난 후 붉은 모자가 두에인의 상처를 살펴보는 동안 두에인은 식은땀을 흘렸다. 두에인이 뭐라고 귓속말을 했는데 나한테까지는 들리지 않았고, 그가 붉은 모자에게 산탄총을 돌려주며 짜증난 목소리로 "당연하지."라고 말하는 소리만 겨우 들렸다.

"빨리 끝내고 올게." 붉은 모자가 말했다. 그러고는 나를 향해 경고를 날렸다. "너 괜한 짓 하지 마라."

"내가 한밤중에 은행을 털려고 했는데, 두 분이 다 해 드셨잖아요." 내가 되받아쳤다. 그런 내 목소리는 중간에 갈라져 나와 음향 효과까지 더했다.

붉은 모자의 발소리가 차츰 멀어져갈 때 나는 두에인을 살펴보았다. 상태가 안 좋아 보였다. 하지만 그렇다고 곧 저승문으로 들어갈 것처럼 보이지도 않았다. 최소한 나를 향해 겨누고 있는 총만은 아주 안정적이었다.

"이제 어떻게 하려고요?" 내가 물었다. "저 사람은 은행에서 해치울 건가요? 아님 경찰과 대치해서 싸울 때 인간 방패로? 나를 인간 방패로 쓰기에는 좀 아깝다는 거 아시죠?"

"너 입 좀 닥칠래?"

"아뇨. 아저씨가 적응해야죠. 플로리다까지는 장거리인데."

"한마디만 더하면 너 국물도 없다. 그리고 플로리다까지 갈 때는 내 차 트렁크에 태워서 배기가스를 맡고 정신 좀 차리게 해주마. 넌 트렁크에 실려 갈 거야."

나는 그가 트럭이 아니라 차라고 한 점을 주목했다. "좋아요." 나는 다리를 뻗어 부츠를 신은 발을 꼬아 앉았다. "그 사람이 그렇게 순순히 나를 가게 놔둘까요?"

두에인은 내 말을 이해하는 데 시간이 좀 걸리는 듯했다. 지금 출혈이 심하다는 점을 고려해야 할 것 같다. "지금 무슨 소리하는 거야?"

"아, 좀 전에 입 닥치라고 하지 않으셨나요." 나는 이죽거리며 그의 성질을 북돋웠다. 이대로라면 붉은 모자가 다시 방 안에 들어올 무렵이면 성이 날 대로 나서 어쩔 줄 모를 것이다. 두에인은 내 남방으로 옆구리를 부여잡은 채 눈으로는 나를 매섭게 노려보고 있었다.

"그 여자가 뭐라고 했어요?"

"누구?……" 두에인은 자기가 벌인 일에 대해 자기가 뭔가 모르는 게 있다는 사실을 참지 못하는 성격이었다. 나는 계속 그의 자존심을 건드리면서 흔들기로 했다. 그러면 화가 나서 위험해지겠지만 동시에 그 때문에 뭔가 실수를 할 것이고 나는 그 틈을 노리기로 했다.

"전화로 통화한 사람이 누구라고 생각했어요?" 나는 냉소적인 목소리로 말하며 고개를 갸우뚱하는 시늉을 해 보였다. "자기가 보안관보라고 하던가요?"

"그 여잘 알아?"

나는 목에 멍이 들고 얼굴이 다 망가진 사람이 그나마 할 수 있는 가장 편한 자세로 의자에 깊숙이 앉았다. "네. 같이 살아요. 연방 집행관이거든요. 클리어 크리크에서 이모랑 산다는 건 거짓말이었어요. 난 가족이 없으니까. 그 일이 있고 난 뒤 FBI에서 날 증인 보호 프로그램에 넣어 여기에서 살게 해줬어요. 그 진절머리 나는 아줌마랑."

"그 여자가 연방 집행관이라고?"

"연방 경찰, 뭐 그런 냄새 못 맡았어요? 감옥에 갔다 오신 거 맞아요? 그 안에서 여러 가지 기술이랑 다 배우는 줄 알았는데."

그는 자세를 고치고 남방을 부여잡으며 얼굴을 찡그렸다. 얼굴빛이 점점 붉어지더니 다시 출혈이 시작되었다. 나는 조심스레 팔목을 이리저리 돌려보며 얼마만큼 움직일 수 있는지를 체크해 보았다.

"보안관보가 아니란 건 알았지. 말을 너무 잘하더군."

"맞아요. 그쪽이 나를 여기서 데리고 나가면 끝까지 쫓아올걸요. 자기 일이니까. 지금 상황이 정말 재수 없다고 생각할 거예요. 날 제자리에 갖다 놓는 거에만 관심 있는 사람이니까."

그는 혹시 내가 하는 말에 어떤 속임수는 없는 것인지 찬찬히 되씹어보는 듯했다. 하지만 내가 한 말은 사실이었다. 언니는 세상 끝까지 나를 따라올 사람이니까.

나는 그의 머리에 언니라는 사람을 자세히 그려 넣어야 했다. 눈앞에 자기가 할 일밖에 모르는 사람. 이 남자는 그 말을 믿을 것이고, 그럼 무슨 수를 쓰든 언니를 피하려 들 것이며, 그렇게 수를 쓰다가 일을 그르치게 될 것이다. 나는 그냥 가만히 지켜보기만 하면 되었다.

"너 같은 애를 지켜봐야 하는 일이라면 정말 힘들겠다."

"오늘 이 일로 당신이 그 여자의 하루를 다 망가뜨렸어요. 다른 일로 망쳤다면 기뻐할 일인데 이런 상황은 나도 별로 반갑지 않네요."

두에인이 눈을 깜박이는 속도가 현저히 느려지는 듯했다. 점점 의식을 잃어가고 있는 게 틀림없었다. 통증과 출혈 그리고 아드레날린이 한꺼번에 이 남자를 공격하고 있었다. 쇼크 상태에 빠지면 내가 저 총을 뺏어올 수도 있지 않을까.

"반갑지 않다고?" 그가 이빨을 드러낸 채 길게 소리 내어 웃었다. 그의 입술 사이로 번져 나온 건 피일까? 아님 그러길 바라는 내 간절함에서 온 착각일까?

그는 옆구리를 붙들고 기침을 하기 시작했다. 연이어 나오는 기침과 함께 진한 붉은색 거품이 입술에 묻어 나왔다. 입을 닦던 그는 손에 묻은 피를 보고 눈이 휘둥그레졌다.

"저런, 내가 뭔가 중요한 걸 싹둑했나 봐요?" 나는 내 무덤을 파는 기분으로 이런 대사를 던졌다. 지금 저놈의 상태를 파악해야 하니까. "비장이나 뭐 그런 거길 바라요. 없어도 생명에는 지장이 없는 거. 중요한 장기는 구하기도 어려우니까."

"너……." 일어나려고 비틀거리는 그의 입에서 고통에 일그러진 신음 소리가 새어 나왔다. 얼굴에서는 땀이 팥죽처럼 흘러내렸는데 그나마 입속 출혈은 멈춘 듯했다. 내가 무엇을 건드렸는지는 모르지만, 그 영향이 확 오지는 않고 대신 통증이 천천히 다시 심해지는 듯했다. 움직이지 않고 가만히 있으면 좋아질지도 모를 일이다.

움직이게 해야 한다. 그것도 많이.

나는 내가 문까지 뛰어가 여길 벗어나는 데 걸리는 시간과 그가 일어나 총을 쥐어 나를 겨눌 때까지 얼마나 걸릴지를 대충 짐작해보았다.

두에인은 다시 일어나려 애를 써보는 듯했지만 이번에는 고통에 무릎을 꿇고 말았다. 그는 반쯤 일어나다가 저주를 퍼붓더니 눈동자가 뒤로 돌아갔다. 이어 쿵 소리를 내며 넘어졌고 그 바람에 내가 앉아 있던 쪽의 바닥까지 흔들리는 듯했다.

계획 4: 총을 집는다. 아이리스와 웨스를 구하고 여길 빠져나간다.

41

~~케이티: 사랑스럽고, 생기 넘치며, 똑똑한~~
~~케이티: 겁에 질린, 성폭행당한, 외상을 입은~~
케이티: 말하고, 배우며, 치유 중인

거의 4년 전

"오늘은 무얼 할까?"

마거릿은 만날 때마다 항상 제일 먼저 이렇게 물었다. 그리고 그 질문을 받은 게 몇 번째인지 기억하느냐고 물었다. 나는 몇 번째인지 기억이 나지 않는다고, 잘 모르겠다고 거짓말을 할 수도 있었지만 그러면 마거릿은 그건 우리가 시간을 생산적으로 쓰지 못한다는 의미이며 앞으로는 잘 기억하라고 할 것이었다. (정확히 89번째였다. 오늘로 90번째 상담이고, 맨 처음 만난 날은 그 질문을 하지 않았으니까.)

언니가 우리 동네에서 꽤 떨어진 곳에 자리잡은 마거릿한테 나를 데리고 가 치료를 시작했을 때 처음에는 원만하게 진행이 되질 않았다. 내가 치료를 거부하거나 저항했다는 그런 뜻이 아니다. 나는 단지 어떤 일에 대해, 특히 나에 대해 진실을 말하는 법을 알지 못했다. 나는 거짓말쟁이가 갖추고 있어야 할 모든 도구를 가지고 있었고, 그걸 빼면 시체였다.

마거릿은 아는 것이 많았지만 동시에 아는 것이 하나도 없었다. 나는 환상과도 같은 존재여서 어떤 사람은 나를 나이 많은

249

숙녀로 또 어떤 사람은 나를 어린 소녀로 보았다. 마거릿은 내 안에 들어 있는 이 두 가지를 모두 보았지만, 온전히 나를 다 보지는 못했다. 내게 진실을 들을 수는 있었지만, 레이먼드의 이름은 듣지 못했다. 엄마가 어떤 사람인지 알고 있었지만 죽은 것으로 알고 있었다. 작은 거짓말, 나를 위한 것이기도 하고 마거릿을 위한 것이기도 한 거짓말들이 포개어져 있었다.

이렇게 조심조심 추려서 둘러가며 진실을 이야기하다 보니 생각보다 훨씬 시간이 오래 걸리고 말았다. 나는 뭐든 잘하고 싶은데 진실을 말하는 데는 소질이 없었고, 나를 열어 보이거나 도움을 청하는 방법을 알지 못했다.

내가 이와 같은 얘길 하자 마거릿은 이렇게 말했다. "일단 다른 사람에게 도움을 청하는 법을 알게 되면, 그 도움을 적용하는 데도 익숙해질 거야." 그러나 그건 나 같은 사람한테는 너무나 힘든 일이었다.

"나한테 키스를 하고 싶어 해요." 눈치를 채고 나서 나는 마거릿에게 몇 주 동안 마음에 두었던 말을 하였다.

"누가?"

"웨스요."

마거릿은 내가 혹시 기분 나빠할까봐, 새어 나오는 웃음을 참는 눈치였다. 언니가 말하길 상담 치료란 내가 상담사의 말을 경청하고, 나에 대한 퍼즐을 풀어나가는 것이라고 했는데.

"친구니?"

"가장 친한 친구예요." 그러고 나서는 진실을 더듬으며 이렇게 덧붙였다. "유일한 친구이기도 하죠."

그러자 마거릿이 말했다. "다른 친구들 이야기도 했었는데?"

"달라요."

"뭐가?"

"웨스는 알거든요. 아니, 사실 그 애도 몰라요. 아니, 웨스는 그냥……" 치료를 받기 위해 찾아왔던 첫날처럼 갑자기 얼굴이 발개졌는데 난 그게 너무 싫었다. "내가 상처를 받았다는 걸 알아요. 웨스도 상처가 있으니까." 이런 말을 하는 것이 마치 웨스를 배신하는 것 같아 싫었다. 그리고 현재 진행중인 이야기를 과거형으로 돌리는 거짓말도 싫었다.

마거릿은 아무에게도 말 안 해. 나는 혼자 속으로 되뇌었다. 마거릿은 그럴 사람이 아냐.

"웨스랑 그런 이야기까지 나누다니 정말 기쁘구나. 진짜 많이 발전한 거야." 마거릿이 말했다.

"웨스가 알아낸 거예요." 나는 내가 한 일이 아닌 것을 내 공으로 돌리는 게 싫어 이렇게 말했다. "제 몸에 흉터가 있는데 같이 수영하면서 웨스가 그 흉터를 본 거예요."

"근데 그걸 둘러대고 숨기지 않은 거지?"

"그랬대도 웨스는 다 알아차렸을 거예요. 그리고 더 의심을 했겠죠."

마거릿은 가만히 기다렸다. 그렇게 내 안에서 나의 이야기가 흘러나오기를 꾸준히 참고 기다려주었다. 처음에는 그런 인내심이 별 소용이 없었고, 내 입이 열리기까진 오랜 시간이 걸렸다. 마거릿과 나는 90번이나 되는 상담을 치르면서 하나씩, 조금씩 신뢰를 쌓아나갔다. 마거릿은 내가 서 있는 기울어진 땅

저편에 벽돌을 하나씩 쌓아주어, 내가 평평한 땅에 설 수 있도록 도와주었다.

하지만 오늘은 더 이상 그 안정감도 느낄 수 없었다.

"웨스한테 거짓말을 하기 싫었어요." 침묵을 깨고 마침내 내가 말했다. "웨스에게도 흉터가 있었어요. 그런데 거짓말을 하면……" 나는 고개를 저었다. 정말 그건 못 할 짓 같았다. 두려움에서 벗어나기 위해 진짜 끈적하게 뜨겁고 더러운 곳으로 미끄러져 들어가는 짓처럼 느껴졌다.

"그니까 웨스는 그 어떤 친구보다 너에 대해 잘 아는 거지?" 마거릿은 물었고 나는 고개를 끄덕였다.

"넌 웨스한테 키스하고 싶니?"

나는 마거릿을 쳐다볼 수도 움직일 수도 없었다. 단순히 예, 아니오로 대답할 수 있는 문제가 아니었으니까. 그건…….

"누군가를 좋아하는 건 나쁜 게 아냐."

"그렇게 간단하지가 않아요." 중얼거리듯 나도 모르게 이렇게 말했다. 나는 마거릿에게 많은 것을 이야기하는 데 익숙해져 있었는데 대부분의 경우 그건 선택이 아니라 나를 지키기 위한 방편이었다.

나는 그 생각을 할 때마다 위장이 뒤틀리고 신물이 넘어오는 듯한 수치심이 들어 한 번도 그 이야기를 꺼낸 적이 없었다. 한데 오늘은 이런 이야기를 하려 준비라도 하고 온 것처럼 갑자기 말이 튀어나왔다. "전 그런 거를 잘 못해요." 나는 마치 수영이라곤 한 번도 배운 적 없는 아이가 갑자기 깊은 물에 뛰어드는 듯한 기분으로 이렇게 내뱉었다.

"그런 거?"

"사랑, 사람과의 관계, 그런 거요."

"이제 막 시작하려는 단계인데 그건 어떻게 보면 당연한 게 아닐까?"

너무나 자명한 것조차도 나는 물어보고 싶은 것을 물어보는 방법을 알지 못했다. 내 몸의 모든 피가 거꾸로 치솟는 느낌이었고, 알고 싶은데 묻는 법을 몰라 갈피를 잡지 못했다.

어떻게 해야 하는 건지.

"전 웨스가 상처받는 게 싫어요."

마거릿은 내가 하는 말의 숨은 뜻을 알아챘다. 우리는 벌써 90번이나 상담을 함께했으니까.

"어째서 웨스가 상처받을 거라고 생각하는데?"

"나도 그 애한테 키스를 하고 싶으니까요."

그러자 잔잔한 연못 같던 마거릿의 얼굴이 찌푸림에 가까운 표정이 되어 두 눈썹이 씰룩거렸다.

"감정적인 상처를 말하는 게 아니지, 노라?"

나는 마거릿의 눈을 쳐다볼 수 없어서 내 손을 내려다보았다. 그리고 검지와 중지로 엄지손가락 밑의 살을 비벼댔다. 앞뒤로.

침묵이 길어지자, 마거릿은 그대로 기다려주었다. 마거릿은 우리 둘이 만들어놓은 신뢰라고 하는 작은 주머니 안에서 기다렸다. 내가 설명할 수 있는 단어를 찾을 때까지.

"양아버지를 만나기 전에, 표적이 있었는데 이름은 조셉이었어요. 자동차 딜러숍을 여러 개 가지고 있는 사람이었죠. 엄마랑 사귄 지 두 달 만에 그 사람 집으로 들어갔어요. 엄마 솜씨치고도 정말 빠른 거였죠. 엄마는 자기 수완이 좋아서라고 생각하신 거 같은데, 사실 그건 경고 신호 같은 거였어요. 그걸 엄마가 알았어야 했는데."

"그 사람은 항상 저를 쳐다보았어요. 그리고 그냥 쳐다보기만 한 게 아니라 그 사람은……" 나는 손가락을 허공에 대고 그냥 그릴 수밖에 없었다. 그런 제스처로밖에는 나를 표현할 수 없었다. 그리고 117번째 상담에 이르러서야 비로소 "그 사람은 나를 성희롱했어요."라는 말을 할 수 있었다. 나는 영원히 내 입 밖으로 그때 일을 내뱉지 못할 거라고 생각했다. 그게 가능하리라고 생각하지 않았다. 도움이 필요했지만 그럴 수가 없었다. 내가 준비되기 전에 웨스가 너무 가까이 다가오면 내가 어떤 식으로 반응할지 무서웠다. "몇 분 동안 저는 온몸이 굳어버린 것 같았어요. 나한테 일어나는 일 같았지만 동시에 또 아닌 것 같았어요. 전, 보고 느낄 수 있었지만 움직일 수가 없었어요. 비명도 안 나왔죠. 그냥 그대로 얼어붙어 있었어요. 그러다 갑자기 밖에서 자동차 경적이 울렸고, 저는 마치 시체 놀이를 하다가 그 소리에 놀라듯 깨어났어요."

마거릿은 기다렸다. 나는 여전히 마거릿의 얼굴을 볼 수 없었다. 내가 그 말을 하면 마거릿은 어떻게 생각할까?

쟤는 정상이 아냐. 이전에 '도망가느냐 아니면 싸우느냐' 하는, 본능에 충실한 나의 탈출담의 결말을 들은 사람이 한 말이다. 마거릿 생각도 같을까? 우리가 말하는 진실에 어떤 술책이 담긴 건 아닐까? 나는 내가 거쳐왔던 소녀들의 최선을 보여주었는데 마거릿은 최악을 보는 건 아닐까?

254

"전 벗어나려 했어요. 하지만 아저씨 힘이 너무 세서. 엄마가 쓰는 뜨개질 바구니가 바로 소파 옆에 있었고 손에 잡히는 게 그거밖에 없었어요. 어떻게 해서든 아저씨를 멈춰야 했어요."

내 이야기를 듣는 마거릿의 연못과도 같이 평화로운 얼굴 표정이 마스크처럼 미끄러지듯 떨어지며 물었다. "그래서 뜨개질 바늘로 널 지켰구나?"

"다리에서 바늘을 빼야 하니까 그때서야 저한테서 떨어졌어요." 그렇게 전혀 간단하지도, 산뜻할 수도 없는 이야기를 나는 최대한 간단히 그리고 짧게 마무리했다. 뜨개질바늘은 레이스를 뜨는 아주 가는 바늘로 그리 탄탄하지는 않았지만 나는 그의 허벅지에 바늘을 찔러 최대한 깊이 밀어 넣었고, 덕분에 그 자리는 금방 피투성이가 되어버렸다. 그는 고통에 찬 신음 소리를 냈고, 나는 구역질이 나면서 동시에 너무 무서웠다. 그렇게 나는 아드레날린이 솟구치는 것을 느끼며 '도망쳐, 숨어, 싸워.' 순서를 바꾸어 '싸우고, 숨고, 도망치는' 순서를 택하게 되었다.

마거릿은 아무 말도 하지 않았다. 하지만 이번의 침묵은 나의 말을 기다리는 침묵이 아니었다. 이 이야기로 마거릿이 완전히 떨어져 나간 것인지 아니면, 그냥 마거릿이 정리한 '노라의 인생역정 이야기' 파일에 또 하나의 이야기가 추가된 것뿐인지 나는 알지 못했다.

"정말 더럽게 엉망진창이죠." 내가 말했다.

"그 사람이 너에게 한 짓이 더러운 거지." 마거릿은 내 말에 동조하며 내 얼굴에 경련이 이는 것을 보고 작게 한숨을 쉬었다. "아……" 그러더니 무언가를 깨달은 듯 그리고 나에 대한 연민이 측은지심으로 이어진 듯 입을 뗐다. "내 말은……."

마거릿은 두 손을 마주 잡고 내 쪽으로 몸을 기울였다. 마거릿은 나이 든 중년 아줌마들 스타일의 긴 체인 줄에 달린 이끼마노로 만든 펜던트를 하고 있었는데 그녀가 입고 있는 회색 스웨터 위로 목걸이가 반짝였고, 나는 그 목걸이만 쳐다보았다. 마거릿의 얼굴을 마주하는 게 무서웠다. 그 얼굴에 쓰여 있을 진실을 직시할 준비가 되어 있지 않았으니까.

"넌 스스로를 방어했던 것뿐이야." 마거릿이 조용한 목소리로 말했다.

"내가 나빴어요." *쟤는 정상이 아냐.* 하는 목소리가 머릿속에 메아리처럼 들려왔다.

"그 사람이 너한테 한 짓이 나쁜 거였어."라고 마거릿이 바로 잡아주었다. "너는 그 나쁜 짓을 한 사람으로부터 너를 지키려 했던 것뿐이야. 그건 당연한 거지. 결코 네 잘못이 아니야."

내가 아무 말이 없자 마거릿은 계속했다. "네가 먼저 싸움을 걸어본 적이 있니? 싸워야 했던 경우가 몇 번 있었지. 근데 그때마다 네가 먼저 시작한 적이 있었어?"

나는 고개를 저었다.

"널 방어하기 위해서가 아닌 다른 이유로 싸워본 적이 있니?"

나는 다시 고개를 저었다.

"넌 학교에 가서 아이들 괴롭히고 애들 등쳐먹고, 네가 먼저 때리고 그런 짓 안 하잖아. 그치?"

"할 수도……."

"하지만 안 하지."

"네."

"노라. 넌 나쁜 애가 아니야. 너는 다른 방법이 없을 때 차선의 방법을 택한 것일 뿐이야. 어떤 사람들은 그런 상황에서 몸이 얼어붙어 아무것도 못 하는데 너는 싸웠을 뿐이야."

나는 마거릿에게 말하고 싶었다. 물어보고 싶었다. 왜냐하면 너무 무서웠으니까. 웨스가 내 눈을 너무 오랫동안 그윽이 바라보고 있으면 심장이 두근거리는데 웨스가 내 옆에 너무 가깝게 다가와 그의 손이 나의 허리를 잡고 그리고 내 셔츠 안으로 손이 들어온다면 그때 내가 어떤 반응을 보일지. 나는 웨스를 원하는데, 웨스와 나의 관계가 과거의 나 때문에 왜곡되거나 잘못된 방향으로 가는 것은 원하지 않았다.

"웨스한테도 제가 그렇게 반응하면 어떻게 하죠? 웨스가 키스를 하는데 제 몸이 그걸 좋은 쪽이 아니라 나쁜 쪽으로 반응하고 나가면?"

"웨스도 너도 키스를 하기 원한다면, 천천히 시작해보면 어떨까? 먼저 손부터 잡고, 데이트를 하는 거야. 같이 많은 시간을 보내는 거지. 그걸 사귄다고 하지?"

"항상 같이 있고, 사귀는 거 맞아요."

"그러면 웨스에게 말을 해. 웨스가 너에 대해 안다고 했는데 지금 이 이야기도 아니?"

나는 고개를 저었다.

"어떤 관계든 대화가 중요해. 너희 둘 서로 대화 많이 하는 거 맞지?"

"물론이죠."

"웨스에게 솔직히 말하는 거야. 나도 너한테 키스하고 싶다고. 하지만 시간을 달라고. 준비가 되면 네가 하겠다고. 그러면 웨스가 느닷없이 달려들어 키스를 하는 바람에 네가 당황하는 그런 상황은 피할 수 있겠지. 그럼 부담이 좀 줄지 않을까?"

나는 한 번도 내가 먼저 시도해볼 생각은 하지 못했는데 마거릿이 그렇게 말하니 내가 주도권을 가지고 할 수도 있겠다는 생각이 들었다. 언제 일어날지 모르는 일을 숨 막히게 긴장하며 기다리지 않고, 대신 내가 그 순간을 결정하고 그걸 기다리는 설렘을 느낄 수 있다니, 너무 멋진 것 같았다.

"제가 그렇게 말했는데 웨스가 비웃으면요?" 웨스는 그럴 아이가 아니었지만, 그래도 무서웠다. TV 앞에 나란히 앉아 매주 더욱 가까워지는 웨스의 몸을 느끼며 마주한 시선, 그 시선 속에 담긴 무언의 말들을 생각하자 두려워졌다.

"그러면 그 남자애는 너의 키스를 받을 자격이 없는 거지." 마거릿의 말에 나는 웃고 말았다. 나는 마거릿과 같은 그런 정직함을 원했고, 그렇게 되고 싶었다.

그러고 나서 마거릿과 나 사이에 침묵이 찾아왔다. 불편한 침묵은 아니었지만 무거운 침묵이었다. 바람 속에 냄새가 나고, 공기중에 물이 떨어질 것처럼 느껴지고, 다음 순간 갑자기 하늘이 열리고 폭풍이 밀려오는 폭풍전야와 같은 침묵.

"그게 제 인생의 발목을 잡으면 어떻게 하죠? 어떻게 피하죠?" 내가 침묵을 깨고 물었다.

"여기에서 우리가 해온 대로 하면 돼. 너 스스로 네가 가고 있는 방향을 보는 거야. 그런 일 때문에 너의 인생에 발목 잡힐 일은 없어, 노라. 지금처럼 치유해가면 돼. 그리고 이런 문제들을 미리 생각해보면서 하나씩 헤쳐 나가면 되는 거야."

나는 마거릿을 믿고 싶었다. 그래, 이건 그냥 해결하면 되는 문제인 거지 내 인생의 장애물이 아니라고. 하지만 나는 이미 너무 많은 소녀들의 인생을 살아왔다. 그리고 그 아이들로부터 많은 것을 배웠다.

케이티로부터는 두려움을 배웠다. 그리고 그 전에 이미 남자들은 두려움의 대상이라는 것을 배웠다. 여자들은 결국 알게 되지 않나? 나는 단지 좀 더 빨리, 일찍 알았을 뿐. 아니면 어떤 사람들보다는 좀 늦게 안 것일 수도.

케이티가 나에게 가르쳐준 두려움은 나에 대한 두려움이었다. 왜냐하면 케이티는 내가 노라로 살기 전까지는 나랑 가장 비슷한 아이였으니까. 그리고 나랑 가장 비슷한 그 무엇이 조셉을 나에게로 이끈 것일 테니까. 안 그런가?

마침내 마거릿에게 물었을 때, 마거릿은 내 생각이 잘못된 것이라고 했다. 내가 잘못한 게 아니라고. 마거릿은 반복해서 내가 잘못한 게 아니라 그가 잘못한 것이라고 했다. 그리고 나는 단지 본능대로 내가 할 수 있는 최선을 다했을 뿐이라고 했다. 난 잘못한 게 없어.

그런데 나는 왜 아직도 내가 잘못한 것처럼 느껴질까?

난 아직도 이에 대한 답을 찾지 못하였고, 여전히 찾고 있는 중이다.

앞으로도 찾을 것이다.

셋
―

자유
(마지막 45분)

42

애슐리(12세): 종말의 경위
(중 3막)

5년 6개월 전

1막: 도움의 손길

난 호텔 스위트룸에 있었다. 언니가 나를 이곳으로 데려왔다. 우리는 호텔 뒷문을 통해 직원용 엘리베이터를 탔다. 호텔방 문이 닫히자마자 언니는 나를 샤워룸에 밀어 넣고 씻으라고 했다. 부자연스럽게 깨끗한 수건과 침대보가 준비된 값비싼 호텔방에 언니와 나만 남은 것이다.

"깨끗이 씻어. 머리는 두 번 감아. 온몸에 비누질을 세 번 해서 씻어내. 손톱 밑은 이걸로 싹싹 처리하고." 언니는 이렇게 주문하며 아직 비닐도 뜯지 않은 칫솔을 내밀었다. 그리고 커다란 비닐 백을 펼치며 "옷은 다 여기에다 넣어."라고 했다. 나는 아무 생각 없이 멍한 기분으로 언니가 건네주는 물건들을 받아 들었다.

언니가 목욕탕에서 나가자 나는 옷을 벗기 시작했다. 그 와중에도 정신은 있어서 USB는 청바지 주머니에 밀어 넣어 화장실 휴지가 가득 보관되어 있는 곳 뒤에 숨겨두었다. 그리고 나머지 옷들은 언니가 말한 비닐 백에 하나씩 채워 넣었다.

샤워를 끝내고 나왔을 때 언니는 없었다. 언니가 날 버리고 가버린 것인지, 마침내 이쪽에서 언니 혼자 떠나는 게 낫겠다는 판단을 한 것인지 알 수 없었다. 그렇다고 해도 언니를 탓할 수 있나? 해변에서도 같은 생각을 했었다.

하지만 곧 호텔방 문이 활짝 열리고 언니가 들어왔다. 어찌나 긴장을 하고 있었던지 언니가 들어오는 것을 보자, 맥이 풀려 그 자리에 주저앉을 뻔했다. 얼마나 다행인지, 나는 언니한테 죽도록 매달리고 싶었다. 하지만 그러지 않았다.

"괜찮아. 사과할 필요 없어." 언니의 말을 듣고서야 내 입에서 무슨 말이 새어 나오고 있는지 깨달았다. *미안해. 미안해.*

"내가 모두 망쳐버렸어. 우리 계획을……."

"우리한테 필요한 걸 확보했잖아. 그러니까 조금 틀어졌어도 괜찮아."

나는 거의 발작적으로 미안하다고 소리를 치고 있었고, 언니는 정말 너무나 엄마처럼 말을 하고 있었다. 언니의 눈을 보자 언니도 스스로 그렇게 인식하고 있는 듯했다. 언니는 크게 숨을 들이쉬었다. 그리고 내 어깨가 으스러지도록 꼭 잡았는데 그제야 나는 좀 정신이 드는 것 같았다.

"침실에 새 옷을 갖다놓았어. 옷 갈아입고 먼저 좀 자. 나머지는 내가 알아서 할게."

"하지만……."

"언니가 어른 노릇을 하게 해줘. 그래야 정리가 될 거야." 언니는 정말 아주 사무적으로 침착하게 말했다.

"난 어린애가 아니야." 내가 작은 소리로 받아쳤다.

우리 둘 사이에 어색한 침묵이 끼어들었고 잠시 후, 언니가 입을 떼었다.

"아니, 아직은 어린아이야. 그 말은 네가 아니라 내가 이걸 정리해야 한다는 뜻이지."

"엄마처럼 말하네." 나는 상처를 받아 쓰라렸고 그래서 결국 언니에게도 상처를 주고 싶었다.

"난 엄마랑 달라." 언니는 아주 차분하게 답했다. 그 목소리를 듣고 나는 나의 도발이 실패했음을 알았다. 그리고 언니는 마치 그렇게 불러주면 나에게 위안이 될 거라고 생각하는 듯이 내 진짜 이름을 아주 나직하게 불렀다.

"그렇게 부르지 마."

언니의 표정에서 내가 왜 이렇게 나오는지 이해하고 있다는 것을 느꼈다. "그럼 뭐라고 부를까?" 언니가 물었다.

나도 몰랐다. 하지만 어쨌든 나는 그 애가 아니었다. 그럼 애슐리? 아니. 나는 아무도 아니었지만 동시에 모두이기도 했다. 나였던 모든 아이들이 술처럼 혼합되어 칵테일이 된 것인지도…… 나는 머리를 흔들며 "좀 자야겠어."라고 말했다.

언니는 나를 살펴보겠다는 듯 문을 살짝 열어두고 나갔다. 나는 침대에 누워 눈을 감았다. 하지만 오늘 같은 날 잠을 잘 수 있을까.

샤워하는 동안 반짝이를 칠한 내 발톱과 발가락 위로 피가 흘러내렸다. 분홍색 거품투성이의 물. 나는 앞으로 분홍색을 보며 행복하다는 생각을 절대 할 수 없을 것 같았다. 언니가 말한 대로 세 번을 씻고 나서야 더 이상 핏물이 나오지 않았다.

죽었을까? 모래에서 피를 너무 많이 흘려 출혈로 죽고 말았나? 그럼 나는 살인자가 된 것인가?

나는 침대에서 몸을 뒤척이며 방문 쪽으로 등을 보이고 누웠다. 벽을 보고 누워 있으면 자는 척할 필요가 없으니까.

언니는 왜 다시 온 것일까? 그냥 가버릴 수도 있었는데. 언니는 동생을 그 손아귀에서 벗어나게 도와주려던 것뿐인데, 이렇게 되고 말았다.

하지만 난 어린애가 아닌데. 나는 한 번도 어린아이였던 적이 없는데. 앞으로도 없을 터인데. 적어도 지금은 난 애가 아닌데. 모든 것이 달라졌다. 엄마 같은 사람조차도 감당하려 들지 않을 그런 위험을 지금 언니는 감당하게 된 것이다.

2막: 안전

누군가가 우리 방문을 노크했다. 언니가 문을 열어주려고 가는 틈을 타 나는 자리에서 일어나 방 안의 의자에 앉았다. 머리에서 물이 뚝뚝 떨어져 아직까지 얼얼한 나의 피부 위로 차갑게 내려앉고 있었다. 나는 오늘 그 현장에서 구사일생으로 살아 나왔지만 그렇다고 지금 언니가 만나는 손님과의 자리에 내가 낄 자격이 있는 걸까?

"이본, 와줘서 고마워." 언니가 말했다.

"아멜리아, 이건 얘기한 것과 다르잖아."

언니의 본명이 튀어나오는 걸 듣고 나는 깜짝 놀랐다. 왜냐하면 이건 우리 사이의 규칙 위반이니까. 그러나 그 순간 이제는 더 이상 그런 규칙이란 게 의미가 없어졌다는 것을 깨달았다.

나는 규칙을 위반한 것을 넘어서 완전히 벗어나버렸다. 나는 이게 현실인지 다시 확인하기 위해 내 손을 꼬집어보았다. 손가락의 살갗이 정말 나의 일부가 맞는지 확인될 때까지…….

"미안해. 이본." 언니의 목소리가 갈라졌다.

"오, 아멜리아." 이본이라고 하는 여자가 손을 뻗어 언니의 어깨를 안아주었고, 그리고 호텔방 안으로 들어섰다. 한 발자국 움직일 때마다 완벽하게 커트한 앞머리가 찰랑거렸으며, 한밤중에 갑작스러운 전화를 받고 튀어나왔을 사람이 입고 온 정장은 어디 한 곳 흠잡을 데가 없었다. 실력 있는 변호사는 항상 준비가 되어 있는 법이니까. 언니라면 이런 일을 하는 데 빈틈을 남겨두지 않았을 거라고 나는 생각했다. FBI와 작전을 하며 변호사가 필요했을 것이라고. 아마 최고의 변호사를 찾았고, 이 변호사는 상어처럼 우리를 위해 싸워줄 것이었다.

"걱정할 거 없어." 이본이 말했다. "네 마음만 변하지 않았다면 다 해결할 수 있어. 상황을 고려해서 조금만 수정……." 그러곤 말끝을 흐렸다. 언니가 발밑을 내려다보며 고개를 젓고 있었기 때문에.

"원래 거래한 그대로 밀고 나갈 거야."

"알았어. 이해해." 이본이 말했다. "자, 그러면 분명히 해두자. 우리는 원래 조건대로 합의하고 서명하고, 그대로 하기로 한 거야."

"맞아. 동의해." 아멜리아가 말했다.

"작전 첫날부터 요원이 내 꼬리에 붙었어." 이본이 말했다. "지금 로비에서 기다리고 있어."

"그렇겠지."

"아래층에 사복을 입은 요원들이 최소 세 명은 배치되어 있어. 더 있을지도 모르지."

"그래. 극적인 거 좋아하는 사람들이니까." 아멜리아가 혼잣말하듯 말했다.

이본이 물었다. "준비되었으면, 부를까?"

아멜리아가 고개를 끄덕였고, 이본은 호텔 객실 방 전화기를 들었다. "여기 206호인데, 제 손님 좀 올려보내주시겠어요? 감사합니다." 이본은 의미심장한 미소를 지으며 아멜리아를 쳐다보았다. "괜찮을 거야. 그들이 원하는 게 우리 손에 있잖아."

언니는 고개를 끄덕였지만 별로 자신 있는 표정이 아니었고 그 모습을 지켜보던 나는 걱정이 되었다. 하지만 노크 소리가 들리자, 언니는 단숨에 어깨를 활짝 펴고 어느새 자신 있는 모습으로 돌아와 있었다.

"안녕하세요, 노스 요원." 이본이 먼저 인사를 건넸다. "저는 스트라이커 변호사라고 합니다. 데브루 자매 변호를 담당하고 있습니다. 커피 한잔하시겠어요?"

"아니 괜찮습니다." 방 안으로 들어선 노스 요원이란 사람은 무표정한 얼굴에 금발이었다. "변호사를 대동하셨네요. 아멜리아?"

"그쪽은 확보했나요?" 아멜리아는 상대방처럼 무표정한 얼굴로 물었다.

"알려주신 그곳에 있더군요. 글쎄요. 그냥 있었다기보다는 살려고 발버둥치며 해변을 한 15미터 정도는 기어갔더라고요. 동생분이 정말 크게 한 건 하셨던데요."

언니의 입술이 일그러졌다.

"제 고객은 지금 말씀하고 계신 문제에 대해 전혀 알고 있는 바가 없습니다." 이본이 능숙하게 말했다.

"당연히 그러시겠죠." 노스 요원이 냉소적으로 답했다.

"제 고객은……."

"이건 우리가 얘기한 거랑 아주 다릅니다." 노스 요원이 손을 치켜올리며 말했다.

"상관없어요. 이제 그쪽에서 해결하면 되니까." 언니가 말했다.

"정말 대단하시네요. 최소한 하드 드라이브는 있겠죠?" 노스 요원이 떨떠름하게 말했다.

"면책 합의는 했나요?"

"아멜리아……."

언니가 순식간에 자리에서 일어나 문 쪽으로 가는 바람에 두 여성의 눈이 휘둥그레 커지고 말았다. "여기서 나가시죠."

"다음 주에 휴가 가서 동생을 꺼내오는 거였잖아요. 계획대로 했다면 완전한 압수 수색을 해서 그 조직 자체를 일망타진할 수 있었는데…… 지금 레이먼드 킨은 입원 중이고, 그날 밤 현장에 있었던 유일한 증인은 동생밖에 없는 그런 상황입니다. 별로 그리 좋은 상황이 아니란 얘기죠."

"사건 관련 세부 내용을 알고 싶으시다면, 지금 알려드리죠." 언니가 말했다.

"네, 해보시죠." 노스 요원이 느릿하게 답했다.

"어젯밤 동생한테 전화가 왔어요. 자기를 좀 데리러 오라고 하더군요. 레이먼드 킨과 엄마가 싸웠는데, 싸움을 말리는 동생을 레이먼드가 또 때렸다고요. 그래서 데리러 갔습니다. 동생은 집 현관 앞에서 저를 기다리고 있었고, 전 집 안으로 들어가지 않았습니다. 물론 레이먼드도, 저희 엄마도 보지 못했습니다. 만약 저를 법정에 세워 판사나 변호사 또는 동료 요원 앞에서 진술하게 해도 똑같이 말할 겁니다. 동시에 그쪽에서 지키고 싶어 하는 기밀 몇 가지와 그쪽 상관들의 기밀 몇 가지를 덧붙여서요."

"만약 동생을 심문한다면?"

"우린 거래를 한 게 아닙니까? 그쪽은 레이먼드와 애비를 확보했고, 그 사람들을 감옥에 넣을 수 있는 증거도 있어요. 난 동생을 구했고요."

"여기 하드 드라이브는 안 보이는데요." 노스 요원이 말했다.

"바로 여기, 내 앞에서 거래가 성사된 것을 확실히 하지 않는 한 보실 수 없을 겁니다." 이본이 말했다.

모두의 눈에 불꽃이 튀는 듯했다. 눈도 깜박이지 않는 긴장의 순간이 얼마나 흘렀을까? 먼저 힘을 뺀 것은 노스 요원이었다. 몸을 굽히더니 가져온 서류 가방에서 문서를 꺼내어 이본에게 건네주었다.

이본은 안경을 쓰고 종이를 넘겨보며 언니에게 말했다. "하나만 보여주세요."

언니는 일어나서 금고로 가 하드 드라이브 하나와 노트북을 꺼내왔다. 그리고 노트북에 하드 드라이브를 연결해 부팅을 하더니 폴더를 클릭하며 말했다. "이 안에 동영상이 모두 들어 있습니다. 레이먼드는 동영상 찍어놓는 걸 좋아하더라고요."

"세상에," 노스 요원이 영상을 살펴보며 나직이 말했다. "말도 안 돼."

언니가 노스 요원이 보던 노트북을 덮으며 말했다. "이본이 계약에 이상이 없다고 해야 드립니다."

"난 지금 당장 동생을 이곳에서 데리고 나갈 수도 있어요." 노스 요원이 위협적인 목소리로 말했고, 나는 그게 전혀 마음에 들지 않았다. "근거도 충분하고요."

"제 동생을 건드리면 이 방에서 살아 나가지 못하실 겁니다." 언니는 너무나 차분하고 진지하게 이렇게 말했는데 거기에는 뭔가 강하게 다가오는 울림이 있었다. 당시에는 그게 뭔지 확실히 몰랐지만 이제 생각하니 아마 그건 내가 언니와 있으면 불안에 떨지 않아도 된다는 안도감 같은 거였던 듯하다.

"아멜리아." 이본이 움찔하며 언니를 저지하고는 말했다. "노스 요원, 지금 그 말은 진심이 아니라……."

"진심이란 거 압니다. 지금 그냥 한 말이 아니라는 거 알아요." 노스 요원이 이렇게 말했고, 언니는 "맞습니다."라고 화답했다. 열려 있는 방문 틈으로 바라본 두 사람 사이에 불꽃이 튀는 듯했다.

"잠깐 우리 둘이서만 대화 좀 하고 싶은데요." 노스 요원이 요구했다.

언니가 그 말에 순순히 따를 거라 생각하지 않았는데 의외로 언니는 고개를 끄덕였다.

"아멜리아, 내 생각에는……" 이본이 말리려 하자 언니는 의미 있는 미소를 지으며 "잠깐이면 돼요. 저 방에 들어가서 그 계약서를 마저 읽으시면 좋을 듯한데."라고 덧붙였다.

이본은 자리에서 일어나 옆방으로 들어갔다.

나는 열려 있는 방문 틈 사이로 두 사람을 엿보았다. 언니의 머리는 앞으로 숙여져 있었고, 입술에는 긴장감이 감돌았다. 언니는 노트북의 터치패드를 앞뒤로 계속 옮기며 엄지손가락을 비비고 있었다. 언니가 긴장할 때 흔히 나오는 모습이고, 나도 긴장하면 저 버릇이 나왔다. 예상치 못한 곳에서 나는 언니와의 공통점을 발견했다.

"말도 안 돼." 노스 요원이 씩씩거리듯 말했다. 요원으로서의 본분은 어디론가 다 사라진 듯 보였다. "직접 동생을 꺼내왔다고? 우리 계획은……."

"물건너간 거지. 그 잔인한 사이코 때문에 우리 계획을 지키지 못해서 나도 유감입니다."

"좀 협조적으로 나오면 안 되나요? 나는 분명한 조건을 걸고 하는 걸로 이 건을 넘겼는데. 이젠 다 어그러져버렸으니."

"그건 내 알 바 아니고." 언니가 답했다.

"재판이 이제 더 힘들게 되어버렸어요. 만약 동생이 재판에……."

"안 돼."

"집행관들은 증인 보호에 탁월한……."

언니가 자리에서 벌떡 일어나더니 눈 깜짝할 사이에 방을 가로질러 내 시야에서 사라져버렸고, 내 귀에는 바스락거리는 소리와 함께 노스 요원의 입에서 새어 나오는 신음 비슷한 소리만이 들렸다.

나는 눈을 깜박거리며, 마치 봐서는 안 되는 사생활을 엿보기라도 하는 이상한 기분이 되어버렸고, 얼굴이 화끈거렸다. 나는 그래도 두 사람에게서 눈을 돌릴 수가 없었다.

두 사람은 가까이 서 있었고, 노스 요원은 언니한테 팔이라도 꺾인 듯 손목을 쓰다듬고 있었다.

"증인 보호는 안 해. 집행관들이 매수당하거나 사기를 당할 수도 있고, 믿을 건 나밖에 없어. 내가 여기까지 오려고 무슨 짓을 했는지 잘 알잖아. 내가 6년 동안 공들여왔던 걸 드디어 이루었는데 이제 와서 날 엿 먹이겠다고? 동생을 마침내 데려왔고, 이제 다시는 그 애를 혼자 두지 않을 거야. 내 동생은……." 언니는 더 이상 말을 이어갈 수가 없는 듯 뒤끝을 흐렸다. 나는 언니의 마음을 충분히 이해했다. 나 스스로도 생각조차 하기 싫은 순간들이었으니까.

"증인 보호 절대 안 돼." 아멜리아가 계속했다. "집행관들도 필요 없고, 안전 가옥, 재판, 다 안 돼. 이름도 벙긋해선 안 돼. 우린 거래를 했잖아. 증인석에 서는 일 없고, 이번 일에서 내 동생이 개입된 부분에 대해 입도 벙긋하면 안 돼. 이 조건으로 하드 드라이브 넘길게. 그걸로 해결하는 거야."

"내가 그냥 가져갈 수도 있어, 아멜리아." 노스 요원이 마치 비밀이라도 털어놓듯 말했다.

언니는 이 말에 미소를 띠었는데 그때 나는 생전 처음으로 언니에게서 냉혹함을 보았다. "마조리, 나를 잘 알잖아. 널 바닥에 때려눕히고, 동생에게 드라이브를 산산조각 내라고 내가 못 할 거 같아?"

노스 요원은 마치 하늘의 달을 쳐다보듯, 생소한 눈빛으로 언니를 쳐다보았다.

잠깐. 저건 뭐지. 나는 노스 요원의 표정을 자세히 보기 위해 앞으로 몸을 기울였다. 노스 요원은 이번이 마지막이라도 되는 양, 그래서 눈에 넣어두기라도 하려는 듯 애절한 눈빛으로 언니를 쳐다보았다.

"네가 원하는 걸 손에 넣으려고 하다가 걔는 죽을 뻔했어." 언니는 마치 저주하듯 내뱉었고, 노스 요원은 "그렇게까지 할 필요는 없었잖아."라고 신경질적으로 답했다.

"지금 그걸 말이라고 해?" 언니의 거친 태도와 격렬한 반응에 놀란 듯 노스 요원은 한 발짝 뒤로 물러섰다. "젠장. 너희 그 잘난 연방 요원들이 한 짓을 봐. 원하는 걸 얻으려고 그 어린애를 사지로 몰아넣었잖아. 잘난 요원들이 넷이나 잠입했다가 모두 살해당하고 말야. 너흰 우리가 필요했고, 그래서 거래를 한 거였어. 내 동생이 그 요원들보다 더 유능했으니까. 이제 너는 그 하드 드라이브 챙겨가서 범죄 소굴을 최대한 거덜내겠지. 그리고 승진도 하고. 하지만 내 동생은 이제 그놈이 죽을 때까지 목숨 걸고 살아야 해."

"그게 누구 잘못으로 그렇게 된 건데." 노스 요원이 물었다. "원래 네 동생은 정말 무사히 빠져나올 수 있었어. 그렇게 계획을 세웠으니까. 네 동생이 그날……."

"제발 그만해. 그 앤 너희들 자산이 아냐. 범죄 소굴단 정보원으로 너희들이 몇 년간 키우고, 마약 중독에서 벗어나게 해준 그런 자산이 아니라고. 갠 이제 겨우 열두 살짜리 어린애야."

두 사람 사이에 긴 침묵이 흘렀다. 노스 요원은 여기서 한마디라도 더 하는 것이 무슨 득이 될까, 계산하고 있는 듯했다. 나는 어두움 속으로 미끄러져 들어갔다. 그다음에 나올 단어들이 나를 갈기갈기 찢어놓을 걸 미리 알고 있는 것처럼.

진실은 쓰라린 법이니까.

"동생이 그놈한테 무슨 짓을 했는지 봤니?" 노스 요원이 물었다. "이건 속임수가 아냐." 이 말에 언니는 얼굴을 찌푸렸다. "그 자리에서 그 애가 어떤 짓을 했는지 봤냐고?"

언니는 여전히 아무 말도 하지 않았다. 언니는 아무도 믿지 않았다. 네가 모르는 이야기를 내가 알고 있다는 듯 쳐다보는 이 여자조차 믿지 않았다.

"만약 못 봤다면," 노스 요원이 언니에게 휴대폰을 보여주며 말했다. "이걸 보면 알게 될 거야."

나는 미칠 듯이 두려웠다. 혹시 저게 그건가? 저걸 보고 언니가 나에게 등을 돌리면 어떻게 하지?

하지만 언니의 반응은 전혀 달랐다. 언니는 휴대폰을 보며 호탕하게 웃어 젖혔고 그 웃음과 더불어 나의 걱정도 모두 날아갔다. "이 남자 얼굴을 이렇게 망가뜨려놨다고 내가 정말 유감으로 생각해야 하는 거야?"

"얼굴만이 아니잖아?"

언니는 하나도 놓치지 않았다. "그럼 하드 드라이브를 어떻게 가져올 건데? 의식도 없이 피를 흘리며 쓰러져 있는 남자를 해변에서 집까지 그리고 금고 앞까지 끌고 가야 했나? 그게 가능하다고 생각해?"

"작전대로 기다렸으면 우리가 장비를 넘겨주었을 텐데."

"근데 그럴 수가 없었잖아. 계획대로 안 되었음에도 불구하고 내 동생은 그걸 손에 넣었고, 가져다줬어. 그러니까 우리 거래는 성사가 된 거잖아?" 언니가 으르렁거렸다.

그리고 나서 팽팽한 긴장감과 함께 침묵이 흘렀고 나는 어느새 이를 악물고 있었다.

"그 앤 정상이 아니야." 노스 요원이 말했다. "그 애가 한 짓은…… 넌 눈도 없니? 안 보여? 너한테 먼저 전화를 했었어야……."

"나한테 전화했으면, 레이먼드 킨은 지금 저세상 사람이 됐을 거야. 그리고 악어 밥이 되었을걸. 머리부터 발까지."

"그런 식으로 말하지 마." 노스 요원의 아름다운 녹색 눈동자와 목소리는 인내심이 한계에 다다랐음을 호소하고 있었다.

"내 동생이 위험한 아이라는 식으로 몰고 가지 마."

"위험한 아이잖아?"

"내 동생은," 언니는 천천히 의미심장하게 말을 이어갔다. "가정 폭력의 희생자고, 우리 엄마가 끌어들인 남자들 손에 성폭력까지 당한 애야. 그리고 하나밖에 없는 부모란 사람은 평생 그 애를 정신적으로 학대했어. 난 내 동생을 안전하게 지켜주고, 모든 걸 이겨내고 생존할 수 있도록 만들 거야. 2년 가까이나 내 동생을 구타하고 학대한 그놈을 그래도 그 애는 목숨까지 빼앗지는 않았어. 그런데도 그놈이 희생자인 양 말하면서 내 동생을 계속 비난할 거면 넌 오늘 빈손으로 돌아가게 될 거야. 난 그 파일을 DEA(마약 단속국)와 ATF(주류·담배·화기 단속국)에 가져갈 거고, 넌 닭 쫓던 개가 되는 거지. 아니, 저 연방 쪽은 완전히 물먹이고, 그냥 블랙마켓 웹에 올려서 가장 많이 부른 입찰자한테 넘기는 수도 있어."

노스 요원은 땅이 꺼지게 한숨을 쉬었다. 마치 내가 폭력 쓰기를 즐기는 아이라든가 아니면 이런 일이 처음이 아니라든가 하는 식의 반격을 하기 위해 머리를 쥐어짜고 있는 듯했다. 내가 이런 일이 처음이 아닌 것은 맞았다. 하지만 폭력 행사를 즐긴 적은 없었다.

그런데 예상과 달리 노스 요원은 힘을 빼고 부드럽게 접근했다. "제발 에이미." 친한 사이가 아니면 부를 수 없는 친근한 이름으로 언니를 부르며 말을 꺼냈다. "나는⋯⋯."

"우리가 합의한 대로 해. 아니면 절대 못 줘." 언니는 턱을 곧게 세우고 팔짱을 끼며 말했다. 언니가 방어적으로 나오며 말하는 품으로 봐서는 언니와 노스 요원 간에는 이미 같이 일을 하다 틀어진 경험이 있었고, 이번에는 일이 잘못 돌아가도록 두지 않겠다는 의지가 너무나 확실하게 느껴졌다.

오랫동안 두 사람은 서로 노려보고 있었는데 그 분위기에는 마치 서로를 갈구하는 듯한 묘한 느낌이 묻어나 나는 눈길을 돌리고 싶었다. 드디어 노스 요원이 입을 떼었다. "원래 계약대로 해." 거기에는 어떤 가식도 계산도 없었다. 두 사람은 모든 것을 서로 다 보아버린, 숨길 것도 가릴 것도 없는 그런 사람들이었으니까.

"이본, 이쪽으로 오세요." 언니가 변호사를 불렀다.

"우리가 합의했던 그대로예요." 이본이 말했다.

"그럼 나도 한번 좀 볼게요."

언니가 문서를 훑어보는 동안 침묵이 흘렀다. "누구 펜 있나요?" 그리고 이어 말했다. "금고 번호는 0192."

노스 요원이 금고의 암호를 누르고 문이 열리는 소릴 들으며 나는 볼 안쪽을 씹었다. "이게 전부 다인가요?"

"네." 언니가 답했다. 언니는 지금 언니가 아는 한의 진실을 말하고 있었다. 나는 화장실 휴지 뒤에 숨겨둔 USB를 빨리 치워야겠다고 생각했다.

"확인 한번 하죠." 다시 침묵. 나는 숨이 턱 막히는 듯했다. 거래를 뒤집자고 할 수도 있지 않을까? 내가 뭔가 숨긴 걸 눈치라도 채면? 그러나 곧 떨어진 말은 "이것으로 우리 거래는 완료된 겁니다."였다.

"날 찾으려 하지 마." 언니의 말은 단순한 경고가 아니라 간절한 부탁이었다. 노스 요원은 "잘 가, 에이미."라고 말했고 언니는 아무 말도 하지 않았다. 할 수 없었던 게 아닐까. 그런 작별 인사를 하면 무너질까봐 아무 답을 하지 않은 것일지도 모른다.

문이 닫히고, 노스 요원의 발소리가 멀어져갔다.

"이제 끝났네요." 이본이 말했다. "괜찮아요?"

언니는 고개를 끄덕였다. "너무 감사합니다. 모두 다."

고개를 죽 빼고 쳐다보니, 이본이 문 앞에 멈추어 서 있었다. "무료 조언 하나 할까요?"

언니가 고객을 끄덕였다.

"눈에 띄지 않는 곳에 가서 숨어요. 그 사람은 포기하지 않을 거예요. 여자애한테 치욕스럽게 당했으니까. 그 사람은 물론이고, 그쪽 세계 그 무리들 다 절대 가만히 있지 않을 거예요. 여기에서 벗어나 절대 돌아오지 마세요. 이쪽으로 다시 오면 정말 끝장입니다."

잠깐의 침묵 끝에 언니는 "감사합니다."라고 말했다.

"보통은 '언제든 연락하세요'라고 하겠지만, 이번은 아니에요. 우리 다시는 서로 볼 일이 없기를 바랍니다."

"저도 마찬가지입니다. 하지만 제가 빚진 게 있으니, 혹시 언제라도 제가 필요하면……."

"다시는 연락할 일 없기를 기도할게요. 하지만 혹시라도 그럴 일이 생기면 연락할게요. 제발 무사하기를."

"그럴게요."

"당신은 좋은 언니예요, 정말."

이본이 방에서 나가는 소리, 그리고 문이 닫히는 소리가 들렸다. 언니는 TV를 켰고 나는 그 소리를 들으며 눈을 감았다. TV에서 흘러나오는 의미 없는 소음이 방을 가득 채웠다. 나는 아무 소리도 알아들을 수가 없었다. 언니에게 혼자만의 시간이 필요할 것 같아 나는 잠깐 그냥 그대로 조용히 있었다.

3막: 집

한참 만에 나는 방에서 나왔다. 언니는 옛날 영화를 보고 있었는데 그냥 화면을 노려보고 있을 뿐 소리를 듣고 있지도 화면을 보고 있지도 않았다. 나는 언니가 앉아 있는 소파 바로 옆에 앉아 다리를 꼬았다. 언니의 무릎과 내 무릎이 부딪쳤다. 언니의 청바지는 찢어져 있었고 청바지 속 언니의 살갗처럼 부드러웠다. 피곤이 엄습해와 언니의 무릎에 눕고 싶었다. 그리고 영화에서 보는 것처럼 언니가 내 머리를 만져주었으면 하는 상상을 잠깐 했지만 꾹 참았다. 그런 사치스러운 감정을 부릴 때가 아니니까. 나는 그런 편안함을 누릴 자격이 없으니까.

"우리 곧 떠나?"

"먼저 신분증을 새로 하나 구해야 해. 그걸 해줄 만한 사람을 알고 있어."

물론 언니니까 가능할 것이다.

"정말 우리 해외로 가는 거야?"

언니는 고개를 저었다. "우리 집으로 가는 거야."

언니의 말은 무척 생소했다. 언니는 한 번도 집이란 표현을 사용한 적이 없었는데. 우리의 플로리다 작전 진행시에도 나는 언니가 어디에서 살고 있는지 알지 못했다. 언니는 항상 어떤 정보건 조심스럽게 알려주었다. 엄마를 선택하거나 버려야 하는 운명을 타고난 아이들은 그럴 수밖에 없을 것이었다. 나도 결국 선택을 해야 한다면?

엄마는 그를 선택했을 것이다. 지난 2년간의 삶을 되돌아보면, 엄마는 분명 그 사람을 선택할 거라는 게 분명했다. 두 사람이 만나는 순간, 엄마의 세계는 그 남자 쪽으로 훅 기울어져버렸고, 그 과정에서 나는 튕겨져 나왔다. 언니가 아니었다면 나는 깔려 죽었을 것이다.

언니는 나를 구하기 위해 무엇을 희생한 것일까? 언니가 희생해야 했던 것을 나는 다 알지 못한다. 나는 곁눈으로 언니를 훔쳐보며 언니와 노스 요원 단둘이 있을 때 불꽃이 튀었던 방 분위기를 떠올려보았다. *나를 잘 알잖아.* 그렇게 말할 때 언니가 진심을 토로하고 있다는 것을 나는 잘 알고 있었다.

"언니 그 FBI 요원하고 잤어?"

내 질문이 떨어지자 이번 일을 겪으면서 처음으로 언니가 큰 소리로 웃었다. "뭐라고? 헐." 하더니 그 웃음소리는 곧 조소로 끝나고 말았다.

나는 뭐라 할 말이 없었다. 괴로웠다. 내가 아는 섹스나 인간관계란 온전히 거래에 기반한 것이거나, 폭력적이거나, 뭔가를 더럽히는 행위였다. 하지만 나의 경험과는 별개로 책에서 본 바에 따르면 그런 게 아닐 수도 있다는 것 또한 알고 있었다.

아닌가?

"같이 지낸 지 불과 여섯 시간도 안 됐는데 넌 벌써 나에 대한 분석을 마쳤네." 언니는 고개를 저으며 말했다. "너 정말 재밌다."

"미안."

언니는 손을 뻗어 나의 손을 잡고 꼭 쥐며 말했다. "똑똑한 거 가지고 사과하는 거 아냐. 우린 보통 사람들과 좀 다르게 세상을 보는 거야. 숨겨 있는 작은 것까지 놓치지 않고."

"엄마 때문에."

언니는 잡고 있던 손에 세게 힘을 주었다. 아팠지만 나는 손을 빼지는 않았다. "아니, 엄마는 우리 안에 그런 능력이 있다는 걸 알았지. 우리가 그렇게 된 게 엄마 때문은 아니야. 우리 능력을 엄마처럼 써야 한다는 얘긴 더더군다나 아니고."

"하지만…… 언니가 그 FBI 요원하고 잔 건 사실이잖아." 나는 일부러 그 이야기를 다시 꺼냈다. 엄마 이야기는 더 이상 하고 싶지 않았으니까. 아직은 하고 싶지 않으니까. 아니 영원히 하고 싶지 않을지도 모른다. 그럴 수 있을까? 그냥 숨길 수 있을까?

"그건 복잡한 문제야." 언니가 말했다.

나는 입이 바싹 마르는 것처럼 느껴져 입술에 침을 바르며 물었다. "그니까…… 언니는 나를 위해 그렇게 한 거야?"

그러자 언니는 무심코 나의 본명을 부르다가 입을 다물었다. 내가 그 이름을 부르지 말라고 했으니까. 이걸로 충분히 답이 되었다.

"그 사람을 속인 거지?" 나는 계속했다. "언니가 워싱턴에 있을 때 언니 휴대폰을 받은 사람이 그 사람이었어. 내가 밤늦게 전화 건 날. 그건 바로……."

"난……" 언니는 팔꿈치를 무릎에 괴고 긴 한숨을 쉬었다. 언니는 멋쟁이라곤 할 수 없었지만 거친 야성미 같은 게 있었고, 머리를 모두 뒤로 빗어 넘긴 스타일에 광대뼈가 튀어나왔는데 눈은 회한의 빛이 가득했다. "난 네가 그냥 어린애처럼 살았으면 좋겠어. 집에 가서 학교에도 다니고, 네가 지금까지는 살아보지 못한 삶 그리고 나는 살아보지 못할 그런 삶을 살게 해줄게. 꼭 그렇게 할 거야. 내가 너한테……."

"말을 해줘야 내가 언니한테 뭘 갚아야 하는 건지 알지." 내가 이렇게 말하자 언니는 자세를 바로잡고 분명한 어조로 말했다.

"있잖아, 나 이런 말 다시는 안 한다. 잘 들어. 넌 나한테 갚을 게 없어. 난 네가 아주 어렸을 때 널 데려오겠다고 생각했어. 너를 데려온 건 내 선택이야. 너의 언니로 살기로 스스로 선택했어. 넌 나한테 신세 진 거 없어. 우린 신세를 지고 말고 할 그런 사이가 아니라고. 알았지?"

"난 그런 걸 잘 모르겠어." 나는 언니처럼 아주 차분한 목소리로 무슨 고백이라도 하듯이 내뱉었다. 난 너무 부끄러워 얼굴을 들 수가 없었다. 눈물이 흘렀다. 지금 이런 상황에서 울다니. 지금까지 그렇게 멀쩡했는데. 난 정말 괴물일까?

화장실 불빛에 비친 언니의 옆모습은 반짝이는 금발 머리를 배경으로 광대뼈가 도드라져 보였다. 우리는 둘 다 너무 피곤했고, 할 일도 많았다. 내일은 먼 길을 떠날 텐데. 하지만 난 꼭 알아야 했다. 신세를 지고 말고 할 그런 사이가 아니더라도 언니가 나를 위해 무엇을 했는지. 나의 존재가 언니에게 무슨 의미가 있는 것인지. 나의 질문은 그런 솔직한 마음을 보여주는 것이었고, 내 마음을 이해한 듯 언니도 솔직하게 털어놓았다.

"난 네가 세 살 때쯤에야 너의 존재를 알게 되었어. 엄마한테서 도망친 후 난 절대 엄마에게 돌아가지 않기로 결심했고, LA에서 많은 사람들 사이에 묻혀 살았어. 혹시 엄마처럼 남을 등쳐먹거나 사기 치고 살다 보면 결국 엄마를 만나게 될지도 모른다는 생각이 들어서 난 합법적인 일을 하며 살기로 했어. 그래서 사설 수사관이 됐지. 면허도 따고. 오랫동안 엄마를 찾지 않았어. 그리고 드디어 엄마의 소재를 물색해보았을 때…… 네가 태어난 걸 알게 된 거야."

"하지만 언니를 본 건 내가 여섯 살 땐데."

"네가 태어난 걸 알았어도 엄마를 보러 가고 싶지는 않았어." 언니는 내 눈을 바라보지 못했다. 정직은 때로 잔인한 것인데 나는 지금 언니에게 그 잔인한 것을 요구하고 있었다. "처음 몇 년 동안 난, 너란 존재가 나랑은 상관없는 일이라고 생각하려 노력했어. 만약 엄마를 찾아가면 엄마는 너를 이용해서 나를 다시 끌어들이려 할 테니까."

"근데 왜 생각이 바뀐 건데?"

"네가 여섯 살이 됐으니까. 그러니까 그게, 나도 여섯 살 때였거든……" 마치 그다음 말들이 나오는 걸 틀어막아야 하는 것처럼 언니의 손가락이 입술을 막았고, 그 손가락은 가늘게 떨리고 있었다. "난 너를 내버려 둘 수가 없었어. 엄마에게서 떼어놓아야 했어. 그래서 계획을 세운 거야."

"그래서 날 보러 왔구나……"

언니의 손가락은 여전히 입술을 막고 있었지만 입술이 열리면서 미소를 짓는 듯이 보였다. "넌 그때부터 벌써 너무 영리하고 아주 재미있는 아이였어. 하지만 사람을 경계하더라. 그리고 네 손목에 있는 그 고무줄 밴드를 보는 순간……" 언니는 고개를 저었다.

그 고무줄은 엄마의 채찍과 같은 거였다. 내가 실수를 할 때마다 고무줄을 길게 늘였다가 놓았으니까. 나는 평생 고무줄의 냄새를 맡으면 그와 연상되는 순간들을 잊지 못할 것이다.

"그때 당장 너를 데리고 나오고 싶었어. 하지만 그럼 엄마는 널 계속 쫓아오리란 것도 알았지. 딸 없이는 사기극을 어떻게 진행해야 할지 모르는 인간이니까. 파트너가 필요하니까."

"엄마는 외로운 거야." 나는 반사적으로 이 순간까지도 엄마를 옹호하고 있었다.

"우리가 그 자리를 채우기 위해 태어난 건 아냐." 언니가 말했다.

"무슨 심리 치료사처럼 말하네."

"그건 아마 내가 심리 치료사한테 치료를 받은 적이 있어서 그런 걸 거야. 그리고 집에 가면 너도 그 치료사한테 데려갈게."

언니가 말하는 집, 심리 치료, 편안한 삶, 이런 것들이 내게는 짐작조차 되지 않았다. 나는 심리 치료사라는 말에 뭐라 반박을 하고 싶었지만, 언니는 "내 말 끝까지 들어줄래?"라고 했다. 나는 고개를 끄덕였다.

"널 처음 만나고 나서 방법을 찾아야겠다고 생각했어. 내가 널 데려오고 난 뒤 엄마가 너를 찾지 못하게 하거나 뺏어가지 못하게 할 방법. 방법은 두 가지, 엄마를 죽이거나 감옥에 넣는 수밖에 없다고 생각했지. 난 후자를 선택했어. 존속살인을 나의 죄목에 포함시키고 싶진 않았으니까. 그러기 위해 두 가지 조건이 필요했지. 네가 엄마 곁을 떠나고 싶어 할 것. 그리고 필요한 순간 FBI 요원이 출동할 수 있을 것."

"그래서 노스 요원을……."

언니는 고개를 끄덕였다. "쉽진 않을 거라는 거 알고 있었어. 널 데려오는 데 시간이 걸릴 거란 것도. 그래서 일단 노스에게 접근했지. 그때 노스는 큰 사건을 맡고 있었는데 증인 한 명이 사라졌어. 내가 추적해서 찾아 데려갔지. 그렇게 해서 친구가 된 거야."

"친구, 아님 여자친구?"

"친구." 언니는 이렇게 말했지만, 나는 그 말을 믿지 않았다. "그리고 가끔 정보도 흘려줬어."

"그리고 엄마도 그 사람 레이더망에 걸리게 한 거구나."

"FBI에서는 이미 엄마의 존재를 알고 있었어. 하지만 노스는 야심이 컸지. 엄마가 표적으로 삼은 사람들은 온갖 종류의 범죄와 얽혀 있는 사람들이고, 그들을 잡는다면 정말 큰 건이거든. 그 중심에 있는 사기꾼 아줌마를 정보원으로 데려온다고 생각해봐. 그 세월 동안 엄마가 표적으로 삼았던 모든 사람들. 엄마를 통해 얼마나 많은 구린 일들이 세상에 밝혀질지. 만약 엄마가 정보원이 된다면 엄마를 확보하는 사람은 금광을 확보한 거나 마찬가지지."

"그 사람은 그 사기꾼이 언니의 엄마인 걸 알고 있었어?"

"워싱턴에서 알게 되었어."

"그럼 4년 동안 속인 거야?"

언니는 고개를 끄덕였다. "그날 그 전화로, 그때 알게 된 거야. 하지만 그땐 이미……."

"그 사람과 함께 살고 있었지." 언니가 맺지 못하는 문장을 내가 완결해주었다. 언니가 왜 쉽게 말을 잇지 못하는지 알고 있으니까. 언니는 사기꾼의 규율 1번을 어긴 것이다. 표적과 사랑에 빠지지 말 것. 나는 손을 뻗어 언니의 팔을 쓰다듬어주고 싶었지만 언니가 달가워하지 않을 수도 있고, 왠지 어색하게 느껴져서 하지 않았다.

"너랑 엄마가 워싱턴을 떠나고 나서는 소재를 찾을 수가 없었어. 네가 다시 나타났을 때 난 안 그래도 플로리다로 가서 널 데려올 생각이었어. 계획 따윈 상관없었어. 결국 쫓기는 신세가 된다고 해도 나중에 걱정할 일이라 생각했지. 그러다가 혼인 증명서를 보게 된 거고."

"노스 요원 입장에서는 레이먼드 킨을 넘겨받을 수 있다면 그건 그냥 지나칠 수가 없었겠지." 나는 이제야 상황이 이해가 되었다.

"그래서 다시 그 계획이란 걸 세운 거였어. 그리고 우린 여기까지 온 거고."

"근데 내가 다 망치고 말았지."

"네가 해낸 거지. 그리고 몇 시간 후면 우린 여기서 사라지는 거야."

"내 뒤를 쫓아올 거야."

"우리에겐 시간이 있어. 우선 그 사람은 재판을 받아야 해. 재판이 끝나고 나면 다시 세력을 모으겠지만, 시간이 좀 걸릴 거야. 그리고 네가 증인 보호 프로그램을 신청했다고 생각하겠지. 그가 고용하는 인간들은 일단 그쪽에 집중할 거야. 그 시간을 우린 벌게 되는 거지."

"그 시간 동안 뭘 하게? 더 잘 숨게?"

"대안을 찾는 거야. 준비도 하고, 살아갈 계획을 세우는 거지. 그걸 지금 하고 있는 중이야."

"언니는 평범한 사람처럼 살고 싶잖아." 나는 고개를 흔들며 말했다. "노스 요원 말이 맞아. 나는 정상이 아니야."

"정상은 없어." 언니가 말했다. "정상인 양 가장하고 사는 인간들뿐인 거지. 모두가 살면서 다 고통을 받고 있어. 그 정도가 다를 뿐이고. 탈 없이 안전하다 생각하는 그 무사함도 다 정도의 차이일 뿐이야. 세상 최대의 사기는 정상이라는 게 있다고 말하는 거지. 내가 너한테 원하는 것은 행복과 안전이야. 나를 위해 원하는 것도 마찬가지고."

"노스 요원하고 살 때 행복했어?"

언니가 답을 하지 않자, 나는 재차 물었다.

"사랑했어?"

묵묵부답.

"그 아줌마 좀 비겁하던데." 내가 덧붙였다.

"난 걔한테 더한 짓을 했어." 언니가 말했다.

"사랑했구나." 그리고 곧 "지금도 사랑해?"라고 물었다.

"상관없어." 그건 내게 필요한 답이었다. 나는 이렇게 밀려가는 파도나 조류와 같아서 내가 지나가는 길에 있는 모든 것을 파괴하고 있었다.

"미안해."

언니는 다시 손을 뻗어 나의 손을 꼭 쥐었다. 언니의 이러한 행동은 큰 의미가 있는 것처럼 느껴졌다. 진정한 마음으로 사람을 다독여주는 것. 이런 거에 익숙하지 않다고 말해도 되나? 마음이 편해지는 동시에 내 피부 안에서 무엇인가가 튀어 오르는 기분이라고.

"너를 이렇게 안전하게 구해올 수 있었잖아. 그러니까 그 모든 게 의미가 있었어. 그리고 이제 우리 둘이 새로운 인생을 시작하는 거야."

"어디에서?"

"캘리포니아에서." 언니가 답했다. "북쪽으로 가는 거지. 마을 이름은 클리어 크리크이야."

"언니는?" 무슨 말이냐는 눈빛으로 언니가 나를 쳐다보았다. "언니 이름은 뭐냐고?"

갑자기 주변 공기가 달라진 느낌이었다. 언니의 몸에서 긴장 감이 느껴졌다. 하지만 그것도 일순간. 우리 둘 모두에게 공통 적으로 몸에 새겨진 반응이었을 뿐이었다. 아멜리아는 언니에 게 시금석과 같은 이름이었다. 데브루 가의 여자들 이외에는 아 무도 모르는 소녀. 언니는 아직도 본인이 아멜리아인 것처럼 엄 마를 속였지만 언니는 다른 사람이 되어 있었다.

나는 언니를 알고 있었지만, 동시에 알지 못했다. 이제 나는 진짜 내 언니를 만날 차례가 되었다고 생각했다.

"리." 언니가 대답했다. "내 이름은 리 앤 오말리야."

짧고 간단한 이름. 언니에게 딱 어울렸다. 군더더기가 없으니까.

나는 자신 있게 그다음 질문을 하고 싶었다. 하지만 자신이 없었다. 나는 거울 앞에 앉아 엄마가 머리를 만져줄 때 엄마가 지어준 나의 이름을 반복해서 말하는 그 아이로 돌아가 있었다. 그리고 질문을 하는 나의 목소리가 떨렸다.

"그럼 내 이름은?"

"그건 네가 정해." 언니가 말했다. 내 이름을 내가 정하다니 그건 생각도 못 한 일이었다. 집이나 안전, 도움 뭐 이런 개념만 큼이나 생소했다. "네 이름을 뭐라 하고 싶니?"

"내가 정해?" 마음 한편에서는 그걸 믿을 수가 없었고, 또 한편으론 마음이 아프기도 했다. 언니의 엄지손가락이 내 손목의 맥박이 뛰는 곳을 짚었다. 쿵쿵. 쿵쿵.

"네가 정해."

— 43 —

라이터 하나, 보드카 세 병, ~~가위~~,
안전금고 열쇠 두 개
~~계획 1: 폐기~~
계획 2: 잠정 중단
계획 3: 찌르기 V
계획 4: 총 확보. 아이리스와 웨스 구하기. 탈출.

두에인의 몸이 한쪽으로 기울더니 총을 쥐었던 손에 힘이 풀리는 것이 보였다. 나는 움직였다. 망설일 시간이 없었다. 언제든 그가 벌떡 일어날 수도 있으니까.

손이 묶인 상태라 움직이긴 힘들었지만 간신히 총을 집어 들 수는 있었다. 하지만 쏠 수도 제대로 겨냥할 수도 없었다.

나는 총을 책상 위에 놓고 다시 두에인을 살펴보았다. 호흡이 옅어지는 것이 느껴졌다. 출혈이 심해 의식을 잃은 것일까? 하지만 잠깐 통증에서 벗어난 것일 뿐 언제 다시 깨어날지 모르는 일이었다. 나는 손의 결박부터 풀어야 했다.

우선 결박 사이 움직이는 손가락 두 개로 그의 청바지 허리춤을 열어보았다. 바지 뒤쪽에 칼이 꽂혀 있었다. 나는 칼을 잡고 빼낸 다음 칼날을 요리조리 움직여 바른 자세로 두고 테이프를 자르기 시작했다.

결박을 푼 후 칼은 주머니에 넣고 다시 총을 집어 들었다. 무게가 상당해 내 몸의 근육들이 모두 그냥 내려놓으라 아우성이었지만 그럴 수 없었다.

총을 들고 아이리스와 웨스가 있는 사무실 쪽으로 향했다. 일단 두 사람과 만나 여길 같이 빠져나가야 한다.

사무실 문을 살짝 열고 그 사이로 복도를 살펴보았다. 아무도 없었다. 붉은 모자는 여전히 지하층에 있는 듯했다. 그의 눈을 피해 온전히 나갈 수 있을지도 모른다는 생각이 들었다. 나는 방에서 빠져나와 서둘러 무거운 철제 탁자가 문을 막고 서 있는 사무실로 갔다. 탁자 위에 총을 두고 탁자의 모서리를 잡은 후 발바닥을 바닥에 단단히 고정하고, 당기기 시작했다.

"멈춰."

나는 총을 잡으며 휙 돌아섰다. 아, 바라지 않았던 일인데. 붉은 모자가 나에게 총을 겨누고 있었고 나도 그를 겨누었다.

"내려놔." 붉은 모자가 명령했다.

"그쪽이 먼저 내려놔."

그러자 붉은 모자는 머리를 한쪽으로 휙 저었고, 아이리스가 복도로 들어섰다. 그 순간 여기에서 풀려날 수 있을 거라는 희망이 모두 물거품이 되어 사라지는 듯했다.

"내려놔." 붉은 모자가 다시 말했고, 나는 총을 내려놓았다. 다른 방법이 없었다. 칼은 아직 내 주머니에 있었지만, 내가 칼을 빼어 들려 하면 그 즉시 붉은 모자는 총을 난사해댈 것이 틀림없었다. 나는 그냥 그 자리에 서 있었다. 아이리스는 붉은 모자가 서둘러 내 쪽으로 와서 총을 집어 드는 동안 나를 쳐다보았다. "이번엔 또 무슨 짓을 한 거야?" 붉은 모자는 두에인이 벽에 기대어 늘어져 있는 사무실로 우리 둘을 밀고 들어가면서 물었다.

내 웃옷이 두에인의 옆에 피투성이가 되어 있는 것을 보고 아
이리스의 눈이 휘둥그레 커졌다.

"아무 짓도 안 했어요. 그냥 자기가 기절한 거지."

붉은 모자는 두에인의 얼굴을 몇 차례 때렸지만 소용이 없었
다. 아이리스는 소리를 내지 않고 입 모양만으로 '무슨 짓을 한
거야?'라고 물었다.

나는 입 모양으로 '가위'라고 한 다음 찌르는 동작을 보여주
었다.

아이리스의 표정은 그런 짓을 해서 놀랐다기보다는 제대로
하지 못해 실망이라는 빛이 역력했다.

"아직 숨이 붙어 있어서 네가 무사한 거야." 붉은 모자가 내
웃옷으로 두에인의 상처를 묶어주고는 일어나며 말했다. "두에
인이 깨어나길 빌어."

나도 그러길 바랐다. 붉은 모자는 리더가 될 만한 놈이 아니
었다. 명령을 내려주는 사람이 없으면 완전히 무너질 놈이니까,
두에인이 깨어나야 했다.

"아무 짓도 안 했어요." 붉은 모자의 언사가 마음에 들지 않아
나는 다시 말했다.

"찔렀잖아."

"나도 스스로를 지킬 권리가 있는 거니까."

"개소리 집어치워." 붉은 모자가 총을 다시 거머쥐며 소리쳤다.

"화장실 좀 가야겠어요." 아이리스가 갑자기 찢어지는 목소리
로 외쳤다. 완전 긴장한 상태로 대치해 있던 우리 두 사람은 동
시에 아이리스를 쳐다보았다.

"안 돼." 붉은 모자의 목소리에 너무나 지겹다는 느낌이 녹아 있어, 이 둘 간에 이런 대화가 처음이 아님을 짐작할 수 있었다. 아이리스에게 무슨 일이 있었던 걸까?

"하라는 대로 다 했잖아요." 아이리스가 말했다. "그 으스스한 지하에 앉아서 용접 연기를 들이마시며 그렇게 오래 참았는데. 올라가면 보내준다더니, 안 된다고요?"

"잠깐 기다려."

"더 이상은 못 기다려요. 터질 것 같아요. 생리컵도 넘치려 하고요."

붉은 모자는 이제 완전히 아이리스에게 집중하고 있었다. 얼마나 멋진 생각인지. 나는 감탄하며 아이리스를 쳐다보았다. "생리컵을 갈아야 한다고요."

붉은 모자는 생리라는 단어를 듣고 어색해했다. "그래도 안 돼."

"제 말을 이해 못 하죠? 전 다른 사람들과 좀 달라서," 아이리스는 이렇게 말하며 두 손을 모았는데 폭이 넓은 드레스를 입은 아이리스가 눈을 내리깔고, 볼은 분홍빛으로 달아 있는 모습이 너무 가냘프고 고상해서 불쾌하고 지저분한 것은 절대 떠올릴 수 없었다. "출혈의 양도 굉장히 많다고요. 그러니까 빨리 생리컵을 갈아야 해요. 지금까지 계속 그것만 기다렸어요."

"말했잖아. 안 된다고."

"생리컵 용량이 얼마나 되는지 알아요? 넘치면 여기 바닥이 모두 피로 물들 거예요."

"그건 내가 알 바 아니고."

아이리스가 그 앞에서 물빛의 찰랑거리는 치마를 흔들며 말했다. "이건 1950년대 장 두렐 드레스예요."

"드레스가 어디 거건 상관없어."

아이리스는 발을 동동 굴렀다. "상관하셔야 할걸요. 생리컵을 비우지 못하면 그 피가 내 다리를 타고 흘러서 마치 저쪽 경찰 눈에는 당신이 나한테 총이라도 쏜 것처럼 보일 텐데."

붉은 모자는 얼굴을 찡그렸다.

"그냥 핸드백 가지고 화장실 가서 10분, 15분이면 끝나요."

"저 애를 두에인이랑 여기 단둘이 둘 수는 없어." 그가 손가락으로 나를 가리키며 말했다.

"그럼 잘됐네요. 얘도 화장실 같이 가서 날 도와주면 되니까."

하지만 그 말을 들은 붉은 모자는 더욱 인상을 찌푸렸다.

"절대 안 돼."

"그럼 생리컵 씻고 처리하고 하는 걸 당신하고 해야 해요?" 아이리스는 낮게 떨리는 목소리로 물었다. "이건 정말 말도 안 돼요. 지금 탐폰의 현대 버전을 갈게 해달라고 계속 이렇게 빌고 있잖아요. 이거 너무하는 거 아니에요. 저한테 왜 이래요?" 그리고 정말 적시에 눈물까지 고이기 시작했다. 나는 그 눈물이 가짜가 아님을 믿어 의심치 않았다. 아이리스는 보통 때도 통증을 많이 겪는데 특히 생리 때는 말할 필요가 없었다. 그리고 지금과 같은 이런 상황에서는 더더군다나. 만약 내가 지금의 아이리스와 같은 상황이라면 나는 공처럼 바닥에 떼굴떼굴 구르며 어쩔 줄 몰라 했을 것이다.

"쟤가 왜 필요한데?" 붉은 모자가 물었다.

"그쪽한테 그 과정을 하나하나 다 설명해야 해요?" 아이리스가 눈을 동그랗게 뜨고 너무 천진한 모습으로 화를 내고 있어서 나까지 현기증이 날 지경이었다. 아이리스는 정말 천재다. "인터넷 안 해요? 여동생 없어요? 여자친구는? 아님, 생리는 더러운 거라고 생각하는 뭐 그런 부류인가요?" 아이리스는 속사포처럼 붉은 모자에게 질문을 퍼부었고, 붉은 모자는 그 상황이 너무 불편해 보였다. 대놓고 생리에 대해 이야기를 하게 되어 적잖이 당황한 붉은 모자는 얼굴까지 발개져 있었다.

네가 생각하는 것보다 우리는 훨씬 더 닮은 게 많아. 언젠가 아이리스가 내게 이렇게 말한 적이 있었다. 나는 아이리스의 말을 비밀스러운 메시지처럼 내 머릿속의 보물 상자에 넣어두고 있었다. 나는 좋아하는 보석을 보물 상자에 넣어두고 꺼내 보듯 그 말을 되새기며, 그게 사실일까 궁금해하곤 했는데 이제 그 궁금증에 대한 답이 내 눈앞에 펼쳐지고 있었다.

아이리스는 너무나 자연스러웠다.

지금 이 상황이 얼마나 불편했던지, 들먹이고 싶지 않은 생리혈까지 연거푸 등장시켜가며 호소한 결과 붉은 모자는 아이리스의 핸드백을 한 번 더 점검한 후, 우리가 은행 뒤쪽 여자 화장실에 들어가는 것을 허락해주었다.

"문 잠그면 손잡이를 총으로 쏴버린다." 붉은 모자가 말했다.

"금방 끝낼게요." 아이리스는 떨리는 미소를 지으며 약속했다.

"허튼짓하지 마." 붉은 모자가 내 쪽을 보며 말했다. "어떤 수작도 안 돼. 문을 막아놓을 테니 다 끝나면 두드려."

문이 닫히자, 아이리스는 나를 향해 돌아섰다. 드디어 우리 둘만 남게 되었다. 시간은 별로 없고, 할 말은 너무나 많았다. 설명하고 물어볼 것도 너무 많은데 할 일도 많으니 빨리 움직여야 했다. 계획도 세우고……

아이리스가 내게 키스를 했다. 나를 화장실 문 쪽에 밀어붙인 뒤 다치지 않고 멀쩡한 내 얼굴 쪽을 붙잡고는 다시는 키스하지 못할 듯, 이게 마지막이라도 되는 것처럼 했고, 나도 이게 마지막인 양 아이리스에게 키스를 해주었다. 아이리스의 손가락이 내 목 바로 뒤 짧은 머리를 쓰다듬다가 미끄러졌다. "나 정말 너무 화났었어." 아이리스가 내 이마에 자기 이마를 대고 속삭였고 나는 아이리스의 목소리에 담긴 상처와 아픔을 느끼며, 또 나의 아픔을 느끼며 "알아."라고 대답했다.

"계획은 잘 되어가고 있는 거야?" 아이리스가 물었다.

나는 고개를 저었다.

아이리스는 숨을 한번 쉬더니 이렇게 말했다. "좋아. 그럼 이번에는 내 계획대로 해보자."

44

애슐리: 애슐리의 시작

사기꾼을 사기 칠 수는 없다. 사람들이 이렇게 말하지 않나?

나도 그 말이 맞는다고 생각했었다. 갓난아기 시절부터 엄마가 가르쳐준 모든 것들을 흡수하며 나도 그렇게 생각했다. 하지만 나는 그 말이 틀리다는 것을 입증했다.

나는 최고의 사기꾼에게 배웠으니까. 우리 엄마? 아니.

그 인간.

7년 전

워싱턴의 그 일이 있고 나서, 나는 케이티를 벗어났지만 새로운 역할이 주어지지 않았다. 모든 것이 순식간에 벌어졌다. 우리는 정신없이 도망을 쳤다.

그 이후 엄마와 나 사이에는 항상 무거운 침묵이 흘러 미칠 것 같았다. 엄마는 무척 화가 나 있었다. 나는 엄마의 침묵에서 분노를 느꼈고, 가끔 내뱉는 말에서도 분노를 느꼈다. 엄마의 분노를 느끼며 내 안에서는 '네 잘못이야. 아무것도 하지 말았어야지. 그냥 참고 견뎠어야지.'라는 자책의 소리가 들렸다.

플로리다에 도착해서도 엄마는 내게 새로운 이름을 주지 않았고 헤어스타일을 만져주지도 않았다. 휴식이라기보다는 벌을 받고 있는 것처럼 느껴졌다. 그리고 엄마가 나의 무엇인가를 가져가서는 되돌려주지 않는 것처럼 느껴졌다. 그 어느 누군가의 역할을 하거나, 그 준비를 하지 않는 경우 나에게 남는 것은 아무것도 없었다. 그런 기분이 싫었다. 엄마가 호텔방에 나를 혼자 두고 나가 있는 시간이 길어지면 길어질수록 칼날이 점점 내 목을 깊이 파고 들어오는 것 같았다.

케이티는 지나갔지만 그때 일어난 일은 그대로였다. 나는 그걸 어떻게 해야 할지 몰라 그냥 내 안의 어딘가 깊은 상자에 넣어두려 애를 썼다. 울고 싶었지만 울 수가 없었다. 왜냐하면…… 내가 그런 일로 우는 아이인지 아닌지 알 수가 없었으니까. 이제 누구로 살아야 할지 나는 알지 못했다. 엄마는 내가 붙잡고 살 수 있는 그 무엇도 던져주지 않았다. 기분 좋은 머리 스타일도 안 해주고, 나의 특징도 가르쳐주지 않았으며, 옷을 골라주지도, 표적의 약점을 들먹여가며 내가 공략해야 할 것을 가르쳐주지도 않았다.

하루는 밤이 깊어졌는데도 엄마가 돌아오지 않았다. 엄마가 돌아오길 기다리며 졸음을 참았지만 걱정과 기다림에 지친 나는 새벽 3시쯤 잠이 들고 말았는데 무엇인가 내 발밑에 무거운 것이 떨어지는 기척에 깜짝 놀라 잠에서 깨었다. 엄마는 옷이 가득 들어 있는 두 번째 가방을 던져주었다.

"일어나. 욕실로 가. 일이 생겼다." 엄마가 말씀하셨다.

나는 멍하니 나이키 백을 쳐다보았고, 엄마는 손뼉을 치며 본

론에 들어갔다. 나는 허둥지둥 일어나 쇼핑백은 본체만체 엄마의 품으로 달려갔다. 내가 갈 수 있는 곳이 달리 없었다.

내가 욕실로 들어가는 동안 엄마는 콧노래를 불렀다. 그리고 거울 앞에서 내 머리를 빗겨주기 시작했다. 엄마가 머리를 빗겨주면 기분이 좋아야 하는데, 내 피부에는 소름이 돋고 있었다.

지난 2주 동안 엄마는 나를 피했고, 나는 그런 엄마의 관심에 목말라 있었다. 엄마의 주변 어디에 내가 맞추어 들어가야 하는지 알 수 없었다. 마치 내가 있어야 할 공간이 사라진 듯했다. 엄마가 가르쳐준 거와 달리 지난 2개월 동안 나는 변덕스럽고 겁많은 아이가 되어가고 있었다. 나는 언제든 엄마가 조정할 수 있는 그런 애여야 했다. 엄마가 해준 머리에, 엄마가 골라준 옷을 입고, 엄마가 지어준 이름대로 살아야 했다. 내 몸의 어느 것도 나의 것은 없었다. 나의 미래까지도 내 것이 아니었다. 나에게 속해 있는 건 애초에 아무것도 없었다.

엄마는 내 머리 한가운데를 자로 잰 듯 반듯하게 가르마를 타더니 머리를 땋기 시작했다. 아주 꼼꼼하고 야무지게…… 하지만 엄마는 거울 속에서도 나와 눈을 마주치지는 않았다.

왜 나를 안 쳐다보지? 내가 그렇게 보기 싫은가?

엄마는 땋은 머리를 묶고는 화장대 위에서 머리핀을 집어 들며 말했다. "이번 주 클럽에 오후마다 예약을 해두었어." 그러고는 땋은 머리를 위쪽으로 말아 올려 핀을 꽂아주었다. "이번엔 목표물을 연구할 시간이 없어. 너한테 좋은 기회가 될 거라 생각한다. 목표를 어떻게 정하는지 공부해봐. 한 놈을 잡아서 엄마한테 데려오는 거야. 엄마가 고난은 뭐라고 했지?"

"고난은 나를 더 나은 사람으로 만들어준다. 똑똑한 사람은 고난을 통해 더 나아진다."

엄마는 작게 땋은 머리를 크게 땋아놓은 머리 뒤로 해서 움직이지 않게 핀으로 고정해주었다.

"지난번 그 작업은 실수였어." 엄마가 그렇게 말했을 때 아주 잠깐 동안 내 가슴은 뛰었다. 하지만 다음 순간 엄마는 그 설렘을 뭉개버렸다. "네가 저지른 실수를 통해 배운 게 있다는 걸 이번에는 증명해야 해. 알겠지?"

나의 실수였다고 한 엄마의 말이 뇌리에 꽂혔다.

꼭꼭 숨겨두었던 상자에서 수치심이 새어 나오기 시작했다. 엄마가 나의 잘못이라고 못 박았으니까. (아닌데. 정말 그건 내 잘못이 아닌데. 하지만 그때 나는 알지 못했다. 엄마는 그것이 나의 실수라고 말했고, 내가 그렇게 생각하도록 몰고 갔기 때문에. 그런 편이 엄마한테는 쉬웠을 테니까.)

"네." 나는 침울한 목소리로 대답했다.

내 머리 손질을 다 마친 엄마는 내 어깨에 손을 얹고 드디어 몇 주 만에 처음으로 거울 속에서나마 나와 눈을 마주쳤다. 그 순간 나는 너무 싫기도 하고, 너무 좋기도 했다. 그리고 엄마가 내뱉은 다음 말은 너무나 기다리던 말이라 나는 그 말을 듣자마자 현기증이 나서 욕실 세면대를 꼭 붙들어야 했다.

"애슐리." 엄마가 말했다. "네 이름은 이제 애슐리야."

"애슐리." 나는 이름을 따라해보았다. 애슐리는 엄마 말을 잘 들어야 하니까. 케이티는 그러지 못했다. 그래서 지금 이 꼴이 되었다.

엄마가 미소를 지었다. "좋아." 엄마는 내 머리를 쓰다듬으며, "좋지 않니?"라고 물었다. 나는 고개를 끄덕였다. 좋고말고.

나는 정말 좋아지고 싶었다.

나는 엄마가 사냥터로 삼은 컨트리클럽 테니스장에서 일주일 동안 땀을 뺐다. 엄마의 이름은 하이디 그리고 그 딸은 애슐리. 촘촘히 땋은 머리에 머리핀을 얼마나 많이 꽂았는지 머리가 죽이 다 아플 지경이었다. 애슐리는 홈스쿨링을 했다. 나이키를 갖추어 입고, 열심히 노력하는 아이. 애슐리가 열일곱 살쯤 되면 윔블던에 진출할 거라고 하이디는 클럽의 다른 학부모들에게 자랑하고 다녔다. 물론 말도 안 되는 얘기였다. 나는 테니스를 곧잘 치기는 하지만 그 정도는 아니었다.

나는 꼭두각시 인형처럼 살았지만 엄마와 내가 이런 지경이 된 건 내 잘못이라는 생각이 나를 짓누르고 있었다. 하지만 테니스공을 네트 저쪽으로 넘길 때마다 무엇인가가 내 몸 안에서 탱탱하게 울렸고 그 느낌이 좋았다. 당연히 내 실력은 윔블던을 거론하기에는 턱없이 부족했는데 그래도 나는 적어도 그 정도에 부합하게 보이려고 노력했다.

엄마는 청아한 실크 블라우스와 치마를 입고 선글라스를 쓴 채로 경기장 바깥쪽에 앉아 마치 뜨개질이 엄마의 일상적인 취미인 양 뜨개질을 하곤 했다. 이렇게 새로이 등장한 엄마에게 남자들은 끊임없이 다가와 인사를 건네며 자기소개를 했다. 엄마는 그럴 때마다 미소 지으며 머리를 한번 쓸어 넘긴 후 바로 다시 나에게 집중했다. 엄마는 엄마에게 먼저 접근하는 남자들한테는 관심이 없었다. 엄마는 우리 두 사람 모두에게 관심을 보이는 남자를 원했다.

나는 이렇게 덫을 놓고 걸려들 사람을 물색하는 준비 작업이 얼마나 지겨운 것인지를 서서히 깨달아가고 있었다. 둘째 주로 접어들며 자동으로 공을 토해내는 기계 앞에서 매일 공을 치는 일이 참을 수 없었다. 기계에서 공이 나올 때마다 그 소리만 들어도 경련이 일 정도였다. 공을 연이어 네 번이나 놓치고 난 후에는 너무 짜증이 나 불평을 하기도 했다.

"그런 거에 지면 안 돼." 엄마가 용기를 주듯 내게 소리쳤다.

"정말 짜증나잖아. 저거 누가 좀 못 고치나?" 나는 불만을 토로했다.

"누구에게나 이런저런 어려움이 있는 거야. 그걸 오히려 운동하는 데 활력으로 활용해봐."

엄마는 선글라스를 머리에 올려 쓰더니 다시 뜨개질을 하기 시작했다. 그건 누가 우리를 보고 있다는 신호였다. 지난 열흘 동안 나는 테니스를 치며 틈틈이 사람들의 지갑을 슬쩍하곤 했다. 엄마가 가진 현금이 충분하지 않았으니까. 특히 엄마 같은 씀씀이로는…….

나는 계속 공을 쳤다. 그리고 20분 만에 세 번째 공을 놓치자 나는 라켓을 던져버리고 입술을 씰룩거렸다.

"맥켄로 흉내 내지 마." 엄마가 외쳤다.

"옛날 고릿적 사람을 들먹이네, 엄마." 그러자 엄마는 머리를 뒤로 젖히며 웃었는데 그건 엄마가 찍은 그 사람이 우리를 보고 있다는 뜻이었다.

"넌 항상 엄마가 정신 번쩍 나게 해주는구나." 엄마는 내게 윙크를 하며 말했다.

"실례합니다."

나는 어깨 너머 오른쪽을 돌아보았다. 그는 바로 옆 코트에 있었는데 엄마와 나를 보고 히죽거리며 웃고 있었다.

"저 소리가 무척 거슬리나 봐요." 그가 내게 물었다.

나는 웃었다. 내가 아닌 애슐리의 미소, 나의 미소보다 훨씬 밝고, 아무런 거리낌이 없는 그런 미소를 보내주었다. 애슐리는 사람을 경계하는 것 따위는 모르는 아이니까. "너무요."

"그럼 이따가 오늘 오후에라도 손 좀 봐달라고 보수유지 담당자에게 말해볼게요." 그렇게 말하는 그의 눈이 엄마에게로 미끄러져 갔다. 엄마는 그를 보고 있었고, 그는 잠시 엄마에게 머문 시선을 다시 내 쪽으로 가져오며 히죽거리는 미소를 지었다. "기계에다 대고 맥켄로 흉내를 내면 소음만 커져요."

"정말 맞는 소리만 하시는구나." 엄마는 목소리에 미소를 잔뜩 담아 말했다. 하지만 아직 미소를 보내주지는 않았다. 엄마는 절대 공짜로 미소까지 주지는 않았다. 엄마는 나의 뒤쪽에서 있는 그를 향해 '감사합니다'라는 말을 입 모양으로 해주었다. 그건 나를 제외하고 뭔가 둘만의 비밀을 공유하는 것과 같은 보상을 해주는 행동이었다.

그는 작별 인사를 뜻하는 듯 라켓을 집어 들고는 테니스 상대가 기다리고 있는 코트로 돌아갔다. 나는 기계소음을 무시하려 안간힘을 쓰며 한 20분 정도 더 공을 쳤고, 중간중간 옆 코트에서 엄마와 나를 번갈아가며 주시하는 그의 눈길을 느꼈다.

드디어 엄마가 시계를 보더니 나에게 손을 흔들면서, "자, 가서 점심 먹어야지. 꼬마 아가씨."라고 했다. 그리고 내 머리의 흐트러진 머리핀을 빼내어 다시 제자리에 꽂아주며 말했다. "갈릭 프라이만 주문하지 말고, 홀 그레인으로 아니 크런치 야채로 시켜. 크런치 야채 두 개를 시키는 게 좋겠다." 그러면서 손을 뻗어 장난스럽게 내 손을 꼭 쥐어주었는데 나는 엄마의 그런 행동이 모두 그를 의식해서라는 걸 알고 있었다. 그 남자는 곁눈질로 계속 우리를 쳐다보고 있었는데 그런 시선을 받는 것이 마치 몇 주 동안 눈에 보이지 않는 그림자처럼 살다가 갑자기 세상 밖으로 나온 것 같은 설레는 느낌이어서 나도 모르게 그 느낌에 스르르 녹아들었다.

바로 이거야. 이렇게 하는 거지. 비록 내가 엄마 말처럼 케이티 시절에 실수를 하긴 했지만, 이제 그걸 벌충하면 되는 거야.

반드시 그래야 했다.

"그럴게." 나는 떨어져 있는 공들을 바구니에 주워 담은 후 테니스 라켓을 챙기며 이렇게 말했고, 엄마는 내 옆으로 다가와 내 어깨에 손을 얹었다. 우리는 그렇게 나란히 다정하게 라커룸으로 향했다.

샤워를 마친 뒤 가벼운 원피스로 갈아입고 나오자 엄마는 "준비됐니?"라고 물었다. 나는 고개를 끄덕였다. 라커룸을 나와서 나는 클럽 레스토랑으로 갔고, 엄마는 길을 가로질러 레스토랑이 잘 보이는 바로 향했다. 엄마는 중간중간 널린 식물들의 잎에 가려 거의 반쯤은 보이지 않았다.

나는 2인용 탁자를 골랐고, 갈릭 프라이를 주문한 후 앉아서 전화기를 뒤적였다. 애슐리는 인스타그램에서 테니스 영상을 보는 아이였고, 또 파일에는 고양이 사진투성이였다.

나는 줄곧 내게 쏟아지는 시선을 느끼고 있었다. 주문한 음식이 도착하자, 전화기를 내려놓고 웨이터가 가져다준 갈릭 프라이를 마늘 마요네즈에 찍어 먹기 시작했다. 순간 어디선가 공기가 바삭이는 듯하더니 그가 와서 맞은편에 앉았다.

"갈릭 프라이만 주문하면 안 된다고 하지 않았나?" 그가 말했다.

나는 눈을 크게 뜨면서 프라이를 접시에 내려놓는 식으로 일종의 죄책감을 표현했다. "헐, 딱 걸렸네요."

그는 내 접시에서 갈릭 프라이 하나를 집어먹으며 히죽 웃더니 "이게 건강에 좋지는 않지만 홀 그레인보다 낫지. 테니스 꽤 잘 치더라." 하고 말했다.

그가 하는 말이 마치 테니스공처럼 펑펑펑 다가왔고, 나는 소름이 돋았다. 이렇게 빨리? 공감대를 표현한 후 비판을 하고 그리고 은근한 칭찬까지. 이 세 박자는 상대의 입지를 불안하게 하고 나의 입지를 유리하게 하기 위한 건데. 이건 엄마가 가르쳐준 전술이었다. 갑자기 살이 떨려왔다.

"감사합니다. 코치세요?"

그는 고개를 저으며, "마이애미에 스포츠 센터가 몇 개 있지. 너희 엄마는……" 하고 마치 엄마를 언급하는 것 자체만으로도 마음이 산란한 듯 말끝을 흐렸다.

"하이디라고 해요." 목표물이 나를 통해 엄마에게 접근하려 들 때 나는 귀여운 딸 역할을 해야 했다. 상대를 도와주고, 잘 웃고, 미소를 띠며 상대가 다음 말을 못 찾을 때는 그 자리를 내가 채워주기도 해야 한다.

"아, 하이디."라고 그가 말했다. 한데 말을 하는 방식이 어딘가 좀…….

나는 이가 서로 부딪칠 만큼 떨렸는데 얼마나 심했던지 턱까지 아파왔다. 왜? 케이티에게 일어났던 일 때문일까? 지금 이 느낌은 *빨리 도망가*, 이건데. 나는 그물에 걸린 물고기처럼 몸을 뒤척이지도, 숨을 제대로 쉬지도 못 하고 그 자리에 얼어붙어버렸다.

"그리고 넌?" 그가 물었다.

"아, 죄송해요." 나는 황망하게 보통의 예절 바른 여자아이들이 그러듯 사과를 한 후 손을 내밀며, "전 애슐리라고 해요."라고 답했다.

그가 악수를 하며 말했다. "난 레이먼드라고 한단다."

나는 여전히 예의 바르게, 하지만 재빨리 손을 뺀 후 "만나 봬서 반갑습니다. 그레인 볼하고 아보카도도 주문했어요."라고 말했다. 그러고 나서는 같이 음모라도 꾸미는 사이인 양 나직이 덧붙였다. "엄마 말을 어길 수는 없죠."

"그렇지, 엄마 말을 잘 듣지?"

"엄마는 뭐든 가장 잘 아시니까요." 나는 즐거운 목소리로 말했다.

"정말 잘하더구나." 그가 말했다.

"아녜요. 그냥 좀 하는 정도죠." 생각도 없이 말부터 튀어나와 나는 약간의 미소로 마무리했다.

"테니스 얘기를 하는 게 아니라, 어제 그 골퍼와 부딪치면서 네가 그 사람 지갑에서 신용카드 슬쩍하던 거 말야."

나는 온몸이 얼어붙는 듯했다. 어제 슬쩍한 그 검은색 신용카드. 이미 기프트카드 사는 데 수천 달러를 긁어버린 터다. 흔적을 남기지 않으려면 은행 카드보다는 기프트카드를 사용하는 방법이 훨씬 나았으니까.

"아주 자연스럽던데." 그는 계속했다. "손놀림이 빠르더구나. 그리고 대상도 잘 정했고. 그런 사람은 청구서 몇 번 돌아오고 나서야 카드가 없어진 걸 알아차리지. 엄마가 가르쳐주신 거니?" 그는 내 머리 위로 주변을 주욱 스캔하다가 다시 내게로 시선을 돌렸다.

나는 이제 얼어붙을 수도, 얼굴을 붉힐 수도 없었다. 아무것도 할 수가 없었다. 이렇게 현장을 들켜서 벗어나야 하는 상황에 처해본 적이 없었다. 그것도 이렇게 빨리 들키다니. 나는 살얼음판 위를 걷는 기분으로 나한테 주어진 선택지를 잽싸게 스캔해보았다. *바보처럼 군다. 거짓말을 한다. 재잘거린다. 솔직히 시인한다.*

나는 코를 실룩거리며 프라이 하나를 더 먹었다. 그리고 "네?"라고 하며 마치 내 전화기에 지금 더욱 중요한 것이 있기라도 한 듯 전화기에 시선을 꽂았다.

그는 미소를 지었다. 나는 곁눈질로 그의 모습을 훔쳐보았다. "재능도 있고, 재주도 있고, 생긴 건 엄마를 닮았고. 엄마가 정말 자랑스러우시겠다. 너 같은 훌륭한 자산을 두었으니."

그는 마치 사고 싶은 차를 살펴보는 눈으로 나를 아래위로 훑

308

어보았다. 나는 소름이 끼쳐 미칠 지경이었다. 그때 나는 이 남자가 '적' 그리고 '아버지'라는 단어를 다시 정의하게 되는 계기가 될 줄은 꿈에도 몰랐다. 그 두 단어는 이미 내 머릿속에서 서로 엉겨 붙은 단어였다.

당시 나는 내가 말도 안 되는 궁지에 몰려 있으며, 빨리 그 자리를 떠야 한다는 생각뿐이었다.

엄마가 와야 하는데.

나는 전화기에서 눈을 떼고 반쯤은 미소를 띤 채 그를 바라보았다. 순간 우리의 두 눈은 처음으로 진실된 서로를 바라보았다.

"맞아요. 전 꽤 소중한 자산이죠. 그러니까 아저씨는 빨리 도망치세요."

"엄마랑 함께 우리 집에 한번 왔었지." 그는 다시 한번 레스토랑을 훑어보며 말했다. 엄마가 어디 있는지 찾고 있는 것이었다. 어디 있는 거지? 저 사람이 나를 어떤 식으로 쳐다보는지 엄마는 눈치도 못 챘나? 이미 내 정체를 알아챈 거를 모르는 건가? 나는 그 자리에서 일어나 도망치고 싶었지만 그가 순순히 놔주지 않을까봐 겁이 났다.

"스포츠 센터 맨 위층에 있는 그 컨트리클럽이 아저씨 건가 봐요?" 나는 그가 하는 말을 뻔히 다 알아들었으면서도 짐짓 순진한 척 질문을 던졌다. 여긴 그의 영역인데 우리가 감히 침범한 것이다. "정말 대단한데요."

"너 애디 로긴스(〈페이퍼 문〉이란 영화에 나오는 꼬마 사기꾼) 뺨치는구나."

"참조할 콘텐츠 다 동원해서 경쟁을 시키시더라고요." 미처 생각할 겨를도 없이 이런 말이 튀어나왔고, 그의 눈이 기쁨에 차서 반짝이며 웃는 것을 보고 나는 내가 실수를 했다는 것을 깨달았다.

우리에게 더 관심을 갖게 만들어버렸던 것이다.

그가 자리에서 일어나며 말했다. "엄마한테 내가 보낸 선물이 마음에 드셨길 바란다고 전해드려라."

그러고는 내가 뭐라고 할 새도 없이 자리를 떴고, 나는 그 자리에 얼어붙은 듯 앉아 있었다. 내 몸 안의 모든 피가 위로 솟구쳐 올라오는 듯했고, 내 몸은 '도망가'라고 외치고 있었다. 의자에서 일어나 빨리 이곳을 벗어날 수만 있다면 아무 데나 상관없다는 생각으로 자리를 뜨려는 순간 엄마와 마주쳤다.

"무슨 일이야?" 엄마가 나를 부드럽게 밀어 다시 의자에 앉히며 물었다. 나는 저항하지 않고 그대로 앉았다.

"엄마, 그 사람이 알아요." 내가 속삭였다. "그 사람이……" 하고 말하다가 나는 멈칫했다. 또 나의 실수 때문에…… 그 말을 하면 엄마는 화를 내실 거였다. "어떻게 알았는지는 모르겠지만, 어쨌든 알고 있어요."

나는 거짓말을 하느라 벌렁이는 가슴을 어찌할 줄 몰랐지만 엄마는 눈치채지 못하는 듯했다.

엄마의 어깨가 흠칫하더니 그 사람처럼 엄마도 레스토랑 내부를 쭉 훑어 스캔을 하기 시작했다. 하지만 아저씨를 찾을 수는 없었다. 우리를 보고 있다면 우리 눈에 띄지 않는 어딘가에 있을 게 틀림없었다.

"뭐라고 했는데?" 엄마가 물었다. "세상에 물 좀 마셔라. 지금 네 얼굴이 백지장 같아. 내가 얼굴 표정 관리는 어떻게 해야 한다고 했지? 기억하니?"

"엄마, 그 사람이 알아요. 우리 여길 떠야 해요." 물컵을 잡은 내 손이 떨렸다. 엄마의 눈이 커지더니 내 손 위에 엄마의 손을 덮어 감싸주었다.

"진정해." 엄마는 숨소리를 죽여가며 명령했다.

하지만 나는 진정할 수가 없었다. 엄마는 결국 나를 차로 데려가 태웠고, 나는 호텔로 돌아오는 길에 모든 이야기를 하고 말았다.

나는 너무 떨려서 엄마의 눈이 반짝이는 것을 눈치채지 못했거나, 보았어도 그걸 분노로 읽었을 것이다. 호텔에 도착하자 프런트 데스크에는 꽃다발이 엄마를 기다리고 있었다. 그제야 나는 그가 말한 선물이란 게 무엇인지를 깨달았다.

그는 우리가 머무는 곳도 알고 있었다. 이건 위협이었다.

도망쳐. 빨리. 이번에는 뜨개질바늘도 없어. 그냥 도망쳐야 해.

엄마는 꽃을 쓰다듬으며 물었다. "이게 언제 도착했죠?"

"11시 반쯤이요."

"흠." 엄마는 카드를 빼서 열어보았고 나는 어깨 너머로 훔쳐보았다.

카드에는 '저녁?'이라 적혀 있었다.

"꽃을 방까지 가져다드릴까요?" 호텔 직원이 물었다.

엄마가 머리를 흔들었다. "우리 애가 할 거예요. 감사합니다."

난 꽃에 손도 대기 싫었지만 엄마의 말을 따랐다. 엄마는 엘리베이터를 탈 때도 여전히 카드를 손에 쥐고 마치 뭔가 소중한 비밀이라도 되는 듯이 손가락으로 카드를 비비고 있었다.

"엄마, 왜 웃어?" 엘리베이터 버튼을 누르고 문이 닫히자마자 내가 물었다.

엄마는 내가 들고 있는 꽃에 시선을 주고는 손가락 사이에 끼고 있던 카드로 본인의 입술을 툭툭 건드리며 말했다. "디기탈리스 꽃이야."

두 사람만이 아는 농담을 둘이서 즐기고 있으며 나 혼자만 그걸 모르는 것을 깨닫고 나는 얼굴이 화끈 달아올랐다.

"디기탈리스는 꽃말이 사기, 속임수야."

그러고서 엄마는 소리 내어 웃었는데 그건 가짜 웃음이 아니었다. 엄마가 놀랐을 때 살짝 찡그리면서 웃는 그런 웃음. 마치 믿을 수 없는 일이 일어나서 신난다는 듯한 웃음이었다.

엘리베이터 문이 열렸고, 엄마는 들뜬 걸음으로 나가버렸다. 그리고 나는 그 자리에 못 박힌 듯 서 있었다. 엄마는 내가 내리지 않은 것도 알아채지 못했다.

45

라이터 하나, 보드가 세 병, ~~과위~~,
안전금고 열쇠 두 개, 사냥용 칼 한 자루
~~계획 1: 폐가~~
계획 2: 잠정 중단
계획 3: 찌르기 V
~~계획 4: 총 확보, 아이리스와 웨스 구하기, 탈출~~
계획 5: 아이리스의 계획
아이리스의 핸드백 내용물: 23달러와 운전면허증이 들어 있는 지갑,
　　나일론 스카프, 면 손수건, 헤어스프레이 한 병, 플라스틱 물병
　　하나, 탐폰 두 개, 브로치 하나, 립스틱 여섯 개, 머리핀 한 통,
　　머리 묶는 끈 두 개, 호일에 싼 브라우니 하나, 진통제 세 병

아이리스는 화장실 문을 체크해보았다. 꿈쩍도 하지 않는 걸
보니 단단히 잘 막아놓은 듯했다. 나는 화장실 두 칸의 문을 다
열어보았지만, 창문은 하나도 없었다. 우린 갇힌 것이다.

"화장실 문밖에서 지키고 있는 것 같지는 않아." 아이리스가
화장실 문에다 귀를 대보더니 말했다. 아마 두에인을 살펴보고
있는 중이겠지. 시간이 별로 없었다.

"널 지하로 데리고 갔던 거야? 웨스도 같이?"

"나만. 웨스는 아직 그 사무실에 그대로 있을 거야." 아이리스
가 고개를 저으며 답했다.

"너 괜찮아?"

아이리스는 고개를 끄덕였다. "그냥 용접기로 작업을 하는 동
안 옆에 앉아 있게 하더라."

"그럼 그 철창은 다 끊었어? 금고까지 갔어?"

"문은 이제 열 수 있게 됐는데 안에 들어가보지는 않더라."

"정말? 왜 금고도 열면 될 텐데? 그 용접기 가지고."

"아마 어떤 금고인지 모르는가 봐. 회색 모자가 알려주지 않았거나⋯⋯." 아이리스가 말끝을 흐렸다.

"둘 다 모를 수도 있겠지." 내가 이어 말했다.

"지점장이 없으면 안 되는 이유가 여기 더 있었구나. 지점장이 있어야 거길 들어가고, 또 어떤 건지를 알아야 열 텐데."

"이 사람들 계획은 파면 팔수록 점점 더 구린데." 내가 말했다.

"그래도 현재 저놈들이 이기고 있어." 아이리스는 개수대에 핸드백을 올려놓았다. "나 정말 생리컵 갈아야 한다고 했을 때 진심이었어." 그러고는 화장실 한 칸으로 들어갔다.

"저 정리함에 혹시 뭐 있나 봐봐." 아이리스가 안에서 말했고, 나는 허리를 굽히고 개수대 밑의 정리함을 열어보았다.

"휴지, 비누, 화장실 청소 솔, 배수관용 청소막대." 나는 정리함 뒤쪽으로 손을 뻗어 뒤에 있던 큰 병을 꺼내었다. "액체 손세정제도 있네."

"그거." 아이리스는 나와서 생리컵을 닦은 후 다시 들어갔다.

"그리고⋯⋯ 표백제 스프레이, 공기 청정제, 뚜러뻥."

"좋아. 그거 모두." 아이리스는 화장실 칸에서 나와 일단 페이퍼타월로 손을 닦은 후 핸드백에서 손 소독제를 꺼내 손바닥에 뿌렸다.

"화장실 물도 안 내리고 더럽게, 미안해. 밖에서 듣고 일을 다 본 걸로 생각할까봐."

"웬 걱정. 난 저 밖에 있는 사람처럼 생리란 단어만 듣고도 무서워하는 그런 사람 아니거든."

"다행이네. 나 웃기지 마. 지금 정신 집중해야 하니까." 아이리스는 짐짓 진지하게 말했다.

아이리스는 문 쪽에 있던 큰 휴지통을 개수대 쪽으로 끌고 와서는 뚜껑을 벗기고 그 안의 쓰레기를 살펴보았다. 그러고 나서는 정리함 앞에 와서 내 옆에 무릎을 꿇고 앉더니 핸드백에서 호일로 싼 사각형 덩어리를 꺼냈다. 호일을 벗기자 브라우니가 나왔다. 아이리스는 브라우니를 한쪽으로 치워두고 나에게 호일을 던지며 말했다.

"작은 공 모양으로 만들어줘. 구슬 정도 크기."

아이리스는 아주 능숙하게 화장실 휴지를 풀어 휴지통에 여러 겹으로 쌓아 넣고는 손 세정제와 보드카를 휴지에 뿌리기 시작했다. 내가 호일 공을 여러 개 만들었을 때 아이리스는 휴지통 작업을 거의 마무리하고 있었다.

내가 문 쪽과 아이리스를 번갈아 주시하며 망을 보는 동안 아이리스는 내용물을 다 비운 손 세정제 병에다 내가 만든 호일 덩어리를 넣었다. 그러고 나서는 머리를 완벽하게 매만지는 그 솜씨 좋은 손을 가지고 능숙하게 뚜러뻥 액체를 호일로 채워진 손 세정제 병에다 붓기 시작했다.

"뭐 하는 거야?"

아이리스는 병뚜껑을 단단하게 닫아 조이며 긴 한숨을 쉬었다. 우리는 병을 사이에 두고 무릎을 꿇고 앉았다. 아이리스가 두려움이 가득한 얼굴로 말했다. "폭탄을 만드는 거야."

— 46 —

애비: 그가 어떻게 엄마를 낚았는지

엄마는 레이먼드와 저녁 식사를 같이 한 후 데이트를 하기 시작했다. 그리고 사랑에 빠졌다. 엄마는 레이먼드가 원하는 대로 다 해주었다. 그가 원하는 게 바로 엄마가 원하는 것과 일치했으니까. 그리고 내가 원하는 것은…… 그건 중요한 게 아니었다.

"엄마는 이 게임을 하는 게 지겨워졌어." 어느 날 밤 엄마가 내게 말했다. "이 짓을 하고 산 지가 너무 오래되었잖니. 나이는 계속 들어가고."

내 기억에 엄마는 항상 그런 불평을 하곤 했다. 거울 앞에 서면 보톡스를 맞아 보이지도 않는 주름살을 한탄하고, 너무나 아름다운 얼굴에서 사람들 눈에는 띄지도 않는 결점을 찾아내어 불만을 표시했다.

"엄마는 완벽해." 나는 이렇게 말하곤 했다. 그게 바로 내가 맡은 역할이니까.

나는 엄마에게 다이아몬드 귀걸이를 건네주었고, 엄마는 귀걸이를 했다. 세 번째 데이트 때 레이먼드가 엄마에게 선물해준 것이었다. 엄마에게 선물할 때 레이먼드는 내 것까지 작은 귀걸이 세트를 선물해주었으며, 그래서 나는 다이아몬드를 가진 부자가 되었다. 엄마는 이 일을 두고 레이먼드가 정말 생각이 깊은 사람이라며 며칠 동안 칭찬을 해댔다. 나는 엄마가 정말 우리 엄마가 맞나 싶었다. 그건 그냥 사랑에 빠졌을 때, 상대의 마음을 얻고 싶을 때 하는 선물 공세에 지나지 않았는데. 그것도 엄마가 가르쳐준 것인데.

모든 게 꼬여갔다. 케이티 이후에 모든 게 다 잘못되어가고 있었다. 내가 충분히 잘할 수 있다는 걸 보여주고 그걸 증명하기만 하면 좋아질 줄 알았는데. 그런데 이제 증명할 기회가 사라지고 말았다. 사기를 칠 대상이 사라졌으니까.

나는 브러시로 엄마의 머리를 빗겨주며 그 리듬 속에 모든 것을 잊어버리고 싶었다. 엄마가 뿌리는 향수 냄새 속에 모든 것을 묻어버리고 싶었다.

엄마는 손을 내려다보았다. 그러고는 네 번째 손가락을, 프렌치 네일팁을 한 끝부분부터 반지를 끼는 부분까지 쭉 쓰다듬으며, "이게 우리 모두에게 좋을 것 같아."라고 말했다.

"이거?"

"레이먼드."

"뭐라고?" 나는 발끈 화를 내었다.

"그 사람이 우리를 돌봐주겠대."

"엄마는 나 스스로 날 돌봐야 한다고 가르쳤잖아."

"그래서 지금 어떤 꼴이니?" 엄마가 정색을 했다.

머리를 매만지던 팔에 힘이 쭉 빠져 밑으로 처졌고, 브러시 손잡이를 잡은 손에 힘이 들어갔다.

"너한텐 아빠가 필요해. 진짜로."

나는 그게 무엇을 의미하는 건지 생각하고 싶지 않았다. 요즘 들어서 엄마가 케이티 일로 인해 나에게 화를 내는 그 이면에 뭔가 다른 게 있을지도 모른다는 희망을 품고 있었다. 나의 잘 못이라고 생각하는 거 뒤에 무엇인가 내가 깨닫지 못하는 뜻이 있을지도 모른다는 기대를 걸고 있었다.

한데 아빠가 필요하단 말을 듣는 순간 뭔가 뜨겁고 무거운 것이 내 머리를 짓누르는 것 같았다. 그리고 내 목은 그 무게로 인해 곧 꺾여버릴 것만 같았다.

"한번 생각해봐. 넌 지금까지 항상 엄마가 말한 멋진 딸 역할을 잘 해냈지 않니. 진짜 딸 노릇하는 거는 식은 죽 먹기야."

나는 이 말을 어떻게 받아들여야 할지 도대체 이해할 수가 없어 엄마를 노려보며 말했다. "난 이미 진짜 딸이야. 엄마 딸이라고."

"얘는. 엄마가 무슨 말 하는지 다 알면서." 엄마는 웃으면서 일어나더니 곧 거울에 비친 본인의 모습에 다시 정신이 팔려 "우리 딸 이쁘지." 하고는 거울 속 허공에 대고 내 볼에 키스를 날렸다.

나는 호텔방에서 나와 가장 가까운 가게로 가서 모아둔 기프트카드로 선불 전화기 세 대와 드라이버와 큰 테이프를 샀다.

다시 호텔방으로 돌아온 나는 몇 년 동안 외우고 있던 그 전화번호를 상기해보았지만 전화를 걸지는 않았다. 대신 선불 전화기 한 대는 환풍기에, 또 하나는 엉클어져 있는 테니스 백에 그리고 마지막 하나는 화장실 물탱크 위쪽에 테이프로 붙여두었다.

만일을 대비해서라고, 나는 속으로 생각했다.
그냥 만일을 대비하는 것뿐이야.

47

라이터 하나, ~~보드가 세 병~~, 아니 한 병, ~~가위~~,
안전금고 열쇠 두 개, 사냥용 칼 한 자루, 화학 폭탄 하나,
거대한 점화기, 아이리스 핸드백 안의 내용물
~~계획 1: 폐기~~
계획 2: 잠정 중단
계획 3: 찌르기 V
~~계획 4: 총 확보, 아이리스와 웨스 구하기, 탈출~~
계획 5: 아이리스의 계획. 펑!!

"건들지 마." 아이리스가 만든 병 — 폭탄 — 을 노려보고 있
는 나에게 아이리스는 이렇게 경고했다.

나는 눈을 크게 뜨면서 최대한 소리 죽여 말했다. "물론이지.
안 건드려." 그러고는 다시 문 쪽을 쳐다보았다. "너, 이런 거 만
드는 방법은 어떻게 알았어? 인터넷에서 봤다는 그딴 식 대답
말고."

"내가 검색창에 검색하는 내용을 보면 미 국가안보국 같은
데서 무척 관심을 갖겠지?" 아이리스가 코웃음을 치듯 말했다.
"난 방화를 조사하는 사람이 되고 싶은 거지, 방화범으로 의심
받고 싶지는 않아. 내 가방 줘."

나는 가방을 건네주었고, 아이리스는 가방 안에서 메이크업
파우치를 꺼내더니 파우치를 뒤져 작은 하트 모양이 두 개 있는
플라스틱 핀을 꺼냈다. 아이리스가 가지고 있는 물건들이 그렇
듯 이 핀들도 사람들이 브로치라는 걸 하고 다니던 그 시대쯤에

서 온 것이었다. 하트 모양에는 '키스 타이머'라는 글씨가 새겨져 있었고, 하트 사이에는 모래시계가 끼워져 있었다. 아이리스는 모래시계를 뒤집었고, 그러자 모래들이 반짝이며 떨어지기 시작했다. "화학물질들이 저 호일에서 왁스를 다 녹여내는 데 적어도 10분은 걸릴 거야." 아이리스가 말했다. "저기 개수대 쪽 페이퍼타월를 다 꺼내서 그걸 꼬아 가지고 도화선을 만들어야 해. 그걸 좀 해줘."

"그러면 어떻게 폭탄이 되는 건데?" 나는 페이퍼타월 통을 열면서 모래시계를 보고 있는 아이리스에게 물었다.

"화학 반응이지. 저 뚜러뻥 세제는 알루미늄과 작용해서 압력이 생겨. 그리고 그게 병 안에서 팽창하면……" 아이리스는 모래시계 브로치를 쥐고 있지 않은 쪽 손가락을 튕기며 '펑' 하는 그림을 묘사했다.

"그럼 머리핀은?"

"유산탄." 아이리스가 다소 침울하게 말했다. "너무 일찍 폭탄이 터져버리는 것에 대비해서. 폭발 작용이 일어날 때까지 시간 여유가 많지 않거든. 짧아. 잘못하면 네 손가락이 날아갈 수도 있어."

아이리스는 폭탄을 사이에 두고 그 명민한 눈으로 나를 쳐다보았고, 나는 이 세상 누구에게도 보낼 수 없는 믿음으로 도화선을 꼬며 물었다.

"쓰레기통은?"

아이리스는 모래시계를 뒤집었다. 9분.

"쓰레기통은 점화제야. 우린 여기서 나가야 하는데, 그러려면 저 사람들이 나가지 않으면 안 되도록 만들어야 하니까." 아이리스가 답했다.

휴지를 꼬고 있던 내 손에 힘이 들어갔다. "불이 나면 안 나갈 수가 없지." 나는 아이리스의 생각 속으로 들어가기라도 한 것처럼 아이리스가 하던 말의 뒤를 이었다.

아이리스의 입이 실룩거리는 듯하더니…… 미소를 지으며 "본능적으로."라고 덧붙였다.

"붉은 모자가 문을 열면 연기 때문에 정신 못 차릴 거고, 거기다 폭탄으로 쐐기를 박는 거지."

아이리스가 고개를 끄덕였다. "회색 모자가 아직 의식을 차리지 못한 상태라면, 모든 사람들을 다 나가게 할 수 있어. 깨어났다 할지라도 연기 때문에 총을 쏘기 힘들 거야."

아이리스는 모래시계를 뒤집었다. 또 1분이 흘렀다. 나는 화장실 문을 쳐다보았다. 아무런 움직임이 없었다.

"남은 8분 동안 뭘 할까?" 아이리스가 물었다.

나는 어떻게 대답을 해야 할지 몰랐다. 언제라도 붉은 모자가 돌아온다면 우리는 죽은 목숨이며, 두에인이 의식을 차리지 못하면 더 위험해질 수도 있었다. 두에인은 그나마 자기 조절을 할 줄 아는 인간이지만 붉은 모자는 리더가 필요한 놈이었다.

아이리스의 계획은 위험하고, 파괴적이며, 우리의 목숨을 앗아갈 수도 있었다.

거기에 생각이 미치자 내 심장은 뛰기 시작했다. 이게 끝이라고? 웨스는 저기 혼자 그리고 나는 아이리스와 단둘이, 이 순간이 아이리스와의 마지막이라고?

"진실게임이나 하자." 내가 제안하자 아이리스의 입꼬리에 걸려 있던 긴장감이 누그러졌다.

"그래. 진실게임." 아이리스는 브로치의 하트를 어루만지며 답했다.

"난 무서워." 내가 나지막이 말했다.

"나도." 아이리스가 한 손으로 내 허벅지를 살짝 꼬집으며 답했다. "우리가 여기에서 정말 빠져나갈 수 있을지 모르겠어."

"할 수 있어. 더한 데서도 살아남았는데."

아이리스는 아무 말이 없었고, 모래도 거의 다 떨어져가고 있었다.

"레이먼드와 너에 대한 거 나도 읽은 적 있어." 아이리스가 말했다.

"애슐리에 대한 걸 읽은 거겠지."

"같은 거 아냐?"

그게 문제지. 같은 것일까?

"알고 싶은 게 뭔데?" 난 이렇게 물었다.

나는 아이리스가 캐물을 줄 알았다. 호기심을 채우기 위해 불편한 질문들을 쏟아낼 줄 알았다. 두에인과 같은 질문, '너 정말 사람들이 네가 했다고 하는 그 짓을 한 거 맞아?' 이 말을 할지도 모른다고 생각했다.

하지만 아이리스는 달랐다.

"그런 일을 겪고 나서…… 너 정말 괜찮은 거니? 괜찮아?"

아이리스는 항상 나를 어쩔 수 없게 만드는 데 소질이 있었다.

너무나 단순한 질문. 그 답도 그만큼 단순할 수밖에 없는. 그 질문이 내 마음의 문을 열게 한다. 아이리스는 그걸 먼저 물었다. 그 무엇보다 내가 먼저라는 듯.

　아이리스는 다시 모래시계를 뒤집었다. 7분.

　"아니." 나는 이렇게 대답했다. 아이리스는 진실을 들을 자격이 있으니까.

　"안 괜찮아."

　언젠가는 괜찮아지겠지.

— 48 —

애슐리: 애슐리의 선택

엄마는 레이먼드와 결혼을 했고 나는 엄마를 말릴 수 없었다. 엄마는 플로리다 키에 위치한 레이먼드의 큰 저택으로 들어갔고 나도 엄마를 따라 그 집으로 들어갔다. 나는 엄마의 파트너에서 이제는 엄마의 로맨스에 기여한 사람이 되었다. 그리고 내가 할 일은 없었다. 갈 곳도 없었다. 나는 레이먼드가 하는 사업의 세부 내용을 알아서는 안 되었는데 그 사업이라고 하는 것이 컨트리클럽 사기단 운영을 넘어서 훨씬 규모가 컸고 훨씬 더 복잡한 것이었다. 난 하루아침에 그냥 가만히 숨만 쉬면 되는 존재가 되어버렸다. 딸 노릇 하기. 정상적인 여자아이처럼 살기. 그냥 잘 살기.

한데 나는 그런 것에는 소질이 없었다. 그들이 원하는 그런 방식으로 되지가 않았다.

"이제 레이먼드가 너의 아빠란다." 결혼식이 끝나고 엄마는 그게 아주 멋지고 신나는 일이라도 되는 양 이렇게 선언했고, 그런 엄마를 보는 내 마음은 미칠 것 같았다. 엄마는 지금 이 상황이 나에게 끔찍하고 무서운 일이 아니라 정말 좋은 일이라고 여기고 있었다. 생각보다 엄마의 사랑 병이 깊었던 것이다.

남자를 꼬시기 위해 필요한 것이 무엇인지 나는 알고 있었다. 내가 맡은 일은 목표물이 어떤 사람인지를 파악하는 것이었으니까. 어떤 일에 그가 웃는지 — 이걸 보고 행복해하는 요인을 파악하고, 어떤 일에 상을 찡그리는지를 통해 그가 두려워하는 걸 파악하고 어디까지 승인을 하는지 — 이를 통해 어느 정도로 상대를 통제하려 하는 사람인지를 파악한다.

내가 아는 한 상대를 통제하려 하는 성향 그게 바로 부성이었다. 그것도 상대방의 마음과 육체를 모두 자기 마음대로 하려는 게 부성이었다. 엘리야가 헤일리에게 원했던 것이 바로 그거였다. 끊임없이 상냥하고 정숙해야 한다고 주문했으니까. 결국 내 손으로 그만두게 만들 때까지 조셉이 케이티에게 원한 것도 그것이었다.

하지만 레이먼드를 멈추게 할 수는 없었다. 이제는 더 이상 내가 좌지우지할 수 없었다. 주도권은 레이먼드에게 있었고, 그가 내 아버지 역할을 하기로 했다면 나는 따를 수밖에 없었다.

레이먼드는 모든 걸 다 결정했고 우리는 따라야 했다. 날 학교에 보내지도 않았는데 그 이유는 내 나이대의 남자애들 마음속에는 딱 한 가지 생각밖에 없는데 내가 그런 생각밖에 안 하는 놈들 근처에 가는 게 싫다는 거였다. 그래서 나는 집에서 가정교사에게 교육을 받았다.

레이먼드는 또한 엄마에게 자선활동을 시켰는데, "그것도 일종의 사기야, 여보."라고 엄마에게 속삭였고, 그때 엄마는 깔깔 웃으며 그의 팔을 때렸다. 그리고 자기가 집을 비울 때 즉, 사업하러 나가 있는 동안에는 집에 보안요원이라는 걸 배치했다. 우리에게는 경비도 있고, 운전사도 있고, 가정부도 있었다. 그렇게 우리는 하루 종일 누군가의 감시를 받으며 살았다.

레이먼드는 우리가 집밖에 나설 일을 남겨두지 않았다. 집밖으로 나가서 누군가에게 구해줄 것을 부탁할 여지를 차단해버린 것이다. 그가 가족, 보살핌, 보호라는 미명하에 엄마와 나의 자유를 얼마나 신속하게 앗아가버렸는지 정말 놀라울 지경이었다. 자기가 하는 사업이 위험한 일이기 때문에 그리고 내 나이대의 남자애들이 딱 한 가지 생각밖에 하지 않는다는 이유로 자유를 앗아갔다. 그리고 자선활동도 일종의 사기라고 속삭이며 엄마를 동원하였고 거기에 엄마는 그냥 두 손을 놓아버렸다.

내가 보고 자란 엄마는 항상 남자를 유인하고, 이용하고, 마음대로 움직이던 사람이었는데, 이제 엄마는 사랑이라는 이름으로 은쟁반 위에 이런 것들을 자발적으로 모두 바쳐버리고 말았다. 강제로 뺏긴 것도 아니고 스스로 주어버렸다. 나는 이 사기극을 지켜보며 어지러웠다. 우리는 대부분의 시간을 가족이라는 그 얄팍한 이름으로 더러운 범죄를 숨기며 살고 있었고 집 주변에는 보이지 않는 망이 쳐져 있었으며 그 망은 나날이 우리를 더 조여오고 있었다.

처음에는 엄마가 굽히는 사람이 아니니까 모든 걸 굽혀야만 하는 이 집에서 탈출할 방법을 찾아낼 거라고 생각했다. 그러나…… 엄마는 굽히지도 않았고 탈출 방법을 찾지도 않았다.

엄마는 굽힌 것이 아니라 그냥 무너져버렸다.

그리고 엄마는 나까지 무너지게 만들었다.

그날도 여느 때처럼 해변에 앉아 있었다. 평소 오전에는 가정교사가 올 때까지 해변에서 엄마와 시간을 보내고, 오후가 되면 내 방에서 책을 읽었다. 난 조용히 지내려 노력했다. 나름대로 내가 가지고 있는 상처를 치유하기 위해서 시간이 필요했고, 그러려면 두 사람의 이목을 끌지 않는 게 좋았다. 그건 그리 어렵지 않았다. 그 두 사람은 서로에게 집착하고 있어서 징그럽고 끈끈하게 서로 대놓고 구애를 하며 지내고 있었으니까. 엄마는 오랜 세월 잊고 지내던 것을 다시 찾은 듯했다.

하지만 가끔은 그의 일정이 달라져 우리와 함께 해변에서 시간을 보낼 때도 있었다. 내가 그의 앞을 종종걸음으로 지나가면 그는 상을 찌푸렸지만 아무 말도 하진 않았고 나는 그 무언의 신호를 무시했다.

엄마는 비치파라솔 아래 자리를 잡고 앉아 가져온 유리 컨테이너 속에 담긴 과일을 꺼내 서로에게 먹여주었다. 나는 그쪽을 향해 눈알을 굴리는 모습을 보이지 않으려 애쓰며 비치타월을 깔고 그 위에서 책을 보고 있었다. 그러다 날씨가 너무 더워 셔츠를 벗어버렸다.

"과일 좀 먹을래?"

"아뇨. 괜찮아요."

나는 책에 머리를 묻고 있었다. 해변의 파도 소리를 배경으로 지나가는 짧고 날카로운 휘파람 소리, "저기 봐!" 하는 말과 함께 터지는 웃음소리 그리고 우리 앞을 지나가는 10대 남자아이들 셋이 하는 대화에 신경이 곤두섰지만 나는 쳐다보지 않고 책장을 넘겼다. 이런 일은 아홉 살 때부터 익숙한 터였다.

하지만 레이먼드는 고개를 내밀고, "저 새끼들이 지금……?"이라 했고, 엄마는 "신경 쓰지 마요. 남자애들은 원래 저래."라고 말렸다.

나는 어깨 너머로 두 사람을 흘낏 보고 다시 책으로 시선을 돌렸다.

"애슐리." 레이먼드가 소리 지르듯 나를 불렀다.

"네?" 난 이미 레이먼드가 '왜?' 또는 '뭐?'라는 답을 싫어한다는 것을 터득하고 있었다. 레이먼드는 여자란 자고로 다소곳해야 한다고 생각했으니까. '네'라는 말은 훨씬 다소곳하고 긍정적인 대답이었다.

"입어라." 레이먼드가 말했다.

나는 일부러 못 알아듣는 척했다. "걱정 마세요. 집에서 나오기 전에 이미 선크림 발랐어요."

엄마가 눈을 가늘게 뜨고 나를 쳐다보았다. 엄마는 내 속을 훤히 뚫어보고 있었다.

"애슐리! 셔츠 입어." 레이먼드가 내 말 안 들으면 알지, 하는 어조로 다시 말했다.

나는 그냥 '예'라고 해야 한다는 걸 알고 있었다. 그는 '예'라는 답을 좋아하니까. 하지만 날씨는 너무 더웠고 남자아이들이 휘파람을 불며 지나가는 건 내 잘못이 아니었다.

"입기 싫어요."

"얘. 아버지가 하라는 대로 해." 이번엔 엄마가 나섰다.

나는 두 사람을 모두 무시하고 다시 책을 읽기 시작했다.

레이먼드가 내 겨드랑이에 손을 껴서 나를 벌떡 들어 올렸을 때 나는 깜짝 놀라 움칠했다.

"우리 얘기 좀 해야겠다." 레이먼드가 이렇게 말하자 엄마는 항의를 표했지만 치켜뜬 그의 눈초리 한 방에 꼬리를 내리고 말았다.

레이먼드는 집에 와서 내 방으로 나를 데리고 들어갔다.

"책상에 앉아." 그가 내 옷장 문을 활짝 열어젖혔다. 그러곤 엄마가 내게 사준 옷들이 심히 언짢은 듯 중얼거렸다. "세상에."

"뭐 하시는 거예요?" 레이먼드가 내 옷을 꺼내어 침대 위에 던지자 내가 물었다.

"네 옷장 정리 좀 하려고."

"엄마가 골라주신 건데요." 이 말에 레이먼드는 나를 때리더니 남자들이 휘파람 부는 건 잘못될 일이라고 떠들기 시작했다. 내가 경계를 게을리했기 때문인 것처럼 말했다. 아. 내가 경계해야 할 건 바로 레이먼드인데. 난 모든 사람들로부터 벗어날 수 있었다. 하지만 레이먼드를 벗어날 길은 없었다. 그를 이길 수 없었다. 그리고 엄마는 절대 나를 용서하지 않으실 거였다. 엄마는 지난번 실수에 대해 아직도 나를 용서하지 않으셨다.

"네 엄마는 딱 한 가지를 위해 입는 법밖에 몰라. 딱 한 가지."

"저기!"

"말대답하지 마." 그는 손가락을 흔들었고, 나는 입을 다물었다. 일단 손가락을 흔들기 시작하면 그다음은 구타니까. 지난번 걷어차여 생긴 엉덩이 상처가 아직도 아물지 않은 상태였다. 이제 흉터로 남아 있어 거울을 보기도 싫었다.

나는 엄마가 사준 옷의 절반 정도가 옷장에서 추방당하는 것을 그대로 지켜볼 수밖에 없었다. 테니스복, 반바지, 스키니 진과 레깅스 그리고 원피스 전부 다.

그는 여기에 불을 지를까 말까 고민하는 표정으로 옷을 내려다보았다. 나는 침을 삼키며 문 쪽을 쳐다보았다. 엄마는 아직도 해변에 있나? 내가 이렇게 끌려와도 그냥 지켜만 보고 있는 건가? 내가 무슨 짓을 당해도 상관이 없나?

"저어……" 나는 침을 꿀꺽 삼키고 물었다. "이 옷들이 뭐가 잘못되었는지 여쭈어봐도 될까요?"

그의 눈에 시인을 하는 듯한 눈빛이 반짝였고 나는 이런 방식이 들어맞았다고 생각했다.

"넌 이제 더 이상 엄마가 하는 사기극 같은 거에 동원될 필요가 없어." 그는 아주 참을성 있게 말했다. "넌 내 딸이야, 그러면 그에 걸맞게 입고 행동해야 해. 거의 다 벗다시피 한 상태로 해변에 누워 있거나 이렇게 한창 자라는 나이에 테니스장 같은 데서 뛰어다니면 한 가지로 이어져. 남자애들을 유인하는 거. 말을 사줄 테니 이제 말을 타거라." 그는 자기 생각이 너무나 그럴 듯한지 흡족한 미소를 지었다. "오. 그게 훨씬 낫겠네." 하면서 자화자찬을 했다. "마구간에는 여자애들이 많지. 남자애들은 없어. 말 타는 여자애들 주변에는 자기 말밖에 없어. 너 같은 일을 겪은 애한테는 정말 훨씬 더 좋은, 건강한 환경이지."

그는 나의 미래에 대해 얘기하고 있었는데 나에겐 그 말들이 즉각 접수가 되질 않았다. 그는 아직 침대 위에 내어놓은 내 옷들을 들추고 있었고 나는 그의 손을 노려보며, 그가 던진 말들을 머릿속에서 처리하고 있었다.

"뭐라고요?" 그가 말하는 대로 따라야 한다는 건 알았지만 어쨌든 내 입에서는 이 말이 튀어나오고 말았다. 닥치고 '예'라고 했어야 하는데. 분명 지금 화가 났을 텐데. '예'라고 해야 했지만 이런 상황에서는 머리보다 감정이 한발 앞섰다. '뭐라고'라는 단어조차 없었다면 나는 비명을 지를 수밖에 없었을 것이다. 엄마는 시애틀에서 있었던 일을 그에게 이야기한 것이다.

"두 사람 여기서 뭐 하고 있는 거예요?" 혼란한 내 머릿속으로 엄마의 목소리가 비집고 들어왔다.

"앞으로 할 일에 대해 얘기하고 있었어." 레이먼드가 답했다. "예를 들어 테니스 대신 승마를 하고, 사람들이 휘파람을 불어댈 그런 옷차림은 더 이상 안 된다, 그런 거."

엄마는 미소를 지으며 다정하고 사랑스럽게 레이먼드에게 말했다. "여보. 해변에 앉아 있으면 그런 일이 있기 마련이야. 그건 그냥……."

"그럼 앞으로 그 망할 놈의 해변에 더 이상 못 가."

엄마는 레이먼드의 목소리가 거칠고 높아지자 눈이 커졌다.

"그럼 아래층으로 내려가서 적당한 옷 목록을 좀 작성해보는 게 어때요? 그다음에 내가 나가서 쇼핑하게." 엄마는 유화 모드로 들어가 부드러운 목소리로 제안을 했다.

나도 그 뒤를 따랐다. "전 이 옷들을 자선단체에 기부하도록 준비할게요. 그리고 저도 곧 내려갈게요. 그렇게 하면 괜찮을까요?"

"그래. 하지만 앞으로는 에스코트 없이는 해변에 한 발자국도 못 들어간다." 레이먼드가 답했다.

다시 미소 띤 얼굴로 레이먼드가 나가는 것을 지켜보던 엄마는 내 침대 위 어질러진 옷을 보며 마치 레이먼드가 한 짓이 귀엽다는 듯 혀를 차고 원피스들을 집어 들었다. "가방 좀 가져올래?" 엄마의 말에 내가 움직이지도 않고 대답도 하지 않자 뒤를 돌아보며 "응?" 하고 덧붙였다.

"그걸 말했지?" 내 입에서는 이 말이 튀어나왔다.

이제는 내가 입지 못하게 된 원피스들을 안고 있던 엄마 얼굴이 순간 일그러졌다. "난 그냥……."

"그 사람한테 그 얘길 했지?"

엄마는 이젠 미안한 표정이나 당황한 빛도 없이 말했다. "내 남편이잖니."

나는 배신감에 치를 떨며 엄마를 노려보았고 당장이라도 달려가 엄마의 눈을 뽑아버리고 싶었지만 동시에 나는 엄마가 나에게 다가와 안아주기를 바랐다. 내 안의 한쪽 구석에서는 그렇게라도 하면 모든 게 괜찮아질 것처럼, 그렇게 되기를 간절히 바랐다.

"작년은 나한테도 힘든 해였어. 너도 이제 행동을 똑바로 하길 바란다. 심통 부리지도 말고. 내가 아빠에게 그런 식으로 행동하라고 가르치진 않았는데."

"나한테 아빠가 생길 것처럼 키우지도 않았잖아." 이 말에 엄마는 입술을 새침하게 다물어 거의 입술이 보이지 않을 지경이었다. 나는 심장이 터질 것 같았다. "이미 승자는 정해진 경기처럼, 엄마는 지금 이게 아무렇지도 않은 듯이 행동하네요. 옛날에는 안 그랬잖아요."

"이젠 새로운 방식으로 살아. 어렵지 않다. 넌 똑똑한 애잖니. 그리고 적응도 잘하잖아. 그냥 적응해. 그게 안 되니? 네 언니는 그 일을 당했을 때 너 같지 않았다." 갑자기 엄마의 입술이 닫히고 내 눈이 커졌다.

그 순간 세상이 다 무너지는 것 같았다. 그리고 그 무너진 어두운 세상 속으로 빛이 한 줄기 들어오는 듯했다. 왜냐하면 언니는…… 언니는 내가 만난 사람 중에서 가장 강인한 사람이고, 엄마는 강한 사람은 나처럼 상처를 받지 않는다고 항상 말해왔는데. 그래서 나는 내가 강인하지 못해서 그걸 견뎌내지 못한 거라 생각했는데. 내가 좀 더 강인한 애였다면 헤일리처럼 견뎌낼 수 있었을 거라고 생각했는데.

"무슨 말이야?"

엄마는 갑자기 손을 들더니 머리를 흔들며 서둘러 방문 쪽으로 발을 돌렸다. 나는 침대에서 벌떡 일어나 쫓아가 죽음의 덫과 같은 대리석 계단에서 엄마를 낚아 세웠다.

"엄마한테 말하는 중이잖아. 아까 그게 무슨 뜻이야?"

"대화 끝났다."

"그 일이 뭔데? 언니한테 무슨 일이 있었는데?"

그 사람들도 죽였어?

엄마는 한숨을 쉬며 "그만두자."라고 했다.

"못 해."

"세상에," 엄마는 바닥으로 시선을 돌리며 이를 갈았다. "그래." 하고 말하며 나를 쳐다보는 엄마의 눈에는 잔인한 빛이 어려 있었다. 표적을 볼 때의 그 눈빛. 나를 향해서는 보이지 않던

334

눈빛. "내가 아직 작업을 하는 동안 언니가 당한 일은 네가 당한 것보다 훨씬 더 끔찍했어. 자세하게 알고 싶으면 알려주지. 하지만 그 얘기를 들으면 내가 그 실수를 통해 교훈을 얻었기 때문에 표적을 범죄자들로 바꾼 사실에 대해 고마워하게 될걸."

"그 전엔 범죄자가 아니면 누구였는데?"

엄마는 입을 다물었다.

"전에는 표적이 누구였냐고?"

하지만 나는 알고 있었다. 알고 싶지 않지만 나는 알았다. 엄마의 침묵은 내가 생각하는 것이 맞는다고 시인하고 있었고, 나는 곧 죽을 것만 같았다. 그걸 알고 나는 살지 못할 것 같았다.

"엄마를 죽여버릴 거야." 아무 생각 없이 저절로 이 말이 내 입에서 흘러나왔다. 내가 계산 없이 하는 말은 거기에 진심이 담겨 있다는 뜻이었다.

엄마는 웃었다. 더 정확하게 말하면 나를 비웃었다. "하이고 정말, 무슨 드라마 찍니? 네 언니 걱정은 마라. 언니는 이미 다 컸어. 그리고 이젠 괜찮아. 내가 실수한 거지만 나도 그 대가를 치렀어. 그렇지 않니? 당연히 엄마 옆에 있어야 할 딸이 없어졌으니까."

당연하지. 언니는 벗어난 거지. 엄마를 벗어나 자유를 찾은 거지. 그 생각이 내 안에 무엇인가 불길을 당겼다.

"네 언니를 키우면서 실수를 통해 나도 배웠단다." 엄마가 말했다. "그 덕분에 넌 어린 시절을 오래 가졌던 거야. 최대한 어린 시절을 오래 주려고 엄만 무지 노력했단다. 하지만 인생이란 어쩔 수 없이 나쁜 일들이 기어들어오기 마련이야. 그게 인생이거든. 너도 그런 걸 배워가면서 이겨내야 해. 그런 일로 너를 파괴하도록 내버려 두면 안 돼. 그럼 억울하잖아." 엄마가 목소리를 부드럽게 깔면서 이어나갔다. "그리고 아빠 말도 잘 들어야지. 아빠 너를 보호하려는 거야. 아빠들은 그런 법이거든."

엄마가 가버리고 나는 홀로 방에 남겨졌다. 침대 위에는 여전히 옷들이 널려 있었다. 나는 방문을 닫고 문에 기댄 채 미끄러지듯 방바닥에 주저앉았다. 침대는 그 사람으로 인해 더럽게 오염되어버린 것처럼 느껴졌다.

한없이 눈물이 흘러내렸고 나는 양손으로 입을 틀어막고 흐느꼈다. 내가 손으로 막고 있는 것은 나 스스로 주체할 수 없는 나 자신이었다. 내 심장보다 내 입이 항상 더 믿을 만했는데.

피 묻은 고무장갑과 엄마의 짐승 같던 눈빛이 떠올랐다. 엄마는 엄마의 실수에서 배운 게 있나? 아니면 그냥 시체를 잘 묻는 것만 배웠을까?

(나를 위해 죽인 거야.)

(애초에 그런 남자를 선택하지 않았다면, 살인을 할 일까지 생기진 않았겠지.)

언니를 생각했다. 언니가 얼마나 강인한 사람인지. 우리를 보러 왔을 때 그때마다 마주친 언니의 눈빛. 그게 무엇을 의미한 것인지, 이제는 알 것 같았다.

나는 오래전에 외워두었던 전화번호를 더듬었다.

그리고 내가 원하는 것이 무엇인지 처음으로 생각해보았다.

나는 크게 숨을 쉬고 또 쉬었다. 그렇게 한 1,500번쯤 숨을 쉬고 나니 준비가 되었다.

나는 천천히 온전히 나만의 결정을 하기 시작했다. 결혼기념
일 선물로 엄마가 레이먼드에게 새 칼을 사주었을 때, 그전에
쓰던 칼 하나를 훔쳐두었는데…… 그걸 가져와야겠다고 생각
했다. 새 장난감이 생겼으니 찾지 않을 것이었다.

나는 침대 시트를 정리해둔 옷장 안에서 발견한 총도 훔치기
로 결심했다. 금고에 넣어두었어야 할 백업용 총. 그렇게 옷장
안에서 잊혀가고 있는 총. 이제 내가 만일을 대비해서 사용하기
위해 접수하기로 했다.

그리고 이 집에 들어오면서 혹시 몰라 묻어두었던 박스도 꺼
내기로 했다. 또 거기에 같이 넣어둔 선불폰도 꺼내어 언니에게
전화를 하기로 했다. 나는 언니처럼 도망을 치기로 했다. 이제
나는 알았으니까.

나는 강인한 사람, 자유로운 사람이 되고 싶으니까.

나는 언니처럼 되고 싶었다.

12:10 p.m. (인질로 붙잡힌 지 178분)

라이터 하나, 보드가 ~~세 병, 아니 한 병, 귀워,~~
안전금고 열쇠 두 개, 사냥용 칼 한 자루, 화학 폭탄 하나,
거대한 점화기, 아이리스 핸드백 안의 내용물
~~계획 1: 폐가~~
계획 2: 잠정 중단
계획 3: 찌르기 V
~~계획 4: 총 확보, 아이리스와 웨스 구하기, 탈출.~~
계획 5: 아이리스의 계획. 펑!!

"미안해." 아이리스가 말했다.

나는 그냥 웃고 말았다. 때로 내가 사랑하는 사람이 자기가 한 잘못도 아닌데 사과를 할 경우 그건 정말 받아들이기 힘든 법이다.

"나도 때론 안 괜찮아." 아이리스는 내가 아니라 모래시계를 쳐다보며 말했다.

나는 조용히 아이리스가 다음 말을 이어주길 기다렸다.

"엄마가 아빠를 버린 건 나 때문이야."

"그럴 리가." 이 말이 그냥 튀어나와버렸다. 나는 아이리스의 어머니가 아이리스를 얼마나 사랑하는지 잘 알고 있었기 때문에 그 말이 이해가 되질 않았다.

아이리스는 얼굴을 들어 나를 바라보았고 그 눈이 너무 불안해 보여 나의 마음도 덩달아 불안해졌다. 아이리스는 한 번 더 모래시계를 뒤집었다. 6분.

"작년 이사를 하기 전에 급성 인후염을 앓았어." 아이리스가 말했다.

"뭐?"

"항생제를 주더라고. 피임을 잘 맞추어서 한 줄 알았는데. 내 이전 남자친구는 콘돔을 싫어했거든. 왜냐하면 그…… 이기적인 놈. 난 그냥 괜찮을 줄 알았어. 내가 바보 같았던 거지. 애초에 콘돔 쓰기를 싫어하는 애랑 자는 게 아니었는데. 어쨌든 그래서 일이 벌어진 거지."

"그래서 일이 벌어진 거라고?" 나는 아이리스가 한 말을 따라 했다. 아이리스가 지금 무슨 말을 하려는 것인지 안다고 생각했으니까, 아니 알았으니까.

"임신을 한 거야." 하고 말하는 아이리스의 눈에 두려움이 가득해 보여 나는 온몸으로 고통을 느꼈다. 통증 때문이 아니라 아이리스를 다독여주고 싶은, '괜찮아'라고 쓰다듬어주고 싶은 마음 때문에 아팠다. "난 만약의 사태를 대비하는 그런 인간이 잖아, 노라. 계획 세우는 거 좋아하고 세부 내용에 집착하고. 또 난 생리를 할 때마다 구토하는 애잖아. 그래서 열두 살 때부터 내 몸에 대해, 특히 자궁에 대해 결심한 게 있었어. 임신인 걸 알고 병원에 전화를 했지."

나는 아무 말도 하지 않고 그저 아이리스가 털어놓는 진실에 집중해 귀를 곤두세운 채 듣고만 있었다.

"낙태를 하려면 돈이 필요했어. 그래서 내 빈티지 품목들을 온라인상에 내놓았지. 그걸 엄마에게 들킨 거야. 엄마가 할머니가 주신 릴리안 코트를 왜 팔려 하느냐고 물어보셨고, 난 마땅히 둘러댈 핑곗거리가 없었어. 엄마는 금방 눈치를 채셨지. 난 바로 무너졌고." 아이리스는 아랫입술을 깨물었다.

"엄마는 다 해주셨어. 날 병원에 데려가고 병원비도 내주시고, 다 끝나고 토할 때 내 머리카락도 잡아주시고. 세상에. 근데 이제 그런 엄마를 혼자 두고 떠나게 생겼네." 아이리스는 마치 가슴이 찢어지는 것을 막으려는 듯 가슴을 움켜쥐었다. "엄마는 내가 한 짓 때문에 아빠랑 헤어졌는데, 그런데 이제 내가 여기서 죽으면 결국 엄마 혼자 남게 되겠네."

"우린 안 죽어."

아이리스의 입술이 떨렸다. 아이리스는 눈물을 참으려는 듯 숨을 크게 쉬었다. 나는 아이리스가 지금 어떤 심정인지 안다. 엄마를 생각하면 마음이 찢어져 괴로운 마음. 나도 언니를 생각하면 마음이 너무 약해졌다.

"아빠가 아셨거든." 아이리스가 다시 말을 이었다. "아빠는 항상 뭐랄까…… 우리를 보호하고 지켜주려고 하시는? 본인이 다 좌지우지…… 물론 우리를 위한 거였지." 아이리스는 천장을 쳐다보며 미치도록 눈을 깜박였다. 나는 그게 무엇인지 알 것 같았다. 자라면서 몸으로 체득한 두려움에 대한 투쟁 그리고 이제는 자유를 찾았다는 그 사실. 머리가 어지러웠다. '우린 네가 생각하는 것보다 훨씬 더 서로 비슷해.'라던 아이리스의 말이 머릿속에 맴돌았다. 이제는 아이리스에게 그 말을 들었다기보다 아이리스의 그 말을 이해하게 되었다는 쪽이 맞을 것 같다. 우리 둘은 뼛속까지 비밀에 싸인 아이들이었다. 어쩌면 처음 만났을 때부터 우리가 서로에게 자석처럼 끌린 것은 당연한 일인지도 몰랐다. 우리의 본질은 서로 비슷했다.

"아빠는 벽을 치고 물건을 부수고 그랬어. 하지만 나한테 손을 댄 적은 없었어." 아이리스는 어렵게 다음 말을 이었다. "그걸 알게 되기 전까지는."

모래시계를 다시 뒤집었다. 5분. 나는 내 안에 끓어오르는 분노와 복수심에 어찌할 줄 몰라 병을 쳐다보았다.

"그냥 뺨을 때리셨어." 그 상황을 별거 아닌 것으로 전달하려는 아이리스의 마음이 안쓰러웠다. "엄마가 보는 앞에서. 난 사람이 그렇게 빨리 움직이는 걸 처음 봤어. 어느 순간 엄마는 내 앞을 가로막고 서서 아빠한테 소리를 쳤고, 두 분이 서로 그렇게 언성을 높이다가 아빠가 방에서 나가버리셨지. 엄마는 이모랑 이모부에게 전화를 했고, 두 분은 두 시간 만에 우리 집 앞에 와서 우릴 데려가셨어. 그리고 그 이후로 아빠를 본 적이 없어."

난 페이퍼타월을 꼬아서 만든 심지를 말고 있었다.

"엄마를 혼자 남겨두고 가긴 싫어." 아이리스가 말했다.

"그런 일은 없어."

"넌 몰라서 그래. 지금 너무 위험해, 우린."

"우린 살아남을 거야."

모래시계를 다시 뒤집었다. 4분.

"이젠 시작해야 해." 아이리스가 말했다.

"뭘?"

모래시계를 두 번 뒤집는 동안 우리는 마무리 작업을 마쳤다. 결국 2분이 남아 있었다. 우리는 손 세정제에 푹 적신 페이퍼타월로 가득 찬 쓰레기통을 끌어다 페이퍼타월로 만든 심지와 연결하고 심지의 나머지 부분을 화장실 바닥에 정렬했다. 그러고 나서 아이리스는 심지에 보드카를 부었다.

"내 백에 손수건이 있어. 그걸 물에 적셔서 입을 감쌀 준비를 해." 아이리스가 말했다.

나는 아이리스의 지시를 따랐고, 아이리스는 치마 끝부분을 물에 적셔 코와 입을 가렸다. 그리고 주머니를 뒤져 라이터를 꺼냈다.

"심지에 불을 붙이면 방 안에 연기가 자욱해질 거야. 그러면 우린 화장실 문을 두드리며 열어달라고 하는 거야. 문이 열리는 순간, 내가 병을 던질게. 운이 좋으면 그놈은 가슴에 병을 맞고 쓰러지겠지. 넌 가능하면 그놈 총을 뺏어. 그리고 웨스랑 인질들을 구한다. 알았지?"

나는 아이리스가 한 말을 머릿속으로 되새기며 끄덕였다. "알았어."

아이리스는 라이터 바닥을 엄지손가락으로 비비고, 한쪽 눈은 모래시계 그리고 또 한쪽 눈은 심지를 바라보았다. 그러고 나더니 갑자기 아이리스의 시선이 나에게 꽂혔다. 그 순간 나는 그 자리에서 얼어붙고 말았다.

"정말 넌 누구야? 네 이름도 모르고 죽기는 싫어." 아이리스가 물었다.

다시 돌아온 진실게임.

하지만 모든 게 불타버리기 30초 직전에도 나는 그 이름을 소환할 수가 없었다. 하지만 '나'라는 인간을 정의하는 진실을 말할 수는 있었다.

"난 더 이상 그 아이가 아냐. 내가 그 아이였던 적이 있었던 건지도 자신할 수 없어."

"그건 답이 아냐." 언제나처럼 영특한 아이리스가 말했다.

"나는 리 언니의 동생이야. 나는 웨스의 베프고, 나는 우리 엄마의 딸이야." 내 목소리가 떨리는 게 너무 싫었지만 그래도 계속했다. "나는 어떤 상황에서도 살아남는 생존자고, 나는 거짓말쟁이에다가 도둑이고 사기꾼이야. 난 그래도 여전히 널 사랑하고 그건 너도 마찬가지이길 바라. 왜냐하면 난 널 정말로 사랑하니까."

"지랄하네. 노라," 아이리스의 눈가가 다시 촉촉해졌다. "지금은 죽을 수 없겠다."

나는 라이터를 쥐고 있는 아이리스의 손을 잡았다. "말했잖아, 나는 어떤 상황에서도 살아남는 사람이라고. 우린 함께 살아남을 거야."

아이리스의 손에 들려 있던 모래시계에서 모래가 거의 다 떨어져가고 있었다.

시간이 된 것이다.

— 50 —

레이먼드: 사건의 경위
(총 4막)

1막: 현기증
(5년 전)

그 일이 일어난 날 밤, 집에는 우리밖에 없었다. 레이먼드는 엄마에게 '가족을 위한 날'이라고 하며 모든 사람을 물렸다.

처음 엄마는 느긋하게 대응했다. 레이먼드의 비위를 맞추어주고, 긴 머리를 풀어 어깨에 살랑거리며 레이먼드의 코로나 맥주에 라임 슬라이스를 짜주었다. 하지만 전화기를 체크하는 그의 기분은 계속 저기압이 되어가고 있었다. 엄마가 무슨 일이냐고 묻자, 레이먼드는 그냥 바깥일이라며 맥주를 하나 더 가져오라고 했다.

나는 이런 날 상황 전개를 이미 겪어보았기 때문에 거실에 계속 남아 있었다. 그런 일이 처음 일어난 날은 도망을 쳤는데 그날 이후로도 그런 밤이 반복되었다. 하지만 항상 내 악몽 속에 나타나는 것은 그 첫 번째 밤이었다. 그리고 엄마가 내 방에 찾아와 나한테 레이먼드를 용서하라며 설득하는 게 아니라 아예 올라오지 않는 꿈. 그의 손에 엄마가 죽는 악몽. 악몽을 꾸고 나면 그 대가로 눈에는 다크서클이 생겼고 낮에는 졸기 일쑤였다.

나는 이번에도 엄마를 지켜주지 못했다. 소파에서 잠이 들어버렸으니까.

잠에서 깨었을 때 밖은 이미 어두워져 있었다. 누군가 나에게 담요를 덮어주었지만 거실에는 아무도 없었다. TV는 묵음으로 켜진 상태에서 광고가 흘러나오고 있었고, TV에서 나오는 불빛으로 커피 탁자 위의 빈 맥주병들은 예쁜 윤곽선을 가진 그림자가 되어 있었다.

퍽.

누군가를 가격하는 소리가 들렸다. 일단 정체를 알고 나면 절대로 잊을 수 없는 그 소리. 나는 소파에서 벌떡 일어났고, 당시 나는 그 담요가 엄마가 내게 해준 가장 달콤한 마지막 기억으로 남게 되리라는 것을 알지 못했다.

레이먼드의 집은 절대 우리 집이 아니었다. 저택을 가장한 감옥이었다. 스페인식 타일이 깔린 긴 복도, 카펫은 어디에도 깔려 있지 않아서 서재로 걸어가는 발에 느껴지는 감촉은 너무나 차가웠다. 한 걸음씩 옮길 때마다 메아리가 들렸다.

서재 문은 살짝 열려 있었고, 문을 밀었을 때 두 사람은 내가 다가온 사실을 눈치채지 못하고 있었다. 엄마는 이미 방바닥에 쓰러져 피를 흘리고 있었는데 그 와중에 용서를 빌며 울고 있었다. 엄마가 용서를 빌다니. 엄마는 절대 용서를 비는 사람이 아닌데. 그가 나를 때릴 때조차도.

"레이먼드, 우리 말로 해요. 제발, 잠깐만. 지금 말하는 그 돈이 무슨 돈인지 난 정말 모르는 일이에요." 엄마는 타일러보려

했지만, 상대를 얕보는 사람에게 그런 말은 씨도 안 먹혔다.

"이미 다른 사람들은 다 체크해봤어. 당신밖에 없다고. 이런 짓을 할 사람은. 사실을 털어놓지 않으면⋯⋯." 그가 주먹을 뒤로 빼는 게 아니라 손을 앞으로 내밀었다. 그리고 자세가 바뀌었을 때 나는 그가 엄마에게 총을 겨누고 있는 것을 보았다.

나는 어떻게 해야 할지 눈앞이 캄캄했다. 아무 생각도 할 수 없었고, 움직일 수도 없었다. 두려움이 엄습해 내 몸 안의 모든 뼈들이 다 산산조각 부서지는 기분이었다. 뒷걸음쳐 도망치고 싶었다.

하지만 대신 나는 앞으로 나아가 레이먼드가 있는, 엄마가 있는 쪽으로 가고 있었다. 그리고 장전된 그 총 앞으로 다가갔다. 내가 했던 가장 용감한 동시에 가장 멍청한 짓이었다. 이제 총구는 내 쪽을 향했고, 그는 더욱 의기양양해졌다.

엄마는 마스카라가 볼을 타고 흘러내리도록 흐느끼고 있었으며, 무릎이 멍들고 까진 듯했다. '사람을 저렇게 만들다니.' 나는 주먹을 쥐고 그 자리에 조용히 서서 그의 눈빛을 받아냈다.

"뭐 하시는 거예요?" 내 목소리가 내 목소리 같지 않았다. 높은 무기음 같았다. 지금 너무 숨을 많이 쉬고 있는 것일까? 모든 것들이 너무 빨리, 그리고 동시에 너무 느리게 흐르는 듯했다. 사람들이 말하는 공황장애란 게 이런 것일까? 난 그런 걸 앓으면 안 되는 사람인데. 엄마가 항상 난 강한 아이가 되어야 한다고 했는데.

"나가." 레이먼드가 으르렁거렸다. "이건 네 엄마랑 나 사이의 문제다."

난 나가지 않았다. 엄마는 나를 쳐다보지도 못하고 무릎엔 피를 흘리며 바닥에 널브러져 있었는데 그 순간 엄마가 아이처럼 보였고, 내가 어른이 된 듯했다.

나는 잔뜩 겁에 질려 있었지만 그 순간 내 마음속에는 한 가지 결심이 섰다. 사기극을 벌여 엄마를 여기에서 빠져나가게 할 수는 없을 것이다. 엄마는 아무렇지도 않은 듯 사람들을 휘두르고 사기를 쳐 주물렀지만 나는 내 방식대로 할 것이다.

"엄마는 그 돈 안 가져갔어요." 내가 이렇게 말하자 그는 완전히 나를 향해 돌아섰다. 그리고 엄마는 바로 그의 등 뒤에 있는 상황이 되었다. '엄마, 빨리 나가!' 나는 속으로 이렇게 외쳤지만 엄마는 꿈쩍도 하지 않았다. 마치 모든 걸 포기라도 한 듯이.

하지만 난 그럴 수 없었다.

"내가 가져갔어요."

그건 사실이 아니었다. 나는 레이먼드가 말하는 돈에 대해 아는 것이 없었지만, 상관없었다. 엄마한테서 저 사람을 떨어지게 할 수만 있다면 내가 다 뒤집어써도 좋았다.

"엿 같은 소리 하지 마."

나는 어깨를 으쓱하며 고개를 대담하게 들고 말했다. "좋아요. 믿지 마세요. 그럼 그 돈을 그냥 제 걸로 하죠, 뭐. 액수가 87,000달러, 맞죠?" 액수까지 말하는 건 바보 같은 짓이었지만 어쨌든 나는 레이먼드가 전화하는 걸 엿들었고, 내가 건 도박에서 내가 던진 패를 믿게 하려면 뭔가를 걸어야 했다. 그래서 나는 절대로 해서는 안 될 짓을 하고 말았다.

패를 던지고 나는 그에게 등을 보이며 돌아섰다.

"거기 그대로 서, 아가씨."

아, 그 액수가 맞았구나. 나도 모르게 안도의 숨을 쉬었다. 목소리가 늘어지는 것으로 보아 레이먼드는 아직도 술에 취한 상태 같았다. 술에 취하면 저렇게 말이 늘어지곤 했다. 이제 저 사람을 엄마로부터 떼어놓을 차례였다.

나는 어깨 너머 뒤를 돌아보며 말했다. "돈을 되찾고 싶으신 거 아닌가요?"

그러고서 서재를 걸어 나오는데 온몸이 부들부들 떨렸다. 레이먼드가 나를 따라왔다.

— 51 —

대화 내용 기록:
리 앤 오말리와 클리어 크리크 경찰

8월 8일, 12:17 p.m.

레이놀즈 보안관보: 버티 카운티 경찰들이 5분 전에 떠났대. 여기 도착할 때까지만 조용히 있어주면……

오말리: 조용히 있어주지 않을 거야.

레이놀즈 보안관보: 모르는 거잖아.

오말리: 아니, 지금 뭔가 안에서 일이 벌어지고 있어.

레이놀즈 보안관보: 네 손에 그건 뭐야? 그거 아까 숨긴 거지?

오말리: 노라가 아까 그 아이 편에 메시지를 보내왔어.

레이놀즈 보안관보: 그걸 이제야 보여주는 거야?! 이게 무슨 말이야? '소매에 에이스를 숨기고 있다?'

오말리: 나도 몰라. 나도 지금 이 수수께끼를 푸는 중이야.

레이놀즈 보안관보: 이런 걸 숨기다니.

오말리: 지금 털어놓잖아.

레이놀즈 보안관보: 연기다. 제기랄. 연기!

오말리: 뭐라고? 세상에!

레이놀즈 보안관보: 여기! 여기! 화재다! 불이 났다. 무전을 쳐.

〔어수선한 소음〕

레이놀즈 보안관보: 제기랄. 리!

오말리: 우리 애들이 저 안에 있어.

〔어수선한 소음〕

오말리: 나 좀 보내줘. 가게 해줘!

레이놀즈 보안관보: 지금 저 불속으로 뛰어들겠다는 거야?! 정
    말⋯⋯ 앗!

〔고함 소리〕

레이놀즈 보안관보: 리! 리!

〔종료〕

라이터 하나, ~~보드카 세 병~~, 가위, 안전금고 열쇠 두 개,
사냥용 칼 한 자루, 화학 폭탄 하나, 거대한 점화기,
아이리스 핸드백 안의 내용물
~~계획 1: 폐기~~
계획 2: 잠정 중단
계획 3: 찌르기 V
~~계획 4: 총 확보, 아이리스와 웨스 구하기, 탈출.~~
계획 5: 아이리스의 계획. 펑!!

처음에는 아이리스가 말한 대로였다. 아이리스가 심지에 불을 붙이자 불길이 쓰레기통까지 쭈욱 타고 가더니 화염이 확 퍼졌다. 살균제로 젖은 화장실 종이가 타면서 화장실에는 순식간에 매운 냄새를 풍기는 검은 연기가 자욱했다. 코에 손수건을 대고 있어도 숨이 막혀 미친 듯 문을 두드렸다. 15번, 20번, 심장이 멎는 듯, 숨이 멎는 듯하더니 밖에서 문을 막고 있던 물건을 치우는 소리가 들렸다.

아이리스는 병폭탄을 들어서 열심히 흔들었고, 그 기운에 화학 반응이 일어나 압력이 엄청나게 차오르고 있었다.

문이 열리자 연기가 확 퍼져나가 붉은 모자는 기침을 하기 시작했다. 아이리스는 병을 소리 나는 쪽으로 던졌고, 곧이어 비명 소리가 들리더니 피직 하는 소리와 함께 펑 하고 폭발음이 들렸다. 그리고 연기가 더 많이 넓게 퍼져나갔다.

붉은 모자는 지옥에라도 떨어진 듯이 비명을 질러댔는데 그

소리가 얼마나 날카로운지 칠판 위에 손톱을 긋는 소리 따위 비할 바가 아니었다. 하지만 나는 멈추지 않았다. 아직도 여전히 화장실에서 계속 뿜어 나오고 있는 연기를 헤치며 뛰어 들어가 보니 붉은 모자가 눈에 띄었다. 병이 배를 강타한 듯 쓰러져 있는 그의 손은 피가 낭자할 뿐 아니라 피부가 모두 벗겨진 듯한 모습이었다.

총은 어디 갔지? 손에 쥐고 있었을 텐데, 바닥에 떨어졌을까? 내 뒤로 더 많은 연기가 따라왔고, 기침이 나오기 시작했다. 눈에서는 눈물이 줄줄 흘렀다. 아이리스를 찾기 위해 주변을 둘러보았지만 눈에 보이는 것은 연기와 불꽃뿐이었다. 제기랄. 불꽃이 천장 끝까지 치솟았다.

"아이리스!" 나는 혼란스러운 와중에 앞으로 내달리다 아이리스와 부딪쳤고 그 바람에 아이리스는 내 옆으로 고꾸라지며 미친 듯 기침을 해댔다.

"천장 타일이 낡아서…… 아마 석면인 거 같아. 그걸 생각 못 했어. 미처……."

"어서 가!"

나는 아이리스를 앞쪽으로 밀었다. 그러면서 동시에 총을 찾기 위해 바닥을 더듬었다. 도대체 총은 어디 있는 것일까? 붉은 모자한테 있나.

"가!" 나는 신음하는 붉은 모자의 몸통 근처를 뒤지며 아이리스에게 다시 한번 외쳤다.

붉은 모자의 재킷은 지퍼가 채워져 있었다. 아마 그 안에 권총이 있을 터였다.

그때 아이리스가 무언가에 놀라는 소리, 뒤이어 곧 퍽 하는 소리가 들렸다. 깜짝 놀라 위를 쳐다보니 피투성이의 화난 얼굴을 한 두에인이 연기 속에 서 있었다. 그는 나에게 총을 겨누고 있었다. 그제야 나는 후회가 밀려들었다. 아이리스를 뒤에 세우고 내가 먼저 나왔어야 하는데……

— 53 —

레이먼드: 사건의 경위

(총 4막)

2막: 총성

(5년 전)

나는 갈 곳이 없었다.

레이먼드가 제정신이었다면 내가 그 돈을 가지고 튈 곳이 없다는 것을 깨달았을 텐데. 내 마음은 만일의 사태에 대비해 보관해두었던 그 상자 곁으로 이미 가 있었고 발길도 그곳을 향하고 있었다. 이걸 쓰는 날이 오다니. 이런 일이 생기지 않기를 바랐는데…… 아, 세상에. 정말로 이걸 써야 하나?

"어디로 가는 거야?" 레이먼드가 신경질적으로 물었다. 우선이 남자를 엄마에게서 멀리 떨어진 곳으로 데려가야만 했다. 부엌을 지나 뒷문을 통과해 데크로 나가 해변까지 이어지는 계단을 내려갔다.

떨어지지 않는 발걸음을 옮기는 일은 내가 세상에 태어나서 했던 가장 힘든 일 중 하나였다. 그가 나에게 총을 겨누고 있지 않은 것처럼 마치 아무 일 없는 듯이 문고리를 잡아 열고 나가는 건 쉬운 일이 아니었다. 내 안에서는 무엇인가 부글부글 끓어오르며 소리 없는 비명이 울려 퍼지고 있었다. 이 비명이 밖으로 튀어나온다면 그가 눈치챌 테니 참아야 했다.

"돈을 묻어놨거든요." 나는 아주 건방지게 말했다. 나는 건방지고 무례하게 굴면 안 되는 아이인데. 내가 지금까지 살아왔던 그 소녀들은 모두 예의 바른 아이들이었다. 완벽한 엄마의 완벽한 딸. 그런 딸은 이런 일을 벌이지 않을 것이다.

하지만 실제의 나는 절대 완벽하지 않았다. 아닌가? 아마 나는 이런 일에는 완벽한지도 모르겠다.

나는 데크를 지나 모래로 덮인 계단을 내려갔다. 레이먼드는 계속 나를 따라오고 있었다. 그건 정말 천만다행인 일이었다. 레이먼드를 엄마로부터 되도록이면 더 멀찌감치 떼어놔야 했으니까.

"어디?" 드디어 해변에 도착했을 때 그는 모래를 헤치고 힘겹게 걸어오며 또 물었다. 바람이 불어와 두 가닥으로 땋아놓은 내 머리카락이 흔들렸고, 레이먼드는 애슐리가 고삐 풀린 망아지가 된 것을 아직까진 모르고 있었다. 나는 해변 쪽에 있는 선창을 가리켰다.

"저기 선창 밑에요."

"너 이번 일 그냥 안 넘어간다. 꼭 벌을 줄 거야." 레이먼드가 말했다. "가서 돈을 꺼내자."

그는 갑자기 내 겨드랑이 밑에 손을 끼고 나를 끌고 가기 시작했다. 그때도 이랬었는데. 그 아픈 기억이 다시 떠올랐다. 나는 그에게 끌려 선창까지 갔고, 레이먼드는 횡설수설하기 시작했다. 내가 착한 아이인 줄 알았다는 둥, 애가 얼마나 거친지 정말 실망했다는 둥, 원하는 거 다 해줬는데 왜 이런 짓을 했냐는 둥 구시렁거리며 이런저런 질문을 해댔다.

나는 아무런 답도 하지 않았다. 그는 아직까지 아무런 눈치를 채지 못하고 있었다. 레이먼드는 나에게 말을 하고 있는 것이 아니었다. 심지어 나를 보고 있지도 않았다. 그가 보고 있는 것은 먹잇감이었다.

나 역시 먹잇감을 보고 있었다.

선창에 도착하자 그는 몸을 구부렸다. 그러고는 모래와 나무 사이 공간을 쳐다보며 인상을 찌푸렸다. 그의 덩치로는 들어가지 못할 좁은 공간이었다.

"제가 꺼낼게요." 내가 마치 단언하듯 말했다. 나는 좁은 공간으로 들어가 모래에 엎드렸다. 너무 무서웠지만 현실을 받아들이는 수밖에 없었다. 셔츠가 올라가 모래 때문에 배가 간지러웠고, 이 좁은 공간에 있으니 그가 들어올 수 없으므로 이 순간만큼은 안전하다는 생각이 들었다.

하지만 이건 폭풍전야.

나는 항상 최악의 폭풍을 대비하며 살아온 아이였다.

"서둘러." 레이먼드의 목소리가 나무 판지에 튕겨 메아리처럼 들렸다.

나는 모래에 팔꿈치를 괴고 더 깊이 파 들어가기 시작했다. 심장이 바로 귀 옆에서 미친 듯 뛰었다. 영원히 여기 이렇게 숨어 있을 수 있었으면, 하고 생각하던 바로 그 순간 손가락 끝에 딱딱한 상자가 닿았고, 이제 여기서 나가야 할 때가 왔다는 깨달음으로 마음이 아팠다.

손으로 모래를 파내는 건 생각보다 힘들었다. 파묻을 때는 삽을 썼었는데…… 땀이 줄줄 흘러 가슴께에서 모래로 떨어졌다.

뚜껑에서 소리가 나지 않기를 바라며 상자를 열어보았다. 다행히 아무 소리도 나지 않았고, 나는 그것을 꺼내 들었다. 얼마나 긴장했는지 덜덜 떨려서 근육에 힘을 주고 한참 호흡을 해야 했다.

어쩔 수 없을 때는 써야지.

나는 상자를 손에 들고 데크에서 나와 최대한 그에게서 멀리 떨어져 섰다.

"내놔." 레이먼드가 상자 쪽으로 손을 내밀며 말했다. 총은 그의 허리춤에 차고 있었다. 그만큼 방심했거나 자신이 있었던 거겠지. "이건 장난이 아냐." 그가 덧붙였다.

"맞아요, 장난 아니에요."

그때 나는 완벽했다. 내 목소리에는 한치의 두려움이나 떨림도 없었다. 내 인생을 걸고 그곳까지 왔으니까. 나는 엄마의 완벽한 제자였으니까. *당당하게 웃어, 그리고 해치워.*

레이먼드가 상자를 가져가려고 손을 뻗었다.

나는 상자를 넘겨줄 것처럼 앞으로 걸어갔다.

지금이야.

상자가 레이먼드의 손으로 넘어가려는 마지막 순간 나는 상자를 떨어뜨리고, 대신 총을 쏘았다.

어쩔 수 없었다.

54

대화 내용 기록:
리 앤 오말리와 클리어 크리크 경찰

8월 8일, 12:25 p.m.

레이놀즈 보안관보: 어떻게 네가 날 때릴 수 있어.

오말리: 이 수갑 좀 풀어줘. 제발 제시, 이거 안 풀어주면…….

레이놀즈 보안관보: 협박 그만해. 아담스 보안관은 이미 널 협박 혐의로 고소하고 싶어 하니까.

오말리: 이 수갑 좀 풀어줘. 제발. 제시, 우리 애들이 지금 저 건물 안에 있어. 저 불타고 있는 건물 안에 말이야. 빨리 그 열쇠 좀 줘.

레이놀즈 보안관보: 소방서에서 지금 오고 있어. 진정해.

오말리: 너 내 손에 죽을 줄 알아.

레이놀즈 보안관보: 리, 네 심정은 알겠는데 제발 그만해.

오말리: 어떻게…….

〔고함 소리〕

레이놀즈 보안관보: 제기랄.

오말리: 수갑 좀 풀어. 누군가 나오고 있어!

레이놀즈 보안관보: 난 여기서 너를 감시해야 해. 보안관 명령이야.

오말리: 제시······.

〔비명〕

오말리: 아, 노라다.

〔난투극이 벌어지는 소리〕

레이놀즈 보안관보: 너한테 총 겨누게 하지 마!

〔형용할 수 없는 비명 소리〕

레이놀즈 보안관보: 지금 뭐라고 한 거지?

오말리: 제시! 수갑 좀!

〔종료〕

라이터 하나, ~~보드카 세 병~~, 가위,
안전금고 열쇠 두 개, 사냥용 칼 한 자루, ~~화학 폭탄 하나~~(폭파됨),
~~거대한 점화기~~(타고 있는 중),
아이리스 핸드백 안의 내용물(타고 있는 중)
~~계획 1: 폐가~~
계획 2: 잠정 중단
~~계획 3: 찌르기~~ V
~~계획 4: 총 확보, 아이리스와 웨스 구하기, 탈출.~~
~~계획 5: 아이리스의 계획. 펑!!~~ V

    세 번째는 운이 따라주질 않았다. 두에인에게 끌려가는 동안
나는 너무나 어지러웠다. 세상이 빙글빙글 도는 것 같고 주변에
는 연기가 자욱했는데, 머리까지 얻어맞아 더욱 정신이 없었다.
하지만 나는 싸워야 했다. 잃을 게 없었으니까. 아니 모든 걸 잃
을 수 있었으니까. 아이리스. 아이리스는 도대체 어디로 간 거
지? 아이리스가 보이지 않았다. 분명히 내려갔는데. 두에인은
아이리스를 문 근처로 데려갔다가 끔찍한 깜짝 쇼라도 하듯이
다시 나타났는데 더 이상 피를 흘리고 있지 않았다. 붉은 모자
가 뭔가 응급처치를 잘해주었음에 틀림없었다. 멍청한 놈. 멍청
한 놈. 정말 멍청한 놈.
    화재는 계속 번져 불이 타며 '탁탁' 튀는 소리가 사방에서 들
렸고 화장실에서는 끊임없이 검은 연기가 쏟아져 나오고 있었
다. 벽의 페인트칠은 부풀어 올라서 곧 떨어질 듯 위태로워 보

였으며, 열기는 사방으로 번지고 있었다. 불길은 이제 언제든 복도까지 쏟아져 나올 참이었다. 불길을 잡아야 했다. 웨스가 갇혀 있으니까.

나는 웨스의 이름을 외쳤다. 그러자 누군가가 주먹으로 벽을 두드리는 소리가 들렸다. 안에서 뭐라 소리치고 있었지만 소음에 갇혀 말을 제대로 알아들을 수 없었다. 다급해진 나는 문 사이사이를 막아야 한다고, 연기가 들어가지 않게 꼭꼭 막아야 한다고 소리쳤다. 그 밖에 화재시 지켜야 할 수칙들에 대해 계속 외쳐댔지만, 갇혀 있는 상황에서는 다 아무 소용없는 일이란 것 또한 알고 있었다. 웨스는 갇혀 있었다. 저렇게 갇혀 있어선 안 되는데. 이럴 순 없는데. 화재로 이렇게 허무하게 가버린다고? 아, 안 돼. 그 모든 걸 다 이겨냈는데 이제 이런 일로? 말도 안 되는 일이었다.

나는 내 손목을 쥐고 있는 두에인의 억센 손길에서 벗어나려 안간힘을 썼다. 기를 쓰는 나를 끌고 가던 두에인은 불길과 연기로 난장판이 된 바닥에서 신음하고 있는 붉은 모자를 발견했다. 그는 붉은 모자 곁을 그냥 지나치지 않았다. 대신 불길에 휩싸여가고 있는 복도 맨 끝 쪽으로 나를 던져버리고는 갑자기 붉은 모자에게 돌아섰다. 나는 내던져진 충격에서 가까스로 몸을 추스르며 일어나 조금이나마 남아 있는 숨 쉴 수 있는 공간을 찾아 휘청휘청 걸어갔다.

그 와중에 두에인은 정말 날렵했다. 연기 때문에 현장을 분명하게 볼 수는 없었지만 처음 봤을 때부터 직감한 그의 날렵한 행동은 저절로 감지가 되었다. 두 방의 총성이 울렸고, 붉은 모자는 이제 더 이상 이 세상 사람이 아니었다. 눈 깜짝할 사이였다. 벌건 살가죽을 다 드러낸 채 신음하고 있던 빨간 모자는 숨을 거두고 만 것이다.

나는 공기주머니를 찾아 헉헉거리며 계속 웨스의 이름을, 그리고 아이리스의 이름을 비명처럼 외쳤다. 오, 하느님, 붉은 모자는 드디어 숨을 거두었고, 이젠 연기가 온 건물을 휘감고 있었다.

"거기 그대로 있어!" 두에인이 섬뜩한 목소리로 명령을 하고 나를 향해 돌아섰다. 연기는 더욱 거세지고 있었고, 내 살갗은 그 열기 때문에 점점 더 얼얼해지며 분홍빛으로 물들어갔다. 화장실 문에서는 더 뜨거운 열기가 밖으로 세차게 휘몰아치고 있었다. 일어나야 해. 아니, 기어야 할까? 나는 기는 쪽을 택했다. 천천히. 그리고 웨스가 갇혀 있는 사무실 앞으로 가서 그 문을 막고 있는 탁자에 도달했다. 웨스를 꺼내야 해. 아이리스를 꺼내야 해.

그러나 내가 미처 탁자를 다 치우기도 전에 두에인이 다가왔다. 두에인은 마치 소방대원이 사람을 구조하듯 어깨 위에 아이리스를 걸치고 있었다. 설마. 묻고 싶은 말이 목구멍에서 다 나오지 않고 중간에 멈춰버렸다. 나는 차마 그 질문을 입 밖으로 내뱉을 수가 없었다. 숨을 쉴 수도 없었다. 안 돼, 절대 안 돼.

그런 내 마음을 알아차리기라도 한 듯 "그냥 기절시킨 것뿐이야."라며 두에인은 껄껄 웃었다. "아주 좋은 인간 방패가 될 수 있을걸? 여기 치마 좀 봐. 줄줄이 여러 겹으로 되어 있으니 얼마나 좋은 방패가 되겠어?" 두에인은 아이리스의 치마 끝을 살짝 흔들면서 나에게 페티코트 속을 보여주었다. 그 순간 나는 화재보다도 더 뜨거운 열기를 느꼈다. 저절로 주먹에 힘이 들어갔다. 저 자식을 때려눕히고 싶었다.

"어서 가. 앞장서." 두에인이 총구로 방향을 가리키며 내게 명령했다.

"안 돼. 웨스 없이는 못 가." 이 불길 속에 사람들을 남겨두고 나간다는 건 끔찍한 일이었다. 하지만 당시에는 상관없다고 생각했다. 아이리스가 내 눈앞에 있으니, 웨스만 구하면 갈 수 있다고 생각했다. 나머지 사람들은? 두고 간다. 그렇게밖에 생각할 수 없었다. 나는 결국 엄마도 버린 아이니까. 나는 이렇게 누군가를 버리는 천성을 타고난 모양이었다.

두에인의 눈길이 내 어깨 너머로 향했다. 아마 불길이 내 어깨 뒤까지 쫓아온 게 틀림없다고 짐작했다. 그래도 나는 꿈적도 하지 않았다. 두에인이 움직이기를 기다렸다.

"지금 당장 이쪽으로 와." 두에인이 말했다.

나는 고개를 저었다. 그는 총을 쏘았다. 그가 쏜 총알에 내 머리 바로 위에 있는 벽이 무너져 내렸다. 그리고 무너진 벽돌 파편들이 내 팔을 스치고 지나갔다.

"움직여. 안 그러면 이년이 다음 차례야."

나는 살기 위해 움직일 수밖에 없었다. 그러나 웨스를 두고 간다면 나는 살아 있어도 죽은 것이나 마찬가지였다. 그런데 아이리스도 지켜야만 했다. 하지만 그러면 웨스를 지킬 수 없었다. 그런 생각들로 내 머릿속은 뒤죽박죽 미칠 것 같았다.

판을 뒤집을 묘수는 떠오르지 않았다. 만약 그 순간 나더러

누구냐고 묻는다면 나는 그냥 '무서움에 떠는 아이'라고 대답할 수밖에 없었다. 두에인은 내가 이 세상에서 가장 중요하게 생각하는 세 가지 중 두 가지를 손아귀에 쥐고 있었다. 두에인은 그 점을 잘 알고 있었고, 이를 활용할 것이었다.

지하실에서는 금속 타는 냄새가 진동하고 있었다. 용접기를 사용했던 탓에 붉은 모자가 용접기로 구멍을 만든 냄새까지도 모두 내 코끝으로 달려오는 듯했다. 붉은 모자가 했던 작업은 이제 모두 헛수고가 되고 말았다. 두에인은 지하실을 지나면서 안전금고에 눈길조차 주지 않았다. 지금 더 큰 상금이 바로 옆에 있으니까. 나만 있으면 되는 것이었다.

내 계획은 결코 이렇게 끝나는 게 아니었다. 내가 생각했던 건 전혀 이런 그림이 아니었다. 아이리스는 두에인의 어깨에 저런 식으로 메여 가서는 안 되었고, 나는 이런 식으로 아이리스를 매달고 가는 놈에게 떠밀려 가는 상황이 되어서는 안 되었다. 믿을 수 없었다. 웨스는 건물 안에 혼자 갇혀 있었으며 연기는 시시각각 짙어져가고 있었다. '오 하느님. 웨스가 저기 혼자 있는데…… 그러면 안 되는데 이렇게 끝날 수는 없는데.'

두에인은 내 등을 밀며 은행 밖으로 나갔고, 나는 미친 듯이 소리를 지르기 시작했다.

그때까지 배웠던 모든 속임수와 수법들이 홍수처럼 내 안에서 쏟아져 나왔지만, 나오는 동시에 모두 다 연기 속으로 사라지는 듯했다. 마치 저 안에 갇혀 있는 웨스처럼…… 모든 아이디어들이 함정에 빠져 허우적거리며 아무것도 할 수 없는 상태가 되어버렸다.

두에인은 아이리스를 어깨에 걸친 채 따라오고 있었고, 내 등 뒤로는 그가 겨눈 총구의 느낌이 너무나 선명하게 전해졌다. 나는 계속 웨스의 이름을 외쳤고, 눈앞 저쪽 편으로 진을 치고 있는 사람들을 향해 웨스를 구해야 한다고 비명처럼 소리를 질렀다. 하지만 그들은 순찰차 뒤에 숨어서는 꼼짝도 하지 않았다. 우리 쪽으로 총구를 겨눈 채 미동도 하지 않았다. 총을 겨누고 있는 그들 사이사이 언니를 찾아보았지만 어디에도 언니는 보이지 않았다. '언니는 어디로 간 거지?'

뒤에서는 연기가 우리를 쫓아오고 있었고 두에인은 계속 앞으로 가라고 총구로 내 등을 찔러대고 있었다. 총구의 압박에 나는 그냥 앞으로 갈 수밖에 없었다. 이 판세를 뒤집기 위해서는 누군가 저쪽에서 먼저 사격을 해주어야 하는데.

그때 바로 뒤에서 총구를 대고 있는 두에인의 재킷 자락이 보였다. 그 자락을 보는 순간 저건 붉은 모자가 입고 있던 건데? 하는 생각이 떠올랐다. 맞아, 저 재킷은 분명히 붉은 모자가 입고 있었는데, 왜 지금은 두에인이 입고 있는 거지? 그 순간 마치 뉴턴의 요람처럼 모든 수수께끼가 풀리는 듯했다.

붉은 모자는 계속해서 두에인에게 무기를 넘겨주곤 했었다. 그걸 볼 때마다 나는 붉은 모자가 두에인을 무척 신뢰하고 있거나, 아님 붉은 모자가 너무나 멍청한 놈이어서 그런 거라고 생각했는데. 그게 아니었다. 회색 모자의 지시에 따라 붉은 모자는 무장한 상태였던 것이다.

'그는 소매에 에이스를 숨기고 있어.'라고 언니에게 메모를 보냈었다. 당시에는 그런 내용이 내가 언니에게 전달할 수 있는 가장 유용한 정보라고 생각했고, 또 그게 바로 두에인에 대한 내 육감적인 느낌이었다. 그런데 이제 와서야 나는 내가 언니에게 전달했던 메모가 얼마나 정확했는지 깨닫게 되었다.

두에인은 재킷 주머니에 손을 넣었다. 그러자 마치 공이 굴러가듯 내 마음속에 생각의 고리들이 미친 듯 흘러가기 시작했다. 가지고 다닐 수 있을 정도로 작으며 위기 상황에서 탈출할 때 아주 유용하게 써먹을 수 있는 것. 그게 무엇일까. 두에인이 그것을 주머니에서 꺼내기도 전에 내 입에서는 비명과 같은 소리가 튀어나왔다.

"수류탄이다!"

56

라이터 하나, ~~보드가 세 병, 가위,~~
안전금고 열쇠 두 개, 사냥용 칼 한 자루, ~~화학 폭탄 하나~~(폭파됨),
~~거대한 점화기~~(타고 있는 중),
~~아이리스 핸드백 안의 내용물~~(타고 있는 중)
~~계획 1: 폐기~~
계획 2: 실행
~~계획 3: 찌르기~~ V
~~계획 4: 총 확보, 아이리스와 웨스 구하기, 탈출.~~
계획 5: 아이리스의 계획. 펑!! V
계획 6: 죽지 말자.

소리를 질렀지만 이미 때는 늦었다. 그는 너무나 빨랐고 그들은 너무 굼떴다.

수류탄은 포물선을 타고 공중으로 날아가는 대신 아주 천천히 영화의 슬로모션처럼 땅바닥으로 또르르 굴러가 순찰차 밑으로 사뿐히 들어가버렸다.

그러자 사람들은 마치 거미들처럼 후다닥 흩어졌다. 하지만 미처 수류탄이 터지는 것을 피할 수는 없었다. 펑! 순찰차는 하늘로 날아 올라갔다가 다시 땅으로 내동댕이쳐졌다. 순간 두에인은 내 팔을 확 움켜잡았고 그 손길이 너무 아파서 나는 비명을 지르고 말았다.

사방은 온통 연기와 화염으로 가득했고, 비명 소리가 어지럽게 울려 퍼지는 가운데 그는 나와 아이리스를 은행 뒤쪽에 주차해두었던 차 뒷좌석으로 밀어 넣었다. 우리를 실은 차량은 아수라장이 된 현장을 뒤로하고 주차장을 빠르게 미끄러져 나왔다.

농원을 가로질러 고속도로에 다다르자 두에인은 환성을 질렀다. 우리 뒤를 쫓아오는 차량은 한 대도 눈에 띄지 않았다. 차 안에는 두에인의 환호가 가득했고, 그것은 우리에게 죽음이 가까워졌다는 것을 의미했다. 두에인은 세상을 다 얻은 것처럼 득의양양하다가 백미러를 통해 나와 눈이 마주치자 아주 비열한 미소를 띠었다. 나는 아이리스의 팔을 꼭 붙잡았다. 그 기운에 아이리스가 깨어나기를 바랐지만 축 늘어진 아이리스는 정신을 차리지 못했다. 이마에는 커다란 멍이 들어 무척 아파 보였다. 그나마 다행인 건 출혈이 없다는 사실 정도랄까? 불행 중 다행이었다. 내출혈이 없기만을 바랄 뿐이었다.

"드디어 조용해졌지?" 두에인이 내게 말을 걸었다.

이제 나에겐 아무것도 남은 게 없었고 갈 곳도 없었다. 주머니에는 칼이 들어 있었지만 이 속도로 차를 몰고 가는 남자를 찌르는 건 자살행위였다. 잘못했다가 되레 나나 아이리스에게 총을 쏠지도 모르니까. 이미 충분히 그러고도 남을 인간이라는 것을 그는 생생히 보여주었다. 게다가 가위로 찔려 부상을 입은 와중에도 저렇게 멀쩡하다니. 정말 대단한 놈임에 틀림없었다.

나는 마음속으로 스캔을 하기 시작했다. 이번엔 어디를 찌를까? 목? 목을 찔리면 본능적으로 브레이크를 밟을 텐데. 이 속도에 브레이크를 밟으면 차가 전복될지도 모르는 일이었다. 낡을 대로 낡아버린 차 안에는 에어백도 없어 보였다. 사실 우리는 안전벨트조차 하고 있지 않았다.

여기에 생각이 미치자 눈앞이 흐려지고 머리가 빙빙 돌기 시작했다. 해결책을 찾아보려고 했지만 뾰족한 수가 떠오르지 않았다. 우리를 추적하는 사이렌 소리도 들려오지 않았다. 수류탄 때문에 상황을 수습하느라 정신이 없을 게 분명했다.

두에인이 속도를 늦추기 시작했다. 그러자 내 몸이 화들짝 반응했다. *출구를 찾아. 여기서 벗어나야 해.* 나는 아이리스의 팔목을 꼭 잡았다. 아이리스가 일어나줘야 하니까. 하지만 아이리스는 꼼짝도 하지 않았다. 도대체 얼마나 세게 맞은 것일까.

차는 점점 속도를 늦추더니 2차선을 타고 빠져나가서 자갈길로 접어들었다. 자갈길 양옆에는 작은 언덕들과 밤나무가 늘어서 있었다. 도대체 어디로 가고 있는 거지?

구불구불 이어진 자갈길 저 끝에 오두막이 보였다. 그곳에 차를 숨기려 하는 것 같았다. 그러면 사람들은 절대 우리를 찾아내지 못할 것이었다. 그리고 두에인은 아마 아이리스를 먼저 처리한 후 깜깜한 밤이 될 때까지 기다렸다가 나를 데리고 이곳을 빠져나갈 것이다. 경찰이 모든 도로에 다 검문소를 세울 수는 없을 터였다. 벌목과 광산을 할 때 사용하던 뒷길도 있었다. 그 길을 따라 쭉 해변까지 간다면, 아무에게도 들키지 않고 탈출할 수 있을 것이었다.

시간이 없었다. 빨리, 지금 당장 무슨 수를 써야 하는데.

나는 아이리스를 쳐다보았다. 아이리스를 혼자 두고 떠날 순 없는데. 하지만 지금은 어쩔 수가 없었다. 이 기회를 놓친다면 결국 아이리스도 죽고 말 테니까. 두에인을 아이리스로부터 떼어놓아야 했다. 내가 도망친다면 그는 나를 쫓아올 것이고, 그러면 적어도 아이리스는 무사할 것이었다. 또한 두에인에게 돈이 되는 물건은 나니까 나를 쫓아올 것이었다.

오두막에 점점 가까워지고 있었다. 차의 속도가 너무나 빨랐다. 하지만 지금 아니면 기회가 없었다.

나는 차문을 열고 훌쩍 밖으로 뛰어내렸다. 티셔츠와 살갗이 자갈 바닥에 부딪히며 살갗이 까졌다. 팔꿈치는 너무나 아팠고 어깨에는 총을 맞은 듯한 통증이 밀려왔다. 그래도 나는 주저앉을 수 없었다. 자갈밭에서 겨우 몸을 일으켰다. 두에인은 욕설을 하고 소리를 질러대며 차를 세웠다.

됐어! 됐어! 차는 저기 세워두면 돼.

저렇게 야외에 서 있으면 경찰의 헬리콥터가 차를 찾아낼 것이었다. 나는 달리기 시작했다. 두에인이 아이리스를 어떻게 하기 전에 나부터 빨리 쫓아오도록 해야 하니까.

나는 오두막 쪽으로 달려갔다. 오두막 안에는 쇠스랑이나 트랙터같이 무기가 될 만한 게 숨겨져 있을지도 모르니까. 트랙터가 있다면 그걸 끌고 나와 저놈을 깔아버릴 수 있을 텐데. 뭐든 찾아서 무기로 사용해야 했다. 그리고 최악의 상황에서는 저놈을 여기서 죽이는 수밖에 없을 것이다.

57

레이먼드: 사건의 경위

(중 4막)

3막: 조각/파편

(5년 전)

레이먼드에게 총을 쏘았지만 숨통을 끊어놓지는 못했다. 사실 죽이고 싶었던 건 아니라고, 그래서 의도적으로 다리에 총을 쏜 거라고 에둘러 말할 수도 있었는데. 하지만 그건 사실이 아니었다. 사실인즉슨 그때 나는 손이 너무나 떨렸고, 주변이 너무 어두웠다. 그리고 운이 나빴다. 그래서 레이먼드가 다리에 총을 맞은 것이다. 즉, 내 총 솜씨가 서툰 것이 원인이었다. (하지만 나는 이제 서툰 총잡이에서 벗어났다.)

지금도 가끔 그때를 생각하면, 한 방 더 쏠걸, 그래서 그날 깨끗하게 끝내버릴 것을, 하고 후회한다. 또 때론, 만약 그때 레이먼드는 해변에, 그리고 엄마는 집에 놔둔 채 그대로 그 자리를 떠나 백사장 끝까지 걸어가 세상 속으로 사라져버렸다면, 그래서 아무도 나를 찾지 못하는 곳에서 살았다면 어땠을까, 하는 상상도 해본다.

나는 사라지는 법을 잘 아니까. 엄마는 내게 내가 아닌 다른 사람이 되는 방법을 가르쳐주었고 내 안에는 아무도 안 보이게 사라질 줄 아는 소녀들이 살고 있었으니까. 약국에서 머리 염색 약을 하나 사서 머리부터 염색하고, 거울을 보며 내 이름을 마치 마법을 걸듯 주문처럼 되풀이하다 보면 나는 새로운 아이로 태어날 테니까.

하지만 나는 이번엔 다른 길을 선택했다. 더 이상 도망가지 않기로 했다. 보이지 않는 아이가 아니라, 당당하게 내 두 발로 서서 보이는 나로 살기로 했다.

사기꾼으로 살면서 내가 아닌 다른 사람의 삶을 살기보다는 이제 진짜 나로 살기로 결정했다.

레이먼드에게 총을 쏘고 난 후 사태는 빠르게 전개됐다. 그는 모래 위에 쓰러졌지만 그렇다고 죽은 것도 아니었다. 의식을 잃은 듯하더니 곧 나를 잡기 위해 손을 뻗었고 나는 반사적으로 흠칫 물러났다. 하지만 나는 더 이상 그런 상황에서 어쩔 줄 몰라 하던 어린아이가 아니었다. 나는 손에 들고 있던 금속 상자의 모서리로 그를 내리쳤다. 그 충격에 그의 머리가 모래 속에 처박혔다. 하지만 완전히 뻗은 것은 아니었다. 그래서 나는 다시 한번 내리쳤다. 또다시, 또다시…… 얼마나 했을까. 박스를 손 위로 높이 들고 다시 한번 더 내려치려고 했을 때, 드디어 그가 더 이상 움직이지 않았다.

그 모습을 보고 내 심장이 두방망이질했다. 마치 내 귀 바로 옆에 심장이 뛰고 있는 것 같았다. 내 심장 소리가 파도 소리보다 더 가깝게 들렸고, 나는 도망치고 싶었다.

하지만 도망칠 수 없었다. 끝난 게 아니었으니까. 우리 계획이 있었으니까. 언니가 나를 데리러 오기로 했으니까. 8일 후가 바로 그 작전 개시일이었는데. 근데 계획이 다 엉망이 되고 말았다. 내가 그 계획을 다 망치고 말았다.

나는 발가락 사이사이 모래가 꽉 차 있는 상태로 해변에 그렇게 한참을 맨발로 서 있었다. 나는 세상 돌아가는 이치를 알고 있었다. 특히 이런 상황에서는 사람들이 어떻게 판단할지 눈에 훤히 보였다. 자, 그럼 어떻게 해야 할까? 내가 해야 할 일은 분명했다. 엄마와 레이먼드를 감옥에 처넣을 수 있도록 FBI에게 그들이 원하는 것들을 넘겨주는 것. 그래야 언니와 내가 안전할 테니까. 그러나 FBI가 원하는 것은 정말 확실한 증거였다. 언니는 FBI와 거래를 했고, 나는 그 증거를 가져가야만 했다. 그러고 나서 우리는 영원히 사라지면 되었다.

우리를 자유롭게 풀어줄 수 있는 그 증거는 바로 레이먼드의 금고 안에 있었다. 내가 움켜쥐고 있는 박스 안에는 권총 외에 다른 물건이 두 가지 더 있었다. 하나는 언니가 건네준 비상 전화기. 그리고 칼.

레이먼드의 금고에는 생체암호가 걸려 있었다. 이 말은 레이먼드의 금고를 열기 위해서는 그의 지문이 필요하다는 뜻이었다. 언니가 도구를 가져와서 레이먼드의 지문을 뜨기로 되어 있었는데. 하지만 언니와의 계획은 이미 다 틀어져버렸고, 지금 내 눈앞에는 레이먼드가 쓰러져 있었다. 내 몸은 멍투성이였고, 시간은 없고, 그리고 총까지 쏜 나는 너무나 흥분한 상태였다. 내가 정신을 잃고 쓰러져 있는 레이먼드를 끌어다가 금고 앞까지 데려갈 방법은 없었다. 그래서 나는……

한번 저지르면 뒤집을 수 없는 짓이었다. 하지만 나에겐 퇴로가 없었다. 오직 앞으로 가야만 했다. 금고 안의 그 물건이 꼭 필요했으니까. 그래서 나는 상자를 모래 옆에 놓고 칼을 꺼내 들었다.

58

대화 내용 기록:
인질 추적 중인 리 앤 오말리와 레이놀즈 보안관보

8월 8일, 12:30 p.m.

레이놀즈 보안관보: 빨리빨리.

오말리: 보여?

레이놀즈 보안관보: 여긴 레이놀즈 보안관보다. 3번 고속도로에 병원 헬기나 소방서 헬기 지원 바란다. 흰색 세단 차량 현재 북쪽으로 도주 중. 3번과 5번 도로에 즉각 검문소 설치 바람.

(3분 56초 동안 기록 삭제됨. 급파 내역에 대해서는 보안관 보고서 3A부 참조 바람.)

레이놀즈 보안관보: 현재 병원 헬기가 지역 수색 중이야.

오말리: 서둘러야 해.

〔4분 23초 동안 침묵〕

〔경찰 무전 소리, 판독 불가〕

레이놀즈 보안관보: 이 지역 동원 가능한 경찰 모두 출동 바람. 여긴 레이놀즈 보안관보다. 추적 중인 하얀 세단이 카스텔라가 1723번지 윌리엄스 농장에서 발견되었다. 범인은 무장하고 있으며 매우 위험한 인물임. 10대 소녀 두 명을 인질로 붙들고 있음. 접근할 때는 매우 조심할 것.

오말리: 얼른 가자.

레이놀즈 보안관보: 리, 도착해서 어떻게 할지 우리 얘기 좀 하자.

오말리: 넌 이미 날 풀어주었잖아.

레이놀즈 보안관보: 그건 네가 주먹을 날리니까.

오말리: 내가 미안하다고 하면 나한테 총 주고 내가 먼저 진입
하게 해줄래?

레이놀즈 보안관보: 내가 하는 명령에 따를 거야?

오말리: 네가 내 뒤 좀 봐줘.

레이놀즈 보안관보: 그건 대답이 아니잖아, 리.

〔2분 16초 동안 소란〕

〔차문 쾅 닫히는 소리〕

〔종료〕

59

12:32 p.m. (인질로 붙잡힌 지 200분)

안전금고 열쇠 두 개, 사냥용 칼 한 자루
계획 6: 죽지 말자.

나는 두에인의 자동차에서 뛰어내렸다. 그러고 나서 내가 할
일은 이제 숨는 것뿐이었다. 눈앞에 보이는 마구간으로 달려 문
을 박차고 들어간 다음 안에서 문을 닫았는데 문을 잠가둘 만한
도구는 어디에도 보이지 않았다. 두에인이 다시 아이리스에게
돌아가서 무슨 짓을 하지 못하도록 계속 나를 쫓아오게 만들어
야 하는데.

마구간의 널빤지 문틈 사이로 밖을 내다보니, 두에인이 나를
쫓아 마구간 쪽으로 걸어오고 있었다. 그 모습을 보자 피가 거
꾸로 치솟는 것 같았다. 두에인의 발걸음은 그렇게 빠르지 않았
다. 아마 칼에 찔린 상처 때문에 몸동작이 둔해진 듯했다. 초기
의 통증은 많이 가셨겠지만 아직 그 후유증에서 완전히 벗어나
지 못했을 것이었다. 또한 몸을 사리고 있을 것이다. 나를 데리
고 전국일주를 하려면 몸 상태를 유지해야 하니까. 나를 비행기
로 데려갈 수는 없는 일이었다. 배에 태워서 데려갈 만한 인맥
정도는 있겠지만, 그럴 만한 자금이 없을 것이다.

붉은 모자와 함께 그 거지 같은 쇼를 하며 은행 강도 짓 하는

걸 보면, 두에인은 지금 파산상태에 형편이 몹시 안 좋은 것이 분명했다. 따라서 그는 모든 것을 걸고 나를 잡아가 레이먼드 앞에 바치려고 할 것이다. 그러면 그의 일생에 있어서 최고의 월급봉투를 받게 될 테니까.

마구간 안은 너무나 어두웠다. 그리고 눈에 띄는 것이라곤 방수포로 덮인 농기구들과 예전에 말들이 있던 흔적뿐이었다. 나는 위쪽을 올려다보았다. 위쪽엔 2층 다락방 같은 공간이 있었고, 그곳으로 올라가는 사다리가 보였다. 사다리는 나무로 되어 있었고 너무 무거웠다. 일단 그 사다리로 올라간 다음에 내 힘으로 그 사다리를 치우는 건 불가능해 보였다.

그러나 내가 저기로 올라가 있으면 두에인이 나를 쫓아 올라올 것이고, 이후 뒤쫓아온 두에인을 2층에 가둬두고 꼼짝 못 하게 하면 되지 않을까? 지금 내게 필요한 건 경찰이 저 밖에 있는 차를 찾을 수 있도록 시간을 끄는 일이니까. 자 그러면 계획대로 한번 해보는 수밖에.

일단 마구간 바닥의 흙을 한 줌 집어서 사다리를 타고 2층으로 올라갔다. 2층은 굉장히 넓고 평평했는데, 거의 마구간의 절반 정도로 넓었다. 저쪽으로 마구간 밖이 다 보였고 입구도 보였다. 또한 큰 창문이 나 있어서 그쪽으로 햇빛이 들어와 비치고 있었다. 2층에 올라간 나는 두리번거리며 뭔가 길쭉한 무기로 쓸 만한 것을 찾아보았다.

아직 칼이 있었지만 그 칼을 가지고 두에인을 대적하기에는 역부족이었다. 이미 한번 찔러봤고, 칼에 찔린 상태에서 나를 어떤 식으로 붙잡았는지 겪어보았으니 삽이나 곡괭이같이 농

부들이 쓰는 크고 치명적인 무기가 필요했다. 무기를 찾으려 두리번거리고 있는데 마구간 문이 끼익하며 열리는 소리가 들렸다. 순간, 나는 그 자리에서 얼어붙고 말았다.

주변에는 적막만이 감돌았고 두에인은 아무 말도 하지 않았다. 두에인이 원래 성격대로 뭔가 떠들어대면 얼마나 좋을까 하는 생각이 들었다. 이런 침묵은 참을 수가 없었다. 너무 무서우니까. 정말 너무나 무서웠다. 마구간 안에 들리는 소리라고는 두에인의 발소리와 내 심장 뛰는 소리가 전부였다. 이삼 초 후면 뭔가 고통스러운 일이 벌어질지도 모른다는 데 생각이 미치자 너무나 끔찍했다. 두에인이 원하는 것은 나에게 고통을 주고 나를 꼼짝 못 하게 하는 것이니까.

하지만 두에인은 내가 어떤 애인지 아직까지 다 파악을 하지 못하고 있었다. 나는 적어도 내가 어디까지 가고, 무슨 짓까지 할 수 있는지 알고 있고, 이미 두에인에게 그 점에 대해서 경고한 바 있지만 두에인은 내 말을 귀담아들으려 하지 않았다. 이제는 그런 두에인을 정신 차리게 해줘야 할 차례였다.

나는 2층에 있는 난간을 붙잡고 그가 마구간 안으로 걸어 들어오는 모습을 지켜보았다. 그리고 내가 있는 자리 바로 아래쪽을 지나갈 때까지 숨죽이고 기다렸다가 목표했던 지점에 두에인이 다가오자 손에 쥐고 있던 흙을 떨어뜨리고는, 방수포 위에 흙이 떨어지기 직전 잽싸게 구석에 숨었다. 두에인이 떨어지는 흙을 보고 그 소리에 놀라서 휙 돌아섰을 때 이미 나는 2층을 가로질러 구석으로 들어가 뭔가 무기가 될 만한 것을 찾으려 계속 두리번거리고 있었다.

구석에 빗자루가 하나 보였다. 솔은 삭을 대로 다 삭아 있었지만 적어도 자루 부분은 탄탄하고 쓸만해 보였다. '좋아! 이걸 무기로 쓰자.' 먼저 두에인이 앞을 잘 보지 못하도록 시야를 흐리게 만들어야 한다. 그런 다음 이 막대기로 얼굴을 후려친 뒤 칼로 한 번 더 찌르고 도망을 치기로 했다. 이번에는 더 이상 쫓아오지 못하도록 확실하게 찌를 것이다. 찌른 후에는 뛰어 내려가 사다리를 치우고 내려오지 못하게 한다면 승산이 있겠지. 그렇게 훌륭한 계획은 아니었지만, 다른 대안이 없었다.

빗자루를 손에 꼭 쥐고 서 있는데 사다리가 삐걱하는 소리가 들렸다. 두에인이 올라오고 있었다. 나는 창문을 통해서 들어오는 햇빛에 노출되지 않으려 최대한 어두운 구석에 들어가 숨었다. 하지만 들키지 않게 숨기에는 역부족이었다. 사다리를 타고 올라와 고개를 쓱 들이민 두에인은 내가 있는 곳을 단번에 찾아내고 말았다.

나는 두에인이 사다리를 타고 올라와서 2층에 발을 디딜 때까지 기다렸다. 그리고 두에인이 사다리에서 멀어지기를 기다렸다가 전속력으로 달려가 사다리를 타고 내려갈 생각이었지만, 두에인은 그런 틈을 주지 않았다. 그래서 나는 일부러 오른쪽으로 움직이는 척을 했고 그는 아주 조심스럽게 내 움직임을 따라왔다. 나를 붙잡아 다리몽둥이를 부러뜨려놓고 싶다는 심사를 숨기지 않았다. 어디 다리몽둥이뿐일까. 나를 밟아 아주 가루로 만들어버릴 기세였다.

하지만 그렇게 놔둘 순 없었다. 나는 빗자루를 흔들며 위쪽으로 방향을 잡아 세게 내리쳤다. 그가 내 빗자루 공세를 팔뚝으로 막아내었지만 어느 정도 충격은 주었는지, 그의 입에서 비명 소리가 터져 나왔다. 나는 그 틈을 타 몇 발자국 뒤로 물러서 나를 잡으려는 두에인의 손아귀에서 아슬아슬하게 벗어날 수가 있었다. 나는 곧장 주머니에서 칼을 꺼내 들었다. 이제 두에인과 나는 칼을 사이에 두고 대치하고 있었다. 언젠가 봤던 장면이 다시 벌어지고 있었다. 칼 한 자루를 손에 쥔 소녀와 악당이라니. 반복되는 장면이지만 이제 나는 그때와는 다르게 대응할 것이었다.

먼저 오른쪽으로 두 발자국 움직였다. 저기 사다리 쪽으로만 가면 되는데. 하지만 그는 내 움직임을 포착하고 악당들의 경험에서 우러나오는 자연스러운 몸짓으로 몸을 숙여 내 앞길을 가로막았다. 이런 거구의 악당을 상대로 칼을 쓸 때는 칼에 온몸의 무게를 실어 확실하고 신속하게 처리해야만 한다. 그런데 나는 지금 그럴 만한 몸 상태가 아니었다. 있는 힘껏 그의 앞팔을 찔렀지만 상처가 길게 났을 뿐 칼날이 깊이 들어가지도 못했고, 두에인이 비명을 지르며 내 손을 훅 치는 바람에 칼은 바닥으로 굴러떨어져버리고 말았다.

그는 피가 뚝뚝 떨어지는 팔을 다른 손으로 붙잡고서 이를 갈며 씩씩거렸다. 하지만 칼은 너무나 멀리 떨어져서 다시 줍기는 불가능해 보였다. 그때 아래층으로 내려가야 한다는 생각이 들었다. 이 순간을 놓친다면 나는 끝장이라는 생각에 사다리 쪽으로 튀었다.

사다리를 거의 반쯤 내려왔을 때 두에인이 사다리를 붙잡고 흔들기 시작했다. 앞뒤로 얼마나 세게 흔들던지 나는 마치 장난감 사다리에 올라탄 장난감처럼 흔들거렸다. 그 순간 결정을 해야 했다. 머리 쪽으로 떨어질 것인가, 등 쪽으로 떨어질 것인가. 그러고 나서는 무릎을 굽혀 온몸을 공처럼 둥그렇게 감고 공중에 몸을 던지며 두 팔로 머리를 감쌌다. 하지만 차에서 뛰어내릴 때 다친 상처들 때문에 동작이 굼떴고, 그로 인해 바닥에 떨어졌을 때 엄청난 충격을 느꼈다. 그러나 감사하게도 머리를 부딪치지는 않았다.

바닥에 떨어질 때 온몸을 관통한 충격과 통증은 전신으로 퍼져나가 심장과 뇌까지도 통증이 느껴졌다. 그 순간 나는 세상에 공기가 하나도 남아 있지 않은 것처럼, 공기를 찾아 헐떡거렸고 내 온몸은 고통 때문에 어찌할 줄 몰랐다. 허파가 다 쪼그라드는 것 같았다. 아주 잠깐 동안이었지만, 떨어진 충격 때문에 그런 것인지 아니면 정말 갈비뼈가 내 허파를 뚫고 지나간 것인지 알 수 없었다. 몸의 느낌은 진짜 갈비뼈가 내 허파를 뚫고 지나간 것 같았다.

너무나 무서워서 몸을 움직일 수가 없었다. 아플까봐 겁나서가 아니라 움직이려고 했는데 몸을 움직일 수 없으면 어떡하나 하는 공포 때문에 그대로 얼어붙었다.

눈을 들어 마구간 천장을 쳐다보았다. 그리고 천천히 눈을 깜빡거렸다. 일어나야 하는데. 곧 두에인도 밑으로 내려올 것이고, 그러면 나를 붙잡을 것이었다. 오 그건 정말 안 되지. 하지만 몸이 말을 듣질 않았다. 심지어 정신도 집중할 수가 없었다. 내 마음 자체가 다 산산조각이 나서 마치 구정물 위를 날아다니는 모기처럼 옛날의 기억들을 훑으며 날아가고 있었다.

웨스가 떠올랐다. 그리고 웨스를 괴롭히는 그 나쁜 놈의 검은 눈빛과 한 방 날렸던 내 주먹의 손맛. 내 팔을 붙잡던 그 손. 그 모든 기억이 주마등처럼 스쳐 지나갔다. 아이리스가 떠올랐다. 아이리스의 치마가 만들어내는 그 아름다운 원과 '이런 옷은 이제 더 이상 만들지 않아'라고 하던 아이리스의 목소리, 세상을 온통 밝고 빛나게 만들던 아이리스의 미소가 떠올랐다.

언니. 언니의 반짝이는 금발 머리. 갈색 머리가 아닌 원래의 금발 머리. 그리고 그 밑에 아름답게 빛나는 파란 눈동자. 언니의 슬픈 미소. 언니가 했던 말. '난 네 언니야.' 언니가 내민 종이 한 장. 그 위에 써 있는 숫자들. 손을 내밀며 언니가 이렇게 얘기했다. '필요하면 언제든 전화해.' 언니가 얘기해준 암호. 내 귀에 속삭였던 그 약속들. '엄마는 절대 너를 해칠 수 없을 거야.' 피로 얼룩진 모래. 그리고 전화기 너머로 언니가 했던 말. '곧 갈게.'

언니, 언니, 언니.

언니는 내 몸 안에 힘차게 뛰고 있는 심장과 같았다. 강인한 사람이 무엇인지 보여준 사람. 자유란 것이 뭔지 깨닫게 해준 사람. 언니는 전에도 나를 구해줬었는데. 이번에도 언니가 나를 구해줄 수 있을지. 자신이 없었다. 아마 불가능할지도. 하지만 이렇게 손 놓고 있을 순 없었다.

나는 발가락을 움직여보았다. 그리고 발목도 움직여보았다. 좋았어.

쾅쾅쾅. 두에인이 사다리를 타고 내려오는 소리가 들렸다.

빨리 일어나.

여기서 벗어나야 해.

할 수 있어.

난 리 언니의 동생이니까.

60

레이먼드: 사건의 경위
(총 4막)

4막: 도주

집으로 돌아왔을 때 집 안은 여전히 깜깜했다. 나는 불을 켜
지 않았다. 이미 가장 어려운 부분은 끝냈으므로 그냥 위층으로
올라가 금고 앞으로 가서 내게 필요한 것만 꺼내면 그만이었다.
그걸 가지고 자유를 찾으면 될 것이었다.

난 우선 '그것들'을 얼음에 보관했다. 그때는 왜 그래야 했는
지 잘 알지도 못한 채 무작정 그렇게 했다. 나중에 그 당시를 생
각할 때마다 나는 '레이먼드를 엿 먹이기 위해서 보관했다'라고
말할 수 있었으면 하고 바랐다. 그는 술만 마시면 자기가 한 짓
을 자랑하곤 했고, 내가 한 짓은 그의 자랑거리에 재를 뿌리기
충분했으니까.

하지만 내가 그 손가락들을 얼음에 보관한 것은 나 스스로도
너무나 놀라고 당황해서 얼떨결에 한 일이었다. 당시 나는 정말
무서워서 어쩔 줄 몰랐다. 만약 레이먼드가 집에 돌아와서 자기
손가락이 아무 데도 없다는 것을 알았을 때 어떻게 나올지 나는
그게 무서웠다.

여전히 레이먼드가 나를 쫓아 뒷문으로 들어와 그 손으로 내 팔을 붙잡을 것만 같았다. 정말 그랬다. 나는 너무나 무서워서 그의 사무실로 들어가기 전에 일단 그것들을 얼음에 처넣었다. 계속 두려움에 떨고 있을 수만은 없는 일이었으니까. 할 일은 해야 하니까.

엄마는 내가 나갈 때 그 모습 그대로 1층에 있었다. "엄마, 엄마! 일어나." 엄마를 부축하기 위해 잡은 내 손을 엄마는 귀찮은 듯 치우라고 했다. 엄마의 까진 무릎에서 배어 나온 피로 인해 카펫에는 둥그런 보름달 모양의 핏자국 그림이 그려져 있었다. 엄마는 금고로 가는 길을 막고 있었고, 나에게는 시간이 없었다.

"그 사람은 어딨니?" 엄마는 레이먼드의 소재를 물었다. 그가 무서워서? 아니. 엄마는 그 와중에도 레이먼드를 원하고 있었다. 그 짓을 당하고도 레이먼드가 돌아와 자기를 달래주기를 바라고 있었던 것이다. 나는 엄마를 절대 이해하지 못할 것 같았다. 그리고 이 대목을 생각할 때마다 소름이 끼칠 정도로 혐오스럽다.

하지만 이제는 그 모든 것을 다 흘려보내려 한다.

"제발." 나는 엄마를 겨우 일으켜 세운 후 2층으로 데려가 침대에 뉘었다. 엄마는 레이먼드의 소재를 다시 물었다.

나는 대답하지 않았다.

엄마 곁을 떠나는 건 굉장히 어려운 일이어야 하는데…….

어렵지 않았다.

나는 다시 1층으로 내려왔다. 모든 것이 꿈결 같았다. 시간이 별로 없었다. 사무실은 너무나 어두웠다. 나는 불도 켜지 않고 레이먼드의 책상 위 금고에서 하드 드라이브를 꺼냈다. 그리고 첫 번째 드라이브를 꺼내 컴퓨터에 집어넣고 작동을 기다리며 비상 전화기를 꺼내 언니의 번호를 눌렀다. 전화벨이 두 번 울리고 언니의 목소리가 들렸다. "여보세요?"

말해. 빨리, 지금 당장.

"올리브."

언니의 숨소리가 갑자기 거칠어졌다. "지금 당장 갈게."

나는 언니가 시킨 대로 아무 말 없이 전화를 끊었다. 전화 예절을 다 갖출 시간이 없었다. 나는 드라이브를 하나씩 체크해보았다. 큰 드라이브 네 개에는 암호가 걸려 있었다. 금고 뒤쪽에 끼워져 있던 USB를 컴퓨터에 꽂자 화면상에 컴퓨터코드가 뜨고, 스크롤링이 끝나자 빨간 커서가 깜빡거렸다. 그 안에 뭔가 입력을 해야 하는데…… 나는 USB를 계속 노려보다가 Esc 버튼을 누르고 USB를 꺼내 주머니에 넣었다. 그리고 큰 드라이브는 모두 상자 안에 넣었다.

전화벨이 울리고, 언니가 도착했다. 현관까지 어떻게 나갔는지는 기억나지 않는다. 현관문을 열어 언니의 얼굴을 보고서야, 언니의 표정에서 내 몰골이 얼마나 끔찍한지를 깨달았다.

"이게 웬 피야." 언니가 내 앞으로 다가오며 말했다. 나는 뒷걸음질 쳤다. *날 만지지 마. 지금은 안 돼. 나중엔 될까? 글쎄 그건 모를 일이었다.*

"내 피가 아니야." 내 피가 조금 섞여 있을지도 몰랐지만 대부분은 내 피가 아닐 것이었다.

언니의 안색이 또 변했다. 언니의 그런 반응에도 나는 아무것도 느낄 수가 없었다. 그저 내가 할 일은 해냈고 드라이브도 확보했다는 생각뿐. 나는 그 자리에서 사라져가고 있었다.

나는 내가 아니었다. 나는 애슐리가 아니었다. 그럼 도대체 난 누구지? 난 뭐지? 애슐리야. 난 애슐리야. 애슐리여야 해.

완벽한 딸이라면 의붓아버지에게 총을 쏘진 않았을 텐데. 완벽한 딸이라면 칼을 쓰지도 않았을 텐데. 완벽한 딸이라면 의붓아버지가 원하는 것을 그냥 주었을 텐데. 완벽한 딸이라면 의붓아버지 손에 그냥 죽었을 텐데.

"어떻게 된 거야? 엄마는? 그 사람은 어디 갔어? 어딨어?"

"엄마는 2층에 그 사람은⋯⋯." 온 세상이 빙글빙글 도는 것만 같았다. 제발 다리에 힘을 줘봐.

"날 쳐다봐. 날." 언니는 내 턱을 잡아 들쳐 세우고 내가 언니를 똑바로 볼 수 있도록 내 눈을 응시했다. 그러자 세상이 빙글빙글 도는 게 멈췄다. 그리고 숨도 쉴 수가 있었다. 나는 언니의 얼굴에 대고 푹 숨을 내쉬었다. 혹시 입에서 이상한 냄새는 나지 않는지 잠깐 걱정이 되었다.

"도대체 어떻게 된 거야?" 언니가 물었다.

"총을 쐈어. 어쩔 수가 없었어. 그 사람이 엄마한테 총을 겨눴거든. 그래서 엄마한테서 떨어져 나가게 한 다음 내가 쏴버렸어."

"정신 차려." 언니가 두 손가락으로 탁 치더니 내 몸을 다시 흔들었다. 그리고 물었다. "그 사람은 지금 어딨어?"

좋아. 대답할 수 있는 질문 하나 더. 나는 이렇게 내가 답을 알고 있는 질문을 하는 게 좋았다.

"저기 도크 밑에. 내가 거기까지 데려갔어."

"죽었어?"

나는 고개를 저었다. "아니. 그냥 다리에 총을 쐈어."

언니가 긴장하여 어깨에 힘이 들어가는 게 역력히 느껴졌다. "총은 어딨어?" 나는 상자를 치켜들었다. 상자를 본 언니는 알겠다는 듯 고개를 끄덕였다.

"자, 이제 가자. 이제 다시는 이 집으로 돌아오지 않을 거야."

나는 언니의 말에 저항하지 않았다. 그리고 아무것도 챙기려 하지 않았다. 안녕이란 인사조차 하지 않았다. 혹시 엄마를 데려갈 수는 없는지 언니에게 물어보지도 않았다. 그냥 언니를 따라갔다. 이렇게 떠나는 것이 별거 아닌 듯 언니를 따라나섰다.

내 뒤에 남겨진 것은 도대체 무엇일까. 내 뒤에 남겨진 것은 아무것도 좋은 것이 없었다. 그럼 내 앞에 날 기다리고 있는 것은 무엇일까. 내 앞에는 내가 원하는 그 모든 것이 기다리고 있었다. 언니는 양손으로 내 어깨를 꽉 잡고는 내가 한 걸음씩 발자국을 뗄 수 있도록 도와주었다.

나는 내가 어디로 가고 있는 것인지 알지 못했고 언니의 차에 올라타서 차가 거리로 미끄러지듯 나가는 것을 멍하니 지켜보았다. 해변가가 멀어지고 있었고 언니는 운전대를 꽉 부여잡고 있었다. 그리고 나는 상자를 단단히 붙잡고 있었다.

한참 동안 침묵이 흘렀다. 그리고 드디어 언니가 "괜찮니?" 하고 물었다.

"드라이브를 빼왔어." 언니의 물음에 대답하는 대신 나는 이렇게 말했다.

"네 개 모두 다." 네 개를 모두 다 빼내온 것은 사실이었지만 그 외 하나가 더 있다는 것을 숨기고 있다는 사실 때문에 나는 살짝 찔끔했다. USB가 내 주머니에 들어 있었으니까. USB는 이제 내가 새롭게 마련한 응급상자였다. 언젠가 마지막 순간에 쓸 무기가 될 것이었다.

나는 언니를 좋아하고 언니를 믿었다. 하지만 거기까지였다. 내가 지금까지 인생을 살아오며 배운 것은 생존을 위해서는 그 이상의 무엇인가가 필요하단 거였으니까. 언니가 입술을 꽉 깨물더니 말했다. "잘했어."

언니가 해준 그 말. 잘했다는 그 말이 나한테 얼마나 큰 의미가 있는 것인지 언니는 아마 모를 것이다. 언젠가 언니에게 꼭 얘기해줘야지. 하지만 그때 나는 아무 말도 할 수 없었다. 난 하염없이 창밖만 바라보았고, 눈앞이 갑자기 흐려지기 시작했다. 당시는 내가 걸치고 있는 모래투성이의 옷이 내가 가진 전부였고 그때 획득한 '자유'라고 하는 나의 삶은 피와 소금 냄새가 나고 있었다.

61

안전금고 열쇠 두 개
계획 6: 죽지 말자.

"널 반드시 트렁크에 처넣고 말겠어." 두에인이 이렇게 말하며 사다리의 마지막 칸에서 뛰어 내려왔다. 그 마지막 순간 약간의 신음 소리가 들렸고, 나는 그것을 놓치지 않았다.

"나한테 또 당할까봐 겁나죠?" 나는 가까스로 일어나며 빈정거렸다. 내 몸 하나 추스르기도 힘들어 그만두고 싶었지만, 그럴 수는 없었다. 갈 때까진 가봐야지. 여기서 포기하면 정말 트렁크에 실리는 신세가 되고 말 테니까. 나는 뒷걸음질해서 마구간 문 쪽으로 갔다. 두에인은 아무 말도 없이 조용히 허리춤에서 총을 꺼내 들었다.

"시체를 데려가는 것보다 살아 있는 채로 데려가는 게 훨씬 비싸다는 걸 잊지 않았겠죠?"

"너란 애를 만나고 보니까 너를 송장으로 데려가도 네 양아버지는 별 군소리 안 할 것 같은데? 내가 너 때문에 겪은 모든 고초를 충분히 이해해주지 않을까?"

"에이, 뭘 모르시네. 송장을 데려가는 건 그 인간이 원하는 게 아녜요."

두에인과의 대화에 집중하면서도 혹시 빠져나갈 수 있는 틈이 있는지 찾고 있는데 마구간 위쪽에서 뭔가 움직이는 것 같았다. 언뜻 움직임을 포착했을 때, 처음에는 헛것을 봤다고 생각했다. 아군이 너무나 절실히 필요했지만 아군이 나타날 가능성은 희박했으니까. 하지만 나는 헛것을 본 게 아니었다. 마구간 위쪽 2층에는 분명 아이리스가 있었다. 아이리스는 살금살금 기어서 두에인 쪽으로 가고 있었고 아이리스가 입고 있던 페티코트가 아이리스의 손에 마치 무슨 무기처럼 들려 있었다.

그 순간, 마치 트램펄린을 타면서 두 번 구르기를 할 때처럼 온 내장이 거꾸로 뒤집히는 듯했다. 세상에. 사면초가에 빠진 나를 구해줄 아군이 온 것이었다. 한 손에는 페티코트를 들고 또 한 손에는 라이터를 들고 있는 아이리스. 그 조합을 보자마자 나는 아이리스의 의중을 바로 읽을 수 있었다. 역시 아이리스다웠다. 완벽한 계획. 나쁜 놈과 대치하고 있는 이 거지 같은 상황에서 그 순간 아이리스가 그렇게 사랑스러울 수가 없었다.

"이제부터는 입 좀 닥칠 모양인가?" 두에인의 목소리에서 작은 떨림이 느껴졌다. 자기에게 칼을 들이대고 찌르고 대적하며 이제는 거의 막다른 골목까지 몰아온 당돌한 아이 앞에서 그도 긴장하고 있는 게 틀림없었다. 아이리스는 난간을 붙잡고 서 있었다. 두에인은 아이리스의 낌새를 알아채지 못하고, 온통 나에게만 정신이 팔려 분노와 좌절을 쏟아붓고 있었다.

"마지막으로 한마디만 하죠." 내가 입을 떼자 아이리스는 그 순간을 포착해 라이터를 켜 페티코트에 불을 붙였다. "위쪽을 쳐다보는 게 신상에 좋을걸요?"

두에인이 웃음을 터뜨리곤 오히려 절대 위를 쳐다보지 않겠다는 의지를 드러냈다. "그런 수작이 나한테 먹힐 줄 알았어?"

"아뇨." 나는 머리를 흔들었고, 그 순간 아이리스는 불이 붙은 페티코트와 비단 치마를 밑으로 떨어뜨렸다. "하지만 내 친구가 지금 그쪽보다 훨씬 멋진 옷을 입고 있는 것 같은데요?" 내가 이렇게 덧붙이자 두에인의 얼굴이 찡그려지면서 의아한 눈빛이 되었고 바로 그 순간 불에 휩싸인 페티코트가 그를 삼켜버렸다. 몇 겹으로 되어 있는지 알 수도 없는 페티코트가 그의 머리 위로 떨어졌고, 불꽃은 불길을 좋아하는 직물을 활활 태우며 그 안에 두에인을 꼼짝없이 가둬놓았다.

두에인은 짐승처럼 비명을 지르기 시작했다. 그리고 총을 놓아버리고는 맨손으로 불타는 페티코트를 벗겨내려 팔을 휘젓기 시작했다. 하지만 페티코트는 그의 어깨를 지나 땅으로 쭉 떨어져 내려왔고, 결국 바닥의 흙에 닿아 불이 꺼질 때까지 활활 타올랐다. 더불어 두에인의 체면도 땅에 떨어지고 말았다. 나는 바닥에 나뒹굴고 있는 권총을 향해 달려갔다. *빨리 권총을 집어야 해.* 결국 권총을 손에 쥔 순간 나는 울고 싶었다. 동시에 권총을 던져버리고도 싶었다. 그 자리에 있고 싶지 않았다.

다시 애슐리로 돌아가야 하다니. 절대 그러고 싶지 않았지만 선택의 여지가 없었다. 나는 권총을 쥐고 두에인에게 총을 겨눴다. 내 안에는 총 쏘기를 망설이지 않는 기질의, 그리고 언제나 신경과민인 애슐리가 찾아와 나를 조종하고 있었다.

두에인은 불꽃이 꺼질 때까지 땅을 뒹굴며 미친 듯이 불과 싸웠다. 겨우 불이 꺼졌을 때 두에인의 볼에는 레이스 자국으로 선명한 화상 자국이 나 있었고, 그 상태로 헉헉거리며 땅에 나동그라지고 말았다. 신음하며 끙끙거리다 얼굴을 움직일 때마다 화상 때문에 아픈 듯 더 큰 신음 소리가 새어 나왔다. 나는 그에게 총을 겨누고 최대한 정조준을 한 채 자세를 흐트러뜨리지 않았다.

"그래서 내가 저 예쁜 드레스를 입고 있는 내 친구를 가만히 두라고 한 거야, 두에인. 이제 알겠지?" 아이리스가 사다리를 타고 내려와 두에인을 쳐다보면서 자리를 잡는 동안 나는 이렇게 말했다. 그리고 아이리스가 내 옆으로 올 때까지 긴장을 늦추지 않았다.

"너……." 아이리스가 숨을 헐떡였다.

"괜찮아. 너는?"

아이리스는 대답 대신 고개를 끄덕였다.

"어떻게 된 거야?" 내가 물었다.

"마구간 뒤쪽에 사다리가 있었어. 거기 창문의 걸쇠가 부서져 있더라고." 아이리스가 대답했다.

"정말 말도 안 되는 타이밍이었어. 네가 내 목숨을 구했어." 나는 뭐라고 표현할 단어를 찾기가 힘들었다.

"누구라도 널 건드리면 내가 가만히 있지 않겠다고, 불질러버리겠다고 했지?" 아이리스가 말했다. "나는 헛소리 안 해."

"미친것들." 두에인이 구시렁거리듯 말했다.

"입 닥쳐!" 아이리스가 소리쳤다. 그러고는 갑자기 눈물을 터뜨렸다. 이를 지켜보던 두에인은 웃음을 터뜨렸고, 나는 두에인을 죽여버리고 싶었다. 아까 쏴 죽였어야 했는데.

애슐리였다면 죽었을 것이다. 레베카였다면 방법을 몰랐을 것이다. 사만다였다면 죽이는 안을 고려해보았을 테고, 헤일리였다면 죽였겠지. 케이티는 내가 어디까지 갈 수 있는지를 가르쳐주겠지. 그러면 이 순간 나에게 남은 것은 무엇일까?

"아이리스." 나는 어찌할 바를 몰라 아이리스의 이름을 불렀다. 나는 지금 총을 쥐고 있었고 오늘 하루는 너무나 끔찍했다. 웨스가 괜찮은지 어떤지도 알 수 없었다. 거기다 아이리스는 폭탄을 만들었고 페티코트로 이놈의 얼굴을 뭉개버렸다. 아이리스는 나를 사랑하니까. 아이리스는 완벽하니까. 나는 아이리스를 영원히 사랑할 것이었다.

아이리스는 곧 기절할 것 같은 모습이었다. 나도 마찬가지였다. 아이리스는 코를 훌쩍거리며 눈물을 닦다가 이마에 난 퍼런 멍 자국을 건드린 듯 몸을 부들부들 떨었다. 두에인은 꼼짝도 하지 않고 나를 관찰하며 혹시라도 빈틈이 생길까 노리고 있었다. 하지만 나는 두에인에게 빈틈을 보여줄 생각이 없었다.

"들리지?" 아이리스가 천장 쪽을 보며 말했다. "헬리콥터야."

순간 나는 울컥했다. 드디어 우리를 도와줄 사람들이 오는구나. 총을 쥐고 있던 손가락에 힘이 들어갔다. 저놈을 처단해야 돼. 근데 벌써 사람들이 오고 있다고?

"헬리콥터가 곧 착륙할 거야." 나는 아이리스에게 말했다. "나가서 사람들한테 우리가 있는 곳을 알려줄래?"

"너 혼자 두고 가긴 싫어." 아이리스가 말했다.

"난 이놈을 감시해야지."

그래도 아이리스는 여전히 주저했다.

"아이리스, 저 사람들이 우릴 못 보고 그냥 가면 안 되잖아."
그들이 우리가 세워둔 차를 놓칠 리 없을 것이라 확신했지만 그
래도 난 그렇게 말했다.

"그래 알았어. 곧 돌아올게." 아이리스가 나가자마자 두에인
은 껄껄 웃기 시작했다. 웃고 있는 그의 치아 사이로 붉은 피가
배어 나오기 시작했다.

"제법인데?" 멀리서 사이렌 소리가 들려오는 가운데 두에인
이 말했다.

"이런 순간 아이리스가 여기 있을 필요는 없죠." 내가 이렇게
말하자 두에인은 더 껄껄 웃었다.

"그때 너를 쏴 죽였어야 했는데." 두에인이 말했다.

"후회해봤자 너무 늦었어." 나는 손가락을 방아쇠로 가져갔다.

"쏠 수나 있고?"

분명한 사실은 두에인을 쏴버리는 게 최선이라는 것이다. 그
러려고 아이리스를 내보낸 건데…… 그렇지만 내 손가락은 방
아쇠를 당기지 못하고 있었다. 멀지 않은 곳에서 사이렌 소리가
들려왔고, 곧 그들이 들이닥칠 것이었다.

두에인의 화상 입은 얼굴에 큰 미소가 떠올랐다. "아이고, 나
를 저놈들한테 넘겨줘야 하게 생겼네?" 그는 이렇게 비아냥거
리며 흡족한 표정으로 유령을 대하듯 혼잣말처럼 내뱉었다. "저
런, 안됐네. 하늘은 내 편이야."

"총알도 아까운 놈……." 이 말은 사실이기도 했지만 방아쇠
를 당기지 못하는 나의 약점까지 모두 한데 뒤엉킨 말이기도 했
다. 사이렌 소리가 더 크게 울려오기 시작했다.

"지금까지 잘도 숨어지냈더군. 하지만 더 이상은 안 될걸? 네가 어떻게 생겼는지, 어디 사는지, 그리고 누굴 좋아하는지 내가 다 알아버렸으니까. 이제 그 사람도 알게 되는 건 시간문제란 뜻이지." 놈은 레이스 문양이 찍힌 화상이 찌그러지도록 웃었는데, 그 모습이 마치 송장이 웃는 것과 같아서 등골이 오싹했다. "널 꼭 찾아내고 말 거야."

두에인은 마치 무슨 계시록의 예언이라도 되는 양 지껄여댔고 나는 그 말을 듣고 깔깔 웃기 시작했다.

"언젠가는 나를 찾아내겠죠. 하지만 오늘 나는 내가 준비가 돼 있다는 걸 확실히 깨달았어요. 지난번에 내가 궁지에서 벗어났던 건 운이 좋아서가 아니었어요. 내가 그만한 능력이 있었기 때문이었지." 그러고서 나는 그에게 미소를 지어 보였다. 세상 모든 사람들의 등골을 오싹하게 만드는 그 미소를. "난 정말 천재거든요."

"넌 이제 죽은 목숨이야."

두에인은 큰소리쳤지만 사이렌 소리가 점점 커짐에 따라 좌절하는 기색이 역력했다. 나는 고개를 저으며 말했다.

"천만에. 난 이제부터 시작이에요."

드디어 마구간 벽을 타고 바퀴 밑에 깔리는 자갈 소리와 함께 차에 제동이 걸리면서 정지하는 소리까지 들려왔다.

사람들이 마구간 안으로 들이닥쳤고, 제시와 언니가 보였다. 언니를 보자마자 안도감이 밀려왔다. 언니는 내가 5년 동안 한 번도 본 적이 없는 표정을 하고 있었다.

이제 됐어.

더 이상 싸우고자 하는 의지도 달아났다. 무릎에 힘이 빠져 그대로 주저앉아버릴 것만 같았다. 경찰들이 도착했고, 주변이 소음과 부스럭거리는 움직임들로 어수선해졌다.

그런 모든 소음들이 들렸다가 끊기기를 반복했다. 아까 차에서 뛰어내릴 때 다친 옆구리에서 피가 뚝뚝 떨어지는 것을 그제야 느꼈다. 나는 제시에게 총을 넘겼고, 보안관들은 두에인에게 수갑을 채웠다. 그리고 언니가 내 앞을 가로막아 서는 바람에 두에인이 내 시야에서 가려졌다.

"웨스는……?" 나는 언니에게 물었다.

"웨스는 괜찮아. 웨스가 다른 사람들을 구해냈어. 모두 다 안전해." 언니가 답했다. 나는 안도감에 쓰러질 것 같았다. 그리고 무릎이 다 흐무러진 양 똑바로 설 수가 없어서 언니에게 의지해 기대었다. 그런데 아이리스가 보이질 않았다.

두에인은 껄껄거리고 웃으며 수갑을 찬 상태로 끌려 나갔는데 마구간의 들보에 튕겨서 울려 나온 그 웃음소리는 마치 최악의 불운을 예견하는 것처럼 들렸다.

내가 쓰러지듯 기대자 언니가 내 어깨를 부둥켜안았는데 그게 얼마나 아프던지 나는 소스라치게 비명을 지르고 말았다. 언니는 구급대원들을 소리쳐 부르기 시작했다. 한 손으로는 나를 잡고 또 한 손으로는 뭔가를 분주하게 지시하고 있는 언니의 모습이 흐려지는 시야 속에 간간이 느껴졌다.

"아이리스는?" 나는 애타게 아이리스를 찾았고 언니와 제시는 그런 나를 양쪽에서 부축해 마구간에서 나왔다. 저 멀리 앰뷸런스의 불빛이 보였고 들것이 내 앞으로 다가왔다.

"아니야. 들것까진 필요 없어." 내가 말했다.

"잠자코 있어." 언니가 나를 들것에 눕히며 말했다. 앰뷸런스에 실려 가며 나는 더 이상 저항하지 않았다. 들것에 눕자마자 갑자기 다리에 힘이 쭉 빠져버렸으니까. 세상이 내 주변으로 훅 하고 왔다가 사라지는 것 같았다.

언니의 목소리가 들려오는 순간, 나는 이제 사지를 벗어났음을 그리고 안전한 곳에 도달했음을 깨달았다. 그러자 눈을 감을 수가 있었고, 잠깐 눈을 감은 것이 그만 기절을 하고 말았다. 언니가 곁에 있으니까. 아이리스도, 웨스도. 그리고 모두 다 무사하다고 하니까.

이제 다시 눈을 뜨는 순간 나는 새로운 현실을 자각하게 될 것이다. 이제 난 절대 마음 편히 살 수 없을 것이다.

그러나 나는 앞으로 다가올 조건과 상황을 내게 유리한 방향으로 만들어나갈 계획을 세울 것이다.

넷
—

난 잃을 게 많아졌다

(8월 8-30일)

62

안전금고 열쇠 두 개(청바지 주머니 안)

병원에서 간호사들이 내가 도로에 긁혀서 생긴 상처를 깨끗이 소독해주기 시작했을 때 나는 정신이 들었다. 리도카인을 썼어도 여전히 상처는 쑤시는 듯이 아프고 쓰라렸다. 병원에서는 내 어깨와 옆구리에 박혀 있는 흙과 자갈 조각 같은 잔여물들을 깨끗이 긁어냈다. 소독을 하는 동안 언니는 내 손을 꼭 잡아주었고, 나는 언니에게 아이리스와 웨스가 잘 있는지 가서 꼭 챙겨보라고 거듭 부탁하고 있었다. *언니, 가서 좀 봐줘. 언니, 웨스랑 아이리스는 괜찮은지 가서 확인해줘.* 나는 웨스와 아이리스가 지금 어디에서 뭘 하고 있는지 꼭 알아야 했다.

"언니 제발." 내가 사정했지만 언니는 여전히 아주 완고하게 고개를 흔들었다.

"그럼 내가 갈래." 나는 언니에게 협박을 했다. 내가 간호사의 손길을 마다하고 침대에서 일어나려고 할 때 언니는 나를 꼼짝 못 하게 하고 다시 눕혔다. 손이 아니라 언니의 그 무서운 눈동자와 표정으로.

"이 상처가 감염되길 바라세요?" 간호사가 말했다.

"그냥 제 친구들을 보고 싶을 뿐이에요." 나는 언니 쪽을 보며 말했다.

"원래 이랬나요?" 간호사가 언니에게 물었다.

"원래는 더하죠." 그렇게 말하는 언니의 목소리에는 자랑스러움이 묻어 있었다.

"제 앞에서 제 얘기는 하지 않았으면 좋겠어요." 내가 구시렁거리며 말했다.

"아, 미안해요." 간호사가 멋쩍게 웃으며 말했다. "사람들이 하는 얘기를 들었어요. 경찰들이 그러는데, 오늘 정말 멋지게 해냈다고 하던데요."

"언니, 제발 가서 웨스랑 아이리스 좀 살펴봐줘." 나는 언니에게 다시 말했다.

"그만 좀 해, 노라." 언니의 화난 어조에 나는 입을 닫고 말았다. 언니가 그만하라고 하면 그만해야 했다. 언니는 함부로 그런 표현을 쓰는 사람이 아니었다. 그리고 언니의 표정이 백지장처럼 하얬다.

"언니, 괜찮아? 언니도 검사 좀 받아봐야 하는 거 아니야?" 그렇게 물어보고선 곧 내가 말실수를 했다는 것을 깨달았다. 언니의 미간 주름이 너무나 깊어져서 마치 내가 그 주름 안으로 들어가 앉을 수 있을 것만 같았다.

"가서 거즈 좀 더 가져올게요." 이 말과 함께 간호사가 방을 나가자 언니가 어깨를 쭉 펴고 물었다.

"정말로 꼭 지금 가서 확인을 해야겠니?" 언니는 손가락을 계속 비비고 있었다. 대답을 잘못하기라도 했다간 저 바다 건너편으로 나를 던져버릴 기세였다.

나는 고개를 저었다. "아니야. 이제 다 무사하지? 그럼 됐어." 언니가 내 말에 마음을 놓은 듯 자리에 앉았다.

나는 안도의 숨을 내쉬었지만 이번에 느끼는 안도감은 그 종류가 달랐다. 비록 언니에게 숨겨야 할 비밀이 늘어나는 것은 좋은 게 아니었지만 그래도 현재로선 어쩔 수 없었다. 언젠간 언니가 알아내겠지. 그러나 내가 먼저 이실직고할 순 없었다.

오늘만 아니면 돼. 오늘은 충분히 힘들었잖아. 지금 잠들면 한 달은 너끈히 쭉 잘 수 있을 것 같다. 한번 잠들어 절대 깨지 않았으면. 그리고 제발 내 입과 어깨의 통증이 빨리 사라져주었으면.

"언니가 나 대신에 가서 웨스랑 아이리스 잘 있나 좀 봐줄래?" 나는 언니에게 사정했다.

"노라!" 그저 이름 한번 부르고서 언니가 갑자기 울기 시작했다. 오늘 하루 있었던 일 중에서 가장 놀라운 일은 바로 언니가 우는 모습을 본 것이었다. 그런 언니를 보며 불현듯 나쁜 생각이 들었다. 웨스랑 아이리스에게 가보지 않는 게 나랑 있기 위해서가 아니라 혹시 누군가 다쳤기 때문이라면? 웨스. 웨스가 다쳤나 보다. 아, 이제 언니가 그 말을 해주려는 모양이네. 단둘이 있게 됐을 때 얘기해주려고 언니가 그렇게 뜸을 들이고 있었나 보다. 그런 생각이 들자 갑자기 숨이 쉬어지지가 않았다. 애를 써도 가슴이 답답했다. 난 마음의 준비를 하고 있었지만 언니는 계속 울고만 있었다. 나는 들을 준비가 돼 있는데 언니는 아직 말할 준비가 되지 않았던 것이다.

"세상에. 너, 누나한테 무슨 짓을 한 거니?"

나는 거의 소리치듯 웨스의 이름을 불렀다.

웨스가 바로 내 병실 문 앞에 서 있었다. 웨스의 피부와 옷에 밴 연기 냄새가 침대맡까지 전해져 왔다. 팔에 붕대가 감겨 있었지만 다른 데는 괜찮았다. 나는 침대에서 일어나 웨스 쪽으로 천천히 걸어갔다. 하지만 얼마 못 가 링거 줄에 걸려서 다시 침대에 주저앉을 수밖에 없었다. 웨스도 최악의 상황은 면한 게 틀림없었다. 얼마나 다행인지.

"방금 겨우 엄마를 떼어놓고 아이리스한테 들렀다 오는 길이야." 웨스가 말했다. "아이리스는 괜찮아. 검사 몇 가지만 더 받으면 된대. 그렇지, 누나?"

언니는 대답도 못 하고 쏟아져 나오는 눈물을 참으려 안간힘을 쓰고 있었다. 그러나 아무 소용 없었다.

"노라?" 웨스는 우는 언니를 보고 어찌할 줄 몰라 내게 영문을 물었다. 하지만 나도 당황스럽기는 마찬가지였다. 언니가 우는 모습은 웨스한테도 처음이겠지만 나도 처음이었으니까.

곧 내 눈에서도 눈물이 쏟아져 나왔다. 나는 고개를 흔들며 억지로 눈물을 참으려 했지만 소용이 없었다. 볼을 타고 주르륵 눈물이 흘러내렸다. 눈앞에서 두 사람이 서럽게 울고 있는데 혼자만 말짱할 수는 없을 터였다. 웨스는 병실 안으로 들어와서 내 침대 모서리에 앉더니 내 발을 꼭 쥐었다. 마치 거기가 내가 아프지 않은 유일한 곳이라도 되는 듯. 그렇게 우리 세 사람은 병실 침상 위에 앉아 한데 모여 울고 있었다. 우리가 같이 보낸 시간들, 함께 영화를 보고, 산길에서 자전거를 타고, 서로의 상처를 감싸주며 함께 책을 보던 시간, 그리고 웨스 아버지에게 공갈 협박을 했던 때, 그 모든 순간들이 주마등처럼 스쳐 지나 갔다. 마치 몇 년 만에 가족 상봉이라도 하는 듯 우리는 그 자리 에서 그 순간을 그렇게 즐겼다.

세상 밖은 너무나 험했지만 우리 세 사람이 같이 모여 있는 순간 그곳은 우리가 마음껏 울어도 될 만큼 안전했다. 적어도 나는 그렇게 느꼈다.

63

3:00 p.m. (자유의 몸이 된 지 138분)

안전금고 열쇠 두 개(청바지 주머니 안)

 어깨와 옆구리에 박혀 있던 모든 상처를 깨끗하게 처리하는 과정이 다 끝나고 나서야 나는 아이리스를 보러 가도 된다는 허락을 받아낼 수 있었다. 이제 더 이상 내가 혼수상태에 빠지지 않을 거라는 판단을 한 모양이었다. 그리고 내일 치과에 가서 어금니를 박아 넣어야 한다며 치과의사의 번호를 주었다.

 웨스는 부모님을 뵈러 가고, 언니가 항생제 처방을 받으러 아래층으로 내려간 사이 나 혼자 아이리스의 병실을 찾아갔다. 병실 문 앞에 서서 살펴본 아이리스는 환자복을 아주 예쁜 분홍 레이온 슬립 위에 껴입고 있었다. 병원 환자복까지 멋진 의상으로 개조해 차려입다니. 레이온 슬립의 목 부분에 있는 작은 파란색 꽃무늬가 눈에 들어왔다. 내게는 너무나 친숙한 무늬였고, 내 손가락도 그 꽃무늬를 기억하고 있었다.

 병실에 누워 있는 아이리스는 자고 있는 것 같았다. 그러나 내가 방에 들어서자마자 아이리스는 눈을 번쩍 떴다. 그리고 나직이 내 이름을 불렀다. "노라!"

 "아이리스……" 나는 절뚝거리며 아이리스에게 다가갔다. 아직도 옆구리가 욱신거리는 게 상처가 빨리 나을 것 같지 않았지만 지금 이 순간만큼은 그런 통증도 무시할 수 있었다. 아이리스가 먼저 "너 괜찮아? 웨스는 아까 봤는데……."라고 물었다.

"나도 만났어. 그리고 나 괜찮아. 언니는 약을 타러 갔어. 너도 괜찮은 거지?"

병원이라는 곳은 울게 되어 있는 장소인가 보다. 아이리스의 눈에 눈물이 고이기 시작했다.

"나 빨리 퇴원시켜줘." 아이리스가 말했다.

아이리스의 갈색 눈은 너무나 크고 촉촉하고 아련해 보였다. 마치 엄마 사슴이 막 사냥꾼 총에 맞아 죽고 난 후 남은 밤비 같은 눈빛을 하고 있었다. "제발. 난 병원이 너무 싫어. 내 머리 정말 괜찮거든? 근데 진통제를 주더라? 병원에서 퇴원 안 시켜주는 건 우리 엄마가 없어서야. 지금 뉴욕에 계시거든."

"엄마랑은 통화했어?" 내 물음에 아이리스는 고개를 까딱이면서, 자기 이마에 난 혹을 더듬어보다가 몸을 움찔했다. 이마에 난 혹은 짙은 보라색이 되어 있었다. 아이리스는 안색이 창백했고, 멍이 든 데다가 여기저기 연기에 그을려 있었다. 그래도 여전히 살아 있었고, 아름다웠고, 숨을 쉬고 있었다. 그러면 된 거였다. 나는 아이리스의 침대로 올라가 아이리스의 어깨를 감싸 안아주었다. 아이리스의 통증이, 고통이 모두 사라지기를 바랐다.

"엄마가 곧 비행기 타고 오실 거야. 내일 아침에 도착하신대. 근데 난 내일 아침까지 여기 있는 건 너무 싫어. 제발…… 빨리 여기에서 나가고 싶어. 병실 사람들이 모여서 빤히 영화나 보는

데 섞여 있는 거 너무 싫어. 노라, 제발." 아이리스는 내 손을 잡더니 은행에서보다 더 힘을 주어 꼭 쥐었다.

"알았어. 그래." 아이리스의 눈빛을 보면 아이리스가 하는 말을 절대 거역할 수가 없었다. "언니한테 얘기해서 해결해볼게."

"정말 그럴 거지? 정말?"

"약속해."

언니는 전화를 두 통 걸고 수간호사와 한참 언쟁을 벌인 끝에, 그리고 아이리스의 주치의와 삼자대면을 한 후, 아이리스 엄마와 전화 통화까지 해가며 결국 언니가 아이리스를 돌보는 조건으로 퇴원을 성사시켰다. 의사와 간호사가 와서 링거를 다 뽑아주고, 옷을 갈아입고 나자 아이리스는 넓은 설원을 비추는 햇살과 같이 환한 미소를 지었다.

병원에서는 아이리스에게 휠체어를 타라고 했다. 군말 없이 휠체어에 얌전히 앉은 아이리스가 물었다. "웨스는 어디 있어?"

"아래층에 있던데?" 언니가 답했다.

"가서 데려오자." 내가 아이리스에게 말했다. 그러자 언니는 의미심장한 눈빛으로 고개를 저으며 아주 중요한 기밀 정보라도 전하는 것처럼 내게 말했다.

"웨스는 지금 부모님이랑 같이 있어, 노라."

"알았어. 우리가 데려올게." 나는 다시 이렇게 말했다. 언니가 그만큼 진중한 표정으로 말을 할 때는 무시하면 안 되는 거였지만 나는 오늘같이 끔찍한 일을 겪은 날 웨스를 혼자 내버려 둘 순 없다고 생각했다.

오늘은 사실 도넛과 커피로 시작해서 우리 세 사람이 모든 걸 털어놓고 프렌치프라이를 먹으며 용서하고 다시 우정을 다지는 자리였었어야 했는데…….

아래층으로 내려가봤더니 언니가 말한 대로 웨스는 부모님과 같이 있었다. 두 분은 마치 아들을 보호하겠다는 듯 웨스의 양쪽에 서 있었다. "침착해." 엘리베이터에서 내려올 때 언니가 내 뒤에서 조용히 말했다.

"노라!" 웨스의 어머니가 나를 알아보시고 다가와 다정하게 안아주었다. 아주 짧고 부드러운 포옹이었다. 사실 웨스의 어머니는 언제나 상냥했다. "아이리스도 있었구나. 너희 둘 다 괜찮은 거지?"

"네 저희들은 괜찮아요. 이제 치료 다 끝나고 집에 가요." 나는 이렇게 얘기하며 웨스를 쳐다보았다.

"나도 같이 가." 웨스가 말하자 내 바로 앞에 서 있던 웨스 어머니의 표정이 딱딱하게 굳어졌다.

"웨스." 웨스의 아버지가 처음으로 입을 뗐다. 나는 눈을 가늘게 뜨고 시장을 노려보았다.

"아들, 오늘은 엄마랑 집에 가자." 웨스의 어머니가 말씀하셨고 그 목소리엔 간절함이 묻어났다. 웨스는 몇 개월 후면 곧 열여덟 살이 될 것이고, 이제 성인이 되면 아버지를 피해 계속 집 밖으로 돌던 아들이 어떻게 하건 더 이상 상관할 수 없다는 사실을 웨스의 어머니는 잘 알고 있었다.

"아들, 제발." 웨스의 어머니는 목소리를 낮추어 애원하다시피 했다. 어머니로서 이런 날 아들이 집에 가지 않고 친구를 따라나서는 것에 대해 체면이 서지 않아 부끄러워하는 듯했다. 웨스는 고개를 숙여 엄마의 볼에 키스하며 말했다.

"엄마 사랑해요. 내일 아침 식사하기 전까지는 집에 들어갈게요. 그러고 나서 오전 중에 보안관 사무실 가서 우리 모두 진술해야 하거든."

웨스의 어머니는 아들의 팔을 부드럽게 토닥거려주었는데, 손이 살짝 떨리는 것처럼 보였다. "그래." 웨스의 어머니는 게임에서 진 패자처럼 아들을 보내주었다. 뒤에 서 있던 시장은 꿀먹은 벙어리마냥 아무 말도 하지 않았다. 그러나 얼굴에는 실망하는 빛이 역력했다. 아마 시장은 내가 황천길로 가기를 바랐겠지. 그랬다면 자기 인생이 훨씬 편해졌을 테니까.

언니는 아이리스의 휠체어를 밀고 병원 문밖을 나섰고, 웨스와 나는 그 뒤를 따라 나갔다.

태양이 밝게 빛나고 있었다. 아직도 여전히 이렇게 환하다니. 정말 이상한 일이었다. 그 모든 일이 오늘 사이 다 일어난 거라니. 하루 만에 모든 것이 다 바뀌어버렸다.

언니는 세심하게 주의를 기울이며 조심조심 우리를 트럭 뒷칸에 태웠다. 우리 모두 다 어딘가 깨지고, 할퀴고, 온통 상처투성이였으니까. 겨우 자리에 앉자마자 의사가 처방해준 진통제가 효과를 보이기 시작했고, 그 덕분에 안전벨트를 매는 일조차 쉽지 않았다.

"세상에." 언니는 안전벨트도 제대로 매지 못해 허둥대는 내 손을 탁 치더니 대신 벨트를 매주었다. "약 기운이 다 뻗치고 있구나? 뒤에 있는 너희 둘은 어때?"

"저는 산소랑 화상크림밖에 안 주던데요?" 웨스가 말했다. 그리고 아이리스는 아주 힘없이 손을 흔들었는데 그 수신호를 언니는 괜찮다는 대답으로 받아들였다.

"자, 그러면 오늘은 네가 보호자로 지정된 친구야." 언니가 웨스에게 말했다. "집에 가면 얘네들이 수영장에 들어가지 않도록 잘 지켜야 한다. 알았지?"

"난 정말 괜찮아." 내가 말했다.

"난 안 괜찮아." 아이리스가 창문에 기대 말했다. "난 눕고 싶어."

"이제 집에 가면 누울 수 있어." 언니가 운전석에 앉으며 말한 뒤 핸들을 잡고 시동을 걸었다. "자 이제 출발한다." 그러고는 한마디 덧붙였다. "너희들하고 있으면 지루할 틈이 없어."

"그래서 누나가 우리를 사랑하는 거잖아요." 웨스가 아무렇지도 않게 말했다. 사실 이런 말은 나도 언니도 해본 적이 없는데. 웨스의 이런 면 때문에 아마 우리는 웨스를 마치 잃어버린 퍼즐 조각 끼워 맞추듯 우리 가족으로 받아들였던 걸지도 모른다.

"그럼, 사랑하고말고." 언니가 말했다. "정말 사랑해."

64

7:25 p.m. (자유의 몸이 된 지 403분)

안전금고 열쇠 두 개(내 방 안에 숨겨둠)

해는 지고, 우리는 살아남았다.

우리는 수영장 앞 라운지 의자에 앉아 있었다. 해는 졌지만 뜨거운 열기는 여전히 남아 있었고, 대기는 너무 건조해서 최악의 화재가 빈발하는 계절로 치닫는 것이 느껴졌다. 하지만 오늘밤 주변은 너무나 조용했고 어둠이 내려앉으면서 열기가 어른거리는 오렌지색 하늘은 무척 다른 느낌으로 다가왔다.

아이리스는 내 파자마를 입고 있었고, 웨스는 언니의 시스키어스 대학 — 언니가 이 대학을 다닌 것은 아니다 — 셔츠를 걸치고 있었다. 나는 아직까지도 어깨가 너무 쓰리고 아파서 티셔츠는 입을 수 없는 상황이라 어깨끈 없는 원피스 같은 옷을 입고 있었다. 그리고 볼에는 차가운 얼음팩을 하고 있었으며 이 얼음팩이 다 녹으면 추가로 쓸 수 있도록 두 개의 얼음팩을 탁자 위에 준비해두고 있었다.

언니는 집 안에서 우리를 지켜보고 있을 뿐 우리에게 빨리 자라고 재촉하지는 않았다.

한참 동안 아이리스는 조용히 수영장 물에 비친 별을 바라보고 있었고 웨스는 자기 방에서 가져온 카드를 가지고 혼자 놀고 있었다. 그러다 아이리스가 드디어 입을 떼자 카드를 움직이던 웨스의 손동작도 멈췄다.

"난 그 사람이 죽는 걸 바라지 않았어."

아이리스가 말하는 그 사람이 바로 붉은 모자라는 것을 깨닫는 데 잠깐의 시간이 걸렸다. 아마 조만간 붉은 모자의 이름도 알게 되겠지. 가족이라도 있을까?

"네가 그 사람을 죽인 게 아니잖아. 회색 모자, 바로 그 사람의 파트너가 죽였어." 웨스가 부드럽게 말했다.

"내가 그 폭탄을 만들지만 않았어도 아마…….."

"두에인은 어쨌든 그 사람을 죽일 작정이었어, 아이리스." 나는 웨스처럼 부드러운 목소리로 말을 할 수 없었다. 이렇게 끔찍한 진실을 부드럽게 말하는 것 자체가 불가능하니까. "회색 모자는 처음부터 큰 그림을 그려 가지고 들어왔던 거야. 그 그림 안에 붉은 모자가 살아서 돌아가는 건 없었어. 그리고 네가 그 폭탄을 만들지 않았다면 우리는 살아 나오지 못했을 거야."

아이리스는 죄책감을 떨쳐버리려고 하는 듯 고개를 떨구었다. 언니는 아이리스가 배 위에 얹어놓을 수 있도록 뜨거운 물을 채운 병을 가져다주었고 아이리스는 그 병을 안고 마치 오뚝이처럼 동그랗게 몸을 말고 있었다.

"그런 생각은 떨쳐버려." 나는 아이리스에게 이렇게 말했다. 왜냐하면 그게 바로 내 신조이기도 하니까.

"아냐. 하고 싶으면 털어놔." 웨스가 나를 의미심장한 눈빛으로 쳐다보며 말했다.

그 눈을 보는 순간 내 대응 방식이 옳은 게 아니었다는 생각이 들었다. 내 머릿속에는 '쟤는 정상이 아니야'라는 목소리가 메아리쳤다. 이 말은 레이먼드와 더불어 영원히 내 주변을 유령처럼 따라다닐 거란 생각이 들었다.

"내일 보안관한테는 뭐라고 얘기할 거야?" 아이리스가 물었다.

"사실을 얘기하면 되지. 인질로 붙들려 있다가 화장실에 갔을 때 우리 둘만 남은 기회를 이용해 승기를 잡았고 결국 그렇게 은행에서 나올 수 있었다는 얘기랑 마구간에서 그 사람을 어떻게 씹어 먹었는지 사실 그대로 얘기하면 돼." 내가 말했다.

"그치. 그러면 대략적으로 중요한 사항만 얘기하면 되는 거지? 근데 만약에 그 회색 모자가 뭔가를 얘기해버리면 어떡하지?"

나는 고개를 저었다. "뭔가 누설하진 않을 거야. 왜냐하면 그놈은 이미 전력이 있거든. 그리고 어차피 자기는 어떤 정보를 넘기든지 간에 감옥살이를 오래 해야 한다는 걸 알고 있어. 그 사람은 또 내가 누군지 알고 있어. 그 사실은 지금 그자한테 무엇보다 중요한 정보야."

"도망칠 거야?"

아이리스가 아니라 웨스가 던진 질문이었다. 나는 라운지 저쪽에 있는 웨스를 쳐다보았다. 그 눈길은 웨스와 나만이 아는 깊이를 가지고 있었는데 그건 우리가 같이 견뎌온 세월의 무게와도 같아서 그 질문만으로도 나는 거의 물에 빠져 허우적거리는 느낌이었다.

"아니." 나는 이렇게 대답했다. "하지만 우린 지금부터 진짜 조심해야 돼. 언니 때문에. 아니 아니, 언니 쪽 쳐다보지 마." 내가 언니라고 말하자 웨스는 본능적으로 언니가 있는 쪽으로 시선을 돌렸는데, 그 기색을 느끼면 언니는 아마 뭔가 낌새를 챌 것이 틀림없었다.

"언니가 알아선 절대 안 돼. 언니는 아직 내가 정체를 들킨 걸 몰라. 언니는 계속 몰라야 돼."

"만약 언니가 알게 되면?" 아이리스가 물었다.

"그러면 누나는 곧 여길 뜰 거야." 웨스가 말했다. 웨스의 답을 들으며 아이리스가 나를 쳐다볼 때 나는 어깨를 한번 으쓱하는 수밖에 다른 도리가 없었다.

"애슐리 킨이 이제 노라 오말리가 됐다는 사실이 레이먼드 귀에 들어간 걸 언니가 알면 아마 나를 때려눕혀서라도 내일 아침 당장 비행기를 태워 멀리 보낼걸?"

"레이먼드가 그 정보를 입수할 때까지 얼마나 걸릴까?" 웨스가 아무렇지도 않은 듯 물었지만 그 목소리에는 어떤 묵직한 의미가 깔려 있었고 웨스의 눈은 아주 빛나고 있었다. 웨스는 지난 몇 년 동안 내 정체를 알고 있었을 뿐만 아니라 그 대가까지도 치러가며 살고 있었기 때문이다.

우리 집 복도 끝방에서 자주 기거하던 웨스는 내가 자다가 비명 지르는 소리를 들었고 그건 나도 마찬가지였다. 가끔은 웨스가 불면증 때문에 방 안에서 왔다 갔다 하고, 때로는 악몽에 시달리는 걸 나는 알았다. 그래서 나는 웨스의 눈에 빛나는 그 반짝임이 어떤 의미인지를 알고 있었다.

내가 세상에서 유일하게 사랑했던 소년을 학대한 남자를 내가 거의 (은유적으로) 목 졸라버리려 했던 것처럼 웨스도 나를 괴롭히는 사람을 죽여버리고 싶어 했다. 하지만 웨스는 (그놈을 만날 때까지) 좀 참고 기다려야 할 것이다.

"맞아. 우리한테 준비할 시간이 얼마나 있는 거야?" 아이리스가 자세를 똑바로 고쳐 앉으며 물었다. 마치 파자마 주머니에서 노트북이라도 꺼내 열심히 기록이라도 할 듯한 태세로.

나는 다시 한번 어깨를 으쓱하며 대답했다. "레이먼드가 이미 알고 있을지도 몰라. 아직 모른다면 한 6개월 정도 걸릴지도? 얼마나 시간이 걸리느냐 하는 문제는 두에인이 알고 있는 사람들이 누구인지 그리고 이 두에인의 전령꾼들이 얼마나 빨리 감옥에 있는 레이먼드한테까지 소식을 가져갈지에 달렸지."

하지만 나는 이게 빠르면 한 달 만에도 가능한 일이라는 걸 알고 있었다. 두에인은 무슨 수를 써서라도 이 소식을 레이먼드에게 전하려 할 것이고 레이먼드는 이 소식을 누구보다도 기다리고 있을 테니까.

레이먼드와 두에인은 한패가 되어 애슐리를 엿 먹이기 위한 작당을 할 것이 틀림없었다. 두에인은 나에 대해 본 것을 모두 다 레이먼드에게 얘기할 테고 레이먼드의 귀에 이 정보가 들어간다는 건 언니가 가장 두려워하는 게 현실이 된다는 것을 의미했다. 즉, 내가 표적이 되어 속수무책으로 당하는 것이다.

"보안관한테 진술하고 나서 그 진술에 따라 결과가 어떻게 될지 이것부터 먼저 의논해보자." 내가 말했다. "그놈에 대비한 계획을 세우기 전에 우선 당장 내일 살아남아야지."

우리는 진술 내용에 대해 입을 맞추기 위해 세 번이나 리허설을 했다.

이후 아이리스는 라운지에서 쭉 뻗어버렸고, 웨스는 잠깐 안으로 들어갔다가 아이리스에게 줄 따뜻한 물이 담긴 병과 우리 모두 덮을 수 있는 담요를 가지고 나왔다. 아이리스는 이미 반쯤 잠이 든 상태였다. 아이리스의 속눈썹이 눈에 아직 남아 있는 보라색 아이섀도의 끝을 살짝 누르고 있었고 나는 아이리스의 머리를 조심스럽게 쓰다듬어 귀 뒤로 넘겨주었다. 내가 머리를 만지자 아이리스가 잠깐 몸을 뒤척이다가 조용히 잠에 빠져들었다. 나와 웨스는 각각 아이리스의 양옆에 누웠다.

"자는 거야?" 웨스가 내게 물었다.

"아니." 온몸이 멍했다. 진통제의 기운은 내일까지 갈 듯했다. 그리고 보안관 앞에서 진술을 마치고 나면 뻗을 것 같았다.

웨스가 내게 물 한 병을 건네주며 말했다. "누나가 너 꼭 이 물 마셔야 된대."

"수분을 보충하면 일이 해결되는 거니까. 그치?" 나는 물병을 받으며 말했다.

"수분공급이 적어도 나쁘진 않지." 웨스가 어깨를 으쓱이며 말했다. 그때 웨스의 전화벨이 울렸다. 웨스가 부모님과 함께 가지 않고 우리 집에 온 이후 몇 분 간격으로 계속 전화벨이 울리고 있었다.

"아빠? 아님, 엄마?"

"엄마." 웨스는 이렇게 대답했고, 나는 그 답을 들으며 약간의 가책을 느꼈다. 웨스의 어머니는 절대 나쁜 분이 아니었다. 아

419

들을 사랑하셨다. 그러나 아들을 학대하는 남편을 버리지는 못했다. 그 점에 있어 나는 웨스의 어머니에 대해 분노가 치밀어 오르곤 했다. 속으론 때때로 이게 웨스 어머니의 잘못은 아니지만 어떻게 자식을 학대하는 남자를 떠나지 않는 것인지 그게 항상 의아했다. 웨스의 어머니도 일종의 희생자인 것은 맞지만 아들의 안위를 그 무엇보다 우선시하지 않는 마음을 나는 이해할 수가 없었다.

"집에 가야 돼?"

"난 아무 데도 안 가." 웨스가 이렇게 말하고는 아이리스를 쳐다보았다. 아이리스를 보며 미소 짓고 있는 웨스의 얼굴에 주름이 지었다. "아이리스가 그놈한테 불타는 페티코트를 던지는 모습을 내가 봤어야 하는데."

"정말 멋졌어."

"아이리스는 진짜 멋진 애야." 웨스가 말하며 나를 쳐다보았고, 그 순간 우리 둘의 눈빛이 갑자기 진지해져버렸다. "지난번에 내가 아이리스가 널 좋아하는 것 같다고 얘기했을 때 넌 나를 아주 형편없는 놈으로 만들어버렸어."

"미안해." 정말 미안했다. 뭐라고 설명할 수 있는 방법이 있었으면 좋겠지만 나는 그저 미안하다는 말밖에 할 수가 없었다.

"그냥 털어놓고 얘길 하지."

"그럴 수가 없었어." 마치 버터나이프처럼 애매한 답변이었지만 그게 또 사실이기도 했다. 내 대답에 웨스는 노란색 쿠션 쪽으로 몸을 기울이며 아이리스가 깰까봐 조심하면서 작은 소리로 낄낄거렸다.

"나는 정말 겁쟁이처럼 너한테 진실을 말하는 게 무서웠어. 그리고 그때는 네가 우리 사이에 대해 알게 되는 것도, 아이리스가 나의 본모습에 대해 알게 되는 것도, 내가 다 잘 해결할 수 있을 거라고 생각했어. 이번에는 정말 깔끔하고 새롭게, 멋지게 해내고 싶었어. 정말 다 잘될 거라고 생각했거든." 나는 이렇게 얘기하며 웨스를 쳐다보았다. 그리고 부어오르지 않은 멀쩡한 쪽의 입술을 살짝 깨물며 덧붙였다. "내가 너무 유치했어. 나의 과거를 어떻게든 멋진 말로 치장해보려고 했던 거지. 그게 불가능하다는 걸 잘 알면서도."

"넌 정말 괜찮은 애야." 웨스가 말했다. 이 간단한 말에 온 세상이 흔들리는 것 같았다. 내가 이 말을 처음 들었던 열다섯 살 때와 똑같이 그 소릴 듣자마자 모든 게 다 치유되는 느낌이었다. 정말 그럴까? 정말 내가 괜찮은 사람일까? 좋은 사람일까?

"나는 두에인에게 총을 겨눴어. 보안관이 그때 도착하지만 않았으면 쐈을 수도……."

"아니." 웨스가 나직하게 말했다. "넌 그래도 쏘지 못했을 거야. 아니 쏘지 않았을 거야."

"그 여자애라면 했을 수도 있어." 그 여자아이가 누구를 뜻하는지 분명하게 말하지 않았지만 웨스는 알아들었을 것이다. 다른 사람들은 절대 알아들을 수 없겠지만 웨스는 내가 하는 말의 행간을 읽을 수 있었다. 왜냐하면 웨스는 내가 지금까지 거쳐 온, 그리고 연기한 모든 소녀들의 이야기를 다 알고 있는 유일한 사람이니까.

"그 애는 주저하지 않았을 거야. 그놈이건 누구건 아주 쉽게 해치워버렸을 거야."

"넌 그 애가 아니야. 넌 너의 엄마랑은 달라."

"네가 어떻게 알아. 넌 우리 엄마를 몰라."

"난 너를 알아."

"맞아. 넌 날 알지." 내가 말했다. 어두워서 보이지는 않지만 웨스가 미소 짓고 있다는 걸 느낄 수 있었다.

"그리고 너도 날 알지." 웨스가 이어서 말했다.

"맞아." 내가 답했다.

"너를 위해서라면 나는 세상을 다 엎어버릴 수도 있어." 사실 굉장히 로맨틱하게 들릴 수 있는 말이지만 그런 차원의 이야기가 아니었다. 웨스는 정말 자기의 진심을 곧이곧대로 말하고 있는 것이었다. 우리 사이에 싹튼 비밀과도 같은 진실이라고 할까? 내 흉터 속에 숨겨진 진짜 내 이름, 내 진짜 머리 색, 그리고 나의 이야기, 이 모든 것들은 오로지 웨스만이 알고 있었다.

"널 위해서라면 난 세상을 다 불태워버릴 수도 있어." 이번엔 내가 웨스에게 이렇게 말했다.

"넌 이미 오늘 다 태워버릴 뻔했어." 웨스의 이 말에 아이리스가 중얼거렸다. "그건 내가 한 거다." 갑자기 튀어나온 아이리스의 말을 듣고 우리는 웃음을 참을 수가 없었다.

"그래. 바로잡을 게 있으면 바로잡아야지. 그치?" 웨스가 웃음을 참으며 했다.

"아니 내가 한 짓을, 그 공을 다른 사람이 가져가게 할 순 없잖아?" 우리 둘 사이에 베개처럼 끼어 있던 아이리스가 말했다. "야, 너희들도 이제 좀 자자. 무슨 중세 기사처럼 서로 충성을 맹세하고 그러는 거, 그건 다음 주에 해도 돼. 내가 꽃으로 왕관도 만들어줄게. 그리고 너희들이 맹세 잘 할 수 있도록 정말 멋진 드레스도 만들어줄게."

"난 양귀비꽃으로 해줘." 웨스가 말했다.

"알았어. 접수 완료."

"네가 만들어준 드레스는 무조건 다 멋있을 거야." 내가 말했다.

"나도 알아. 아니까 제발 잠 좀 자자. 우리 엄마를 실은 비행기가 몇 시간 후면 도착하거든? 그러면 정말 한바탕 난리가 날 거야."

"언니가 공항에 마중 나가서 너희 엄마 모셔온대. 공항에서 집에 오는 동안 언니가 많이 진정시켜드릴 거야."

내 말에 아이리스는 고개를 저었다.

"내가 은행 강도한테 인질로 잡혀 있었거든? 우리 엄마 같은 사람이 그런 상황에서 진정할 수가 있겠어? 엄마는 아마 내가 유치원 때 메고 다녔던 그 끈 달린 배낭 가져와서 메어주고 끌고 다니려고 하실걸?"

웨스는 웃음을 참느라 입술을 꼭 깨물고 있었다.

"이제 이렇게 무사하잖아. 그리고 너는 오늘 우리 모두를 구했어." 나는 아이리스 어머니가 딸을 지나치게 과잉보호하는 이유를 충분히 알고 있었기 때문에 그냥 이렇게만 덧붙였다.

"자, 그럼 이제 우리 모두에게 도움이 되는 잠 좀 자자. 잠." 이렇게 말하는 아이리스의 눈꺼풀이 무겁게 내려앉았다. "이제 몇 시간도 안 돼 아침 기상 전화벨이 울릴 텐데 그때까지만이라도 푹 자자."

웨스가 아이리스의 오른쪽에, 내가 아이리스의 왼쪽에 누웠다. 그렇게 우리 둘은 마치 괄호처럼 아이리스를 품었다. 아이리스가 아주 소중한 문장 구절이라도 되는 양 무릎을 구부리고 손까지 쭉 뻗어서 아이리스를 최대한 보호할 수 있도록 그렇게 우리는 세 사람이 괄호와 그 안의 비밀스러운 문장 같은 모습으로 누워 있었다.

세상이 다시 흔들리고 기울어지고 있었지만, 이제 내게는 의지할 수 있는 사람들이 생겼다. 내가 싸우고 지켜야 할 사람들이 생긴 것이다. 그건 나 혼자 싸우는 것과 매우 다른 것이었다.

나는 쉽게 잠들지 못했다. 대신 두 사람이 잠든 모습을 지켜보았다. 내 인생에서 가장 중요한 부분이 되어버린 사람들. 그리고 내가 만약 이 전투에서 진다면 가장 아프게 다가올 사람들. 그럴 순 없었다. 그렇게 되도록 내버려 둘 순 없었다. 이제 이 두 사람을 보호하기 위해 준비를 해야 할 시간이 다가오고 있었다.

— **65** —

8월 18일(자유의 몸이 된 지 10일)

안전금고 열쇠 두 개(내 방 안에 숨겨둠)

인터넷에서 애슐리 킨에 대한 새로운 이야기가 떠돌기 시작하기까지는 열흘 정도의 시간이 걸렸다. 아직까지 구체적인 이야기는 하나도 없었지만 나는 레이먼드가 나의 소재를 파악했을 것이라고 확신할 수 있었다.

인터넷을 보고 내가 경계경보 상태에 돌입한 날, 웨스가 아침 식사를 마친 후 우리 집으로 왔다. 그 사건 이후 웨스의 어머니는 아들이 집에 있어주길 바랐고, 때문에 웨스는 엄마와 줄다리기를 하고 있었다.

"봤어?" 웨스가 물었다. 나는 고개를 끄덕이며 손가락을 입술에 대고 언니가 부엌에 있으니 조용히 하라는 신호를 보냈다. 언니는 이제 막 출근을 하려고 오트밀을 먹는 중이었다.

"드라이브나 하러 가자." 나는 웨스에게 이렇게 말하고 같이 트럭에 올라탔다. 산등성이 저쪽으로 구름이 깔린 구불구불한 정상까지 올라가는 전망대에 다다랐을 때 차를 세우고 트럭에서 내렸다. 그러고는 트럭 짐칸의 문을 밑으로 내리고, 그 위에 올라탔다. 웨스가 한쪽에 앉고 나도 그 옆에 앉았다.

"애슐리 킨에 대해서 다들 다시 떠들어대고 있어. 좀 더 오래 걸리기를 바랐는데 생각보다 빠르네." 웨스가 먼저 말을 꺼냈다.

"하지만 실제 '어디서 봤다'라는, 구체적인 장소에 대한 얘기는 하나도 없잖아. 회색 모자는 진짜 정보를 숨기고 있는 거야." 내가 말했다.

"어떻게 할 거야?" 웨스가 물었다.

웨스와 나 사이 트럭 짐칸 공간이 점점 더 크게 벌어지고 있는 것 같았다. 그렇게 벌어지는 절벽 사이로 나에게 밧줄을 던져줄 사람은 웨스밖에 없었다. 웨스에게 내 정체가 탄로 났을 때 나는 모든 것을 이야기해주었다. 거기엔 언니도 모르는 그 USB에 대한 얘기도 있었다.

웨스는 나에게 구덩이에서 빠져나오라고 설득했고, 그게 불가능하다는 것을 깨닫자 나를 도와주는 쪽으로 선회했다. 하지만 나는 그게 무서웠다. 이런 식으로 싸우게 된다면 내가 감수해야 할 위험이 너무나 커지지 않을까? 나는 내 목숨뿐만 아니라 웨스와 아이리스, 우리 모두의 목숨을 감수해야만 할 것이다.

어쩌면 내가 떠나는 편이 맞는지도 모른다고 생각했다. 그런 생각을 털어놓자 웨스가 말했다.

"뭐라고? 노라, 제발 그런 말도 안 되는 소리 좀 집어치워." 펄쩍 뛰며 놀라는 웨스의 반응에 나는 스스로에 대한 환멸에서 조금은 벗어날 수 있었다. "넌 정말 일생을, 아니 평생을 그렇게 도망치면서 살고 싶어?"

"우리 모두 항상 뭔가로부터 도망치면서 사는 거 아닐까?"

"구불구불한 길이 그려져 있는 사진이나 아니면 머그잔에 새겨놓기엔 딱 좋은 말이네. 하지만 그건 아냐."

웨스다운 말이었다. 웨스는 나의 거지 같은 이야기를 그 어느 누구보다도 잘 참고 들어주었다. 그리고 내 인생에서 이렇게 가장 아프고 위험한 부분을 안 이상 웨스는 그냥 두고 보고만 있진 않을 터였다.

"다시는 도망치지 않겠다고 했잖아. 아이리스한테도 그렇게 얘기하고." 웨스가 조용히 말했다. "근데 너는 사실 약속을 했었어야 해. 약속을 하지 않는 한 네가 한 말을 지킬지 아닐지 알 수 없거든."

"야!" 나는 웨스의 말에 반기를 들려고 했다가 멈칫하고 말았다. 왜냐하면 그때 내가 약속을 안 한 것은 사실이니까. 만일을 대비해서 '약속할게'라는 말은 하지 않았다. 그런데 웨스가 그걸 기억하고 있다니. 아이리스는 사실 나에게 약속까지 받아내야 한다는 것은 모르고 있었다. 아마 다음번에 웨스와 아이리스가 모여서 '노라가 나한테 거짓말을 했대요'라는 클럽 미팅을 할 때 그 얘기를 해줄지도 몰랐다.

"이제 더 이상 도망 다니지 않을 거야. 약속할게." 다짐하듯 내가 다시 말했다.

그 말을 들은 웨스의 눈에서 따뜻한 온기가 느껴졌다. 웨스가 그런 티를 내지 않으려 하는 것 같아 나도 모르는 척하고 운을 뗐다. "언니가 무슨 일이 일어나고 있는지 아직 모를 때, 시도해볼 만한 계획이 하나 있어. 조금 위험하고 실패할 확률도 있긴 하지만. 내가 지금 생각할 수 있는 건 이거 하나야. 적어도 내가 죽는 걸로 끝날 확률이 가장 적은 계획이기도 해."

"말해봐."

나는 생각하고 있는 모든 것을 말했다. 내가 말을 마치자 웨스는 한동안 아무 말이 없었다. 웨스의 그 무반응이 내 계획에 놀라서인지 아니면 곰곰이 생각을 하고 있어서인지 나는 알 수 없었다.

"이렇게 될 줄 우리 모두 알고 있었잖아?" 침묵이 길어지자 내가 말했다. 웨스의 얼굴은 너무나 진지했고 나는 그걸 더 이상 참을 수가 없었다.

"FBI는……." 웨스가 FBI라고 했을 때 나는 고개를 저었고, 그러자 웨스는 하던 말을 멈췄다. 그러고는 한숨을 쉬더니 머리를 뒤로 확 젖혔는데 그건 웨스가 화가 났을 때나 뭔가 일이 제대로 풀리지 않을 때 하는 행동이었다.

"난 글쎄, 그 방법 이외에는 뾰족한 수가 없는 것 같아." 나는 이 말을 뱉고 나서 웨스의 침묵이 더 길어질 거라고 생각했지만, 웨스의 답은 의외로 곧 돌아왔다.

"나도 그래."

"사실 나도 이 방법을 쓰고 싶은 것은 아니야." 내 계획에 대해서 웨스의 의견을 구하고 싶었다. 솔직히 너무 무서웠다. 나는 지금 열두 살 때부터 숨겨왔던 것과 직면하려 한다. 상황이 너무 급박하게 돌아가고 있다. 정면으로 맞서는 것 외에 이제 다른 선택의 여지가 없다.

"충분히 이해해." 웨스가 말하며 하늘을 쳐다보았다. 햇빛을 받아 웨스의 얼굴이 금빛으로 빛났다. "너 이거, 아이리스한테도 얘기할 거야?"

"내가 얘기 안 하면 네가 할 텐데?"

웨스의 눈이 빛났다. "여자애들이란 정말……."

"부처님 손바닥이야. 넌 못 빠져나가." 내가 말했다. 우리는 정말 달콤쌉쌀한 사이니까.

"너흰 내가 항상 원했던 그런 가족과 같은 존재야." 웨스가 답했다.

웨스는 가끔 어쩔 수 없는 상황을 맞닥뜨리면 약간 냉소적이 되지만, 보통은 말랑하고 달달한 사람이었다. 그때 내 감정을 그대로 얘기한다면, 실은 눈물이 터져 나오기 직전이었다. 그래서 아무 죄 없는 웨스의 발을 툭툭 건드리며 "바보, 멍청이."라고 말했고, 웨스는 또 내 발을 툭툭 쳐서 우리 둘의 대화가 드라마틱한 방향으로 치닫는 것을 막아주었다.

"아이리스는 그 계획을 그다지 마음에 들어하지 않을 거야. 너랑 같이 가려 할걸?"

나는 아이리스가 꿰매준 웨스의 청바지 조각 천을 쳐다보며 말했다. "나 혼자 가야 해."

"알아. 하지만 아이리스는 너를 지켜주고 싶어 할 거야. 그리고 네가 그렇게 혼자 가는 이유가 자기를 지켜주기 위해서라는 걸 깨닫기까지는 시간이 좀 걸릴 거야."

"그게 나쁜 걸까?" 나는 이런 질문을 하지 않을 수가 없었다.

"아니. 나는 항상 그게 내가 해야 할 일이라고 생각했거든. 내가 할 수 있는 가장 정직한 일이 너를 지켜주는 거라고 생각해." 웨스가 말했다.

"넌 나를 지켜줄 필요 없어."

"알아."

"넌 몰라." 내가 이렇게 말하자 웨스는 앉은 자세를 바로잡았다. "넌 날 지켜줄 필요 없어. 왜냐하면 넌 내가 살면서 경계할 필요가 없다고 느낀 유일한 남자니까."

웨스에게 그런 말을 한 것은 그때가 처음이었고, 이 말을 들은 웨스의 눈은 너무나 밝게 반짝였다. 나는 그런 웨스의 눈이 좋았다. 나는 웨스의 많은 것들이 좋았다. 웨스와 친구로 지내면서 매일 새로운 것을 발견하는 게 좋았고, 미처 깨닫기도 전에 웨스와 사랑에 빠졌으며, 이 사랑의 기간을 거쳐서 우리는 같이 살아남았다. 그리고 프랑켄프렌드가 되었으며 이제는 이를 넘어서서 가족이 되어버렸다.

"언제 갈 건데?" 웨스가 물었다. 나는 웨스가 대화의 주제를 바꾸는 대로 따라갔다.

"언니가 좀 먼 데로 일하러 간 날." 나는 이렇게 답했다. "그니까 정확히 며칠이 될지, 충분히 시간을 주고 미리 알려주진 못할 거야. 그때 네가 나를 좀 커버해줘."

"너 진짜 빨리 해야지 안 그럼 누나에게 꼬리 잡히고 말걸?"

"알았어."

그때 웨스의 주머니에서 전화기 진동이 울리기 시작했고, 웨스는 문자를 체크했다.

"또 어머니?"

웨스는 고개를 저으며 "아니, 아만다."라고 답했다. 내 얼굴에서 멋쩍은 미소가 번졌고, 웨스의 얼굴에서는 수줍은 미소가 번졌다.

"그 은행 강도 사건이 있고 나서 아만다가 몇 번 내게 문자를 보냈어. 우리가 어떻게 죽을 뻔하다 살아났는지 테리가 다 떠들고 다녔거든."

"테리답지 않게 오래 걸렸네. 그 떠버리가 말야. 아만다랑은 만나서 같이 얘기도 좀 해봤어? 너에 대해서 걱정하지? 뭐라 그래? 나도 좀 볼까?"

그러자 웨스는 전화기를 가슴 쪽으로 가져가며 꼭 쥐었다. "안 돼!"

나는 얼굴을 찡그리며 "아이리스한테는 보여줄 텐데, 그치?"라고 투덜거렸다.

"아이리스는 너보다 훨씬 더 영양가 있는 데이트 조언을 해주거든."

"근데 너랑 진짜 데이트했던 사람은 나다."

그러자 웨스는 크게 웃었고 나는 다시 웨스의 다리를 한번 걸어차주었다. 태양은 하늘 높이 떠 있었고, 나는 마치 이 순간을 누군가가 훔쳐 가기라도 할 듯, 빼앗기지 않으려고 크게 숨을 들이쉬었다. 사실 내일 도둑질을 할 사람은 바로 나인데.

안전금고 열쇠 두 개, 위조된 출생증명서 한 통

은행에 범죄 현장 표식이 철거되고 화재로 인한 연기도 다 빠지고 난 뒤 재건 공사 작업이 시작될 때까지 나는 조용히 기다렸다. 어느 날 공사가 시작되었고 은행은 아직 문을 열지 않았지만 정찰을 위해 지나다 보니 창구 직원인 올리비아의 차가 주차돼 있는 게 보였다. 그래서 작전을 개시하기로 했다.

"은행 문 아직 안 열었어요." 내가 들어서자 작업을 하던 인부가 말했다. 하지만 책상 앞에 앉아 있던 올리비아가 나를 보더니 얼굴에 화색을 띠며 "아, 괜찮아요. 들여보내주세요."라고 말했다. 올리비아는 팔에 부목을 대고 있었다. 강도 사건 당시 들렸던 비명 소리의 출처는 바로 올리비아였던 것이다. 하지만 이제 팔은 얼추 나아가고 있는 것처럼 보였다.

"노라 맞지? 노라, 응?"

나는 고개를 끄덕였다. "그때는 경황이 없어서 제 소개도 못 드렸어요. 팔은 이제 괜찮으세요?"

"살짝 쑤시기는 해." 내 온몸에 나 있는 멍 자국과 부은 곳들을 쭉 훑어보면서 올리비아가 말했다. "너는 괜찮은 거야?"

강도를 당할 때는 모두 다 겁에 질려 어쩔 줄 몰라 했는데 다시 여기서 올리비아를 보니 기분이 이상했다. 올리비아는 어른이었고 나는 아직 어린 10대 아이로 돌아가야 했지만, 난 어린 아이가 아니었다. 올리비아는 어른이지만 이제는 나의 먹잇감이었다.

"전 괜찮아요. 근데 이렇게 불쑥 찾아와서 죄송해요. 은행이 아직 문을 열지 않았다는 건 알고 있었어요. 근데 언니가 저 금고 안에 중요한 문서들을 보관해놨었거든요. 지난번 그 산불 이후로 여기 보관해뒀어요." 나는 열쇠를 내보이며 덧붙였다. "이틀 후면 장학금 신청 마감일인데 제 출생증명서가 필요해서요."

"어머나, 세상에." 올리비아가 인상을 찌푸리며 말했다. "근데 어떡하지? 지금은 아무도 들여보내선 안 되는데……."

"아, 괜찮아요." 내가 답했다. "충분히 이해해요. 아직 그럴 상황이 아니죠. 사실 뭐 신청해봤자 장학금을 탄다는 보장도 없었어요. 그리고 학자금 대출 그런 거 신청하면 되니까."

나는 생각해두었던 대로 정곡을 찔러 말했다. 올리비아는 대학에 다니는 아이가 둘이나 있었고 그 아이들을 위해서 학부모 플러스 대출 서류를 훑어보고 있는 것을 본 적이 있었다.

"근데 너한테 열쇠가 있으니까 들어가도 별문제는 안 될 거야. 그치?" 올리비아가 조심스레 말했다.

"정말요?" 나는 정말 기쁨에 찬 미소를 보였다. "너무 감사합니다. 오늘 저의 은인이세요. 언니가 미리 준비 안 해놨다고 뭐라고 했거든요. 사실 3개월 전부터 준비를 했었어야 했는데 미적거리다가 그만……."

올리비아는 사람 좋은 엄마 같은 미소를 지어 보이며 말했다. "나도 우리 애들 대학 보내느라 그 신청서 작성할 때 엑셀 스프레드시트 켜놓고 맨날 씨름해. 요새 그것 때문에 다들 정신없을 거야."

"아, 스프레드시트에다가 하는 거 정말 좋은 방법이네요." 올리비아가 지하실로 가는 길을 안내하기 위해 일어나자 나는 그 뒤를 따라가며 말했다. 중간중간 카펫이 다 찢어져 나간 곳이 보였는데, 아마 혈흔을 제거하기가 어려워 도려낸 것 같았다.

"케이시랑은 혹시 연락하세요?" 내가 물었다.

"케이시 엄마랑 통화했어." 올리비아가 대답했다. "너희 셋이 정말 훌륭한 일을 해냈더구나. 나 같았으면…… 너희들은 정말 훌륭한 아이들이야." 올리비아의 목소리는 뭔가 뜨거운 게 올라와 목이 메는 듯했다.

나는 올리비아의 어깨에 손을 얹고 말했다. "그 와중에 여전히 여기 출근해서 지키고 계시는 아줌마도 정말 너무 훌륭하세요." 이건 진심이었다.

그러자 올리비아는 크게 소리 내어 웃으며 말했다. "아이고 참, 나는 선택의 여지가 없어. 먹여 살려야 할 입들이 있고, 그리고 대출도 갚아야 해." 그러고는 금고로 가는 문에 열쇠를 넣고 문을 따주며 덧붙였다. "다 끝나면 날 불러. 알았지?"

"네, 그럴게요."

나는 금고들이 쭉 늘어서 있는 방으로 들어서서 올리비아의 발소리가 멀어질 때까지 기다렸다. 그러고는 언니의 금고가 아니라 49번 금고 쪽으로 가서 열쇠를 밀어 넣었다. 49번 금고는 내가 지점장의 사무실에서 찾아낸 열쇠의 주인이었다.

금고를 열고 안에 들어 있는 내용물을 꺼내는데 예상치 않게 상자가 너무 무거워서 잘 꺼내지지 않았다. 이렇게 무거운 거라면 반드시 뭔가 귀중한 것일 텐데. 혹시 현금다발이 들어 있을지 모른다고 생각했다. 아니면 옛날 동전들? 아니면 스톡옵션이나 예술품? 아니면 귀금속 보석? 그중에서도 다이아몬드? 뭐 그런 것들이 들어 있을 것이라고 상상했다.

그러나 상자를 열었을 때 눈앞에 펼쳐진 것은 금괴였다. 그것도 치킨너깃 사이즈의 금괴가 아니라 정말 12킬로그램쯤 되는 금괴 덩어리들이 쫙 놓여 있었다. 이 정도면 은행 털러 올 만하네, 하는 생각이 들었다. 아마 300만 달러 정도는 되지 않을까? 휴대폰으로 검색을 해보니 대충 맞는 것 같았다.

입구 쪽을 돌아보았다. 오래 끌 수는 없었다. 출생증명서 하나 찾는 데 너무 오랜 시간을 끌면 올리비아가 다시 내려올지도 모를 일이었다.

미리 검색을 해보고 왔는데, 금고 주인은 하워드 마일즈라는 사람으로 가족도, 상속인도 없는 상태로 죽은 과부였다. 이 금괴의 존재에 대해서는 아무도 알지 못하는 듯했다. 그러면 지점장이 이 열쇠를 훔친 것일까? 아니면 지점장한테 맡겼나? 사실 케이시의 아버지에게 물어볼 생각은 없었다. 내가 몇 개를 가져간다 해도 케이시의 아버지는 변호사를 동원한다거나, 뭔가 조치를 취하기 힘들 것이라는 생각이 들었다.

그리고 강한 유혹을 느꼈다. 이걸 다 가지고 나간다면 멀리 도주해서 충분히 잘 살아갈 수 있을 텐데. 레이먼드에 대항해 싸울 만한 힘도 키울 수 있을 텐데.

나는 금괴 위로 쭉 손가락을 튕겨보았다. 잠깐! 그래서 내가 메신저백을 가져온 건가? 내가 열쇠를 가지고 있단 얘기를 아무에게도 안 한 게 결국 와서 이걸 다 훔쳐 가려고 그랬던 것일까? 웨스는 내가 이걸 가져가는 걸 달가워하지 않을 텐데. 아이리스도 마찬가지고. 아, 아이리스의 반응은 어떨지 잘 모르겠다. 아이리스가 말하지 않았던가. *네가 생각한 것보다 우리는 서로 많이 닮았어.* 아이리스는 내 선택을 이해해줄까?

사실 이러한 문제는 내 호기심을 충족시키기 위한 것이 아니라 나라는 존재가 어떤 사람인지에 대한 질문이었다. 어떤 상황에서건 살아남을 방법을 찾는 아이. 그게 바로 나니까. 나는 금괴 두 개를 꺼냈다. 다 가져가지 않기로 한 것은 너무나 무겁기도 하려니와 그에 따른 도덕적인 죄책감에 시달리고 싶지도 않았기 때문이다. 나는 금괴 두 개를 바로 백에 담고 나머지는 다시 밀어 넣고서 금고를 닫았다. 이제 안전하네.

마침내 올리비아가 참다못해 다시 계단으로 내려오는 소리가 들렸고, 나는 이미 출생증명서를 들고 언니 금고 앞에 서 있었다. 출생증명서는 집에서부터 들고 왔으니까.

"정말 너무 감사합니다." 나는 올리비아에게 감사 인사를 했고 올리비아는 미소로 답했다.

"장학금 받으면 제가 저녁 한번 쏠게요."

"이렇게라도 도움이 됐다니 너무 기쁘구나. 지난주 내내 우리 모두 정말 행운 같은 게 필요하다고 생각했었는데."

"맞아요." 하고 답하고서 나는 올리비아를 따라 계단을 올라가며 가방이 무거워 어깨가 처지는 것을 들키지 않으려고 어깨를 활짝 펴고 걸었다.

"다시 한번 감사해요." 나는 올리비아에게 인사하며 손을 흔들었고 올리비아는 다시 자기 자리에 가서 앉았다. 은행 밖으로 나오며 나는 내 인생에 있어서 가장 큰 상금을 받은 기분이었다.

주차장에 있는 차를 몰고 나올 때 손이 부들부들 떨렸지만 액셀을 세게 밟으며 아주 빠른 속도로 집으로 돌아왔다. 마음속에 앞으로의 계획이 구체적으로 그려지기 시작했다.

1단계: 비행기를 예약한다.

2단계: 도전장을 던진다.

3단계: 어떻게든 살아남는다.

— **67**—

8월 25일(자유의 몸이 된 지 17일)

앞머리까지 달려 있는 긴 금발 가발 하나. 빈티지 치마 하나.
검은색 캐시미어 카디건 하나. 그리고 정말 멋진 메이크업.

아이리스는 내 가발을 손가락으로 하나씩 촘촘히 쓰다듬고
있었다. 가발 위로 아이리스의 꼼꼼한 손놀림이 느껴졌다. 아이
리스는 무릎을 굽혀 나와 눈높이를 맞추고 가발을 한 올 한 올
정성껏 가다듬어주었다. 그러고는 한 발짝 뒤로 물러서서 들고
있던 빗을 자기 팔에 탁탁 두드리며 공들여 만든 작품을 찬찬히
뜯어보았다.

우리는 내 얼굴의 상처가 다 아물 때까지 기다렸다. 지금 나
는 아이리스에게 이 일을 도와달라고 처음 부탁한 날만큼 떨고
있었다. 이번에는 의자를 돌려 거울 속에 비친 내 모습을 보고
싶지 않았다. 열두 살 때 이후 더 이상은 이런 짓을 하지 않았는
데. 그때 그 사건 이후 다시 이런 순간이 올 거라고는 생각하지
못했는데. 이제 이 세상에 한 번도 발을 디뎌본 적 없는 여자아
이 하나가 아이리스를 보고 있었고, 나는 거울을 보는 대신 아
이리스를 뚫어져라 쳐다보았다.

"잘 됐어?"

"진실을 얘기해줄까? 정직한 답을 원해?"

나는 목이 타는 듯해 입술을 한번 적시고 얼굴을 찡그렸다. 립글로스가 발라져 있어서 너무 끈적했으니까. 아이리스의 입술에 묻어 있는 게 내 쪽으로 옮겨오는 것은 신경 쓰이지 않았지만 내가 직접 립글로스를 바르는 것은 내키지 않았다.

"응. 사실대로 얘기해줘."

"난 너의 짧은 머리가 마음에 들어. 네가 잘 입는 티셔츠랑 부츠도 너한테 너무 잘 어울려. 그런 의미에서 너 지금 진짜 이상해 보이긴 해. 아, 아니 이상한 게 아니라, 뭐라 그러지? 너 같지가 않다고나 할까? 전혀 원래 네 모습 같지가 않아. 지금은 브리지트 바르도 같아."

나는 미간을 좁히며 아이리스를 쳐다보았다. 내가 인상을 쓰는 바람에 마스카라가 번졌을지도 모른다는 생각이 스쳤다.

"누구?"

아이리스는 손가락으로 내 오른쪽 벽을 가리켰다. 고전영화에 나오는 다양한 여배우들과 빈티지 패션광고가 뒤섞여 콜라주처럼 붙어 있는 아이리스 방의 벽. 아이리스의 엄마는 딸이 벽에 붙여놓은 여배우들 사진을 보고 직감적으로 알아차릴 수도 있을 텐데. 그러나 이성애자들은 보통 동성애자들에 대해서 여자친구는 여사친, 남자친구는 남사친으로 편하게 생각해버린다. 저렇게 벽에 떡하니 사진이 덕지덕지 붙어 있어도 말이다.

나는 아이리스가 가리키는 그 배우를 한번 쳐다보고 의자를 돌려 거울 속에 비친 내 모습을 바라보았다.

거울 속에는 엄마가 앉아 있었다. 거울 속에 비친 엄마의 얼굴을 보는 순간 모든 기억들이 밀려왔고, 그 기억과 더불어 고통스러운 감정에 휩쓸려가려는 찰나, 방문이 덜컥 열렸다.

"아이리스, 노라, 너희들 혹시……." 아이리스의 어머니가 노크도 하지 않고 방에 들어오셨다. 그리고 들어오자마자 우리를 보고 깜짝 놀라셨다.

"세상에." 아이리스 어머니는 나를 보고 눈이 동그래졌다. "노라! 너…… 너 브리지트 바르도 같구나." 어머니는 180도로 변한 내 모습에 깜짝 놀라 말을 제대로 잇지 못했다. 이건 좋은 뜻이었다. 내가 정말 완벽하게 변신했다는 뜻이니까.

"우리 졸업생 반 뮤지컬을 하는데 제가 메이크업하고 머리를 해주기로 했어요." 아이리스가 답했다. "노라가 자기를 얼마든지 실험용으로 써도 좋다고 했거든요. 그리고 노라 언니가 수사관이니까 가발이 있어서 빌려왔어요. 엄마, 어때?"

"정말 브리지트 바르도 같아." 아이리스의 어머니가 말했다.

"그니까. 나도 그렇게 말했다니까." 두 사람은 같이 미소를 지으며 무슨 공모라도 하는 양 나를 향해 웃었다.

"너는 항상 너무 예쁘고 멋져." 아이리스의 어머니가 미소를 띠며 말씀하셨다. "그리고 이 머리 정말 귀엽다. 우리 딸 너무 잘했는데? 너희 연극부에서 너 같은 인재를 얻다니. 걔네들은 정말 운도 좋지 뭐야?"

"고마워요, 엄마." 아이리스는 본인이 금방 지어낸 얘기가 사실인 양 천연덕스럽게 답했다.

"너희들 배 안 고프니? 뭐 안 먹을래? 지금 피자를 주문할까 하는데. 반은 야채 반은 페퍼로니. 어때?"

"너무 좋아요." 아이리스가 답했다. "노라 넌?"

"나도 좋아. 감사합니다."

"피자 오면 부를게." 하고 말한 뒤 어머니는 방문을 닫고 나가셨다. 우리는 잠깐 아무 말 없이 앉아 있었다. 아이리스는 검은색 캐시미어를 꺼내 내게 입히고 그 모습을 한참 바라보았다. 그러다 마침내 거울 속에서 우리 두 사람의 시선이 마주쳤다.

"임기응변 정말 대단하던데." 나는 이 말이 '너 거짓말 너무 잘 하던데?'라는 식으로 들리지 않게 조심하면서 말했다.

아이리스는 어깨를 으쓱했다. "아빠가 정해놓은 규칙을 어떻게 하면 어기지 않고 잘 벗어날 수 있을까, 매일 그 고민만 하고 살았거든." 그러더니 갑자기 아버지라고 하는 주제가 등장한 것에 대해 놀라기라도 한 듯 동작을 멈추었다.

우리는 은행 화장실에서 그 이야기를 한 후 한동안 아버지라고 하는 주제에 대해 대화를 나눠본 적이 없었다. 사실 나는 아이리스에게 아버지 얘기를 하자고 밀어붙일 생각이 조금도 없었다. 그러나 언젠가 얘기하지 않으면 아이리스가 그 주제를 우리 사이의 어떤 시한폭탄으로 생각하지 않을까 하는 두려움도 있었다. 이제 아이리스는 더 강해졌고 나는 그렇게 몸과 마음이 건강한 아이리스가 더욱 사랑스러웠다.

콘돔을 쓰려 하지 않았던 아이리스의 전 남자친구에게 한 방 날려버리고 싶었다. 아이리스의 아버지도 부숴버리고 싶었다. 하지만 그건 또 다른 문제였다.

"나도 지켜야 할 규칙이 엄청 많았어." 머뭇거리며 말했지만 그건 사실이었다. 웨스의 집은 말할 것도 없었다. 웨스로부터 아버지 이야기를 듣는 것은 끔찍한 호러 영화 줄거리를 듣는 것과도 같았다. 웨스가 나에게 모든 것을 털어놓은 그날 우리 사이에는 이제 서로 함께 공유하며 견뎌야 할 우주 같은 공간이 생긴 기분이었다.

하지만 아이리스와는 달랐다. 아이리스와는 한 번에 하나씩, 내가 하나를 주면 저쪽에서 하나를 건네주는 식이었다. 웨스와 함께 있을 때는 내가 유리했는데 아이리스와는 달랐다. 아이리스와 나는 똑같이 정정당당하게 하나씩 주고받고 있으니까. 이제 우리는 하나씩 서로에 대해서 더 알아가면 되었다. 그러는 사이 우리는 차곡차곡 우리의 인생을 쌓아나갈 것이다.

"당연히 그랬겠지. 너 무섭니?" 아이리스가 내 어깨에 한 손을 얹고 나머지 한 손은 검은색 카디건의 칼라를 만지면서 물었다. 아이리스의 숨결에서 약간의 한숨이 느껴졌고, 나는 어깨에 얹힌 손길을 느끼며 아이리스에게 살짝 기댔다. 아이리스는 내가 고개를 뒤로 젖혀 아이리스의 배에 기대는 동안 내 어깨를 부드럽게 토닥거려주었다.

"나는 뭘 무서워해서는 안 되는 사람이야." 내가 이렇게 말하자 아이리스는 허리를 굽혀 내 이마에, 그리고 코에 키스해주었다.

아이리스가 몸을 일으키고 말했다. "나랑 같이 있으면 무서워해도 돼." 아이리스의 그 한마디가 나의 모든 걱정과 근심을 한 방에 날려버리고 작은 의구심까지도 사라지게 만들었다.

8월 30일(자유의 몸이 된 지 22일)

진실

플로리다 로웰 교도소

면회실로 안내를 받았을 때 나는 전혀 놀라지 않았다. 엄마는 그곳에서도 많은 사람을 이미 자기편으로 만들고, 간수 한두 명쯤은 구워 삶아놓았을 것이라고 짐작했으니까. 한두 명 정도가 아니라 뭐 거의 대부분의 교도소 간수들을 홀려놓았을 수도 있었다. 우리 엄마가 세상에서 가장 잘하는 것이 바로 사람과 시스템을 활용하는 거니까. 그래서 나는 엄마가 감옥에 갔을 때도 그다지 걱정하지 않았다.

엄마가 나올 때까지 일이 분 정도 혼자 기다리는 동안 가슴이 두근거렸다. 언니는 엄마를 면회하러 간다는 사실을 한 번도 이야기한 적이 없다. 그러나 엄마를 면회하고 돌아온 날 밤이면 혼자 술을 마시곤 했다. 와인을 홀짝홀짝 한두 잔씩 몸을 가누지 못할 때까지 마셨고 그럴 때마다 나는 언니를 부축해서 침대에 뉘어주어야 했다. 한번은 이불을 덮어주는데 언니가 잠결에 "하기 싫어, 엄마."라고 중얼거리며 이불 속으로 몸을 웅크렸다. 그 말을 들으면서 나는 목구멍까지 뜨거운 게 치밀어 올랐다.

그게 어떤 의미인지를 알았으니까.

나는 너무나 잘 알고 있었다.

면회실을 죽 둘러보았다. 탁자 하나와 의자 두 개가 놓여 있었는데 탁자와 의자는 모두 마루에 볼트로 고정되어 있었고, 의자는 쇠사슬로 탁자에 연결되어 있었다.

엄마는 수갑을 차고 나타날까? 물론 그럴 것이었다. 그런 게 궁금하다니. 옛날의 나였다면 그런 건 당연시했을 텐데. 가발을 쓰고 있어서 뒷목이 간지러웠다.

어깨까지 내려오는 머리카락으로 등이 간지러웠고, 긴 머리의 무게감이 새삼스러웠다. 나는 숨을 크게 들이마시고 엄마가 들어올 문 쪽으로 등을 보이고 서 있었다. 엄마의 발소리 그리고 손목에 찬 수갑 소리가 생생하게 들렸다.

방으로 들어온 엄마가 의자에 앉는 소리, 뒤이어 간수가 뭐라고 속삭이는 낮은 목소리 그리고 간수가 나가는 발소리가 이어졌다. 우리 둘만 남겨두고 나가다니, 이건 분명 규정에 어긋나는 행위일 텐데. 물론 이점에 대해서도 나는 전혀 놀라지 않았다. 그러나 나는 뒤돌아보지 않았다. 엄마에게 긴 머리로 덮인 뒷모습을 보여주고, 그냥 그대로 기다렸다.

"나탈리!"

누가 내 이름을 부르는 걸 듣는 건 정말 이상한 느낌이다. 그러나 나탈리는 더 이상 내 이름이 아니었다. 나탈리는 일종의 시금석 같은 이름이었고, 나탈리라는 이름은 나에게 있어서 영원히 비밀로 남아 있어야 할 이름이었다. 나만 알고 있는 나의 이름. 나와 나의 가족만 알고 있는 이름.

내 이름이 나탈리였던 시절은 그 외에 내가 다른 이름으로 살았던 시절보다, 심지어 노라로 살았던 시절보다도 훨씬 더 길었다. 그러나 언젠가 노라로 살았던 시절이 더 길어지는 날이 올 것이다.

이게 바로 내가 영원히 간직하게 될 새로운 비밀이었다. 지금까지 내가 살아왔던 모든 여자아이들, 그리고 그 이름들과 마찬가지로.

엄마가 사랑하는 여자아이, 그리고 엄마가 생각할 때 '나'라고 생각하는 여자아이, 그게 바로 나탈리였다. 그러나 이제 나탈리는 그 누구의 시금석도 될 수가 없었다. 내가 그 이름, 나탈리를 떠나보내기로 했으니까. 나탈리는 노라가 태어나서 자기 인생을 잘 살기 위해서는 반드시 사라져야 할 인물이었다.

나는 나탈리의 일부를 피로 물든 그 모래 해변 속에 남겨놓았고, 또한 나머지 나탈리 중의 일부를 그 누추하고 칙칙한 모텔 방에서 언니와 머리 염색을 할 때 그곳에 남겨두고 왔다. 웨스도 나탈리에 대해서는 알지 못했고, 앞으로도 그럴 것이다.

나는 웨스의 사랑을 통해 내 안에 남아 있던 나탈리를 다 없애버릴 수 있었다. 왜냐하면 엄마의 딸은 그 누구의 사랑도 받을 수 없는 아이였으니까. 그것을 웨스가 깨뜨려준 것이다.

나탈리는 이제 사라지고 노라가 그 자리를 차지했다. 그러자 아주 이상하고 신비한 일들이 생기게 되었다. 이러한 일들은 온전히 나의 것이었고, 나 혼자만의 것이었다. 그 가치를 아는 것은 나뿐이니까.

마침내 난 엄마 쪽으로 몸을 돌렸다. 엄마는 잠시 숨 쉬는 걸

잊은 듯 나를 쳐다보았다. 긴 머리를 하고 있는 나는 너무나 엄마랑 똑같았으니까. 엄마는 마치 열일곱 살 때 본인의 사진을 보듯 나를 쳐다보고 있었다. 그리고 내 눈에 엄마는 내가 나만의 길을 가기 위해서 싸우지 않는 한 결국 내가 도달하게 될 미래의 모습이기도 했다.

"정말 많이 컸구나."

나는 앞으로 걸어가 엄마의 맞은편 의자에 미끄러지듯 앉았다. 문 쪽에 나 있는 아주 작은 창문을 통해 간수를 볼 수가 있었다. 나는 그 자리 그대로 앉아서 두 손을 테이블 위에 포개놓고 엄마의 눈을 정면으로 바라보았다. 아무 말도 하지 않았다. 얼마나 시간이 흘렀을까.

엄마의 눈은 나의 얼굴을 훑고 있었다. 누군가 엄마를 본다면 아주 오랫동안 헤어졌던 아이를 눈에 담아놓고 싶어 하는구나라고 생각할지도 모르겠다. 그러나 사실 엄마는 뭔가 단서를 찾고 있었다. 뭐라도 사용할 수 있을 만한 게 없는지 나를 샅샅이 훑고 있는 것이었다.

"나탈리. 엄마는 정말 너무너무 걱정했단다. 네가 혹시라도……."

"죽었을까봐?"

"운이 나쁜 그런 날에는…… 아 날씨가 나쁘면……" 세상에, 엄마의 목소리는 너무나 진지하게 들렸다. 엄마는 손가락을 꼬아가며 말을 하고 있었는데 나는 엄마의 그런 몸짓에 흔들리지 않기로 했다. 엄마가 보내는 모든 신호는 내 안으로 흘러들어오지 못하고 마치 거울에 반사되듯이 내 몸에 맞고 튕겨나갔다.

"너를 정말 많이 찾았단다. 감옥에서 별로 할 수 있는 건 없지만 그래도 최선을 다했어."

"당연히 그러셨겠죠."

내 말을 듣고 엄마의 눈썹이 살짝 일그러졌다. 엄마의 눈썹은 옛날처럼 그렇게 잘 다듬어진 상태가 아니라 나처럼 흐트러진 모습이었다.

"너를 증인 보호 프로그램에 넣었을 거라고 생각했는데. 네 언니도 너를 찾으러 다니는 것 같더라. 도대체 어디에 있었던 거니? 증인 보호 프로그램의 보호 집행관들과 살고 있었어? 그렇게 된 거야?"

갑자기 안도의 숨이 밀려왔다. 내가 두에인에게 심어둔 덫이 효력이 있었다니. 또한 언니가 나를 구해준 것도 엄마는 모르고 있었다. 엄마는 여전히 FBI가 관여해서 나를 벗어나게 해준 것이라고만 알고 있었다.

"마음만 먹었으면 그 보호 집행관은 첫날부터라도 따돌릴 수 있었어요. 그냥 하지 않은 것뿐이죠."

"근데 도대체 여긴 어떻게 온 거야? 무슨 도움이라도 필요하니? 너, 잘 지내는 거야?"

엄마의 눈에 눈물이 고이기 시작했지만 나는 그 눈물이 절대로 볼을 타고 흘러내리지 않으리라는 걸 알았다. 왜냐하면 엄마가 지금 눈물을 보여주는 이유는 나에게서 정보를 빼내기 위함이니까. 절대 마음이 아파서 우는 게 아니니까.

"제가 왜 여기 왔는지는 엄마도 잘 아실 텐데요."

나는 탁자에서 손을 떼고 눈도 깜빡하지 않은 채 엄마를 노려보며 의자 뒤로 기대앉았다. 내가 이렇게 나오자 엄마는 조용하고 냉정한 모습으로 돌아와 나를 바라보며 다시 한번 탐색하기 시작했다.

그리고 엄마도 의자 등받이에 기대어 앉았다. 탁자에 사슬 줄과 연결이 되어 있어 의자를 뒤로 뺄 수는 없었지만 최대한 깊숙이 기대앉은 엄마의 얼굴에서는 눈물 한 방울도 찾아볼 수 없었고, 대신 입술 주변에 냉소적인 미소가 떠올랐다.

그렇지. 이게 우리 엄마지.

"그 가발. 너무 멋지구나." 엄마는 아니꼬운 웃음을 숨기지 않으며 이렇게 말했다. "머리를 잘랐다며? 들었어."

엄마는 지금 나를 흔들려 하고 있었다. 그래서 나는 아무 말도 하지 않았다. 책에 나와 있는 가장 단순한 책략이니까. *먹잇 감이 입을 열게 만들라.* 이 자리에서 침묵을 지키며 엄마의 입을 열게 하는 건 식은 죽 먹기였다. 엄마는 지금 나에게 묻고 싶은 게 엄청 많을 테니까. 그러나 나는 그 어떤 질문에도 답을 해줄 생각이 없었다. 나의 답이 엄마의 수중에 들어가면 무기가 되어 나를 겨냥할 테니까. 항상 그랬으니까.

"그 사람하고 이혼 안 하셨더라고요?" 나는 최대한 담담하게 이 대사를 뱉으려고 노력했지만 입 밖으로 흘러나온 목소리는 마치 질책을 하는 것처럼 들렸다.

"난 그 사람을 사랑해." 엄마가 말했다. 사실 지금까지 엄마가 대놓고 이렇게 말한 적은 없었는데. 그 말을 듣는 순간 배배 꼬이고 부서질 대로 부서진 사랑이지만 정말 엄마가 그 사람을 사랑하긴 하는구나, 하는 생각이 들었다. 말도 안 되는 유령의 집

같은 사랑이긴 해도 어쨌든지 간에 엄마가 느끼는 감정 자체는 진짜였다. 그 사랑의 감정이 너무나 절실해서 결국에는 잡아먹힐 줄 알면서도 악어에게 다가갈 것만 같은 그런 사랑. 그 사람은 언젠가는 엄마를 파멸로 이끌겠지만 그럼에도 불구하고 엄마는 당신 자신뿐 아니라 나까지 그놈에게 끌고 들어갔다.

"그 사람은 엄마를 죽이려고 했어."

"하지만 안 죽였잖아?" 엄마의 목소리는 아주 부드러웠다. "그때는 오해가 있었어. 그런데 네가 나서서 그렇게 하는 바람에……."

"내가 나서서 그놈의 총 앞에 섰지." 그러자 엄마의 입술이 굳게 다물어졌고 그 입술 선에 주름이 깊이 파이는 것이 보였다. 아, 이곳에는 필러가 없으니까.

"엄만 지금 내 덕분에 살아 있는 거예요." 나는 적어도 한 번은 꼭 이 말을 하고 싶었다. 그리고 엄마의 인정도 받고 싶었다.

"내가 지금 감옥에 들어온 건 너 때문이야." 엄마는 이런 식으로 내 말에 응수했다. 그 말은 또 사실이기도 했다.

나는 어깨를 으쓱하며 엄마와 똑같이 잔인하게 응대했다. "나는 엄마가 하라는 대로 한 건데? 나보고 독사가 되라고 가르쳤잖아요."

"근데 넌 물어서는 안 될 사람을 물었어."

"왜? 그 사람이 엄마의 남자여서?"

"네가 멍청했기 때문이지. 너 말야, 네가 이 방을 빠져나가는 순간 내가 그 사람한테 가서 얘기할 걸 다 알고도 온 거지? 하지만, 네가 새 출발을 하도록 내가 도와주마. 왜냐하면 난 너를 사랑하니까. 그래도 네가 여기 왔다 간 사실은 그 사람한테 얘기 안 할 수 없어."

나는 발끝을 쳐다보면서 머리를 탁자에 쾅 찍었다. 내 마음속에 일어나는 감정은 어떤 체념이나 상처가 아니었다. 그것은 단지 아주 작은 일말의 희망도 갖지 않도록 떠나보내는 일종의 종지부를 찍는 신호였다.

엄마는 자기 남편이 날 죽이는 건 원하지 않았다. 그러나 또한 그렇다고 자기 딸 편에 서려고 하지도 않았다.

둘 다 가질 순 없어요, 엄마.

"도대체 여기에는 뭐하러 온 거야?" 엄마는 또다시 물었다. 이번 질문에는 조금 더 진심이 담겨 있었고 그 질문 뒷면에는 정말 모르겠다는 궁금증이 깔려 있었다.

나는 몸을 앞으로 숙였다. 내 눈은 촉촉이 젖어 있었고, 다시 엄마를 쳐다보았을 때 나는 내 입에서 어떤 말이 나올지 알 수 없었다. 나를 쳐다보는 엄마의 눈은 찡그려져 있었으며, 어느새 분노의 흔적은 모두 사라지고 없었다.

"부탁 하나만 드릴게요." 그러고 나서 나는 잠깐 뜸을 들였다. 그래야 엄마가 약간의 희망이라도 가질 수 있을 테니까. 희망을 품고 있을 때 내가 마침내 이야기를 던지면, 그 말을 듣고 더 아플 테니까.

"엄마 생각을 알고 싶어요. 내가 알고 있는 건 모두 다 엄마가 가르쳐준 거니까."

나는 입술이 바짝 말라 침이라도 바르고 싶었지만 그러지 않았다. 그런 행동은 긴장했다는 걸 여실히 드러내는 증거니까.

"그날 밤 무슨 일이 있었던 건지 퍼즐 조각을 끼워 맞추느라 애 좀 쓰셨을 거예요. 내내 궁금했겠죠. *나탈리가 뭘 어떻게 한 거지?* 하지만 그건 올바른 질문이 아니에요."

엄마는 침을 꿀꺽 삼켰다. 그 바람에 목젖 움직이는 것까지 다 보였는데, 그건 바로 상대가 약해졌다는 신호였다. 그걸 보는 내 눈이 반짝였고, 엄마는 내 눈을 보고 내가 알아차린 것을 눈치챘다. 그리고 입술이 일자로 새침해졌는데 그건 바로 엄마가 화가 났다는 신호였다.

그 순간 나는 마지막 일격을 가했다.

"엄마라면 어떻게 하셨을까요?" 내가 물었다. "만약 레이먼드가 목표물이었다면, 일생일대의 사랑이 아니라 먹잇감이었다면 엄마는 어떻게 하셨을까요. 엄마가 지금까지 살아오면서 썼던 모든 전략과 전술, 그걸 한번 생각해보세요. 가령 엄마의 엄마가 남자를 데려왔는데 그 남자가 엄마를 학대한다면? 자, 이건 사기를 치려는 것도 아니고 돈 때문도 아니에요. 그리고 또 엄마가 나한테 가르쳐준 게 다 중요해서? 그런 것도 아니고. 엄마는 단지 이렇게 남을 학대하는 남자를 좋아했고, 그 남자는 엄마를 죽이려고 했고 거기다 나까지 죽이려고 했어요. 자, 그럼 이제 '나탈리라면 어떻게 했을까?'라고 물어보지 말고, 엄마라면 어떻게 했을지 생각해보세요. 누가 나를 물면 되갚아줘야 한다고, 반드시 똑같이 물어줘야 한다고 가르쳤던 그 여자라면 어떻게 했을까요?"

엄마는 몸을 부르르 떨었다. 나는 그 순간 그러한 엄마의 모습을 보며 미소 지을 수 있는 강한 사람이 되고 싶었다. 승리감에 젖어서 기뻐하고 싶었다. 하지만 나는 그저 너무 슬펐다.

나는 단지 살아남으려고 했던 것뿐이었다. 엄마를 넘어서, 레이먼드를 넘어서. 그리고 나 자신도 극복하며 살아보려는 것뿐이었다.

"엄마라면 어떻게 하셨을까요?" 나는 재차 물었다.

드디어 엄마가 답을 주었다.

"계획을 세웠겠지. 동지를 만들고 그리고 벗어나는 방법을 생각했을 거야."

나는 엄마의 머릿속에서 생각이 도미노처럼 꼬리에 꼬리를 물고 흘러가는 것을 느낄 수 있었다. 도미노가 하나 무너지기 시작하면 결국 끝까지 가야 하는데. 엄마는 내가 맨손으로 파놓은 그 터널 안으로 깊이 빠져들어가고 있었다.

"계속해보세요. 그러고요."

"아마 무기를 구했겠지. 기회가 있을 때마다 뭔가 포석을 깔아놓았을 거야. 그리고 도망치고, 다시는 뒤돌아보지 않았을 거야. 무슨 수를 써서라도 그렇게 했을 거야."

"맞아요. 내가 바로 그렇게 했어요. 무슨 수를 써서라도 그렇게."

내가 그 힌트를 준 순간, 엄마의 몸에 소름이 끼치는 것을 보았다. 그건 내가 이끄는 터널로 엄마가 점점 빠져들고 있다는 뜻이었다.

이곳까지 오는 비행기 안에서 나는 이 순간을 상상하며 한 백 번쯤은 이 상황을 머릿속으로 연습해보았다. 호텔방 목욕실에서, 그리고 감옥으로 오는 차 안에서까지 어떻게 시나리오가 흘러갈지 대본을 다 짜보았다. 엄마는 내가 생각했던 대본대로 반응해주었다. 그리고 마침내 그 순간이 다가왔다.

실수하면 안 돼. 이제 다 왔어. 잘 끝내고 집으로 돌아가자.

"가장 중요한 게 뭐죠, 엄마?" 나는 목소리를 높였다. 엄마가 내 이름을 바꿀 때마다, 그리고 내 헤어스타일과 성격을 바꿀 때마다 나에게 주입했던 그 질문을 엄마가 했던 방식 그대로 엄마의 얼굴을 하고 엄마에게 되물은 것이다. 그 순간 엄마의 얼굴에 돋았던 소름이 목에까지 쭉 퍼지는 것을 볼 수 있었다.

"항상 비장의 카드를 준비하는 것." 엄마가 속삭이듯 말했다.

나는 미소를 지었다. 이번에는 아주 잔인하게. 왜냐하면 바로 그 순간에 도달했으니까.

"도대체 무슨 짓을 한 거니?" 엄마가 물었고 나는 이제 대답할 준비가 돼 있었다. 그렇게 오랫동안 숨겨왔던 그 비밀을 털어놓을 순간이 된 것이다.

"금고에 들어 있던 하드 드라이브 옆에 USB가 있었어요. 그건 암호가 완전히 다르던데요? 큰 물건은 다 FBI에게 넘겨서 레이먼드가 감옥에 들어가게 만들었고, 마지막 USB는 나를 위해 남겨두었어요. FBI는 그 USB의 존재에 대해서는 몰라요."

"그랬구나."

나는 계속했다. "암호를 푸는 데 몇 년이 걸렸어요. 근데 결국 해냈어요. 근데 그 안에 들어 있던 건……." 그리고 미소를 지었다. 사실 거기에 미소를 지을 만한 내용은 하나도 없었다. 아주 썩어 문드러진 더럽고 천박한 비밀과 악마 같은 짓들이 가득했을 뿐이지만, 그런 USB 때문에 나는 살아남고 레이먼드를 이겨

낼 수 있을 것이었다. 또한 그걸 가지고 나는 모든 사람을 지켜 낼 수 있으리라 확신했다.

"정말 생각할 수 있는 가장 더러운 방식으로 거래를 많이 하셨던데요? 그죠? 엄마랑 딱 맞는 동족 의식을 느끼셨겠어요." 나는 엄마를 노려보며 계속 나의 대사를 내뱉었다.

엄마는 한 번도 나에게 손을 댄 적은 없었다. 그럴 필요가 없었으니까. 엄마가 나에게 손을 대는 것보다 훨씬 더 큰 위협들이 존재했으니까. 그 위협들 때문에 나는 항상 나 스스로를, 내 어린 시절 모두를 엄마의 먹잇감에 바쳐야만 했다. 그런데 엄마의 그 일생일대의 사랑은 엄마를 먹잇감으로 만들어버리고 말았다.

지금 이 순간 엄마와 나 사이에는 아무도 없었다. 아무런 먹잇감도, 레이먼드도 없었다. 엄마와 나 사이에는 살면서 처음으로 진실만이 존재했다. 엄마와 나의 인생은 항상 거짓말과 교활한 속임수로 가득 차 있었으니까. 이제 이 교도소에서 엄마는 더 이상 숨을 곳이 없었다. 나 또한 숨지 않기로 했다.

"그 파일을 공갈 협박용으로 가지고 있는 거야?"

"열어봤더니 아주 엉망이던데요? 난장판이었어요. 근데 걱정마세요. 제가 손을 좀 봐놨으니까. 색상으로 다 구분을 해놨어요. 칼라코드요. 빨간 건 정치인, 파란 건 경찰, 녹색은 마약 거래상 등등. 뭐 이렇게요."

"나탈리!……" 엄마가 내 이름을 불렀는데 그 목소리에는 경고가 담겨 있었다. 또한 엄마로서 약간의 걱정도 담겨 있었는데 그게 엄마의 진심이었는지 아니면 가장이었는지는 알 수가 없었다. 엄마의 말과 행동이 어디까지가 진실이고 어디까지가 가짜인지 구분하기가 힘들었다. "너 도망가야 돼. 도망가. 멀리. 그리고 빨리."

"아뇨!"

"레이먼드가 내년에 항소할 수 있다는 거 모르니? 너한테 너무 힘든 전투야. 그 사람은 최고의 변호사를 다 물색해놨어."

"그리고 엄마도 그 사람을 응원해주고 있겠죠." 이 말을 내뱉자, 엄마는 나를 제대로 쳐다보지 못했다. 엄마의 형기는 6년이 남아 있었고, 엄마가 풀려났을 때 레이먼드가 이미 풀려난 상황이라면 엄마에게는 더 달콤한 기회가 될 테니까. 그 둘은 다시 만나면 24시간 이내에 모든 걸 다 원상 복귀해놓을 터였다. 그리고 그 옛날과 같은 사이클이 다시 쳇바퀴처럼 돌고 돌다가 어느 순간 멈출 것이고, 엄마가 위험에 처했을 때 이제 그 자리에 엄마를 구해줄 수 있는 사람은 아무도 없을 것이다. 레이먼드는 엄마를 죽이고 말 터이고, 그렇게 그 비극은 끝이 예정되어 있었다. 엄마도 나도 그걸 알고 있지만 엄마는 그만둘 수가 없었다. 그리고 이제 나도 내려놓아야 한다.

레이먼드가 내년이면 항소를 할 수 있다는 건 여름 초엽에 알게 되었다. 언니와 나는 이 문제로 말다툼을 하기도 했다. 언니는 그 소식을 들었을 때 다른 곳으로 빨리 떠나자고 했고 나는 기다리며 지켜보자고 했다. 아니, 기다렸다가 싸우고 싶었다. 이제 나는 더 이상 도망가지 않기로 했으니까.

엄마를 떠나고 나서 나는 웨스를 만나게 됐고, 웨스를 가족으로 받아들이고 나서 나는 달라졌다. 나는 이제 아이리스를 사랑하고 아이리스를 지켜야 한다. 희망이 없을지는 몰라도 끝까지 싸워보기로 결심했다.

"나탈리. 그 사람은 너를 찾아내 죽이고 말 거야."

"그리고 엄마는 그 사람을 돕겠죠. 그렇죠?" 나는 엄마를 똑바로 쳐다보며 물었다. 내가 틀렸기를 바라며 "그 문제에 관한 한 엄마는 아마 레이먼드가 시키는 대로 다 할 거예요."라고 덧붙였다.

엄마는 내 시선을 피했다. 엄마의 쭈그러든 가슴이 숨을 쉬느라 급하게 올라갔다 꺼지는 것이 느껴졌다. 엄마의 가녀린 쇄골이 죄수복 밑으로 툭 삐져나온 게 보였다. 운동을 열심히 해 날렵하게 빠진 것이 아니라 오랫동안 먹는 것도, 자는 것도, 모든 게 시원찮은 환경에서 지내다 보니 근력이 빠지고 쭈그러진 그런 모습이었다.

"나탈리." 엄마의 목소리가 갈라졌다. 이게 바로 엄마의 답이었다. 엄마는 항상 이렇게 갈기갈기 찢어져 있었으니까. 그리고 항상 당신의 딸과 당신의 남자들 사이에서 왔다 갔다 하던 사람이니까. 좋은 것과 나쁜 것 사이, 진실과 거짓 사이 그리고 사랑과 상처 사이에서 시소를 타던 사람이니까. 엄마는 항상 경계선이 애매했고, 또한 머리에 들어 있는 생각은 좋은 쪽과는 거리가 멀었으며, 항상 위험한 것에 끌리는 사람이었다. 나는 엄마의 모습에서 내 모습이 보이는 것 같아 너무나 싫었다. 지금 이 순간조차도.

엄마의 마음은 나도 본인도 아닌, 말도 안 되는 그놈에게 가 있었다.

"나도 살아남아야지. 네가 한 짓 때문에 난 여기 꽤 오래 있어야 하거든?"

나는 소리 내어 웃었다. "엄마가 지금 여기 있는 건 엄마가 한 짓 때문이에요. 엄마는 레이먼드가 엄마 이름으로 페이퍼 컴퍼니 차리는 것을 그냥 내버려 뒀고, 그 페이퍼 컴퍼니를 통해서 돈세탁하는 것도 묵인했죠? 그리고 엄마한테 총을 겨눴는데도 그 사람에게 등을 돌리지 않았어요."

"너는 항상 그 사람을 나쁘게만 보더라?"

"제기랄." 이 단어를 뱉어내고 나는 내가 언니처럼 얘기하고 있다는 사실에 흠칫 놀랐다. 엄마도 놀라는 눈치였다. "엄마, 더 이상 엄마는 나를 속이지 못해요. 그리고 전 더 이상 엄마에게 배울 게 없어요. 내가 결국 엄마보다 한발 앞서서 엄마의 허를 찌르고, 엄마보다 더 근사하게 그 사람의 급소를 찌르고 나니까 그걸 보는 느낌이 어떠세요? 그것도 열두 살짜리가?"

"자랑스러워서 미치겠구나." 엄마가 비아냥거리면서 답을 했다. 이렇게 우리 모녀 사이는 진실을 쏟아놓으며 서로 분노할 수밖에 없는 상황이 되어버렸다. "너는 내가 바라던 그대로 자라주었어. 내가 원하던 그 모습으로. 하지만 이제 도망치지 않으면 너는 죽은 목숨이나 마찬가지야."

엄마에게 가시 돋친 말을 하고 싶었지만 으르렁거리는 대신 흐느낌이 새어 나왔다. 엄마는 내가 듣고 싶어 하는 모든 말을 해주었지만 이제 엄마의 말은 더 이상 내게 아무 의미도 없었다. 엄마는 레이먼드에게 갈 테니까. 가서 내가 얘기한 것을 낱낱이 고자질할 테니까. 그리고 레이먼드가 감옥에서 나오면⋯⋯.

그것으로 끝이었다.

"너랑 나는 똑같아." 엄마가 말했다. "너는 내가 왜 그런 짓을 했는지 이해하잖니. 너랑 나, 우리 둘은 같이 살아남아야 했으니까. 인생이 어떤 시련을 던졌어도 우리는 길을 찾아냈잖아? 나는 네가 엄마처럼 항상 방법을 찾아낼 거라고 생각했어."

"인생이 아니라 바로 엄마가 나한테 시련을 던진 거예요. 엄마가 날 이렇게 만들었으니까. 그리고 엄마가 그 남자를 우리 인생에 끌어들였으니까. 그 남자뿐만 아니라 다른 놈들 모두를 끌어들였으니까. 엄마랑 난 절대 똑같지 않아. 나는 엄마가 한 짓을 절대 안 할 거니까."

"하지만 넌 했잖아? 그 선택은 네가 한 거야. 그리고 나를 버리고 떠났지. FBI를 쫓아서 말이야. 나라면 너한테 절대 그런 짓은 못 했을 텐데."

"어련하시겠어요. 엄마는 사랑의 이름으로 내가 남자들한테 두들겨 맞도록 내버려 두셨던 분인데. 그리고 사기란 이름으로 내가 성추행을 당해도 그대로 내버려 두었죠."

엄마를 묶고 있는 사슬이 탁자에 부딪혀서 덜그렁거리며 소리를 냈다. 나는 지금까지 마음속에 있던 그 말들을 한 번도 입 밖으로 끄집어낸 적이 없었다. 최소한 엄마 면전에서는. 심리 치료사인 마거릿에게 털어놓은 것이 전부였다.

언니는 내가 말을 하지 않아도 다 알고 있었다. 언니도 당했던 일이니까. 웨스는 내가 과거 이야기를 할 때 구체적으로 말하지 않아도 행간을 읽을 줄 알았다. 그리고 아이리스에게는 여자들끼리 대화하는 방식으로 넌지시 속내를 비친 적은 있었지만, 정말 이렇게 적나라한 진실을 날것 그대로 입 밖에 내뱉은 적은 없었다. 항상 조용히 삭여야 한다고 배웠으니까. 이런 말은 하는 것 자체도 쉽지 않았지만, 입 밖으로 내뱉음으로써 엄마뿐 아니라 나도 상처를 받았다.

"난 그걸 알자마자……" 엄마는 생각보다 빨리 냉정을 되찾았다. 마치 이 순간을 기다려왔다는 듯이 반격에 나선 것이다.

"그만." 내가 말했다. 엄마가 계속 떠들도록 내버려 둔다면 언니가 내게 했던 말들을 내 입 밖으로 꺼내게 될까봐 두려웠기 때문이다. 연인으로 위장하고 사기극을 벌이기 전, 그 전에 엄마가 언니를 데리고 했던 사기극. 그 얘기까지 할 순 없었다. 왜냐하면 그건 나의 이야기가 아니니까. 오늘 이 자리에서 언니가 당했던 일까지 입에 올리게 된다면 나는 엄마를 죽여버릴지도 모른다고 생각했다. 그러나 그럴 순 없으니까. (하지만 나는 마음속 깊은 곳에서 언니를 위해 그리고 나를 위해 그렇게 하고 싶었다.)

"내가 워싱턴에서 도망치느라고 어떤 짓을 했는지 너도 잘 알지 않니?" 엄마가 이를 갈며 말했다.

"뭘 하셨죠? 별로 한 게 없는 걸로 아는데. 그나마 너무 늦게 했고요."

"그건……." 엄마가 입술을 꼭 다물었다. 얼마나 꽉 다물었는지 입술이 잘 보이지 않았다. 나는 온몸에 소름이 돋았다. 그리고 이런 순간에도 엄마가 참회를 하는 게 아니라 화를 내고 있다는 데 참을 수가 없었다. 죄책감이란 건 어디로 간 걸까. 엄마는 단지 내가 그 주제를 꺼냈기 때문에 지금 꼭지가 돌게 화가 나 있었다.

나는 그 순간 아이리스의 손을 붙잡고 싶었다. 아이리스 생각을 하니 바로 옆에 아이리스가 있는 것처럼 느껴졌다. 나는 눈을 감고 아이리스가 있다고 상상하며 마음을 다잡았다.

"내가 여기 온 건 메시지를 전달하기 위해서예요." 나는 계속 이어갔다. "레이먼드에게 제 말을 좀 전해주세요."

엄마는 대단한 것이라도 기대하는 양 눈썹을 치켜올렸다.

"만약 나한테 무슨 일이 생긴다면 그 USB에 들어 있는 내용이 FBI에게 곧 전달될 거예요. 그렇게 되도록 사람들한테 손을 써두었으니까. 그리고 내가 만약 죽게 된다면 USB에 들어 있는 프로그램이 전부 시작될 거예요. 레이먼드가 그렇게 오랜 세월 동안 모아두었던 이 공갈 협박 자료가 마치 레이먼드 본인이 팔려고 시장에 내놓은 것처럼 바로 시장에 풀려나갈 거예요. 자, 그 내용이 다 까발려지면 감옥에 있건, 감옥에서 나오건 무사할 수 있을까요? 비밀이 밝혀진 인물들이 가만히 있을까요?"

그 질문에 엄마의 입술이 씰룩거렸다. 엄마는 아마 내가 엄마보다 훨씬 똑똑하게 일을 처리해 자랑스럽게 느끼고 있을지도 모르지만 동시에, 똑같은 이유로 나를 증오하고 있을 것이었다. 내가 엄마보다 똑똑해서 엄마가 감옥에 들어오게 된 것이니까. 엄마는 당신의 딸이 정말 독사가 되도록 잘도 키우셨던 것이다. 그런데 엄마가 놓친 것은 독사가 된 그 딸들이 결국엔 커서 엄마를 물 수도 있다는 사실이었다.

엄마는 또한 본인이 우주의 중심이 아니면 어떻게 해야 할지 모르는 사람이었다. 세상의 중심이, 그러니까 엄마의 그물 안에 들어온 모든 사람들이 엄마를 중심축으로 돌아가지 않을 때 엄마는 어떻게 해야 할지 몰랐다. 나는 엄마를 향해 기울었던 축을 내 쪽으로 가져왔고, 그 때문에 엄마는 지금 균형을 잃고 쓰러지기 일보 직전이었다.

"양쪽이 다 죽어 나가는 게임이 되는 거죠. 만약 누군가를 통해 나를 죽이려고 든다면 그건 최악의 시나리오인데, 그날 바로 레이먼드는 항소를 하기도 전에 칫솔자루로 죽게 될 거예요. 자, 최선의 시나리오를 말해볼까요? 항소해서 풀려 나오고, 그러면 비밀이 새어 나간 사람들이 그에 대한 앙갚음을 하려고 레이먼드의 뒤를 쫓겠죠? 지난 몇 년 동안 그 파일에 들어 있는 인물들을 다 훑어보았어요. 모든 비밀과 관련이 있는 사람들을 하나하나 다 뜯어서 연구했죠. 나쁜 일을 하는 놈들이 정말 많던데요? 힘 있고, 잘 알려진 사람들. 댈러스에 대해서도 알게 되었고, 유레카도 거기서 확인했어요."

"진짜? 유레카는 어떻게 됐어?" 엄마가 얼떨결에 물었다. 이런 질문을 통해 엄마는 본인이 댈러스 건에 대해서 잘 알고 있다는 것을 실토해버린 꼴이 되었다.

제기랄. 이 댈러스 건 같은 경우, 레이먼드가 사기극의 전초전을 구성했는데 그 내용을 보고 나는 위장이 뒤틀려버리는 것 같았다. 냉정을 잃기 전에 빨리 일을 끝내고 이 면회 장소를 벗어나야겠다는 생각이 들었다. 이 정도 했으면 내가 온 목적은 달성했으니까.

"레이먼드에게 물어보세요. 그리고 둘 중에 선택하라고 얘기해주세요. 자, 간단하죠? 내가 죽으면 그도 죽는다. 내가 살면 그도 산다."

"네가 그 더러운 정보를 계속 갖고 있도록 놔두지 않을걸? 또 그게 FBI 손에 들어가봤자 그들이 그걸 네가 원하는 방식으로 사용하진 못할 거야. 그건 별개의 문제거든." 이렇게 말하고서 엄마는 머리를 흔들며 덧붙였다. "레이먼드는 어쨌든 네 뒤를 쫓을 거다. 모든 걸 걸고 말이야. 빨리 멀리 도망쳐. 멀리멀리. 그리고 다른 사람으로 살아라. 할 수 있지? 다른 사람으로 사는 거에 너는 어렸을 때부터 재능이 있었거든. 넌 충분히 레이먼드한테 안 들키게 숨을 수 있을 거야." 엄마의 목소리는 그날 밤 레이먼드에게 용서를 구하던 때와 비슷했다. 엄마는 지금 나에게 사정을 하고 있는 것이다. 마치 딸을 위해서 그런 말을 하는 것처럼 보였지만 사실은 그를 위한 것이었다.

내가 어떤 아이로 자랐는지, 그리고 나라는 독사를 이제는 자신조차도 어찌할 수 없다는 걸 깨달은 엄마는 두려워하고 있었다.

"난 더 이상 숨고 싶지 않아요."

"네가 뭘 원하든 그게 중요한 게 아니야."

"그게 중요하죠." 내가 말했다. 그리고 그건 사실이었다. "내가 뭘 원하는지가 가장 중요해요. 왜냐하면 나한테 최후의 카드가 있으니까. 그 비밀무기는 나한테 있거든요. 난 이미 그때도 엄마보다 더 똑똑했고, 지금은 엄마보다도 더 나은 사기꾼이 될 수 있어요. 엄마가 가르쳐준 모든 걸로 무장을 하고 그 위에 나 스스로 배운 것을 얹어서 술수를 발휘할 거예요. 레이먼드가 풀려나서 나를 쫓는다면 이번에는 뭐를 잘라내건 되돌려주지 않을 생각이에요."

462

엄마는 숨을 크게 들이쉬었고 나는 침착하게 앉아 있었다. *쟤는 정상이 아니야.* 머릿속에서 노스 요원의 목소리가 들리는 듯했다. 그리고 엄마의 얼굴에서 비슷한 생각이 스치고 있음을 읽을 수가 있었다.

내가 정상이 아닐지도 모른다. 아니, 사실 정상인 상태를 바라지 않는 것일지도 모른다.

"너 정말 이러면 안 돼." 엄마가 머리를 흔들며 말했다. "너는 잘 숨잖아. 숨기는 잘하지만 싸우는 건 잘 못 하잖니."

"엄마는 내가 정말 잘하는 게 뭔지 잘 모르실걸요?" 나는 자리에서 일어났다. 그날 밤 엄마를 떠나는 일이 어렵지 않았던 것처럼 오늘도 쉬웠다.

그리고 꼭 필요한 것이기도 했다.

내가 문 쪽으로 다가가자 간수가 걸어와서 문을 열어주었다. 그리고 그때 바로 뒤에서 "나탈리!" 하는 외침이 들렸다.

나는 마지막으로 뒤를 돌아보았다. 이 게임의 승자가 결국 레이먼드가 되건 내가 되건, 난 다시는 여기 오지 않을 거니까. 이것으로 끝이었다. 나는 엄마에게도 그걸 알리고 싶었다.

"그건 더 이상 내 이름이 아니에요." 엄마에게 말했다.

그리고 나는 그 자리를 떠났다.

— **69** —

노라: 동생 또는 생존자?

금속 탐지기를 지나 다시 덜걱거리는 의자들로 가득한 면회실 로비에 나올 때까지 나는 흔들리지 않았다. 하지만 의자를 보자 털썩 주저앉았고, 내 얼굴은 온통 젖어 있었다. 면회실 간수는 나에게 관심을 기울이지 않았다. 익숙한 풍경일 테니까.

나는 죄수들을 면회하기 위한 로비에 앉아서 마치 영화 속의 모든 역경을 극복한 10대들이 하는 것처럼 체면 불구하고 엉엉 울었다. 뭔가를 마음속으로 이겨내기 위해, 혹은 이겨내면서 울었던 것은 아니다. 그저 모든 게 다 정리되었다고 생각했다.

그렇게 한바탕 울고 나서 정신을 추스른 후에 문을 열고 나와 주차장으로 향했다. 빨리 공항으로 가서 집에 돌아가지 않으면 언니가 알아챌 테니까. 언니가 퇴근하기 전에 집에 도착해야 했다. 집 생각밖에 나지 않았다. 나는 눈물로 얼룩진 볼을 훔치고 숨을 크게 한번 들이쉰 다음 집을 향해 길을 나섰다.

나와 같은 아이들은 최악의 상황을 대비하며 살아간다.

열두 살 때 나는 선택을 했다. 엄마 또는 나. 레이먼드 또는 나. 살아남을 것인지 혹은 도살당할 것인지. 양자택일을 해야 했고, 거기에서 나는 살아남는 쪽을 택했다.

엄마의 말이 맞을지도 몰랐다. 모든 것에도 불구하고 레이먼드는 끝까지 나를 뒤쫓아올지도 모를 일이다. 나를 뒤쫓는 것이 결국엔 죽음을 의미한다고 해도 그는 포기하지 않을지도 모른다. 그러나 나는 더 이상 도망 다니거나 숨지 않을 것이다.

필요하다면 싸울 것이다. 레이먼드가 내 뒤를 쫓아온다면, 머리 회전은 빠르지만 제대로 총을 쏘지는 못했던, 공포에 떠는 애슐리를 맞이하는 대신 내가 나의 분신으로 살았던 모든 소녀들을 만나게 될 것이다. 레베카는 나에게 거짓말하는 법을 가르쳐주었고, 사만다는 숨는 법을 가르쳐주었으며, 헤일리는 싸우는 법을 가르쳐주었다. 케이티는 나에게 두려움을 가르쳐주었고 애슐리는 생존하는 법을 가르쳐주었다.

그리고 노라는 지금까지 배운 모든 것들을 실행에 옮겼다.

숨을 한번 크게 들이쉬어.

레베카. 내 이름은 레베카야.

일어나.

사만다. 내 이름은 사만다야.

눈물 닦아.

헤일리. 내 이름은 헤일리야.

어깨를 활짝 펴.

케이티. 내 이름은 케이티야.

한 걸음씩 차근차근.

애슐리. 내 이름은 애슐리야.

문을 열고 나가자.

노라.

나는 빛을 향해 걸어갔다.

내 이름은 노라.

43장에서 아이리스는 붉은 모자에게 자궁내막증을 "엄청난 출혈"이라고 설명하며, 이를 처리하기 위해 노라와 화장실에 가는 데 성공한다. 자궁내막증 증상 중에는 생리혈이 엄청나게 나오는 증상이 포함되어 있는 게 사실이지만 이는 여러 증상 중 하나일 뿐 자궁내막증은 극심한 만성 통증을 유발하는 질환이라는 사실을 밝혀두는 바이다.

자궁내막증은 여성 열 명 중 한 명이 걸릴 정도로 흔한 질환이지만 실제 자궁내막증을 앓고 있는 여성이 이 통계에 모두 잡힌 것도 아니다. 사실 생리통 관련 문제에 대해서는 그리 심각하게 생각하지 않고 생리할 때는 '원래' 그런 것이라고 생각하는 경향 탓으로 자궁내막증 환자가 실제 진단을 받을 때까지는 보통 10년 정도의 시간이 걸린다고 한다.

자궁내막증에 대해 더 알고 싶거나 생리통에 대해 궁금한 점이 있을 시에는 endowhat.org를 방문해보시길.

나처럼 자궁내막증을 앓고 있는 모든 여성들에게 사랑과 용기를 보낸다.

옮긴이 고상숙 연세대 영어영문학과, 한국외대 통번역대학원 한영과를 졸업했다. KBS에서 외신 번역과 통역을 담당하다가 현재는 서울외대 한영통번역학과 겸임교수 및 프리랜서 통역가로 활동하고 있다. 옮긴 책으로『락다운』,『위험한 시간 여행』,『사막을 건너는 여섯 가지 방법』,『레드 세일즈 북』,『바그다드 동물원 구하기』,『희망과 함께 가라』등이 있다.

완벽한 딸들의 완벽한 범죄

초판 1쇄 발행 · 2023년 6월 30일

지은이   테스 샤프
옮긴이   고상숙
펴낸이   김요안
편집   강희진

펴낸곳   북레시피
주소   서울시 마포구 신수로 59-1
전화   02-716-1228
팩스   02-6442-9684
이메일   bookrecipe2015@naver.com | esop98@hanmail.net
홈페이지 https://bookrecipe.modoo.at
등록   2015년 4월 24일(제2015-000141호)
창립   2015년 9월 9일

ISBN 979-11-90489-79-9 43840

종이 · 화인페이퍼 | 인쇄 · 삼신문화사 | 후가공 · 금성LSM | 제본 · 대흥제책